Der Feuerreiter

Für meine Söhne

Felix und Immo

Frank Rebitschek

Der Feuerreiter

Ein Kyffhäuserkrimi

Vorwort

Die Hohe Schrecke und das Unstruttal. Seit über zwanzig Jahren zieht es mich dorthin. Die Ermittlungen des Polizeihauptkommissars Helmut Bauch und seines Assistenten Volker Spiegel aus Nordhausen sind reine Fiktion. Ihre Fälle ereignen sich in einer realen Gegend, wenngleich nicht jeder Handlungsort tatsächlich existiert. Einheimische und Besucher dieses reizvollen Landstrichs in Nordthüringen werden das bald herausgefunden haben. Meine Kyffhäuserkrimis möchten darauf neugierig machen. Ähnlichkeiten mit real existierenden Personen sind rein zufälliger Natur. Die genannten Firmen sind am Ende des Buches unter Danksagungen berücksichtigt. Ich wünsche allen Lesern Vergnügen mit meinem Buch.

Bibliografische Information der Deutschen Nationalbibliothek:
Die Deutsche Nationalbibliothek verzeichnet diese Publikation in der Deutschen Nationalbibliografie; detaillierte bibliografische Daten sind im Internet über http://dnb.dnb.de abrufbar.
© *2016 Frank Rebitschek*
Covergestaltung: Gesine Assmus
Illustration: Frank Rebitschek
Lektorat: Ruth Rebitschek, Inoh Kracht

Herstellung und Verlag: BoD – Books on Demand, Norderstedt ISBN: 978-3-743119116

Inhaltsverzeichnis

Vorwort 4

Auf dem Katzenberg 11

Roßleben 15

Der Fund 19

Pits Arbeitszimmer 27

Autos, Fische und Weihnachtsbäume 30

Konrad Reill 46

Im Untergrund 53

Narkolepsie 60

Der Safe 64

Bauch ist zurück 72

Visitenkarten 77

Erprobungsfahrzeug der NASA 87

Der Chip 91

Frau Buchholz 93

Die Fernbedienung 101

Anosmie	107
Bernd Kluge	119
Barbarossa	121
Schlaflabor	124
Der Dendrologe	130
Die Spinne	136
Der Angler	140
Erfurt	143
Pits Auto	162
Erwin Klöckner	167
Sigmund Freud	172
Hartwig Koll	174
Feuerreiter	178
Das Organigramm	183
Computer	198
Rosen	201
Ecki	218

Polenfahrt	225
Der Überfall	228
Weijherowo	231
Dieter Schütze	236
Der Unfall	239
Helios-Klinik	244
Rosenheim	248
Ole Ringeisen	251
Der singende Verkehrspolizist	255
Das Päckchen	259
Roberta	264
Mühlen	282
Die Urne	285
Bottendorf	288
Mühle Schillingstedt	292
Das Foto	297
Windräder	305

La Strada	313
Der Vater	333
Der Turm	333
Kresse	361
Die Befragung	366
DRK-Krankenhaus	375
Briefe	380
Die Besprechung	388
Flugplatz	395
Epilog auf der Bank	399
Danksagungen	410
Leseprobe	418

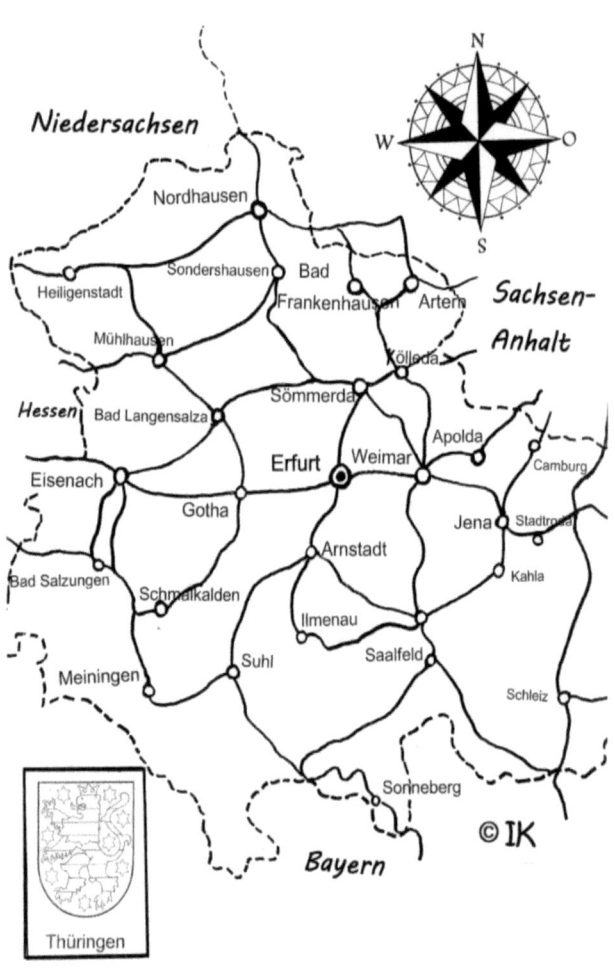

Auf dem Katzenberg

Der Katzenberg erhebt sich breit vor dem Südhang der Hohen Schrecke, ein Ausläufer des Höhenzuges, dem auf seinem Buckel ein Stück vom Wald nachgewachsen ist. Daneben liegt die Finne, ein weiterer bewaldeter Hügel. Wer hier oben wohnt, kann sich glücklich schätzen, denn er hat den Überblick. Er schaut über die Ebene bis weit ins Thüringer Becken hinein. Und er hat Wind, der, wenn er von Westen kommt, an der Hohen Schrecke entlang streicht und bisweilen große Geschwindigkeiten entfalten kann. Seit Jahrhunderten stand hier oben eine Windmühle. In alten Chroniken war sogar die Rede von mehreren Windmühlen. Es hieß, dort hätten vier Mühlen gestanden. Ein Durchreisender aus dem Mansfeldischen wollte im 18. Jahrhundert gar neun Mühlen gezählt haben. Damals hatte man den Rücken des Katzenbergs beinahe vollständig abgeholzt. Aus den Stämmen waren die Mühlen und die Holzhäuser der umliegenden Ortschaften gebaut worden. Der Rest verschwand als Grubenholz in den Stollen des Kalibergbaus. Später hatte der Wald sich seinen Berg zurückgeholt. Waren die Mühlen nicht mehr rentabel gewesen? Hatten sie miteinander zu sehr in Konkurrenz gelegen?

Der fruchtbare Boden des Thüringer Beckens ließ noch lange genügend Getreide gedeihen, so dass alle Müller der Gegend ihr Auskommen gehabt haben dürften. Man weiß es nicht.

Noch heute kann der Wanderer im Dickicht Reste ehemaliger Mühlen finden, Fundamente und vermoderte Balken. Unter dichtem Brombeergestrüpp soll auch ein Mühlstein liegen, wie die Jäger erzählen.

Aber eine Mühle gibt es noch, wenngleich sie fast zusammengefallen ist, umgeben von Wohngebäuden, Stallungen und drei alten Gewächshäusern, bei denen Scheiben fehlen. Außerdem gibt es einen Fischteich hier oben, künstlich angelegt, in dem sich seltsame Wesen tummeln. Große Fische mit Farbmustern, die man nicht in heimischen Tümpeln antrifft.

Der Besitzer dieses Fischteiches hat über die Wasserfläche ein Gitter gespannt, um Diebe und vor allem den Fischreiher fernzuhalten. Der versucht es trotzdem immer wieder. Kommt vom Wald herüber, umkreist mit kräftigen Flügelschlägen das Anwesen. Manchmal lässt er sich auf dem toten Ast der alten Eiche nieder, der wie eine bizarre Skulptur aus der belaubten Krone herausragt.

Doch seit zwei Wochen geht das nicht mehr, denn in der Eiche haben Krähen ihr Nest gebaut. Dieses zänkische, neugierige Volk würde ihn als Störenfried sofort attackieren und er hat keine Lust, sich mit ihnen anzulegen.

Trotzdem dreht er noch eine Weile kreisend seine Runden in der Luft. Die Anziehungskraft der Fische lässt ihn nicht los, auch wenn die meisten für seinen Hals viel zu dick sind. Es ist Frühling. Er hat Junge zu versorgen. Das Land ist gelb. Die Felder leuchten von blühendem Raps.

Auf dem Feldweg, der sich von der Hauptstraße bis zur Mühle hinauf schlängelt, nähert sich ein ebenfalls gelbes Auto. Der Fahrer biegt in den Hof ein, hält an und steigt aus. Er geht zur Tür des Hauses. Jemand öffnet ihm. Bald darauf fährt das Postauto wieder davon.

Auf der Höhe des kreisenden Reihers schwirrt und trillert eine Feldlerche. Plötzlich wird die Luft von einem markerschütternden Schrei zerrissen. Er kommt aus dem Haus. Die Tür wird aufgerissen und eine Frau stürzt ins Freie. Sie wirft sich über ein Holzgeländer, an dem früher Pferde angebunden wurden. Und sie schreit immer noch. Die Lerche verstummt und stürzt wie ein Stein ins Feld hinab. Der Reiher fliegt erschrocken davon und die Krähen flattern wild krächzend umher, fallen in das Geschrei der Frau ein, die schließlich auf der Bank an einem Gartentisch zusammenbricht, die Hände vor das Gesicht geschlagen. Allmählich geht das Schreien in ein Schluchzen über. Sie greift in die Tasche ihrer Schürze und holt ein Telefon heraus.

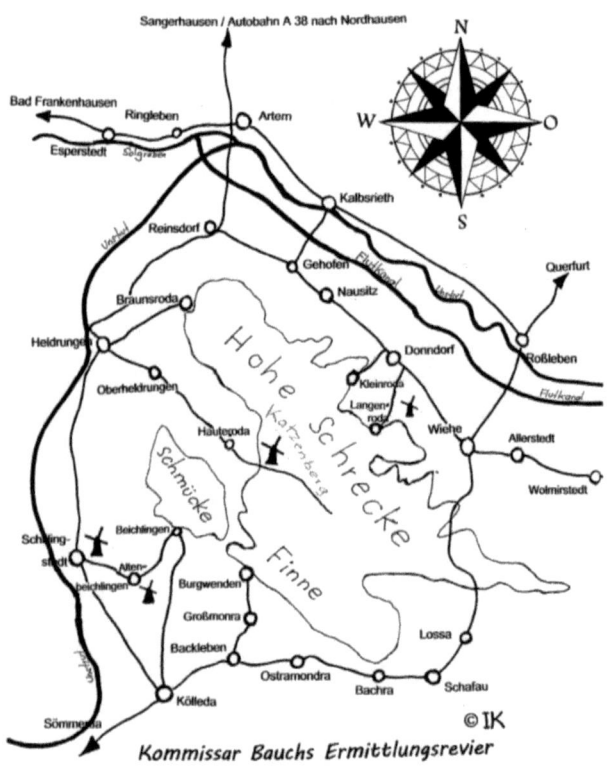

Kommissar Bauchs Ermittlungsrevier

Roßleben

Dienstag, 14. April, 13:00Uhr

Das neue Haus des Kriminalkommissars Helmut Bauch war kleiner als das alte Elternhaus in Sömmerda. Nach dem Tod seiner Frau Hilde hatte er es dort nicht mehr ausgehalten und war in seinen Geburtsort zurückgekehrt. Auch die Wohnung, die sich im ersten Stock befand, war kleiner als im alten Haus. Dennoch gefiel es ihm hier besser.

Das Erdgeschoss könnte er irgendwann vermieten, womöglich auch den kleinen Laden, der seit Jahren leer stand. Ganz früher hatte dort ein alter Kolonialwarenhändler seine Kunden versorgt. Als Kind hatte Helmut Bauch den kleinen, alten Mann mit dem steifen Bein manchmal nach der Schule besucht. Der kletterte dann immer auf einen Schemel und fischte für die Kinder Bonbons aus einem der riesigen Gläser, die auf dem Ladentisch standen.

Aber das war schon lange her und schon vor der Wende war der alte Mann gestorben. Später hatte dort eine Textilreinigung ihr Unterkommen gefunden. Vielleicht waren auch die Kindheitserinnerungen ein Grund dafür, dass der Kriminalkommissar in seiner Geburtsstadt ausgerechnet dieses Haus gekauft hatte. Der Keller war geräumig. Auch hier würde er seinem alten Hobby, dem Schreinern von Stühlen nachgehen können.

Doch bisher spürte er keinen Antrieb für derlei Beschäftigungen. Nur die Clivia und den Denkerstuhl hatte er mit in die Wohnung hinauf genommen. Vor allem für den Stuhl, der sein ganzer Stolz war, hatte er ein komfortables Plätzchen gefunden. Das Haus aus den zwanziger Jahren besaß einen kleinen Erker. Von dort konnte man in Richtung Osten sehen, wo die alten Bergbauhalden lagen. Diesem Platz war die Morgensonne gewiss.

Also stand hier fortan der Denkerstuhl, dass selbst erschaffene Instrument der Meditation und stummer Ermittlungsgehilfe in schwierigen Fällen, mit Halterung für eine Bierdose und installierter Leselampe. Eigentlich war der Stuhl das erste Möbelstück überhaupt, das seinen Platz im neuen Haus gefunden hatte.

Zahlreiche Umzugskartons standen noch immer in den Etagen obwohl er bis zwei Uhr nachts nichts anderes getan hatte, als auszupacken und einzuräumen. Jetzt machte sich Müdigkeit bemerkbar, obwohl er einen starken Kaffee getrunken hatte. Was sich darin noch befand, konnte warten.

Wie auch immer. Alles hat seine Zeit.
Genüsslich ließ sich Helmut Bauch in seinem Stuhl nieder und freute sich auf eine kleine Mittagspause.

Die Couch, auf der Hilde abends vor dem Fernseher einschlief, war auf dem Sperrmüll gelandet, wie so vieles aus ihrem gemeinsamen Haushalt, dem der Eltern und sogar der Großeltern. Immer neue Überbleibsel der Vergangenheit hatte das alte Haus ausgespuckt.

Möbel und Gegenstände, an die sich Helmut Bauch gar nicht mehr erinnern konnte. Hildes Katzen hatte dankenswerter Weise die Nachbarin zu sich genommen. Es hatte keinen Abschiedsschmerz gegeben. Wahrscheinlich ahnten die Katzen schon lange ihr Schicksal. Katzen können das. Für eine Clivia muss ich kein Futter beim Aldi kaufen. Der neue Kühlschrank war noch nicht da, aber ein paar Bierdosen standen herum. *Prost, neues Zuhause!*

Das Telefon klingelte. Immerhin funktionierte das schon. Wollte Tochter Elke wissen, ob er gut in seinem Haus angekommen war? Nach dem letzten Besuch im Emsland hatten sie nur selten miteinander telefoniert. Sein Chef, Polizeidirektor Kehrer von der Landespolizeiinspektion Nordhausen war dran.

»Helmut, ich weiß, dass du Umzugsurlaub hast und alle Rechte einer verbeamteten Privatperson genießt. Trotzdem brauche ich dich. Am besten gleich. Wie immer drängt es. Eine ganz schräge Geschichte und du bist geographisch näher dran als ich. Die Frau des Müllers vom Katzenberg hat uns angerufen. Sie war völlig durcheinander. Redete etwas von ihrem verschollenen Mann, den man ihr mit der Post geschickt hat. Ein Streifenwagen ist schon unterwegs. Ich habe auch den Kollegen Spiegel losgeschickt. Der Katzenberg liegt am Südhang der Hohen Schrecke.«

»Kenne ich«, unterbrach Bauch ihn: »Diese halbverfallene Mühle, in der so ein Spinner hausen soll? Ich fahre sofort los.«

Er klemmte die angefangene Bierdose in die Halterung des Stuhls. Na also, das war's dann, dachte er. Holt mich Kehrer tatsächlich wegen einer außergewöhnlichen Situation oder ist das nur eine seiner üblichen, cholerischen Attacken? Wenn ich ihn nicht schon so lange kennen würde, hätte ich langsam Zweifel an der Zuverlässigkeit seines Nervenkostüms.
Wie auch immer. Irgendwas wird schon dran sein.

Der Fund

13:30 Uhr

Auf der Landstraße verflüchtigte sich bald sein Ärger. Der Frühling war in vollem Gange. Jedenfalls schien das im Moment so. Haufenwolken, die sich in der Ferne hinter dem Kyffhäuser auftürmten, erinnerten daran, dass das Wetter jederzeit umschlagen konnte. April. Die Obstbäume blühten. Er ließ das Fenster herunter. Kein Sondersignal. Spiegel und die Streife werden schon da sein. Was war so Außergewöhnliches geschehen, dass sie ihn aus dem Urlaub holten? Der Geruch der blühenden Rapsfelder drang herein. Raps über Raps.

Das Land ist gelb. Nachwachsender Rohstoff. Wir sollen die Felder abtanken. Ob mein Auto das Zeug verträgt, was sie daraus machen werden? Irgendwann gibt es keinen Kartoffelacker mehr. Dann bekommen wir die Erdäpfel von Übersee.

Hinter Wiehe fuhr er die Serpentinen zum Kamm der Hohen Schrecke hinauf und auf der anderen Seite wieder hinunter. Auch hier Rapsfelder soweit das Auge reichte. Noch zwei Ortschaften musste er durchfahren. Hinter Bachra sah er bereits von weitem die Mühlenruine auf dem Katzenberg. Die Rundumleuchten der Polizeifahrzeuge blinkten herüber. Na also, sie sind bereits da. Drei Fahrzeuge.

Dann wird auch Jantzen, der Leiter der Spurensicherung, bereits bei der Arbeit sein.

Eine traumhafte Lage hier oben, dachte Bauch, je näher er dem Anwesen kam. Warum haben sie die Mühle so verfallen lassen? Eigentlich ist dieser Standort viel attraktiver als der von Geros Mühlencafé.

Er erreichte den Hof. Die Szenerie, die sich bot, könnte man beinahe eine Idylle nennen, wenn nicht die Polizeifahrzeuge da wären. Zwei Katzen lagen in der Sonne unter den Fenstern auf einer Bank. Hühner liefen herum und pickten. Ein Hahn stand auf der Regentonne und krähte, als wolle er den Ankömmling begrüßen.

Volker Spiegel nahm bei einer Frau von vielleicht fünfzig Jahren an einem Gartentisch deren Aussage auf. Jantzen war vermutlich im Haus. Einer der Streifenpolizisten lehnte an der Hauswand und telefonierte. Spiegel saß mit dem Rücken zu Helmut Bauch. Die Frau hob den Kopf, als er näher trat. Ihre Augen waren vom Weinen gerötet, aber sie wirkte trotzdem gefasst. Spiegel drehte sich um und stand auf. Er schaute überrascht und wirkte nicht begeistert.

»Kommissar Bauch, ich dachte, Sie sind im Urlaub.«

»Ja, das dachte ich auch, aber Polizeidirektor Kehrer war offenbar der Meinung, dass meine Anwesenheit hier vonnöten sein könnte. Keine Angst, ich will Ihnen den Fall nicht aus den Händen nehmen. Um was geht es?«

»Wir haben eine ziemlich unappetitliche Sache vor uns. Es wird am besten sein, wenn Sie sich im Haus selbst ein Bild machen. Ralf Jantzen ist im Wohnzimmer. Ich setze inzwischen die Vernehmung von Frau Hermann fort.«

Kommissar Bauch fühlte sich unbehaglich in dieser Situation. Was sollte er hier? Am liebsten wäre er wieder umgekehrt. Der junge Kollege würde das schon allein hinkriegen.

Natürlich fühlt Spiegel sich durch mein Auftauchen gestört. Aber dafür kann ich jetzt nichts.

Er ging ins Haus. Die blonde Friderike von der Spurensicherung kam ihm in weißem Overall entgegen und telefonierte mit der Rechtsmedizin in Jena. Jantzen kniete im Wohnzimmer auf dem Boden und fotografierte einen kleinen Styroporkasten, der unter dem Tisch lag. Einen halben Meter davon entfernt entdeckte Bauch eine menschliche Hand, die offenbar gegen die Schrankwand geprallt war. Daran klebten schwarze Blutreste. Der Kommissar brauchte einige Sekunden für den Anblick. Wie hatte Kehrer gesagt? Man hatte der Frau ihren Mann mit der Post geschickt. Und wo war der Rest?

Jantzen begrüßte den Kommissar mit den Worten:

»Hatte ich in dieser Form noch nicht«.

»Ich auch nicht. Deshalb hat mich der Chef wohl aus dem Urlaub geholt. Wie auch immer. Lag bei der Sendung ein Begleitschreiben?«

»Volker Spiegel hat es. Fingerspuren waren natürlich nirgends dabei, außer denen vom DHL-Mann und der Frau. Profis vermute ich. Interessant finde ich das hier.«

Er zeigte auf die Hand:

»Der oder die Täter haben den Ehering dran gelassen. Nach Raubmord sieht das nicht aus. Die Jenaer sind hoffentlich schon hierher unterwegs um das Körperteil in die Pathologie mitzunehmen. Vielleicht erzählt es noch eine Geschichte. Ich bleibe so lange hier und durchsuche mit Friderike das ganze Haus.«

Helmut Bauch trat wieder ins Freie. Spiegel saß allein am Tisch. Die Frau stand rauchend am Zaun des Grundstücks und blickte über die Felder. Bauch setzte sich zu ihm.

»Was haben Sie aus ihr herausbekommen?«

»Sie muss ihre Gedanken sortieren, sagt sie. Ich glaube, sie hat den ersten Schock überwunden. Erstaunlich schnell, wie ich finde. War nicht viel zu erfahren. Sind Sie jetzt wieder im Dienst, Kommissar?«

Bauch zuckte mit den Schultern: »Ehrlich gesagt, weiß ich das selbst nicht. Aber wenn ich mir diese obskure Situation vor Augen halte, dürfte ein Mann mehr für die Aufklärung ganz nützlich sein.«

Volker Spiegel schaute ihn skeptisch und beinahe misstrauisch an, aber Bauch entging nicht das verborgene Lächeln in seinen Mundwinkeln. Möglich dass dies an der Physiognomie des Rennfahrers lag, dem er so sehr glich; Mika Häkkinen.

»Oder sagen wir: der Alte kann es einfach nicht lassen«, meinte der Kommissar und diesmal lächelte Spiegel tatsächlich.

»Die paar restlichen Kartons kann ich auch noch nach Feierabend auspacken.«

Es waren nicht nur ein paar Kartons. Das wusste Bauch genau und Spiegel ahnte es.

»Also, was haben wir? Die Hand habe ich gesehen. Jantzen sagte, dabei lag ein Schreiben.«

Volker Spiegel blickte zu der Frau hinüber, die gerade mit einer Schüssel Korn aus dem Schuppen kam und es den Hühnern in ihren Napf schüttete. Er nahm das Schreiben aus seiner Mappe. Eigentlich war es kein Schreiben. Ein kleiner Zettel, mit Computer beschrieben. War laminiert worden; wahrscheinlich, damit er von der auslaufenden Körperflüssigkeit der Hand nicht durchtränkt wurde. Welch ungewöhnlicher Aufwand. Bauch nahm die Plastikkarte in die Hand. Nur wenige Worte standen darauf.

Verkaufe!
Noch lebt er.
Dir bleibt eine Woche Zeit.
Danach findest du ihn in einer Mühle.

Keine Unterschrift und kein Absender.

»Wenn überhaupt, kann nur die Frau etwas wissen«, meinte Bauch.

»Sie sagt, sie weiß nicht einmal, worum es gehen könnte.

Ihr Mann hat angeblich nie erwähnt, dass jemand ihn bedrängt habe, die alte Mühle zu verkaufen. Aber wenn man sich diesen Holzhaufen anguckt, kann doch nur ein Verrückter so etwas machen.«

Volker Spiegel rief die Frau noch einmal an den Tisch.

Sie trug einen mit Silberfäden durchwirkten, schwarzen Pullover, enge Jeans und blaue Gummipantoletten.

Sie wird Mitte fünfzig sein, dachte Bauch.

»Bitte nehmen Sie noch einmal Platz. Wann haben Sie Ihren Mann zum letzten Mal gesehen?«

»Vor drei Tagen.«

»Also am Samstag. Wissen Sie wohin er gegangen oder gefahren sein könnte?«

»Sagte ich Ihnen doch schon. Ich habe keine Ahnung. Wahrscheinlich ist er gefahren. Am Wochenende bleibt er oft weg. Jedenfalls steht sein Auto nicht mehr da.«

»Machte es Sie nicht stutzig, dass er ganz ohne Begründung wegblieb? Sie hätten ihn als vermisst melden können.«

Sie zuckte nur mit den Schultern und meinte:

»Was glauben Sie, wie oft ich das in den letzten Jahren schon hätte tun müssen? Irgendwann war er immer wieder da. Wenn er sich bei einer seiner Huren ausgetobt hatte. Meist fuhr er zu einem Auftritt oder zu mehreren. Ich habe das nie nachgeprüft. Konnte ich auch gar nicht, denn meist gab es ja für seine Konzerte nicht einmal Verträge.«

»Ihr Mann ist demnach Musiker?«, wollte Bauch wissen.

»Das auch. Man kennt ihn im Allgemeinen als den singenden Müller. Mühlen-Pit und seine Klampfe. Die hatte er diesmal allerdings nicht mitgenommen. Ich dachte schon, er wäre nun endgültig zu einer anderen Frau gezogen. Aber jetzt das da.«

Sie zeigte in Richtung des Hauses und fragte dann etwas kleinlaut.

»Kann das stimmen, was die da schreiben? Dass er noch am Leben ist. Ist das überhaupt möglich ohne Hand? Ich dachte, man verblutet doch.«

»Nicht, wenn die Wunde rechtzeitig versorgt, also abgebunden wird«, bemühte sich Bauch um eine Erklärung und fühlte selbst Unbehagen bei seinen Worten. Er dachte erneut an die laminierte Drohung und daran, dass der Ehering noch am Finger steckte. Würden sich solche Leute die Mühe einer fachgerechten Amputation machen? Unwahrscheinlich. Die Rechtsmedizin wird hoffentlich herausfinden, auf welche Weise die Hand abgetrennt wurde. Früher hatte man bei solchen Drohungen einen Finger oder auch schon mal ein Ohr geschickt. Welch kruder Geist schickt eine Hand per DHL?

»Frau Hermann, Sie sind die Einzige, die uns im Moment helfen kann. Bitte denken Sie gut nach. Jeder noch so kleine Hinweis kann uns weiter bringen.«

»Wie ich Ihren Kollegen schon sagte, ich habe nicht die kleinste Ahnung, was man von mir will.

Ich könnte diesen Erpressern ja nicht einmal eine Antwort geben.«

»Irgendwo im Haus muss es eine Spur geben, vielleicht ein früheres Kaufangebot oder eine ähnliche Drohung. Der oder die Erpresser sind offenbar niemals auf den Gedanken gekommen, dass Ihr Mann nicht mit Ihnen über einen eventuellen Handel gesprochen hat.«

»Hat er auch nicht«, erwiderte die Frau trotzig.

»Was die Sache für uns erschwert und für Sie gefährlich macht.«

»Ja, Kommissar«, meinte Volker Spiegel seufzend: »dann werden wir wohl das gesamte Anwesen durchsuchen müssen. Für das Außengelände brauchen wir unbedingt Verstärkung. In Kürze treffen weitere Kollegen aus Erfurt ein.«

Und zu der Frau gewandt:

»Sie sollten uns zuerst das Arbeitszimmer Ihres Mannes zeigen und danach alle weiteren Räume.«

»Arbeitszimmer. Wenn Sie diese Räuberhöhle so nennen wollen. Gehen wir rein.«

Pits Arbeitszimmer

14:15 Uhr
Im Korridor zog sie ihre Gummischuhe aus und schlüpfte in Pantoffeln. Spiegel fand, sie tat das in ungewöhnlicher Ruhe. Beide folgten ihr in einen schmalen Gang.

»Da hinten ist die Tür zum indischen Zimmer«, sagte Frau Hermann. Spiegel und Bauch blickten sich fragend an.

»Er hat es immer so genannt, weil es am Ende des Ganges liegt.«

Ein Witzbold, dachte Bauch. Sie standen vor einer Glastür, durch deren Scheibe das staatstragende Symbol eines Adlers schimmerte, der auf der Brust das Emblem mit Hammer, Sichel und Ährenkranz trug.

»Wie auch immer«, stieß Bauch unlustig hervor und drückte die Klinke herunter. Das Einzige, was dem Raum einen Anschein von Arbeitszimmer gab, waren Bücherregale, die drei Wände bedeckten und oben von einem breiten Brett abgeschlossen wurden, auf dem aufgereiht gut ein Dutzend verstaubter Schreibmaschinen standen.

»Genau das, was sich Ermittler und Spurensucher wünschen«, seufzte Spiegel: „Hier können wir alles und nichts finden. Arbeit für Wochen und wahrscheinlich zum größten Teil vergeblich.«

»Irgendwo in diesem Chaos oder an einem anderen Ort dieses Gehöfts muss und wird es einen Hinweis auf diese ominöse Drohung geben, eine Vorgeschichte, eine Vorerpressung, Briefe, Computerdateien. Spiegel, bitte holen Sie Jantzen und seine Kollegin, damit die sich den Laden hier ansehen.«

Unter dem Fenster stand ein Sofa mit Bettzeug, lose zugeklappt, als wollte sich der Schläfer später noch einmal hineinlegen. Außerdem gab es einen alten Fernseher auf einem Schrank mit Gläsern und Flaschen und zwei Gitarren, die in ihren Halterungen steckten. Daneben nahm sich der kleine Schreibtisch mit der Glasplatte beinahe unscheinbar aus. In einem Bilderrahmen an der Wand darüber sah man ein lachendes Männergesicht mit schwarzem Vollbart und weißer Müllermütze. Jetzt erinnerte sich Kommissar Bauch.

Diesen Müller hatte er einmal auf dem Stadtfest in Wiehe erlebt. Liedermacher mit folkloristischem Einschlag. Manches war ein bisschen schwermütig gewesen. In einem CD-Regal steckte seine Musik. Würde die etwas über den Mann verraten?

»Frau Hermann, wann haben Sie dieses Zimmer zum letzten Mal betreten?«

»Gestern Abend. Wollte nachsehen, ob er inzwischen hier gewesen ist. Aber das Bett war so, wie Sie es sehen. Ich habe seine Sachen nicht angerührt. Das mache ich schon lange nicht mehr. Sein Bett ist sein Bett. Wir schlafen seit Jahren nicht mehr zusammen. Leben so nebeneinander her.«

»Fassen Sie bitte in diesem Zimmer weiterhin nichts an. Wir müssen auch alle anderen Räume im Haus untersuchen. Welche könnten für uns von besonderem Interesse sein?«

»Das Studio im Keller, wo er seine Musik aufnimmt.«

Sie gingen nach unten. Hier standen Mikrofone, ein kleines Mischpult, vor allem aber säumten weitere Reihen mit Büchern die Wände.

»Ja, mein lieber Kollege«, sagte Bauch zu Ralf Jantzen: »da kommt etwas auf uns zu. Schätze mal so 2000 Bände?«

»4000«, meldete sich Frau Hermann: »Jedenfalls hat Pit das behauptet.«

»Wir dürfen davon ausgehen, dass in jedem von diesen Schmökern sich ein Brief oder ein Zettel verbergen könnte. Ich hoffe, die Spurensicherung hat eine Kompanie von Praktikanten, die sich an solch einer Aufgabe ihre Sporen verdienen wollen.«

Bauch zeigte auf den Computer:

»Nehmen Sie den unbedingt mit. Und Sie, Frau Hermann, begleiten uns bitte noch einmal nach draußen, derweil sich unsere Kollegen hier umsehen. Ich habe noch ein paar Fragen.«

Autos, Fische, Weihnachtsbäume

Sie gingen wieder zum Gartentisch. Die Sonne wärmte und verstärkte den Duft von Blumen, Gräsern und Raps.

»Haben Sie seit dem letzten Ausbleiben Ihres Mannes das gesamte Gelände nach ihm abgesucht?«

»Das mache ich schon lange nicht mehr. Warum sollte ich? Das Auto ist weg.«

Bauch nickte. Warum sollte sie auch, wenn sie es nicht wollte. Aber wir werden nicht darum herumkommen, dieses ganze Grundstück zu durchsuchen. Sein Blick fiel auf die Gewächshäuser.

»Betreiben Sie hier eine Gärtnerei?«

»Mein Vater hat bis zur Wende auf unserem Grundstück Pflänzlinge gezogen und verkauft. Das hat sich dann nicht mehr gerechnet. Kurz nach dem Konkurs ist er gestorben. Jetzt stehen darin Pits Oldtimer, an denen er ständig herumschraubt.«

»Ich möchte einen Blick hinein werfen.«

Sie öffnete eine rostige Tür zum ersten Gewächshaus. Helmut Bauch und auch Volker Spiegel trauten ihren Augen kaum. Dort standen in Reihe die Zeugen der ehemaligen sozialistischen Autoindustrie. Der Kommissar fühlte sich an seine Jugend erinnert.

»Die haben damals unser Straßenbild bestimmt«, erklärte er: »*Wartburg 311, Škoda-Oktavia, Lada, Saporoshez, Moskwitsch*; auch *Rostquietsch* genannt.

Wer diesen Kfz-Park angelegt hat, muss etwas von der Materie verstanden haben.

»War Ihr Mann vom Fach?«, fragte er und bemerkte zu spät, dass er in der Vergangenheitsform gesprochen hatte. Der Frau war das nicht entgangen. Sie drehte ihm ruckartig das Gesicht zu, ehe sie antwortete:

»Er hatte mal eine Lehre als Kfz-Mechaniker im Automobilwerk Ludwigsfelde gemacht, die dann aber abgebrochen. Er ist ein Bastler, der genauso gut ein altes Auto wieder zum Laufen bringen kann, wie eine kaputte Waschmaschine. Er hat die berühmten goldenen Hände.«

Beinahe trotzig betont sie die Präsensform, dachte Bauch. Sie klammert sich an die Hoffnung, dass ihr Mann die Verstümmelung überlebt haben könnte.

»Aber diese goldenen Hände hatte er nicht nur in technischen Dingen«, sagte sie. »Auch diese waghalsige und teure Fischzucht ist ihm gelungen. Hat richtig Gewinn abgeworfen.«

»Eine Fischzucht?«, fragte Spiegel ungläubig: »Hier oben auf dem Berg?«

»Pit hatte herausgefunden, dass es hier eine Stelle gab, die nie austrocknete. Er hatte in den Untergrund bohren lassen und eine Tonschicht entdeckt, die das Wasser am Ablaufen hinderte. Sofort besorgte er sich einen kleinen Bagger und hob die Grube aus. Kommen Sie mit. Ich zeige es Ihnen.«

Staunend betrachteten Helmut Bauch und Volker Spiegel einen etwa 10 mal 15 m großen Fischteich, der von einem Eisengitter überdeckt wurde. Über einen Steg konnte man in die Mitte des Teiches gehen.
Im Wasser tummelten sich merkwürdige bunte Riesenfische und auch kleinere dazwischen.

»Sind das nicht diese asiatischen Luxusfische, die so sündhaft teuer sind?«

»Kois, genau die. Der da«, sie zeigte auf ein weiß schimmerndes Riesenexemplar mit leuchtend orangeroten Flecken: »Der hat ungefähr den Wert eines Kleinwagens.«

»Und Sie versorgen die Tiere, wenn Ihr Mann nicht da ist?«

Sie zuckte mit den Schultern.

»Was soll ich sonst tun? Schließlich lebe ich auch davon. Wir hatten einmal einen Russlanddeutschen als Pfleger eingestellt. Den hatte uns das Arbeitsamt geschickt. Der Mann hatte sich einen Koi als Silvesterkarpfen für seine Familie beiseite gefischt. Kostenpunkt so um die 14.000 Euro. Mein Mann hatte ihn sofort gefeuert und auf Schadensersatz verklagt. Aber der Kerl besaß ja nichts. Und der Fisch war weg.«

Bauch wunderte sich erneut über die kurze, derbe Ausdrucksweise der Frau.

»Hatte Ihr Mann Feinde?«

Sie zuckte abermals mit den Schultern.

»Natürlich wird jemand, der so begabt ist, beneidet. Da wird viel Gift verspritzt. Und wie ich Ihnen sagte: Pit hat goldene Hände.«

Sie unterbrach ihre Rede und schloss kurz die Augen. Plötzlich wird ihr bewusst, dass ein Teil dieses Goldes nun in einer Styroporschachtel liegt, dachte Spiegel.
Die Frau fing sich schnell wieder:
»Das betraf natürlich auch Frauenkörper. Klar, dass sich die Ehemänner über solche Begabung nicht freuten. Da wird ihm schon manch einer den Tod gewünscht haben. Auch dieser russische Karpfendieb hatte meinem Mann nach dem Rauswurf heftig gedroht und was die Autohändler anbelangt, lief das auch nicht ohne Probleme ab. Davon, worum es ging, habe ich keinen blassen Schimmer. Manchmal ging es im Gewächshaus sehr laut zu. Da haben sie nicht immer nur gefeiert.«

»Frau Hermann, wir brauchen Unterlagen, jeden möglichen Zettel über die Geschäfte Ihres Mannes, Telefonverzeichnisse, Adressbücher. Alles, was Hinweise geben kann. Und so Leid es mir für Sie tut; wir brauchen auch die Namen und Telefonnummern der Frauen, mit denen er Sie betrogen hat.«

»Habe ich nicht.«

Ihre Augenlider zwinkerten, als würde sie in grelles Sonnenlicht blicken. Es liegt etwas Ruckartiges, Nervöses in ihrem Wesen, dachte Bauch. Könnte eine Auswirkung des Schocks sein.

»Das glaube ich Ihnen ehrlich gesagt nicht. Springen Sie über Ihren Schatten. Sie erschweren uns sonst die Suche nach dem Entführer oder mutmaßlichen Mörder Ihres Mannes.«

Die Frau hob den Deckel einer Kiste an und nahm mit einer Schaufel Trockenfutter heraus. Vom Steg streute sie die Körner in weitem Bogen ins Wasser.

Mit durchdringender Stimme rief sie herüber:
»Ich habe über das Leben meines Mannes niemals Buch geführt. Aber ein paar Namen weiß ich natürlich. Ich schreibe sie Ihnen auf. Wenn es überhaupt Unterlagen über Pits Geschäfte gibt, müssen Sie seine Buden umkrempeln.«

Abermals überraschte Helmut Bauch die Kälte in den Worten der Frau. Sie stand auf dem Steg, als hätte sie nicht zwei Stunden zuvor die Hand ihres Mannes mit der Post bekommen.

»Ja, das werden wir tun. Und wie verhält es sich mit der Mühle? Haben Sie dort auch einmal nachgeschaut?«

»Probieren Sie es doch selbst. Das Ding ist bei einem Gewitter zusammengestürzt.«

Hinter den Büschen standen nur noch die traurigen Reste einer alten Bockwindmühle. Ein Wunder, dass sie noch nicht umgefallen war. Zwei der Flügel lagen am Boden. Von den anderen beiden ragten noch die Träger in den Himmel. Nur wenige von den Brettern, die seit Jahrhunderten den Wind aufgefangen hatten, hingen daran. Der Rest lag verstreut im Gelände. Das Dach war eingestürzt; das Holz des mächtigen Kastens durch Feuchtigkeit beinahe schwarz gefärbt. Wie mochte es im Innern aussehen?

»Ich klettere da nicht rein«, sagte Frau Hermann: »Keiner weiß, wann das verdammte Ding endgültig umkippt.«

»Unsere Kollegen werden das untersuchen. Warum hat Ihr Mann die Mühle eigentlich nicht restaurieren lassen. Ich nehme an, die ist sehr alt.«

»1704. Hören Sie bloß damit auf. Natürlich hatte er die Idee. Aber dann kamen diese Leute vom Denkmalschutz und wie Pit so ist, hatte er sich gleich mit denen angelegt. Das Wort Auflagen löst bei ihm sofort Aggressionen aus.«

Als sie zum Haus zurückgingen, sah Bauch wie sich eine Karawane von Polizeifahrzeugen auf dem Feldweg näherte; Verstärkung, die Jantzen aus Erfurt angefordert hatte.

Frau Hermann blieb unvermittelt stehen und zeigte in Richtung des Waldes, wo kleine Tannenbäume artig in Reih und Glied standen und bis an den Waldrand reichten.

»Die Weihnachtsbaumplantage dort gehört auch zu seinen Geschäften. *Da wächst still das Geld heran*, sagte er immer. Dafür besaß er keine Genehmigung, weil die Fläche zum Landschaftsschutzgebiet gehört. Aber natürlich hat er sich darüber hinweg gesetzt. Das war so sein Prinzip: Tatsachen schaffen. Er war der festen Überzeugung, dass er mit den Konsequenzen jederzeit klarkommen würde. Und so war es dann auch, jedenfalls meistens. Auch der Bau des Hauses fand ohne Genehmigung statt.

Die Geldstrafe von 10.000 Euro hatte er eingeplant und am Ende Recht behalten. Sie entschuldigen bitte, ich muss mich einen Augenblick hinlegen.«

Bauch nickte: »Halten Sie sich zu unserer Verfügung und informieren Sie mich, sobald Sie irgendein Zeichen vom Erpresser erhalten.«

Was hat dieser Mann eigentlich nicht unternommen, fragte Bauch sich und sah der Frau nach, die mit merkwürdig schleppenden Schritten ins Haus ging. Dabei warf sie den Kopf ruckartig nach hinten.

Die Frage nach potentiellen Feinden hat sich damit fast schon erübrigt. Wer weiß, welche Gegner der sich bei seinen Geschäften mit den Autos auf den Hals geladen hat. Woher stammen die Karren eigentlich? Ist Hehlerware dabei?

Jantzen stand vor dem Haus und rauchte.

»Die Rechtsmedizin von Jena schickt jemanden, der die Hand abholt«, sagte er. »Mit der Lounge dieses Pit werden wir allerdings etliche Tage beschäftigt sein.«

»Davon gehe ich aus«, erwiderte Bauch. »Die Durchsuchung des Areals rings um das Haus wird vermutlich noch länger dauern. Aber wir haben nicht so viel Zeit, wenn wir diesem Ultimatum Glauben schenken können. Finden Sie so schnell es geht die Fahrzeugbriefe von den Oldtimern. Aber vor allem finden Sie ein Schriftstück, das Aufschluss darüber gibt, was die Frau verkaufen soll. Worauf ist der Erpresser scharf? Das Haus ist keine besonders wertvolle Immobilie, eher schlampig hochgezogen.

Den Trümmerhaufen von Mühle wird ja wohl keiner ernstlich haben wollen. Die Fischzucht?«

»Die ist mindestens 200.000 Euro wert«, meinte Spiegel.

»Und wenn schon. Was wäre das für ein Plan? Da hätte ich eher verstanden, wenn jemand diese Karpfen geklaut hätte. Die ganze Herangehensweise passt nicht zu so einer massiven Drohung. Hätte man mit einer Nacht-und-Nebel-Aktion leichter haben können. Ein Zaun ist doch heute kein Hindernis mehr.«

»Was die Autos betrifft, handelt es sich um eine kuriose Sammlung, deren Wert ich nicht beurteilen kann. Kenne mich mit Ostkarossen nicht aus.«

Sie gingen noch einmal ins Gewächshaus.

»Bis auf den da«, Spiegel zeigte auf einen verrosteten Wartburg-Kombi, »sind die allesamt in gutem Zustand oder zumindest hat der Meister daran gearbeitet.«

Beide blickten ratlos auf die Fahrzeuge, die aufgebockt auf Balken standen. Bei den meisten fehlten die Räder, aber an den Achsen glänzte Fett, als wäre der Kfz-Meister gerade aus der Werkstatt gegangen. Hinter den Autos standen Regale mit Blumentöpfen und Pikierkisten. Plötzlich fiel Helmut Bauch dahinter eine glänzende schwarze Plane auf.

»Da steht noch etwas.«

Er drängte sich an der Wand des Gewächshauses nach hinten durch. Spiegel folgte ihm. Vor ihnen stand ein ungewöhnlich großer abgedeckter Pkw. Gemeinsam zogen sie die Plane zur Seite. Das Auto, das zum

Vorschein kam, ließ Bauch nur ausrufen: »Ich glaube es nicht! Wann habe ich so ein Ding zum letzten Mal gesehen?«

Spiegel schüttelte irritiert den Kopf: »Ich habe so etwas noch nie gesehen.«

Die lange Schnauze, die chromglänzenden Felgen und die wuchtige Stoßstange erinnerte ihn an alte amerikanische Limousinen, wie sie noch auf Kuba herumfahren.

»Was steht hier vor uns, Kommissar? Eine Staatskarosse aus dem kalten Krieg?«

»Das ist auf jeden Fall richtig. Wir sehen einen *Tatra*, vermutlich aus den sechziger Jahren. Hergestellt in Ostrava, hieß früher Böhmisch-Ostrau.«

»Irgendwie erinnert mich das Design an einen Porsche, aber das kann man für Ostdeutschland ja wohl ausschließen.«

»Keineswegs. Dazu gibt es eine Geschichte die Sie nicht glauben werden. Vor dem Krieg lag der Ingenieur Hans Ledwinka aus Ostrau mit Ferdinand Porsche in einem Wettbewerb um das Design für einen Sportwagen. Die Nazis gaben dann Porsche den Zuschlag. Der *Tatra* ist sozusagen ein Relikt aus diesem Wettbewerb. Die kommunistischen Regierungen wussten die Wirkung dieses gewaltigen Fahrzeugs zu schätzen und nutzten es neben dem *Tschaika* aus der Sowjetunion als Regierungsfahrzeug. Einige von den Dingern rollten auch in der DDR herum. In diesem Moment frage ich mich, ob das Teil da eventuell das Objekt der Begierde sein könnte.«

»Kommissar, wie hoch schätzen Sie den Wert ein?«

»Ich verstehe nichts von Oldtimern. Aber dieses Auto, vor allem in dem Zustand, könnte einen Sammler aus Saudi-Arabien oder Fernost schon zu einer größeren Summe bewegen. Ob diese Tat allerdings das Abhacken einer Hand aufwiegt, wage ich zu bezweifeln. Der oder die Täter kommen nicht mit einer Anklage wegen Körperverletzung durch. Läuft auf schwerste Körperverletzung, Mordversuch, wenn nicht gar Mord hinaus. Und alles nur wegen eines solchen Blechhaufens?«

Bauch klopfte auf die Motorhaube. »Das machen doch nur Verrückte...aber denen begegnen wir ja immer öfter.«

Spiegel ging um das Fahrzeug herum.

»Ich mag gar nicht an den Benzinverbrauch denken. Aber wer heutzutage einen Hummer fährt, interessiert sich auch nicht für Spritpreise.«

»Spiegel, Ihnen ist hoffentlich klar, dass wir vor einem Dschungel an Ermittlungsrichtungen stehen. Die sollten wir sorgfältig untereinander auf eine Liste schreiben und abarbeiten. Wir beide schaffen das nicht allein. Morgen auf der Dienstbesprechung werden wir die Rollen verteilen. Kehrer weiß schon Bescheid. Diese Frau Hermann hat sich einen Augenblick hingelegt. Ist wohl erschöpft von dem Stress. Ich sehe mir derweil diese Weihnachtsbaumplantage an.«

Er ging zu einem Pfad, der zwischen den Reihen schulterhoher Bäume auf den Gipfel des Katzenbergs führte.

Mit schnellen Schritten stapfte Helmut Bauch nach oben. Obwohl er schwer atmete, bremste er nicht. Er wollte endlich ganz oben sein und von dort herabschauen. Er überlegte. Ein Tatort war das möglicherweise nicht, was unterhalb der Weihnachtsbäume lag, aber vielleicht der Anfang davon. Von hier aus verliefen die Spuren in verschiedene Richtungen. Eine von diesen würde zu dem Vermissten und zu den Erpressern führen. Dass hier nicht nur ein Täter am Werke gewesen war, davon war er inzwischen überzeugt. Am oberen Ende der Plantage stieß er unerwartet auf eine Bank; nicht einfach nur eine Sitzgelegenheit mit einem über zwei Pfosten genagelten Brett. Ein sorgsam aus Birkenstangen zusammengefügtes Sitzgerät mit Rücken- und Armlehnen, was den Kommissar sofort beeindruckte. Jede natürliche Krümmung der Hölzer hatte der Erbauer perfekt in die Linienführung der Lehnen eingepasst. Das Ganze war so geschickt zusammengefügt, als hätte die Natur ihr Holz einzig für diese Bank produziert. Hatte die auch der Mühlen-Pit gebaut? Vermutlich. Bewunderung und beinahe Sympathie erfassten Helmut Bauch, als hätte ihm ein Seelenverwandter ein Zeichen gesandt. Wo befand sich der jetzt ohne seine Hand? Gitarre wird er nie wieder spielen. Können wir ihn noch retten? Wie sie aussah, hatte die Bank bereits ein oder zwei Jahre hier oben gestanden. Auf der Rückenlehne siedelten graue und orangefarbene Flechten. Helmut Bauch setzte sich. Er lehnte sich an und blickte über die Ebene.

Ein königlicher Platz. Ich hätte mir eine ähnliche Bank hierher gesetzt.

Unten auf der Straße kam der Kran des THW herauf. Wie oft mochte Mühlen-Pit hier oben gesessen haben? Hat der hier gegrübelt, neue Coups ausgeheckt oder sich Lieder ausgedacht. Hat er womöglich hier Gitarre gespielt? Mit der rechten Hand berührte Bauch einen Gegenstand, der mit Draht befestigt an der Armlehne hing. Ein metallener Aschenbecher, der ihn aus seinen Betrachtungen riss. Das Gefäß ließ sich herausziehen und der Kommissar entleerte den Inhalt in einen Plastikbeutel. Zigarettenkippen, zerknüllte Papiertaschentücher. An einem klebte Lippenstift. Stammte der von der Ehefrau? Die war vorhin nicht geschminkt gewesen. Jantzen wird es herausfinden. Es lohnt sich immer, zuerst ganz nach oben zu gehen, dachte Helmut Bauch befriedigt und stapfte zwischen den Baumreihen wieder nach unten.

Der große Kran des THW konnte mit seinem Ausleger nicht bis an die Mühle heranfahren. Sie mussten die Büsche davor erst beseitigen.

Bauch sah, wie ein kleiner Fiat neben der Regentonne hielt. Eine schlanke, kleine Frau stieg aus. Sie sah sich um und ging zielsicher auf den Kommissar zu.

»Comissario Helmut Bauch?«, fragte sie: »Eine Kollegin Friderike Bäumer von der Spurensicherung Nordhausen hat mich angerufen. Mein Name ist Roberta Landi. Ich komme von der Gerichtsmedizin aus Jena.

Diese Friderike sagte mir, dass ich hier eine Hand abholen soll. Darum habe ich nur das kleine Auto genommen und den Leichenwagen in Jena gelassen.«

Bauch stutzte, ehe er zu einer Antwort fähig war. Die Frau hatte ihn überrumpelt, nicht nur durch ihre witzige Ansprache. Einen Akzent hatte sie keinen, aber dem Namen nach und auch wegen des Autos vermutete er eine Italienerin.

Arbeiten die inzwischen auch bei unseren Behörden?

»Vielen Dank, dass Sie so schnell gekommen sind. Es ist so, wie Sie sagen. Eigentlich hätten Sie auch ein Motorrad nehmen können. Unbekannte Leute haben uns die Hand eines Menschen geschickt und wir möchten natürlich so schnell es geht etwas darüber wissen. Das heißt: Gehört sie zu dem Vermissten? Wie ist sie abgetrennt worden? Wann ist das geschehen? Sie kennen ja wahrscheinlich den Fragenkatalog eines Ermittlers.«

Während er sprach, konnte er seinen Blick nicht von dem Gesicht der Frau wenden. Sie hatte schwarze Haare, eine schwarze Brille hinter der schwarze Pupillen auf ihn schauten. Ihre Nase war schlank und darunter ließen sich kleine Barthärchen nicht übersehen.

»Das Objekt liegt noch im Wohnzimmer. Unser Spurensicherer hat es wahrscheinlich wieder in die Verpackung zurückgelegt. Geben Sie mir bitte sofort Bescheid, sobald Sie sich ein Bild über die Geschichte dieses Körperteils machen können.«

»Bene. Commissario, so machen wir es.«

Er sah ihr nach, als sie ins Haus ging. Gehen kann man das nicht nennen, dachte er. Sie tänzelt fast. Trägt diese eingerissenen Jeans, die ja wohl genau so über den Ladentisch gegangen sind. Dazu diese Lederjacke. Und so hochhackige Schuhe, wahrscheinlich aus Mailand. Eigentlich geht sie wie auf dem Laufsteg. Und so etwas bei der Rechtsmedizin?
Wie auch immer.
Hinter ihm brauste Lärm auf. Die THW-Leute bahnten mit aller Macht dem Kran einen Weg zur Mühlenruine.

Er wollte gerade dorthin gehen, als Frau Hermann in den Hof trat.

»Haben Sie schon ausgeschlafen?«, fragte er etwas spöttisch, aber sie reagierte nicht darauf.

»Das Wort ausgeschlafen kenne ich schon seit zwanzig Jahren nicht mehr. Ich habe eine Krankheit, die man Narkolepsie nennt. Das ist ein Leben zwischen Wachsein und Schlaf und keines von beiden richtig. Meist wache ich nach 3-4 Stunden wieder auf und kann dann genauso lange nicht einschlafen, ganz egal, ob am Tag oder in der Nacht. Aber dann überkommt mich plötzlich die Müdigkeit und ich kann auf der Stelle einschlafen.«

Sie stand nah vor ihm und sprach leise, als wollte sie ihre Worte vor der übrigen Welt verbergen. Bauch beobachtete, wie sich die Pupillen der Frau weiteten und wieder zusammenzogen.

»Ich habe Ihnen gesagt, dass ich nicht weiß, wann Pit weggefahren ist.

Ich könnte Ihnen genauso gut erzählen, dass er gegen 3:00 Uhr Besuch von einer schlanken, blonden Dame mit knallrot geschminkten Lippen bekam und mit ihr dann fortgefahren ist. Aber ich weiß nicht ob das stimmt.«

»Was meinen Sie damit?«

»Die Narkolepsie beschert mir manchmal Halluzinationen. Gehört zum Krankheitsbild, hat der Arzt gesagt. Damit muss ich leben. Aber genau deshalb hat meine Aussage für Sie keinen Wert. Die Geschichte einer Verrückten. Da könnte ich genauso gut erzählen, dass heute Morgen ein riesiger Frosch im Teich gesessen hat, der nur dank des Gitters nicht heraus konnte. Den habe ich nämlich auch gesehen.«

Die Bewegungen ihrer Pupillen waren in ein Flackern übergegangen.

»Das wollte ich Ihnen nur schnell sagen. Die Arbeiter haben mich geweckt. Aber nun muss ich mich noch einmal für mindestens zwei Stunden hinlegen. Danach bin ich wieder für Sie da. Ich gehe nach oben ins Gästezimmer. Dann können Ihre Kollegen in aller Ruhe auch das Schlafzimmer durchsuchen.«

»Bevor Sie wieder verschwinden. Eine Frage noch: Wo finde ich diesen Mann, der einen Koi zu Silvester verspeist hat?«

»Er heißt Konrad Reill. Stammt aus Kasachstan. Russlanddeutsche nennt man diese Leute wohl jetzt. Er wohnt unten in Ostramondra. Um diese Zeit sitzt er wahrscheinlich im Gasthaus *Zur Perle* und wenn nicht, wird man Ihnen dort sagen, wo der Kerl wohnt.«

Ehe Bauch etwas erwidern konnte, war die Frau wieder im Haus verschwunden. Sie schwankt beim Gehen, dachte er und überlegte.

So unwahrscheinlich es klingt, warum sollte sie das vorspielen? Wenn es stimmt, was sie sagt wird es einen Arzt geben, der diese Krankheit und ihre Auswirkungen bestätigen kann; ganz abgesehen von dem flackernden Blick. Den kann schwerlich jemand willkürlich erzeugen. Was hat dieses Ehepaar für ein Leben geführt? Sie, die Kranke und weitgehend arbeitsunfähige Frau, er der umtriebige, jüngere Wilde? Wie es aussieht, ist sie die Erbin des Grundstücks. Hatte er sie geheiratet, weil er hier oben Raum zum Verwirklichen seiner Ideen und Spinnereien bekam?

Wie auch immer. Die Zeugin schläft jetzt. Wenn sie aufwacht, werde ich vielleicht noch etwas erfahren. Ehe die Leute den Kran aufgebaut haben, sollte ich zu diesem Karpfendieb fahren.

Konrad Reill

15:30 Uhr

Die Perle war eine Eckkneipe gegenüber einem Bestattungsinstitut. Daneben befand sich eine Tischlerwerkstatt. Das Äußere der Kneipe hatte keinerlei Ähnlichkeit mit irgendetwas, das an eine Perle erinnern konnte. Der Putz blätterte ab. Zwei von sechs Fensterläden fehlten. Über dem Eingang wurde eine Biersorte aus Apolda beworben. In den Fenstern klebten die Marken der Spielautomaten. Als Helmut Bauch die Stufen zur Tür betreten wollte, kam ihm ein schnauzbärtiger Mann in abgewetzter Arbeitskleidung entgegen. Er schwankte und schien den Kommissar gar nicht zu bemerken. Auf die Frage, ob er Konrad Reill sei, schüttelte er nur den Kopf, zeigte ins Innere der Kneipe und torkelte weiter.

Bauch trat in den Innenraum. Es war nicht schwer, Konrad Reill zu finden, denn er war der einzige Gast im Lokal und hing am Tresen. Dennoch wandte sich Bauch, um sicher zu gehen zuerst an die Bedienung, eine füllige Frau mit fettigen, schwarzen Haaren, die ihr ins Gesicht fielen. Neben ihrer Nase hatte sich ein kaperngroßes Gewächs in die Haut eingenistet.

Ich würde mir sowas wegmachen lassen, dachte Bauch und fragte sich gleichzeitig, ob die Kasse das überhaupt bezahlt.

Ehe Bauch etwas sagen konnte, fragte die Frau: »Was wünschen Sie?«

Spontan antwortete er: »Ein kleines Bier.«

Schließlich bin ich noch im Urlaub.

Als er es bekommen hatte, fragte er nach Konrad Reill. Sie machte nur eine Kopfbewegung in Richtung des Mannes am anderen Ende der Theke.

»Der sitzt hier«, meldete sich prompt eine knarrende, gutturale Stimme. »Warum wird nach dem gefragt. Sind Sie von der Polizei?«

»Bin ich. Können wir uns einen kurzen Augenblick unterhalten?«

Der Mann brummte etwas Unverständliches und Bauch fragte, ob sie sich an einen der Tische setzen könnten. »Kommen Sie bitte. Ich habe nur ein paar Fragen.«

Der Mann folgte ihm ohne Widerspruch. War etwa 60 Jahre alt. Ein riesiger Schädel mit aschblonden Haaren, kaum sichtbaren Augenbrauen, unrasierten Wangen und wie Bauch feststellen musste, nachdem sie das Gespräch begonnen hatten, nur noch wenigen Zähnen im Mund.

»Ich habe mir schon so etwas gedacht«, sagte Konrad Reill: »Seit die Polizeiautos auf den Berg gefahren sind, dachte ich mir sofort: Da hat es ihm endlich einer besorgt. Ist er tot, dieser Wahnsinnige?«

»Das wissen wir noch nicht, Herr Reill. Aber wir wissen, dass es zwischen ihnen Differenzen gegeben hat. Vor allem wegen eines Fisches.«

Der Mann bestellte einen Wodka und fragte, ob Bauch auch einen wolle. Der lehnte ab.

»Dieser lächerliche Koi. Die Schuppen zu entfernen war eine Plackerei. Und geschmeckt hat das Vieh auch nicht. Ich habe das wie ein Trinkgeld für meine Schufterei auf dem Berg genommen. Sonst war die Bezahlung ja nicht so rosig. Da oben weht manchmal ein Wind, der einem fast die Kleider vom Leib reißt. Da füttern Sie mal Karpfen und verscheuchen gleichzeitig die Fischreiher. Mühlen-Pit war ja kaum zu Hause. Der hatte noch ganz andere Baustellen.«

»Herr Reill, ganz unter uns. Haben Sie ihn nach Ihrer Entlassung bedroht?«

Reill stürzte den Wodka hinunter.

»Ja, das habe ich. Weil ich es bescheuert fand, wegen eines blödsinnigen Fisches solch ein Theater zu machen. Zugegeben, ich habe ihm eine Drohung geschickt. Sie werden sie finden, wenn Sie sie nicht schon gefunden haben.«

»Eine Morddrohung?«

»Ja, was man so in der Wut rauslässt. War aber nicht ernst gemeint. Ich habe ihm nichts getan. Wenn er jetzt tot ist, hat das jemand anderes gemacht. Der Scheißkerl hatte ja genug Feinde. Ich habe die Polizeiautos nicht gezählt, die seit heute Vormittag hinaufgefahren sind, aber es waren wohl mehr als drei.«

»Herr Reill, wo haben Sie sich in den letzten drei Tagen aufgehalten. Versuchen Sie sich, so gut es geht zu erinnern.«

Reill nahm einen tiefen Schluck aus seinem Bierglas, wischte sich den Schaum von den Lippen und sagte mit einem Grinsen zur Bedienung:

»Da gibt es nicht viel zu erinnern. Hier war ich. Hier und zu Hause, was drei Häuser weiter ist. Meine Frau kann das ebenso bezeugen wie Hanni.«

»Das stimmt, Herr Kommissar. Konrad ist unser Dauergast. Manchmal holt ihn seine Frau ab, wenn er es nicht mehr alleine schafft.«

»Besitzen Sie ein Auto?«

Prompt kam die Antwort:

»Pah! Den Lappen hat man mir schon vor Jahren weggenommen. Und meine Frau hat keine Fahrerlaubnis. Wir fahren mit dem Bus, wenn wir mal zum Arzt, zum Arbeitsamt oder zur Post müssen.«

Helmut Bauch griff das Stichwort dankbar auf und tat erstaunt:

»Es gibt keine Post im Ort?«

»Unsere haben Sie vor zehn Jahren zugemacht.«

Die Möglichkeit, mit diesem Mann einen mutmaßlichen Täter zu entlarven, sank rapide. Dennoch wollte Helmut Bauch die Sache zu Ende bringen:

»Herr Reill, trotzdem möchte ich mich bei Ihnen zu Hause einmal umsehen.«

Der Mann zog genervt die Augenbrauen hoch:

»Wenn es unbedingt sein muss. Aber mein Bier darf ich noch austrinken...«

Bauch nickte freundlich.

»Hanni, ich komme gleich wieder«, rief Reill beim Hinausgehen.

Das Zuhause war ein Häuschen, eine Kate nannte man früher solche einstöckigen Gebäude. Wer wollte, konnte vom Gehweg in die Fenster blicken oder in die Dachrinne greifen und das dort herausragende Moos entfernen.

Immerhin leuchteten frisch gestrichene Fensterläden von grüner Farbe und Blumenkästen mit Stiefmütterchen. Die Frau erschrak sichtlich, als Bauch sich vorstellte. Hatte sie die Polizei erwartet? Zumindest schien sie ihrem Mann zweifelhaftes Treiben zuzutrauen. Die kleine, rundliche Person mit Pausbacken und vollen Lippen mochte früher einmal sehr schön gewesen sein, so eine dralle Biene, die von den Burschen auf dem Tanzboden umschwärmt wurde.

In den gepflegten, dunkelblonden Locken der etwa Sechzigjährigen schimmerten nur wenige graue Haare. Sie trug eine Kittelschürze. Viel gab es in dem kleinen Haus nicht zu besichtigen. Im Wohnzimmer lief der Fernseher. In der Küche stand die erwartete Anzahl diverser Bier- und Schnapsflaschen. Die Frage nach einem Computer hatte sich auch bald erübrigt.

»Herr Reill. Wie sind Sie ohne Auto zu dem Grundstück des Pit Hermann gekommen? Immerhin gute fünf Kilometer.«

»Mit dem Fahrrad. Bergauf habe ich geschoben und zurück ging's dann ziemlich flott. Und das bei jedem Wetter. Kein besonders gemütlicher Job, den das Arbeitsamt mir da vermittelt hatte.

Da war es doch kein Verbrechen, wenn ich mir zu Silvester einen von diesen blöden Karpfen herausgefischt habe. Wir hatten die Kinder zu Besuch.«

»Und nun habe ich noch eine Frage. Gibt es hier einen Schuppen, eine Garage oder einen Keller?«

»Einen Keller hat das Haus nicht«, sagte die Frau: »Hinten ist der Kohlenschuppen.«

Sie kamen in einen kleinen Hof, dessen eine Seite von einem Dutzend Kaninchenställen begrenzt wurde. Schwarze und bunte Stallhasen schnupperten am Gitter. Das große Vorhängeschloss zum Schuppen wurde von der Frau mit einem rostigen Schlüssel geöffnet. Durch eiserne spinnwebenverhangene Gitterfenster fiel mattes Licht in den Raum, in dem sich auf der rechten Seite ein Kohlenhaufen türmte und an der Wand gegenüber sauber aufgestapelte Holzscheite, die bis unter die Decke reichten. Am Fenster stand eine Werkbank. Darauf lag altes Werkzeug. Nichts aus dem modernen Baumarkt.

Plötzlich fiel Bauchs Blick auf einen Hackklotz, in dem ein Beil und ein Messer steckten. Am Messer klebte offensichtlich altes Blut. Auf dem Boden, der mit Sägespänen und Kohlengrus bedeckt war, zeichneten sich dunkle Flecken ab, die ebenfalls Blut sein konnten. Er ging in den Hof und rief Jantzen an.

»Schicken Sie mir bitte einen von den Erfurter Spusi-Kollegen hierher.«

Er gab die Adresse durch. Konrad Reill stand betreten herum und knetete nervös eine Bierdose in der Hand.

»Was hat es mit dem blutigen Messer auf sich?«

»Ich schlachte. Meine Hasen sind nicht zum Streicheln da. Seit der BSE Krise verdiene ich mir damit was dazu. Hartz IV allein reicht nicht. Können Sie darüber bitte schweigen, Herr Kommissar. Nicht, dass mir die Stütze auch noch gekürzt wird.«

Bauch musste lächeln.

»Keine Sorge. Jetzt kommt gleich ein Kollege, der sich hier noch einmal umsieht. Reine Formsache. Frau Reill, Sie sagen mir jetzt bitte, wann und wo Sie und Ihr Mann sich in den letzten drei Tagen aufgehalten haben.«

»Ich hole meinen Terminkalender.«

Frau Reills Terminkalender war ein christlicher Abreißkalender. *Die gute Saat.* Sie brachte die abgerissenen Zettel, auf die sie Notizen gemacht hatte, zusammengeheftet mit einer Büroklammer und las vor:

»Am Sonntag haben wir in Heldrungen den Gottesdienst besucht. Wir waren in St. Wigberti. In der Kirche bin ich getauft worden. Danach sind wir zum Wasserschloss spaziert, haben dort eine Bratwurst gegessen und am Nachmittag den Bus zurück genommen. Abends ist Konrad noch zu Hanni gegangen. Das war auch am Montag so. Ich hab die Hasen versorgt und Wäsche gebügelt. Am Dienstag hatten wir beide in Greußen Termine beim Arzt. Er wegen seiner Schuppenflechte und ich wegen meiner Osteoporose. Mittwoch waren wir dann wieder daheim.«

Helmut Bauch verabschiedete sich und fuhr auf den Katzenberg zurück.

Im Untergrund

17:00 Uhr
Inzwischen war der Kran in seine Arbeitsposition gerückt worden. Die Männer legten breite Gurte um den Korpus der Mühle. Um diesen zu stabilisieren zog die Winde mit heulendem Geräusch an, bis die Gurte straff waren. Pits Mühle hing am Haken und konnte nicht mehr umfallen. Zwei Beamte kletterten ins Innere. Sie zogen ein Stromkabel für die Scheinwerfer hinter sich her.

Bauch beobachtete das Treiben. Würden sie Mühlen-Pit da drin finden oder wenigstens eine Spur die zu ihm führte? Der Motor des Krans dröhnte. Abgaswolken zogen den Hang des Katzenbergs hinab. Helmut Bauch wartete ungeduldig, glaubte aber eigentlich nicht an einen Treffer. Pits Auto war weg. Warum sollte der in der Mühle liegen?

Jemand rief: »Hier ist nichts!«

Na also. Volker Spiegel trat neben ihn und meinte:

»Hatte ich auch nicht anders erwartet. Ergab denn der Besuch bei dem Karpfendieb etwas, Kommissar?«

»Wenn die Spusi nicht noch Verdächtiges findet, würde ich den Mann als Täter fast ausschließen. Schwerer Alkoholiker, wie mir scheint. Ich sage aber nur: Fast. Er bleibt im Kreis der Verdächtigen. Schläft die Frau noch?«

Spiegel nickte.

»Sie hat mir von ihrer merkwürdigen Krankheit erzählt.

Angeblich ist sie niemals richtig wach und niemals ausgeschlafen. Stelle ich mir furchtbar vor. Ich würde gern mit dem Arzt sprechen. Wenn sie wach ist, fragen Sie sie bitte mal nach dessen Namen und Adresse.«

»Habe ich schon. Ein Doktor Möller aus Sömmerda. Hier ist seine Telefonnummer.«

»Den kenne ich.«

Beinahe wäre ihm der Spruch: *Gute Arbeit* herausgerutscht. *Wir sind nicht in einem amerikanischen Film und ich bin de facto noch im Urlaub. Da muss ich nicht gleich wieder den Chef raushängen lassen.*

Er bedankte sich und griff zum Telefon. Der Motor des Krans brüllte auf. Sie legten das Mühlenhaus auf die Seite. Er ging zum Telefonieren ins Haus. Als Hilde noch lebte, hatte Doktor Möller einmal einen Hausbesuch bei ihr gemacht. Der Arzt war zu einem Gespräch unter Vorbehalt bereit. Nach 18:00 Uhr hätte er Zeit. Helmut Bauch schaute sich um. Gut zwanzig Beamte tummelten sich inzwischen auf dem Gelände. Er sah die blonde Friderike am Gartentisch sitzen. Sie hatte das Oberteil ihres Overalls abgestreift und trank aus einer großen Mineralwasserflasche. Er ging zu ihr.

»Die Luft ist so schwül«, sagte sie. »Da ist diese Kluft eine reine Tortur. Ich brauche eine Pause. Ralf ist unten in diesem Studio und blättert mit den Kollegen alte Bücher durch.«

Bauch sah, wie Volker Spiegel wieder zum Gewächshaus ging. Von Westen zogen dichte Haufenwolken heran. Dahinter näherte sich eine schwarze Wolkenwand. Umso heller leuchteten die Rapsfelder.

Wir werden wohl ein Gewitter bekommen.

Plötzlich rief jemand laut: »Kollege Spiegel!« Ein Erfurter Kollege winkte:

»Wir haben eine Leiche!«

Bauch, Spiegel und Friderike eilten hinüber. Die Mühle lag auf der Wiese. In der Vertiefung unter ihrem ehemaligen Standort hatten die Kollegen das alte Laub beiseite gefegt. Ein Skelett war zum Vorschein gekommen. Helmut Bauch entdeckte einen alten Freund. Hauptkommissar Dieter Schütze aus Erfurt hockte am Rand der Grube.

»Hallo Dieter! Was macht denn das LKA schon hier? Ging ja schnell.«

Der blickte auf und erkannte Bauch.

»Grüß dich, Helmut. Man hat uns sofort verständigt und wie ich jetzt sehe, nicht zu unrecht. Ich wusste gar nicht, dass du...«, meinte er mit einem Blick auf Volker Spiegel.

»Ist schon gut. Ich bin eigentlich noch im Urlaub. Kann das unser Vermisster sein?«

»Wohl kaum. Ist doch unübersehbar, dass der da noch beide Hände hat. Auch wenn das nur noch Knochen sind.«

Inzwischen war auch Jantzen gekommen und bückte sich zu dem Leichnam hinab:

»Der da, oder das, was von dem Menschen noch übrig ist, dürfte mindestens schon ein Jahr tot sein. Sieht irgendwie nicht nach einem natürlichen Verwesungsprozeß aus. Ich würde eher vermuten, dass hier jemand nachgeholfen hat.

Aber das wird die Rechtsmedizin herausfinden. Ist diese Frau Doktor Landi noch auf dem Gelände?«

Spiegel schüttelte den Kopf.

»Die werden wir gleich noch einmal herbeordern müssen. Ich rufe sie an.«

Sie hätte doch mit dem großen Leichenwagen kommen sollen.

Sie gingen zum Haus zurück. Der Fall hatte mit einem Schlag eine neue Wendung bekommen und war noch komplizierter geworden.

»Wir haben eine zweite Leiche, obwohl wir noch nicht einmal die erste haben, nicht einmal wissen, ob Pit schon eine Leiche ist. In welcher Verbindung standen die beiden zueinander? Suchen wir bei unserem Vermissten einen Mörder?«

Volker Spiegel redete laut und dachte laut, wie Helmut Bauch es von seinem Assistenten noch nicht kannte.

»Auszuschließen ist das nicht. Aber nicht jeder, der eine Leiche entsorgt, muss auch der Mörder sein. Kann vielleicht auch nur eine Drecksarbeit erledigt haben oder der Vertuscher eines Unfalls sein, an dem er gar nicht oder unschuldig beteiligt war.«

Ich halte fast schon eine Verteidigungsrede, dachte Bauch. Wie komme ich dazu? Umso dringender ist die Suche nach diesem Pit.

»Ist die Fahndung schon raus?«

Spiegel zog gerade seine Rennfahrerstirn in Falten, glättete sie aber sofort wieder. Sein Chef verhielt sich so wie immer.

Trotz allem war er immer noch sein Chef. Und er wusste nicht, ob er ihn eines Tages auf seiner Stelle in der Polizeiinspektion beerben wollte.

»Ich habe in Nordhausen die Öffentlichkeitsfahndung für morgen veranlasst. Außerdem wird eine MCID eingerichtet

»Eine was?«

»Malicious Call Identification. Früher nannte man das Fangschaltung. Funktioniert aber heute anders.«

»Wie auch immer. Wir sollten aber nicht nach einem Einhändigen suchen lassen. Der Hintergrund der Tat muss so lange es geht verborgen bleiben. Und die Leiche sowieso. Sperrt den ganzen Berg für die Presse. Die sollen sich an unsere Öffentlichkeitsarbeit halten. Wir stimmen morgen mit Käthe Gürtler das weitere Vorgehen ab.«

Damit war für Volker Spiegel klar, dass Polizeihauptkommissar Bauch endgültig aus dem Urlaub zurück war. Er entschuldigte sich, weil er wieder in Mühlen-Pits Arbeitshöhle gehen wollte.

»Ich werde mit Ralf Jantzen und seinen Leuten die ganze Nacht durchmachen, wenn es sein muss.«

»Vorher soll aber jemand zu diesem Konrad Reill nach Ostramondra fahren und das Blut an seiner Karnickelschlachtbank untersuchen.«

Die THW-Leute errichteten ein Zelt über dem Fundort der Leiche und bauten Halogenscheinwerfer auf. Die schwarze Wolkenfront hatte inzwischen den Kamm der Hohen Schrecke erreicht und schlagartig wurde es dunkler.

Bauch rief Kehrer an. Ja, er würde seinen Urlaub abbrechen und morgen früh um neun Uhr zur Sitzung kommen. Er berichtete von dem Leichenfund und fragte, ob sich die Presse schon gemeldet habe.

»Die müssten bereits auf dem Weg zu Euch sein. Ich danke dir, Helmut.«

»Ich fahre jetzt nach Sömmerda zu dem Arzt, der die Frau des Vermissten behandelt hat. Kenne ihn noch von früher. Bis morgen.«

Bevor er ins Auto stieg, ging er noch einmal zu Kommissar Schütze.

»Sperrt das ganze Grundstück ab! Die Presseleute sind womöglich schon hierher unterwegs. Von der Leiche darf vorerst niemand erfahren.«

In diesem Moment blitzte es das erste Mal und kurz darauf folgte der Donner. Erste Regentropfen fielen. Bauch startete und musste sofort die Scheibenwischer einschalten. Im Hohlweg kam ihm ein Fahrzeug mit aufgeblendeten Scheinwerfern entgegen. Es gab keine Möglichkeit zum Ausweichen. Es sei denn, er wäre die einhundert Meter rückwärts gefahren. An der Vorderfront des Kleinbusses erkannte er die Großbuchstaben UTV.

Unstrut-TV. Da seid ihr also. Hier kommt ihr nicht durch.

Er hielt an und wartete. Der Fahrer des Kleinbusses hupte, aber Helmut Bauch blieb stur. Trotz des strömenden Regens öffnete er das Fenster und setzte das Sondersignal aufs Dach. Es dauerte noch fast eine Minute, bis das andere Fahrzeug langsam rückwärts fuhr.

Bei dem Wetter war das kein einfaches Unterfangen. Er schmunzelte und stellte sich die Unterhaltung der Fernsehleute im Innern vor. Als sie endlich eine Wegverbreiterung erreichten, wichen sie aus, aber Bauch verstellte ihnen den Weg. Schließlich öffnete sich eine Tür und eine blonde Frau in Lederjacke rannte zu ihm. Das war sie, die Moderatorin Sandy Schliff. Er ließ das Fenster herunter und rief, ehe die Aufgebrachte etwas sagen konnte:

»Versuchen Sie es erst gar nicht. Der gesamte Berg ist polizeilich gesperrt. Auch für Sie. Wenden Sie sich morgen an die Abteilung Öffentlichkeitsarbeit in Nordhausen, wenn Sie etwas wissen wollen. Den Weg dahin kennen Sie ja.«

»Das ist Beeinträchtigung der Pressearbeit!«, kreischte die Frau.

»Wie auch immer. Die Polizeiarbeit kommt immer noch vor der Pressearbeit!«

Der Regen war inzwischen in Hagel übergegangen. Fluchend rannte die Frau zu ihrem Auto. Bauch wartete geduldig. Offensichtlich diskutierte man dort die Lage. Schließlich wendete der Kleinbus und fuhr in Richtung Hauptstraße. Langsam folgte er ihnen.

Narkolepsie

18:00 Uhr

Helmut Bauch war kaum eine halbe Stunde auf der Straße nach Sömmerda unterwegs, als der Regen schlagartig aufhörte. Im Rückspiegel sah er die schwarze Wolkenkulisse über der Hohen Schrecke stehen. Das frische Grün der Laubbäume leuchtete in der Sonne. Noch zehn Kilometer bis Sömmerda.

Nach drei Monaten fuhr er zum ersten Mal wieder in den Ort, in dem über vierzig Jahre seines Lebens verbracht hatte. Auf dem Weg zum Arzt kam er an seinem ehemaligen Haus vorbei. Davor stand ein Transporter mit der Aufschrift:

Eco-Thermo - die umweltfreundliche Alternative für Ihre Heizung

Sie lassen eine neue Heizung einbauen. Umweltauflagen. Hätte ich auch machen müssen. Wie auch immer.

Er drückte aufs Gaspedal und zog an dem Transporter vorbei. Dr. Möller erwartete ihn. Die Praxis war bereits geschlossen und die Sprechstundenhilfe führte ihn zum Arzt. Als Bauch ihm gegenüber trat, war die Erinnerung wieder da. Vor etwa vier Jahren war dieser große Mann mit der mächtigen Glatze und dem weißen Schnauzbart spät abends ins Haus gekommen. Hilde lag damals mit schwerem Fieber im Bett.

»Ich grüße Sie, Herr Bauch oder muss ich Herr Kommissar sagen?«

Bauch wehrte ab.

»Ein Kollege hat mir vom Tod Ihrer Frau berichtet. Wie ich Ihnen damals schon sagte: das sind die Fälle, in denen wir Mediziner machtlos sind. Nehmen Sie bitte Platz. Was führt Sie zu mir?«

»Leider eine dienstliche Angelegenheit und ich muss zugeben, dass sie etwas heikel ist. Es geht um eine Ihrer Patientinnen oder ehemaligen Patientinnen.«

Die Miene des Doktors verdüsterte sich.

Jetzt, wo er den weißen Kittel anhat, könnte er im Puppentheater glatt als der gute Onkel Doktor durchgehen. Auf der Glatze haben sich erste Altersflecken ausgebreitet. Er wird bald in Rente gehen. Und wenn es soweit ist, wird für die alten Leute hier vermutlich niemand mehr zuständig sein.

Er sprach von Frau Hermann und sagte, dass ihr Mann verschwunden sei. Das fand der Doktor nicht außergewöhnlich. Der wusste offenbar mehr.

»Ich komme wegen ihrer Erkrankung: Narkolepsie.«

Auf der hohen Stirn des Bilderbuchdoktors schoben sich Falten zusammen, die an eine Leiter erinnerten.

»Herr Kommissar, Sie wissen, dass ich an meine ärztliche Schweigepflicht gebunden bin. Ich darf Ihnen keine Auskunft über die Krankheiten meiner Patienten geben.

Warum ist für Sie das Ausbleiben dieses mysteriösen Musikers, oder was immer er ist, so wichtig?«

»Lieber Herr Doktor, darüber darf ich Ihnen genauso wenig sagen. Machen wir es anders. Erzählen Sie mir einfach etwas über diese Narkolepsie und ich suche mir heraus, was ich verwenden kann. Wir reden überhaupt nicht über Frau Hermann.«

»Es gibt verschiedene Erscheinungsformen. Eine davon ist der abnorme Schlafrhythmus mit verschobenen REM-Phasen. Das kann ein vierstündiger Zyklus von Wachsein und Schlaf sein, manchmal auch kürzer. Beim Einschlafen vermischen sich Wach- und Traumvorstellungen. Sogenannte hypnagogene Halluzinationen können auftreten. Für die Betroffenen bedeutet Schlaf meist keine Erholung, sondern ein Leben unter Dauerstreß, das sich nur schwer kontrollieren lässt.«

»Wie weit können solche Halluzinationen gehen?«

»Darüber gehen die Meinungen weit auseinander. Es hängt vor allem vom Grad der Erkrankung ab. Einiges ist möglich, denke ich. Aber ich bin Allgemeinmediziner. Die Kollegen vom Facharztzentrum Angerbrunnen in Erfurt können Ihnen da mehr sagen. Der Sitz befindet sich in der Regierungsstraße. Sie verfügen auch über ein Schlaflabor. Dorthin habe ich Frau Hermann überwiesen.«

Bauch bedankte sich. Dr. Möller begleitete ihn zum Ausgang.

»Eine Frage noch. Wie lange kennen Sie eigentlich Frau Hermann?«

»Sie war damals noch ein Kind. Ich bin oft zur Gärtnerei hinauf gefahren, weil ihr Vater schwer krank war. Prostatakrebs. Daran ist er schließlich auch gestorben. Die Mutter war einige Jahre zuvor der Mukoviszidose erlegen. Kurz nach dem Tod des Vaters ist dieser Hallodri da oben eingezogen. Gut zehn Jahre jünger. Ich will keine Gerüchte in die Welt setzen, aber ich möchte fast behaupten, das Grundstück hat ihn mehr interessiert als die Frau. Der alte Herr hatte es trotz seiner Erkrankung durch die DDR-Zeiten retten können. Ein schönes Fleckchen Erde.«

»Ich danke Ihnen Herr Doktor. Sie haben mir sehr geholfen. Wie lange werden Sie als Landarzt noch weiterarbeiten? Ich meine...«

»Ja, ich bin nicht mehr der Jüngste. Bis zum Jahresende. Was ich danach machen werde, weiß ich noch nicht. Wenn ich die Praxis auflöse, muss ich auch das Haus aufgeben. Die Gemeinde braucht es für meinen Nachfolger, obwohl der noch auf sich warten lässt. Aber ich habe mir etwas auf die Seite gelegt. Werde bestimmt ein schönes Fleckchen für meinen Ruhestand finden.«

Der letzte Satz klang nach, als Helmut Bauch nach Hause fahren wollte. Er überlegte es sich noch einmal anders und fuhr wieder zum Tatort zurück. Über der Landschaft braute sich bereits das nächste Unwetter zusammen. *Wie auch immer*. Aprilwetter eben.

Der Safe

20:00 Uhr

Der Regen war inzwischen in Hagel übergegangen. Die Körner prasselten von außen gegen die Fensterscheiben.

Volker Spiegel und Rolf Jantzen hatten zwei Stühle zusammengerückt und die Rückenlehnen gegeneinander gestellt. Das war Jantzens Idee gewesen. Er nannte es die *Methode der ruhigen Hände*. Nur still sitzen und schauen und nachdenken. Nichts anfassen. Jeder hatte in seinem Gesichtskreis die Hälfte des Raumes vor sich.

»Das ist allemal besser, als eine wilde Sucherei«, hatte Jantzen vorgeschlagen. »Was siehst du?«, fragte er.

»Ein Gemälde. Ein Mann mit Backenbart. Sieht alt aus.«

»Richard Wagner.«

»Bist du sicher?«

»Eine von zahlreichen Kopien. Wer sich den hinhängt, hat ein spezielles Verhältnis zur Musik.«

»Und was siehst du?«

»Einen Aktenschrank mit diversen Ordnern. Darüber das Bild vom Mühlen-Pit. Ein Unterschrank aus Blech mit Schubladen. Ein Fernseher. Schreibtisch. Barschrank. An der Wand hängt ein vertrockneter Rosenstrauß. Die Schlafcouch. Und Bücher, Bücher.«

»Auch Bücher über Bücher. Ich sehe ein Banjo an der Wand und ein eckiges Instrument. Eine Zither, wenn ich mich richtig erinnere. Daneben Plakate von Folk-Festivals. Eine Vase nein, eine große Amphore mit Pompesen.«

»Womit?«

»Nennt man auch Rohrkolben.«

»Also, lass uns anfangen. Kennst du die Geschichte von dem Professor, der seinen Studenten die Aufgabe gestellt hat, ein Gefäß so effizient wie möglich mit Steinen zu füllen. Große, kleine, mittlere und Kies. Einige schütteten zuerst Kies hinein und ein großer Stein blieb übrig.«

»Verstanden. Natürlich zuerst die großen Brocken. Nehmen wir uns die Riesenvase vor.«

Die Amphore bestand zwar aus Kunststoff, war aber gut anderthalb Meter hoch. Der spitze Fuß steckte in einer goldfarbenen Autofelge. Sie zogen die getrockneten Rohrkolben, die von einem Bett aus Kieselsteinen gehalten wurden, heraus. Mit vereinten Kräften hoben sie das Gefäß an und legten es auf die Seite. Die Kiesel purzelten auf den Boden. Volker Spiegel griff ins Innere.

»Als ob ich es geahnt hätte. Ein Zwischenboden.«

Hastig scharrte er die restlichen Steine heraus. Sie stülpten die Amphore um und schüttelten sie. Zuerst fiel ein Pappdeckel heraus. Danach purzelten zusammengerollte Geldscheine auf den Boden.

»Dollars!«, rief Jantzen.

»Kein schlechter Anfang. Sind wir einem Bankräuber auf der Spur oder haben wir Pits Altersvorsorge gefunden? Einige Tausend werden das schon sein. Gezählt wird später.«

Spiegel legte das Geld in einen leeren Pappkarton.

Friderike kam mit drei Beamten herein:

»Wir bekommen weitere Verstärkung. Frau Dr. Landi ist außerdem mit ihren Kollegen und dem Leichenwagen unterwegs.«

»Solange das Unwetter anhält, werden die wenig ausrichten können. Kollegen, eure Aufgabe in diesem und dem Raum im Keller wird das Durchblättern der Bücher sein. Achtet auf jeden Zettel, der einen Hinweis auf die Entführung oder Erpressung des Pit Hermann geben kann. Findet ein System, mit dem es Euch so schnell wie möglich gelingt. Kollege Jantzen und ich kümmern sich um das restliche Inventar. Richtet Euch auf eine Nachtschicht ein.«

Die Beamten stellten Bauscheinwerfer und zwei Leitern auf. Spiegel blätterte die Aktenordner durch. Hausrechnungen. Versicherungsunterlagen, einige wenige Konzertverträge mit auffällig geringen Honoraren.

Jantzen nahm das Banjo von der Wand und schüttelte es. Ohne Ergebnis. Die Zither ließ sich trotz aller Kraftanstrengung nicht herunternehmen.

»Merkwürdig. Die hat er festgeschraubt. Brauchte er wahrscheinlich nicht mehr als Instrument«

Volker Spiegel stand nachdenklich vor dem Fernseher, einem älteren Grundig.

»Hier ist auch etwas merkwürdig. Diese monströse Fernbedienung gehört nicht zu dem Gerät. Es lässt sich auch nicht damit einschalten.«

Er drückte den Knopf am Gerät und der Bildschirm flammte auf.

Jantzen nahm die Fernbedienung in die Hand und meinte:

»Ursprünglich war das eine Universalfernbedienung, aber der schwarze Kasten darunter stammt nicht vom Hersteller. Der wurde später angebracht. Wofür brauchte Pit dieses Ding?«

Spiegel nahm es wieder an sich.

»Probieren wir die Technik doch mal aus.«

Er drückte eine Taste und das Deckenlicht erlosch. Er drückte sie ein zweites Mal und das Licht ging wieder an.

»Eine nützliche Spielerei«, meinte Spiegel. »Aber mir scheint das ein ziemlich großer Aufwand für den Zweck.«

Er drehte sich um und drückte weitere Knöpfe. Plötzlich gab es ein klackendes Geräusch. Alle Augen richteten sich auf die Zither, die plötzlich wie eine Tür zur Seite klappte. Dahinter kam ein Safe zum Vorschein.

»Na also. Wer sagt es denn? Allmählich kommen wir unserem Tüftler auf die Schliche. Kollegen, könnt Ihr den öffnen?«

»Wir tun unser Bestes.«

»Wenn es geht, bitte noch heute Nacht.«

Friderike schaute erneut zur Tür herein.

»Frau Dr. Landi ist mit ihren Kollegen drüben am Fundort.«

»Wir kommen.«

Jantzen hatte gerade die originale Fernbedienung unter dem Kopfkissen der Schlafcouch gefunden.

Als sie vor das Haus traten, war es bereits dunkel. Das Unwetter hatte sich verzogen. Über der Hohen Schrecke stand der Vollmond. Scheinwerfer tauchten den Fundort der Leiche in grelles Licht. Das kann man kilometerweit sehen. Morgen will die Öffentlichkeit wissen, was hier oben auf dem Berg los ist, dachte Volker Spiegel.

In den Ortschaften im Tal brannten vereinzelt Lichter. Backleben, Ostramondra, Bachra, Schafau. Es war kurz vor zehn Uhr.

Drei Männer von der Rechtsmedizin versuchten gerade eine Plane unter das Skelett zu ziehen. Zentimeter für Zentimeter hoben sie vorsichtig die Knochenreste an.

»Ich will nicht, dass er auseinanderfällt!«, forderte Roberta Landi energisch. »Die Sehnen sind so gut wie weg. Anschließend schieben wir noch eine Platte darunter und heben ihn in den Wagen.«

»Er?«, fragte Spiegel erstaunt. »Sind Sie sicher, dass es sich um eine männliche Leiche handelt?«

»Den Beckenknochen nach ziemlich sicher.«

»Außerdem dürfte diese Schuhgröße einem Mann gehört haben«, rief Jantzen, der in die Grube gestiegen war und eine Schuhsohle empor hielt.

»Und er trug Outdoor-Kleidung. Ich habe hier ein gut bekanntes Tatzensymbol gefunden. Das ist auch der allerletzte Rest der Bekleidung. Ich würde sagen, Spurenbeseitigung durch eine aggressive Flüssigkeit. Sprich: Säure. Was nicht die Todesursache gewesen sein muss.«

Spiegel schaute zu Doktor Landi:

»Wann können Sie uns etwas darüber sagen?«

Sie zog die Mundwinkel herab und bot Spiegel eine Zigarette an.

»Danke, nein.«

»Schwer zu sagen. Vielleicht bald, vielleicht nicht so bald. Bei dem Zustand der Leiche gestaltet sich allein die Todeszeitbestimmung als schwierig. Aber ich rufe Sie an. Wo ist eigentlich Ihr Kollege Bauch?«

»Wahrscheinlich zu Hause. Offiziell hat er heute noch Urlaub.«

Unterdessen hatten sie die Plane unter das Skelett geschoben. Mit Jantzens Hilfe hoben sie es auf die Platte.

»Kollege Spiegel, der Safe ist offen!«, rief eine Stimme aus dem Dunkel.

»Ich komme.«

Die Stahltür stand offen. Beinahe alles, was sie suchten lag wie bestellt vor ihnen. Ein Stapel mit Fahrzeugbriefen und Umschlägen, Sticks und CDs.

»Das volle Sortiment«, rief Spiegel begeistert: »Was wollen wir mehr?«

»Die Täter oder Entführer oder hoffentlich bald die Leiche.«

Sie drehten sich um. Helmut Bauch war noch einmal zurückgekommen. Dem Kommissar stand die Müdigkeit ins Gesicht geschrieben.

Ich bin das nicht mehr gewohnt, dachte er. Außerdem stecken mir noch die Anstrengungen des Umzugs in den Knochen.

»Gehen Sie die Dokumente durch, soweit es möglich ist und berichten Sie morgen. Ich habe gerade mit Polizeidirektor Kehrer für morgen um neun Uhr die Besprechung vereinbart. Von jetzt an läuft das Ultimatum. Gute Nacht Kollegen.«

Auf dem Hof beggenete er noch einmal Roberta Landi, die gerade ihre Zigarette in einem mit Sand gefüllten Stehaschenbecher ausdrückte.

»Commissario, Sie sind immer noch hier? Kollege Spiegel sagte, dass Sie...«

»Ja, ja, eigentlich sollte ich längst zu Hause sein, aber das hier ist wahrlich keine Alltäglichkeit. Hatten selbst wir als Ermittler noch nicht und die Kollegen können jede Hilfe gebrauchen.«

Sie erwiderte nichts, sondern schaute ihn nur ernst an. Das Mondlicht fiel auf sein Gesicht.

»Helmut Bauch ist müde. Nur ausgeruhte Menschen sind eine Hilfe. Sie sollten ein paar Stunden schlafen, Commissario.«

Unerwartet legte sie ihm ihre Hand auf die Schulter. Im Mondschatten konnte er ihre dunklen Augen nicht sehen und hatte plötzlich das Bedürfnis, sie zu umarmen. Das ist die Müdigkeit, zwang er sich zur Vernunft. Sie schien es zu spüren und sagte schnell:

»Dann werde ich mal unsere Leiche wegschaffen. Gute Nacht, Commissario.«

Die Kollegen warteten schon und auch Bauch stieg in sein Auto.

Bauch ist zurück

Tag Eins des Ultimatums

Mittwoch, 15. April, 9:30 Uhr
In der Polizeiinspektion Nordhausen würde die Dienstbesprechung eine Stunde später beginnen, als geplant. In der Nacht waren noch weitere Erkenntnisse hinzugekommen und Volker Spiegel hatte um mehr Zeit für seinen ersten Bericht gebeten.

Helmut Bauch und Polizeidirektor Kehrer saßen bei einer Tasse Kaffee im Chefzimmer.

»Wie gesagt, Helmut, ich danke dir, dass du deinen Urlaub für diesen Fall unterbrichst. Wie die Dinge liegen, haben wir eine komplizierte Situation vor uns. Ich will wissen, was die Kollegen in der vergangenen Nacht noch herausgefunden haben.«

»Ich bin vor allem auf das Ergebnis der Rechtsmedizin gespannt. Wer ist der Tote und wie kam er dorthin? Mein Gefühl sagt mir, dass es nicht die letzte Leiche in diesem Fall sein wird. Ich glaube, hier geht es um eine größere Dimension.«

»Jedenfalls leistet dein Kollege Spiegel eine hervorragende Arbeit und ich möchte dich bitten...«

»Ich weiß, Balduin. Ich soll ihn nicht so von oben herab behandeln. Keine Angst. Der Junge macht seine Sache gut und dabei werde ich ihm nicht im Weg stehen.«

»Ich mag das Wort Doppelspitze nicht. Das ist eine Erfindung zerstrittener Parteien. Aber wenn ihr auf diese Weise eure Arbeit koordinieren könntet, hätten wir ein starkes Team, was wir wahrscheinlich brauchen werden.«

Helmut Bauch winkte beschwichtigend ab und meinte:

»Dann sollten wir jetzt hinübergehen. Ich glaube Jantzen und Friderike sind schon da. In einer halben Stunde kommen die anderen Kollegen dazu.«

Als sie den Sitzungssaal betraten, hatten sich auch Kommissar Schütze und zwei seiner Erfurter Kollegen eingefunden. Allen waren die Spuren einer schlaflosen Nacht anzusehen. Jantzen machte sich am Beamer zu schaffen und schloss seinen Laptop an. Ein Kollege vom THW kam ebenfalls dazu. Als Polizeidirektor Kehrer die Besprechung eröffnen wollte, stürmte Käthe Gürtler, die Leiterin der Öffentlichkeitsarbeit herein.

»Guten Morgen, allerseits«, rief sie in ihrem breiten sächsischen Dialekt:

»Seit acht Uhr habe ich die Presse auf der Leitung und gleichzeitig diverse Anfragen per E-Mail bekommen. Ich hoffe, ich bekomme jetzt von euch einige stichhaltige Informationen.«

Bauch blickte ungläubig auf diese stets unruhige Frau, die er noch nie gemocht hatte. Sie trug heute einen weinroten Hosenanzug. Was ihn aber vor allem irritierte, waren ihre Haare. Die Blondine konnte doch in der Zeit seines Urlaubs unmöglich ergraut sein. Ein Schicksalsschlag wird sie nicht getroffen haben.

Sie hat sich ihre Haare tatsächlich silbergrau gefärbt, hat sich künstlich älter gemacht und wirkt dabei sogar noch jünger. Wie kann man sich nur soetwas antun?
Wie auch immer. Wir können auf diese Nervensäge nicht verzichten.

Kehrer eröffnete die Besprechung:
»Guten Morgen, liebe Kolleginnen und Kollegen. Ich will nicht viele Worte machen. Es wird sich herumgesprochen haben, dass wir einen außergewöhnlichen Fall vor uns haben. Zuerst möchte ich Polizeihauptkommissar Helmut Bauch wieder in unserer Runde begrüßen, der seinen Urlaub kurzfristig unterbrochen hat. Und nun bitte ich Polizeihauptmeister Spiegel uns seinen Bericht über die Ereignisse der vergangenen Nacht zu geben. Ich will die Sitzung heute nicht übermäßig ausdehnen. Die Zeit läuft uns davon. Es gibt ein Ultimatum. Auch wenn wir nicht wissen, ob es echt ist, sollten wir uns beeilen.«

Volker Spiegel fasste die Ermittlungsergebnisse der Nacht zusammen. Jantzen zeigte am Beamer Fotos der Leiche, der Hand des Entführten, des Arbeitszimmers und den Safe.

»Weiterführend ist für uns vor allem der Inhalt des Safes. Eine Chinakladde mit eingeklebten Visitenkarten, Fahrzeugbriefe der Oldtimersammlung, Anwaltskorrespondenz, Bargeld im Wert von 3000 €, ein Vertrag mit einer Plattenfirma und einzelne Briefe. Außerdem fanden wir eine Blechschachtel mit TÜV-Plaketten.

In der Amphore hatten sich 6500 Dollar befunden, die sich nicht zuordnen lassen. Außerdem ist unklar, warum der Besitzer diese nicht ebenfalls in den Safe eingeschlossen hat. Seine Frau wusste angeblich nichts von dem Geld und ebenso wenig etwas vom Inhalt des Safes.«

Was wusste die überhaupt, überlegte Bauch. Ich muss in dieses Schlaflabor fahren. Vielleicht lässt sich das Gedächtnis der Frau auf diese Weise anzapfen, auch wenn das wahrscheinlich nicht gerichtstauglich ist.

Aber die Liste der Überraschungen war noch nicht abgearbeitet. Jantzen berichtete von der Schuhsohle des Toten in der er einen Chip gefunden hatte. Er wollte versuchen, diesen auszulesen. Die Marke der Bekleidung des Toten war eindeutig. Offensichtlich war der Leichnam mit Säure ruiniert worden.

»Genauer gesagt $H_2 SO_4$, Schwefelsäure. Für alle, die keine Erinnerung mehr an ihren Chemieunterricht haben«, fügte er schmunzelnd hinzu.»Wird zum Auffüllen von Autobatterien verwendet und zählt zu den aggressivsten Substanzen. Deshalb ist vom Körper und von der Kleidung kaum etwas übrig geblieben. Die Rechtsmedizin wird uns hoffentlich bald etwas über die Todesursache sagen können.«

»Wir haben auch noch etwas«, meldete sich Kommissar Schütze.»Die Bockwindmühle ist nicht einfach so zusammengestürzt. Sie wurde gesprengt und zwar planmäßig, sozusagen statisch berechnet.

In jeden tragenden Pfosten des Bocksgestells waren Sprengladungen eingesetzt worden. Die Zündung muss zeitgleich erfolgt sein, wahrscheinlich aus der Ferne. Die Mühle sollte offenbar nicht umfallen, sondern auf das Fundament heruntersacken. Heute werden die Kollegen hoffentlich Genaueres herausfinden.«

Spiegel gab Jantzen einen Knuff in die Seite.

»Die Fernbedienung. Wetten wir?«

»Angenommen. Möglich, dass du Recht hast. Wir probieren es aus. Aber erst brauche ich eine Mütze Schlaf.«

Bauch meldete sich: »Bringen Sie mir bitte vorher das Visitenkartenbuch in mein Zimmer.«

Sie besprachen die nächsten Schritte. Seit den Morgenstunden waren neue Beamte am Tatort mit der Durchsuchung beschäftigt. Für Frau Hermann wurde ein Personenschutz organisiert. Jeweils zwei Beamte in Zivil sollten Tag und Nacht das Gelände sichern, einer an der Auffahrt zum Katzenberg, der andere als Angestellter getarnt auf dem Hof arbeiten und auch im Haus wohnen.

Käthe Gürtler wollte endlich wissen, was sie an die Presse geben dürfe. Sie beschlossen, die abgetrennte Hand und den Erpresserbrief geheim zu halten und stattdessen vom Fund einer unbekannten Leiche zu berichten. Kehrer hob die Sitzung auf.

Visitenkarten

11:00 Uhr
Helmut Bauch bat Volker Spiegel zu einer kurzen Unterredung in sein Dienstzimmer.

»Bevor Sie sich einen Moment ausruhen, lassen Sie mir bitte die Aktenordner und den Inhalt des Safes bringen. Bis heute Nachmittag werde ich das Material durchsehen. Können Sie um drei Uhr wiederkommen? Wir besprechen das weitere Vorgehen.«

»Kein Problem. Ich brauche nur ein paar Stunden, dann bin ich wieder fit. Pits Computer wird gerade von den Technikern gecheckt. Ich hoffe, dass die Kollegen bis heute Abend mit dem Studio fertig sind. Erfurt schickt einen Kfz.-Techniker, der sich in der Oldtimer-Szene auskennt. Womöglich finden wir da eine Spur. Vor allem die Herkunft des *Tatra* würde mich interessieren.«

Volker Spiegel redete hektisch. In dem übernächtigten Gesicht glühten seine Wangen.

»Schon gut, Kollege. Gehen Sie erst mal nach Hause.«

»Ich habe eine ISO-Matte in meinem Zimmer. Das genügt. Ralf Jantzen bleibt auch im Haus. Wir machen dann gleich weiter.«

Er ging und drei Kisten mit dem beschlagnahmten Material wurden hereingetragen. Obenauf lag die schwarz-rote China-Kladde.

Über den eingeklebten Visitenkarten wölbte sich der Deckel. Bauch legte sie auf den Schreibtisch und suchte die Kfz-Briefe heraus. Sie schienen vollzählig: *Lada, Moskwitsch, Škoda-Oktavia, Wolga*...auch ein *Volvo* fand sich. Den hatte er im Gewächshaus nicht gesehen. Sein Blick fiel auf das Kennzeichen: KYF-PH-1965.

PH könnte für Pit Hermann stehen. Dann wäre dies sein Auto. Bauch griff zum Hörer und wollte die Fahndung auslösen. Er erfuhr, dass Spiegel diese bereits veranlasst hatte. Natürlich hat er, dachte er. Wie Kehrer gesagt hat: den Jungen nicht unterschätzen. Er blickte auf das Vernehmungsprotokoll der Frau Hermann. Wenn 1965 für das Geburtsjahr steht, ist der Junge tatsächlich elf Jahre jünger als seine Frau.

Erstaunlicherweise waren die meisten der Ost-Autos nach der Wende mehrmals zugelassen worden und auch verhältnismäßig lange gelaufen. Der Erfurter Kollege würde das überprüfen. Er rief dort an. Der war bereits unterwegs. Er klappte das Visitenkartenbuch auf.

Was diese bunten Kärtchen über die Lebenskontakte eines so umtriebigen Menschen wie Pit Hermann aussagten, ließ sich nur ahnen. Manche könnten auf eine wichtige Bekanntschaft hindeuten, andere nur eingeklebt worden sein, um sie nicht gleich in den Papierkorb zu werfen. Was von dieser Galerie war wichtig? Er dachte an sein Gespräch mit der Ehefrau und nahm einen Zettel hervor. Der Denkmalschutz hatte dem Mühlen-Pit Auflagen machen wollen.

Bauch fand eine Karte vom Thüringischen Landesamt für Denkmalpflege Erfurt. Ein Dr. Martin Buchholz hatte sie hinterlassen. Er notierte die Nummer und rief an. Es meldete sich eine helle Frauenstimme.

»Nein, Dr. Buchholz arbeitet hier nicht mehr. Das war vor meiner Zeit. Der Chef ist außer Haus. Kommt in einer Stunde zurück. Der kann Ihnen genaue Auskunft geben.«

Bauch bat um Rückruf. Auch die Adresse eines Konzertagenten Knorr aus Eisenach fand sich unter den Karten. Ja, man hätte bis vor einem Jahr mit Hermann zusammen gearbeitet und sich dann im Streit getrennt, sagte ein sichtlich genervter Mann.

»Der Herr ist uns zu schwierig. Eigenbrötler. Seine Lieder waren nicht wirklich eine Marktlücke. Nein, ich habe ihn seitdem weder gesehen, noch gesprochen. Kein Interesse mehr. Gestern bin ich aus Hamburg zurückgekommen. Habe eine Woche lang eine junge Band aus England auf ihrer Tournee durch Norddeutschland begleitet.«

»Im Streit getrennt«, brummte Bauch, nachdem er aufgelegt hatte. Mit wem hatte der keinen Streit? Aber für das Abhacken einer Hand kam dieser Agent wohl eher nicht in Frage. Trotzdem; sein Alibi musste noch überprüft werden.

Die Karte einer Autowerkstatt in Sangerhausen fiel wegen einer abgebildeten TÜV-Plakette auf. Er rief dort an.

Nein, einen Pit Hermann kenne er nicht, antwortete eine barsche Männerstimme wie aus der Pistole geschossen: »Nie gehört den Namen...«

Bauch wollte nicht weiterfragen und bedankte sich.

Wie auch immer. Du bekommst demnächst Besuch. Von irgendjemandem wird Pit die Plaketten erhalten haben. Spiegel soll dir mal auf den Zahn fühlen.

Er rief bei der Technik an und fragte nach dem beschlagnahmten Computer. Die Antwort ließ sich knapp zusammenfassen: Passwort.

»Verdammt, kann man so etwas nicht umgehen? Ich denke, ihr seid Spezialisten.«

»Herr Kommissar, die Passwortlöschung war kein Problem. Wir haben den Computer geöffnet, aber dahinter gibt es noch ein zweites Passwort, das wir bis jetzt noch nicht knacken konnten.«

»Bleibt dran und wenn ihr nichts findet, kommt her und schaut in die Akten. Mit einiger Fantasie wird sich das Wort doch finden lassen; irgendwo zwischen Automarken, Karpfenfischen, Weihnachtsbäumen oder diversen Musiktiteln. Die Ehefrau kennt das Passwort auch nicht. Aber ihr könnt ja mal ihren Vornamen eingeben. Moment.«

Er schaute in Spiegels Aufzeichnungen.

»Rosemarie. Würde mich allerdings wundern, wenn ihr damit Erfolg hättet. So groß war die Liebe zwischen den beiden am Ende wahrscheinlich nicht mehr.«

Er überflog weitere Reihen der Visitenkarten. Ein Koi-Züchter aus Naumburg schien noch wichtig.

Am Telefon meldet sich nur der Anrufbeantworter. Also später. Er nahm die China-Kladde und die Dose mit den TÜV Plaketten und ging eine Etage tiefer zu Jantzens Labor. Auch wenn der sich vielleicht gerade ausruhte. Es eilte. Auf sein Anklopfen reagierte niemand. Vorsichtig trat er ein. Im Labor herrschte gedämpftes Licht, das von einer Salzsteinlampe kam. Es duftete intensiv nach Räucherstäbchen. Ralf Jantzen saß in der Mitte des Raumes in seinem Bürosessel. Seine Augen waren geschlossen. In den Händen hielt er einen Stein.

»Treten Sie ruhig näher, Kommissar Bauch. Ich schlafe nicht. Habe nur das Reiki um mich gelegt. Es gibt mir Energie zurück. Was kann ich für Sie tun?«

»Das Visitenkartenbuch. Können Sie die eingeklebten Karten ablösen. Ich will wissen, was auf den Rückseiten steht.«

»Kein Problem. Ich lege es in meine Dampfkiste, wo ich sonst die Fingerabdrücke bestimme. Kann sein, dass das Buch dabei aus dem Leim geht.«

»Ist egal. Apropos Fingerabdrücke. Was habt ihr in dem Arbeitszimmer gefunden?«

»Die von Pit Hermann und der Ehefrau. Keine fremden Spuren.«

»Sind Sie sicher, dass es Pit Hermanns Abdrücke waren?«

»Es gab immerhin eine Hand...«

»Und von der haben Sie...?«

»Natürlich. Man muss jedes Beweismittel nutzen.«

»Eine Frage noch: Ist es möglich auch auf den TÜV Plaketten in der Blechschachtel Fingerabdrücke festzustellen?«

»Wenn sie nicht zu alt sind. Das Mikroklima in der Dose könnte den Erhaltungszustand begünstigt haben. Die Plaketten haben eine gummierte Oberfläche. Ich mache mich gleich daran.«

»Bitte so schnell es geht.«

Jantzen schlug die Augen auf. »Selbstverständlich, Herr Kommissar.«

Als Helmut Bauch sein Zimmer wieder betrat, klingelte gerade das Telefon. Ein Dr. Thürk vom Landesamt für Denkmalpflege war am Apparat.

»Meine Kollegin sagte mir, sie hätten sich nach Dr. Buchholz erkundigt. Das ist eine ziemlich seltsame Angelegenheit. Wir haben nie eine endgültige Erklärung dafür bekommen. Nur Vermutungen, obgleich sehr nahe liegende.«

Mach schon. Was soll die Vorrede.

»Also, Dr. Martin Buchholz ist im vergangenen Jahr in den Weihnachtsurlaub gefahren und aus diesem nie mehr zurückgekommen. Ohne Erklärung, ohne Kündigung. Hat nicht mal seinen Schreibtisch abgeräumt. Er war stets ein verschlossener Mensch gewesen. Hat nie viel von sich erzählt. Aber seine Arbeit war ausgezeichnet. Das Land verdankt ihm den Erhalt zahlreicher Denkmäler. Historische Industrieanlagen, Brücken und Mühlen aller Art. Mühlen waren sein besonderes Steckenpferd. Wassermühlen, Ölmühlen...«

»Windmühlen,« setzte Bauch fort. »Haben Sie nicht versucht, herauszufinden, was mit Ihrem Kollegen geschehen ist?«

»Natürlich. Seine Frau hat wohl eine Vermisstenanzeige aufgegeben. Aber erst im Januar. Ich hatte von ihm nur eine Handynummer und da ging keiner ran. Des Rätsels Lösung bekamen wir erst, als wir erfuhren, dass Martin über die Feiertage nach Indonesien geflogen sein soll, nach Banda Aceh. Jetzt schien uns die Sache klar. Sie wissen schon...«

Bauch wusste nicht gleich. Er verfolgte nicht ständig die Nachrichten. Als das Wort Tsunami fiel, erinnerte er sich. Die Katastrophe von 2004 wäre natürlich eine plausible Erklärung für das mysteriöse Verschwinden des Mannes. Aber wenn die Frau angeblich im Januar eine Vermisstenanzeige aufgegeben hat, bedeutete das, sie hat überlebt oder ist gar nicht mitgefahren.

»Herr Dr. Thürk. Besitzen Sie eine Telefonnummer von Frau Buchholz?«

»Leider nein. Sie soll angeblich in Weimar wohnen.«

»Wir werden sie finden. Ich danke Ihnen.«

Bauch nahm einige Aktenordner aus den Kisten und blätterte sie durch. Was er fand waren keine wirklichen Akten, sondern Sammlungen von Zeitungsartikeln, Konzertkritiken, in Klarsichtfolie steckende Liedtexte und Noten, Fanpost. Es gab einen Ordner mit Rechnungen über Strom, Wasser, Gas und einen anderen mit Steuerunterlagen.

Da soll sich ein Kollege durcharbeiten.

Er hatte noch eine Stunde Zeit bis zur nächsten Besprechung; ausreichend für einen Besuch in der Pizzeria auf der anderen Straßenseite. Eine ordentliche Thüringer Bratwurst hatten sie hier zwar nicht, aber die Bedienung, eine blonde Italienerin, bedachte ihren Commissario stets mit besonderer Aufmerksamkeit. Sie hatte fast immer einen Scherz parat und ließ ihn nie lange auf seine Pasta warten. Von seinem Stammplatz am Fenster konnte er hinüber zum Schlachtschiff sehen, dem Turm der ehemaligen Einsatzzentrale auf dem Dach der Polizeiinspektion, dem diese ihren Namen verdankte.

Aus der Küche hörte er aufgeregte, italienische Laute. Plötzlich dachte er an Frau Dr. Landi. Wie weit mochte die inzwischen gekommen sein? Er holte das Telefon heraus.

»Hallo Commissario!«, sagte sie mit vollem Mund. »Scusi. Ich bin gerade beim Essen. Nein, kein Problem. Sie rufen wegen der Leichen an. Weshalb sonst?«

»Mein Essen kommt auch gleich. Lassen Sie sich nicht stören. Haben Sie schon etwas herausgefunden?«

»Ich bin noch nicht fertig, aber Zwischenergebnisse habe ich.«

»Wie lange sind Sie heute noch im Institut?«

»Oh, wollen Sie mich besuchen? Es wird wahrscheinlich ein langer Abend werden mit diesem Fall.«

»Wenn es Sie nicht stört, komme ich zum späten Nachmittag vorbei. Verstehen Sie bitte, wir haben höchste Eile. Jede Information...«

»Ja, kommen Sie nur. Ich zeige Ihnen an den Objekten, was ich gefunden habe.«

Er bedankte sich. Die Pasta kam.

Also heute noch in den Sektionssaal. Guten Appetit. Wie auch immer.

Spiegel und Jantzen kamen pünktlich um drei Uhr. Beide wirkten sichtlich erholt. In einer Blechschüssel brachte Jantzen die abgelösten Visitenkarten.

»Drei gingen nicht ab. Da hat der wohl Super-Kleber verwendet. Aber die werden möglicherweise nicht so wichtig sein. Eine Reinigung, ein Vertrieb für Fischfutter und ein Installateur.«

Hastig griff Bauch nach den noch feuchten Karten, breitete sie auf dem Schreibtisch aus und drehte jede einzelne um. Bis auf eine fand er keine neuen Informationen. Auf dieser stand eine mit Kugelschreiber gekritzelte Telefonnummer mit dem Vermerk *privat*. Es war die Karte von Dr. Buchholz. Außerdem befand sich eine Handy-Nummer darauf.

»Treffer! Sollte mich wundern, wenn eine davon nicht die der Frau Hermann ist.«

Außerdem hatte Jantzen an den TÜV-Plaketten tatsächlich Reste von Fingerabdrücken gefunden.

»Ich fahre zu dieser Werkstatt«. Spiegel stand auf.

»Gegen den Mann liegt nichts vor, was das Abnehmen von Fingerabdrücken rechtfertigen würde«, mahnte Bauch.

Volker Spiegel nickte nur und ging. Jantzen folgte ihm.

Er wollte sich weiter um den Chip in der Schuhsohle kümmern. Auf dem Gang sagte Spiegel: »Warte noch einen Augenblick. Kannst du mir etwas mitgeben für die Fingerabdrücke? Du weißt schon was ich meine. Auch wenn es illegal ist.«

Jantzen hatte sofort verstanden.

»Komm mit runter ins Labor.«

Helmut Bauch wählte die Handynummer von Buchholz. Wie erwartet kam die Ansage: *Nicht vergeben.*

Das bedeutete noch nicht das Ende der Suche. Wie lange werden Handydaten gespeichert? Darüber gibt es doch gerade Streit in der Politik. Machen uns mit diesen Datenschutzränken nur die Arbeit schwer. Trotzdem rief er bei der Zentrale in Erfurt an und gab die Nummer durch. Sie wollten alles Mögliche versuchen, versicherten ihm die Kollegen. Dann rief er Frau Buchholz an.

Nach anfänglichem Zögern, war sie bereit, ihn zu empfangen. Er fuhr sofort los.

Erprobungsfahrzeug der NASA

15:30 Uhr
Volker Spiegel eilte zu seinem roten *Toyota Celica* auf dem Parkplatz. Die goldfarbene Banderole mit der Aufschrift auf der Windschutzscheibe leuchtete in der Sonne:

Erprobungsfahrzeug der NASA

Nach einer Viertelstunde hatte er die Autobahn erreicht. Links von der Fahrbahn kam die riesige Abraumhalde *Hohe Linde* näher. Dahinter lag Sangerhausen. Es dauerte nicht lange und er hatte die Autowerkstatt erreicht. Über dem Eingang prangte ein großes Schild mit einer TÜV-Plakette:

Auto Wertziy
Kfz-Reparaturen, alle Fabrikate
AU- und TÜV-Abnahme

Es handelte sich um einen mittleren Betrieb; eine hohe Werkstatthalle, ein Geschäftsgebäude, diesem gegenüber lange, stählerne Regale mit Ersatzteilen. Zwei Männer hoben gerade mit einem Gabelstapler ein turbinenförmiges Automatikgetriebe an. Als einer der beiden Spiegels Auto sah, rief er laut über den Hof:

»Da kommt jemand in geheimer Mission!«

Wo er Recht hat, hat er Recht, dachte Spiegel, der bis jetzt noch überlegt hatte, wie er vorgehen sollte. Der Mann hatte ihm den Einfall geliefert. Zuerst wollte er als potentieller Kunde auftreten. Bei seinem Auto lief in zwei Monaten ohnehin der TÜV ab.

Mal sehen, was daraus wird.

»Kann ich irgendwo den Chef sprechen?«

»Momentchen.«

Einer ging in die offenstehende Halle, in der ein *Opel-Senator* auf der Hebebühne schwebte. Der Meister stieg bald darauf aus der Werkstattgrube und wischte sich mit einem Lappen die Hände ab. Er war ein großer, hagerer Mann mit einem Spitzbart, einer Goldkette um den Hals und trug einen ölverschmierten Jeansoverall. Mit einem Blick hatte er Spiegel und dessen auffälligen *Toyota* erfasst.

»Um was geht's?«

»Bei meinem guten Stück ist bald der TÜV fällig. Ich wollte wissen, ob sich das noch einmal lohnt. Er fährt zwar ganz gut, aber die Schaltung macht mir Sorgen. Da ist zu viel Spiel, vor allem vom zweiten auf den dritten Gang.«

»Baujahr?«

»1985.«

»Einer der letzten aus der Supra-Serie. Ist eigentlich bei diesem Alter ganz normal. Zeigen Sie mal her.«

Er stieg ein und ließ den Motor an, fuhr ein Stück vor und wieder zurück. Dann griff er nach dem Seilzug und öffnete die Motorhaube.

»Sieht doch gar nicht so schlecht aus«, meinte der Meister.

»Denken Sie, er hat noch einen TÜV verdient?«

Der Mann lachte kurz auf.

»Das lässt sich schon machen. Notfalls müssen Sie ein paar Scheine drauflegen.«

»Vielen Dank. Ein Bekannter hat Sie mir empfohlen.«

»Wer denn?«

»Pit Hermann.« Die Bombe war gelegt.

»Pit? Ausgerechnet der? Das wundert mich aber. Der will doch sonst alles selber machen.«

»Warum haben Sie meinem Kollegen, Kommissar Bauch gesagt, dass Sie den Namen noch nie gehört haben?« Er hielt dem Mann seinen Dienstausweis unter die Nase.

»Ach so läuft das heute. Was für ein Scheiß wird das jetzt? Nehmen Sie Ihre verdammte NASA-Karre und verschwinden Sie vom Hof.«

»Wenn Sie wollen, dass ich in einer Stunde mit drei Einsatzfahrzeugen wieder da bin und Ihr Gelände umkrempele, können wir das so machen. Wo haben Sie sich in den letzten drei Tagen aufgehalten? Erinnern Sie sich und bitte so genau wie möglich und wenn es geht mit Zeugen, die etwas wert sind. Falls Ihnen da nichts einfällt, kann ich Sie auch in unsere Dienststelle vorladen. Dann nehmen wir uns alle Zeit der Welt, um Ihr Gedächtnis aufzufrischen.«

Dem Meister verschlug es für einen Moment die Sprache. Schließlich fragte er:

»Dürfen Sie das überhaupt?«

»Gehen Sie davon aus, dass wir dürfen. Also!«

»Das ist ziemlich einfach. Ich war fast Tag und Nacht hier. Wir bereiten eine Rallye vor und haben das ganze Wochenende durchgearbeitet. Viele Teilnehmer kommen zu mir und wollen ihre Kisten flottgemacht haben. Das bedeutet für uns Hochsaison. Dafür gibt es genügend Zeugen.«

Das klang glaubhaft.

»Das war vorerst alles. Wir werden das natürlich überprüfen. Halten Sie sich weiter zu unserer Verfügung.«

Bevor er losfuhr, blieb er noch im Auto sitzen und tat so, als ob er telefoniere. Der Meister war wieder in die Werkstattgrube gestiegen. Die Gesellen am Gabelstapler schielten neugierig herüber. Mit einer Hand zog er die Klebefolie aus dem Kästchen, das Jantzen ihm gegeben hatte und presste sie auf den Schaltknüppel. Dann noch zwei weitere auf das Lenkrad. Wenn es nicht regnete, würde Ralf Jantzen auf der Motorhaube auch noch Fingerabdrücke des Kfz Meisters finden. Außerdem am Hebel des Seilzuges für die Motorhaube. Alles ohne juristischen Wert, aber immerhin geeignet, einen Verdacht zu erhärten. Er gab Gas und fuhr mit quietschenden Reifen vom Hof.

Der Chip

16:00 Uhr

Mit äußerster Vorsicht hatte Ralf Jantzen den Chip aus der Schuhsohle herausgelöst. Er schob ihn unter dem Mikroskop hin und her. Die Säure hatte die Platine unbrauchbar gemacht, die nur noch an eine alte Landkarte erinnerte, auf der Wege eingezeichnet waren, deren Namen niemand mehr erkennen konnte. Auf den ersten Blick handelte es sich um eine simple Chipkarte, wie sie in Handys steckten. Wenn es genügend Vergleichsmaterial gäbe, ließe sich die Marke des Herstellers wahrscheinlich feststellen. Aber das war im Augenblick nicht das Entscheidende. Welche Funktion hatte eine Chipkarte in einer Schuhsohle? Er drehte das Metallstück wieder und wieder herum.

Schließlich öffnete er sein eigenes Handy und nahm die Chipkarte heraus. Er legte die beiden Karten nebeneinander. Auf seiner eigenen stand der Name des Telefonanbieters. Den hatte auf der anderen wahrscheinlich die Säure vernichtet, oder es hatte nie einer existiert. Aber es gab noch einen weiteren Unterschied. Der fremde Chip war etwas länger. Am unteren Ende war ein drei Millimeter starkes, schwarzes Stück Plastik angesetzt worden. Mit einer Pinzette und einer Nadel, versuchte Jantzen das Anhängsel abzutrennen. Unter dem Mikroskop gelang es schließlich.

Er verstärkte die Vergrößerung und entdeckte zwei winzige Drähte, die beide Teile verbunden hatten. Dafür konnte es nur eine Erklärung geben: der Chip besaß eine externe Stromquelle. Damit war er aktiv und konnte geortet werden, wie jedes Handy. Der Träger dieses Schuhs stand unter ständiger Beobachtung. Für wen war diese Person von so großer Wichtigkeit, dass jemand solchen Aufwand betrieb? Hier waren zweifellos größere Kaliber am Werk gewesen. Selbst wenn der Mühlen-Pit ein begabter Bastler gewesen sein mochte, traute Jantzen ihm diese technische Leistung nicht zu. Aber warum hatte der Mann auf Pit Hermanns Hof sein Ende gefunden?

Er dachte wieder an die merkwürdige Fernbedienung. Da hing auch etwas Zusätzliches dran. Verdammt. Warum hatte er die nicht gleich mitgenommen? Die Kollegen waren noch vor Ort. Er rief dort an. Sie sollten die Fernbedienung sicherstellen, bis er und Volker Spiegel eintrafen. Schnell speicherte er die Aufnahmen des Mikroskops im Computer und griff nach dem Autoschlüssel. Wir müssen uns beeilen, dachte er, während er die Treppe hinuntereilte. Da kann noch sehr viel mehr auf uns zukommen. Womöglich liegen die Dinge ganz anders, als wir uns vorstellen können.

Frau Buchholz

17:30 Uhr
Frau Buchholz wohnte in Weimar in der Moskauer Straße. Ein ehemaliges Neubauviertel der DDR. Der Doktor vom Denkmalamt lebte im Plattenbau, wunderte sich Helmut Bauch. Er klingelte und der Summer der Schließanlage ertönte.

In der ersten Etage erwartete ihn eine große, blonde Frau in einem baumwollenen Hauskleid. Sie trug eine Goldrandbrille mit Ketten an den Bügeln und blickte ernst auf ihren Besucher. Bauch stellte sich vor und zeigte seinen Dienstausweis.

»Bitte sehr«, sagte sie kurz und deutete eine einladende Bewegung an. »Da hinten rechts die Tür. Wir gehen ins Wohnzimmer.«

Er wurde in eine typische Wohnstube mit Schrankwand und Sitzgarnitur geführt. In der Vitrine sah Bauch eine Sammlung von Miniaturwindmühlen aus Porzellan, Holz, Stroh und Zinn. Auch über dem Fernseher hing eine Windmühle; in Öl gemalt und in einem Goldrahmen. Das war auch das Einzige, was auf einen ehemaligen Mitarbeiter des Denkmalamtes hindeutete.

»Möchten Sie einen Kaffee?«, fragte die Frau. »Ich habe mir einen gemacht. Bin gerade von der Arbeit gekommen.«

»Gern.«

Als sie sich zu ihm gesetzt hatte und der Kaffeeduft durch den Raum zog, bedankte sich Helmut Bauch und begann, um einen freundlichen Ton bemüht:

»Also, Frau Buchholz, ich komme wegen Ihres vermissten Ehemannes.«

»Wie ich Ihnen am Telefon schon sagte. Ihre Kollegen waren bei mir und haben meine Aussage zu Protokoll genommen.«

Bauch nickte verständnisvoll und erwiderte:

»Hat Ihr Mann Ihnen gegenüber einmal den Namen Pit Hermann erwähnt?«

Sie überlegte und schüttelte den Kopf.

»Martin hatte mit den unterschiedlichsten Leuten zu tun und viele Namen genannt. Aber diesen habe ich nicht im Gedächtnis.«

»Pit Hermann von der Bockwindmühle auf dem Katzenberg...«

»Katzenberg. Das sagt mir etwas. Davon hat er gesprochen. Mit dem Besitzer muss es irgendwelchen Ärger gegeben haben.«

»Wie gesagt, ein Liedermacher und Mühlenbesitzer. Er wird vermisst und ist wahrscheinlich entführt worden. In seinen Unterlagen fanden wir die Visitenkarte Ihres Mannes und auf der Rückseite Ihre Telefonnummer.«

Sie zuckte mit den Schultern.

»Bitte erzählen Sie mir noch einmal, was sich damals zugetragen hat. Wenn Sie erlauben, mache ich mir Notizen. Natürlich könnte ich auch die Akte anfordern, aber ich möchte es gern von Ihnen hören.«

»Also gut. Mein Mann ist am 22. Dezember 2004 in Weihnachtsurlaub gefahren.«

»Allein?«

»Jedenfalls nicht mit mir. Ich fand auf seinem Schreibtisch zwei Flugtickets nach Indonesien. Airport Jakarta. Der Flug sollte über Amsterdam Schiphol gehen. Mir sagte er, dass er eine Auszeit brauche. Aber das war natürlich gelogen. Schon seit langem hatte er mich belogen und betrogen. Wir hatten uns längst auseinander gelebt. Wozu brauchte er für seine Auszeit zwei Tickets? Dann brachten sie im Fernsehen die Nachricht von dieser schrecklichen Katastrophe. Ich habe seine Nummer gewählt, aber ich konnte ihn nicht erreichen und rechnete deshalb mit dem Schlimmsten. Als er zum angekündigten Termin nicht zurückkam, rief ich beim Auswärtigen Amt an. Sie hatten ihn nicht auf ihren Listen und rieten mir zu einer Vermisstenanzeige. Ja, und dann kamen Ihre Kollegen.«

»Haben Sie eine Ahnung, mit wem Ihr Mann in den Urlaub geflogen ist? Auf den Flugtickets steht doch normalerweise auch der Name des anderen Passagiers.«

»Den Namen habe ich natürlich gelesen. Ich glaube, es war ein polnischer. Elisabeta oder so ähnlich. Den Nachnamen weiß ich nicht mehr. Ich glaube sie gehörte zu den Restauratoren am Schloss. Da haben ja viele Polen gearbeitet.«

»Dürfte ich einen Blick in sein Arbeitszimmer werfen?«

»Sein Zimmer. Aber von ihm werden Sie da nichts mehr finden. Ich habe es ausgeräumt. Sein eigentliches Arbeitszimmer befand sich im Schloss. Dort bewahrte er alle Unterlagen auf. Manchmal schlief er auch da.«

Darum genügte ihm der Plattenbau, dachte Bauch. So hat er auf seine Art ein Doppelleben führen können. Merkwürdig war die Ähnlichkeit mit Pit Hermanns Ehe.

Es war, wie die Frau gesagt hatte. Lediglich die Abbildung einer Förderbrücke an der Wand mit der Bezeichnung: *Besonders wertvolles Industriedenkmal* deutete auf den Beruf des ehemaligen Besitzers hin.

»Wo finde ich denn dieses eigentliche Arbeitszimmer Ihres Mannes?«

»Da werden Sie leider genauso wenig Erfolg haben. Kurz nach dem Verschwinden meines Mannes wurde dort eingebrochen. Man hatte den ganzen Raum verwüstet, die Schubladen herausgerissen. Sogar den Papierkorb haben diese Vandalen ausgekippt.«

»Offensichtlich hat jemand etwas gesucht.«

»Was weiß ich? Was sollte da zu finden gewesen sein? Das Zimmer dient längst einem anderen Zweck.«

»Ich habe trotzdem noch eine Bitte. Für die Ermittlungen in unserem Fall benötige ich Proben für die DNA Untersuchung, eine Zahnbürste, ein benutztes Taschentuch, ein paar Haare, eine Zigarettenkippe…«

»Martin hat nicht geraucht. Zahnbürste, Taschentücher. Ich habe nichts davon aufgehoben. Habe reinen Tisch gemacht. Anfangs war ich erschüttert und traurig, aber bald fühlte ich so etwas wie Befreiung.

Doch mir fällt gerade etwas ein. Kommen Sie mit in den Keller.«

Der Raum war klein und eng, bot aber immerhin noch Platz für eine Werkbank und einen Werkzeugschrank. Frau Buchholz öffnete ihn und nahm einen Kurzhaarschneider heraus.

»Den habe ich nicht weggeworfen, weil ich mir selbst manchmal die Haarspitzen damit gekürzt habe. Da drin könnten sich auch noch Bartstoppeln von Martin befinden.«

Bauch lächelte. »Dann muss ich Sie aber um ein, zwei von Ihren Haaren bitten. Sozusagen für die gentechnische Unterscheidung.«

»Kein Problem.«

Sie nahm eine Schere von der Wand.

»Und wenn das nicht ausreicht, fassen Sie mal unter die Tischplatte.«

»Was ist das?«

»Kaugummi. Er hatte so einen Tick. Angeblich war es eine Angewohnheit aus der Schulzeit. Fand ich ziemlich eklig. Aber dies hier war sein Reich.«

Bauch nahm Hammer und Meißel aus dem Werkzeugschrank und stemmte einige von den steinharten Kaugummistücken von der Platte.

»Trug Ihr Mann eigentlich Outdoor-Kleidung? Jack Wolfskin oder Ähnliches. Sie wissen schon?«

»Die Tatzenjacke war sein Lieblingskleidungsstück, wenn er sich zwischen diesen Mühlen und alten Industrieanlagen herumtrieb.

Warum er die nach Indonesien mitgenommen hat, war mir ein Rätsel. Da ist es doch so warm.«

»Besitzen Sie noch Schuhe von Ihrem Mann?«

Sie überlegte wieder.

»Fast alles habe ich in die Kleiderspende gegeben, bis auf ein Paar Turnschuhe. Sie zog einen Karton unter der Werkbank hervor. Die hatte ich vergessen. Entsorge ich aber auch noch.«

»Nein, bitte nicht. Geben Sie sie mir. Außerdem bräuchte ich noch ein Foto von Ihrem Mann, falls Sie noch eines besitzen.«

Die wird sie ja hoffentlich nicht auch alle entsorgt haben.

Sie ging in die Küche und kam mit einem Schwarzweiß-Foto wieder, das einen Mann im Alter von vierzig Jahren zeigte.

»Ein aktuelleres haben Sie nicht?«

»Das stammt noch aus unseren besseren Zeiten.«

»Ich danke Ihnen. Sie haben mir sehr geholfen.«

Sie begleitete ihn bis an die Haustür. Bevor er ging, entschloss er sich zu einer Bemerkung. Seit mindestens einer halben Stunde hatte er überlegt, ob er es der Frau sagen sollte. Aber Helmut Bauch konnte nicht anders:

»Frau Buchholz, ich muss Ihnen noch etwas sagen: Es ist möglich, dass Ihr Mann Deutschland niemals verlassen hat. Ich gebe Ihnen Bescheid, sobald wir Genaueres wissen.«

Sie riss die Augen auf. Er spürte plötzlich, wie sehr die Ungewissheit an ihr nagte.

Die Rede von der Befreiung war reine Selbsttäuschung. Mit einer Vermisstenmeldung bekommt sie keine Witwenrente. Falls ihr Mann keinen Zugang zu irgendwelchen Konten gestattet hat, kann sie an das Geld nicht ran. Was bleibt ihr dann noch? Wer immer dieser Herr Dr. Buchholz gewesen ist. Sein Verschwinden oder sein Tod sollten dieser Frau nicht noch größeren Schaden zufügen.

Frau Buchholz sagte leise: »Tun Sie das, Herr Kommissar. Wenn Sie noch etwas brauchen, rufen Sie mich an.«

Er versprach es und ging zum Auto. Sein Gefühl sagte ihm, dass der Tote unter der Mühle dieser Doktor Buchholz sein musste. Frau Dr. Landi wird es herausfinden.

Bevor er losfuhr, rief er noch einmal beim Denkmalschutz an. Mehr als einen unvollständigen polnischen Vornamen hatte er nicht. Aber die Identität der Frau könnte der Schlüssel sein.

»Darüber habe ich keine Personalaufstellung«, hieß es. »Sie müssen den Chef des polnischen Unternehmens fragen. Der sitzt in Kraków. Ich gebe Ihnen die Nummer.«

Bauch versuchte es sofort, aber er erfuhr nur, dass der betreffende Mann irgendwo auf dem Globus unterwegs sei.

»Es gibt viel auf der Welt zu restaurieren«, sagte eine gut Deutsch sprechende weibliche Stimme.

»Ungenauer geht es wohl nicht«, konnte sich Bauch nicht verkneifen. »Immerhin müssen wir nicht auf dem Mond suchen.«

Die Frau versprach zurückzurufen, wenn sie den Chef erreicht hatte.

Er fuhr weiter Richtung Jena.

Die Fernbedienung

17:30 Uhr
Ralf Jantzen und Volker Spiegel trafen wieder auf dem Katzenberg ein, wo die Kollegen noch immer damit beschäftigt waren, jeden Winkel des weiträumigen Grundstücks zu durchkämmen. Spiegel ging, um die Fernbedienung zu holen. Jantzen suchte den Chef der Erfurter Spurensicherung. Eine Kollegin zeigte auf das Gewächshaus.

Polizeihauptkommissar Messner untersuchte gerade das Innere des *Tatra*. Bei dem kahlköpfigen Pfeifenraucher von der Landespolizeiinspektion hatte Ralf Jantzen seine ersten Erfahrungen in der Spurensicherung gemacht, bevor er nach Nordhausen versetzt wurde.

»Hallo, Herr Kollege! Sind Sie vorangekommen?«

»Je mehr wir finden, umso komplizierter wird der Fall.«

»Das kann ich nur bestätigen. Der Anzahl der Fingerspuren auf und in diesen Karren nach, hat der Pit hier wohl eine Automesse abgehalten. Vermutlich wollte er die Dinger verkaufen. Wird ein lukratives Geschäft sein, was er hier aufgezogen hat.«

»Schicken Sie mir bitte die Spuren auch in mein Labor. Ich habe da etwas zum Abgleichen gefunden.«

»Das lukrativste Angebot dürfte der *Tatra* sein. Hatte er aber offenbar für spezielle Kunden zurückgestellt. Die Sitze haben Neuwagenqualität. Es gibt auch keine sichtbaren Lackschäden. Scheint mir eher eine Kapitalanlage zu sein.

Aber da ist noch etwas Ungewöhnliches. Gehen Sie mal hinter das Gewächshaus. Wir haben eine Abfallgrube gefunden oder besser gesagt eine Sondermülldeponie. Leere Kanister der ehemaligen Leunawerke. In einigen befinden sich noch Reste von Schwefelsäure. Außerdem fanden wir noch andere nette Details.«

Die Kollegen hatten um eine kreisrunde Grube, die an einen Bombenkrater erinnerte, Folien gelegt und die Fundsachen darauf ausgebreitet. Für Jantzen stand fest, dass die Leiche mit der Flüssigkeit aus diesen Kanistern zerstört wurde. Nachdenklich betrachtete er die Sammlung. Kupferdraht, Spulen, Radioröhren, Relais, die von der Post stammen konnten. Dann fiel sein Blick auf die Patronenhülsen. 14,5 Millimeter. Schweres Maschinengewehr, fiel ihm sofort ein. Kannte er noch aus seiner Zeit bei der NVA. Zwar fehlten die Geschosse, aber zwei von den Hülsen waren zugelötet worden. Er hob eine auf. Dem Gewicht nach war noch Sprengstoff darin. An der Stelle, wo sich das Zündhütchen befand, war ein Verschluss mit Klebeband befestigt worden, der von einer großen Flasche stammen mochte. Wieder dasselbe, dachte er. Ein Teil und ein Zusatzteil.

»Wollen wir doch mal sehen, wie das zusammenpasst«, sagte Volker Spiegel, gerade mit der Fernbedienung kam. Jantzen ging mit der Patrone bis zum Rand des Grundstücks und setzte sie auf einen Stein. Er nahm die Fernbedienung und rief den Kollegen Messner.

»Wollen Sie Zeuge eines Experiments sein?«

Sie schickten die anderen Kollegen in das Haus und legten sich hinter einen Stapel alter Paletten.

»Ich will nichts versprechen. Das ist die berühmte Probe aufs Exempel. Kann auch sein, dass ich mich total irre.«

Bis zur Patrone waren es etwa 60 m. Er nahm die Fernbedienung in die Hand. Die Ziffern für das Licht und den Safe kannte er bereits. Eine Weile geschah nichts. Die einstelligen Ziffern brachten nichts, also begann er die Kombinationen mit der eins. Immer noch nichts. Spiegel nahm sie ihm aus der Hand und überlegte kurz.

»Was wird das jetzt?«, fragte Messner ungeduldig, aber er blieb ruhig. Jantzen trat der Schweiß auf die Stirn. Dann geschah es plötzlich. Er wusste gar nicht mehr, welche Zahl die letzte gewesen war. Ein gewaltiger Knall ertönte und hallte am Waldrand der Hohen Schrecke nach, von dort weiter über das Tal.

»Sie machen ja Sachen«, meinte Messner verdutzt. »Hoffentlich bekommen Sie wegen dieses Experiments keinen Ärger.«

»Da machen Sie sich keine Sorgen.«

»Ich war bei der Armee mal Sprengmeister«, erklärte Jantzen.

»Mit diesen Patronen wird Pit Hermann die Mühle gesprengt haben. Eine in jeweils einem der vier Pfosten. Auch wenn das hier nicht unbedingt zu meinem Aufgabengebiet gehört. Wir sind wieder ein Stück weiter.«

»Unsere Sprengstoffexperten in Erfurt werden die andere Patrone untersuchen.«

Ralf Jantzen nahm eine der leeren Hülsen und ging zu dem Mühlenwrack. An den Stellen, wo die gewaltigen Balken zerbrochen waren, ließen sich die Reste runder Aushöhlungen erkennen. Sie passten genau zum Durchmesser der Patronenhülse. Pit hatte die Balken angebohrt und die Ladungen dann aus der Ferne gezündet.

Volker Spiegel wollte noch einmal mit Frau Hermann sprechen und sehen, was die Suchmannschaft in den Büchern des Vermissten gefunden hatte.

Sie hatten Glück. Sie befand sich offenbar gerade in einem Wachmodus und kochte Milchreis.

»Wie war das doch gleich? Sie sagten, der Blitz sei in die Mühle eingeschlagen...«

»Und danach ist das Ding zusammengesackt. Aber nicht umgefallen. Blieb stehen, so wie sie es vorgefunden haben.«

»Wo befand sich Ihr Mann zum Zeitpunkt des Unwetters?«

Sie überlegte angestrengt. Hoffentlich bekomme ich jetzt keine Ladung Traum ab, dachte Spiegel.

»In seiner Bude. Das weiß ich deshalb so genau, weil er dort einen Anruf erwartete und mir untersagte, ans Telefon zu gehen. Es sei sehr wichtig für ihn, sagte er. Außerdem wollte er nicht gestört werden. Völlig überflüssig. Ich störe ihn schon lange nicht mehr.«

Jantzen hielt immer noch die Fernbedienung in der Hand und sie gingen in Pits Arbeitszimmer. Dort stapelten sich inzwischen Unmengen von Büchern auf dem Boden, die von den Kollegen durchgeblättert worden waren. Auf jedem Stapel lag eine Schachtel mit kleinen Zetteln und Lesezeichen. Die würden sie anschließend mitnehmen. Beide traten an das Fenster neben dem Fernseher. Von diesem Standpunkt aus war der Platz, an dem die Mühle gestanden hatte, klar einzusehen.

»Ich denke, wir können davon ausgehen, dass er von hier aus die Sprengsätze gezündet hat«, meinte Volker Spiegel.

»Hältst du für möglich, dass alle vier zur gleichen Zeit hochgegangen sind?«

»Auf jeden Fall. Das war ja die Absicht. Wie vom Blitz getroffen sollte es aussehen. Die fast perfekte Beseitigung einer Leiche.»

»Dann lass uns zurückfahren und diese Lesezeichen auswerten.«

Volker Spiegel ging vorher noch zum Einsatzleiter der Erfurter Kollegen. Bis morgen Abend würden sie die Durchsuchung abschließen können, sagte der.

Danach würden zwei Beamte in Zivil den Personenschutz für Frau Hermann übernehmen.
»Wo ist eigentlich unser Kommissar?«
»Er stattet der Leiche Buchholz und dieser italienischen Rechtsmedizinerin in Jena einen Besuch ab«, meinte Spiegel lakonisch.

Anosmie

19:00 Uhr
Helmut Bauch blickte zu dem Gebäude der Rechtsmedizin in Jena auf. Das letzte Mal war er vor zwei Jahren hier gewesen.

Sie haben die Fassade immer noch nicht saniert. Dieses Gebäude mit dem abblätternden Putz hat weiß Gott nichts Einladendes. Wer sollte auch eingeladen werden? Den Toten ist es egal. Außerdem werden die von hinten über den Hof herangekarrt. Aber wer denkt an die Studenten, die sicher auch aus aller Welt kommen und sich ihr ganzes Leben lang an diese Ausbildungsstätte erinnern werden?

Er sah auf die Uhr. Feierabendzeit. Der Haupteingang war um diese Zeit bereits verschlossen. Er klingelte bei *Sektionstrakt*. Frau Dr. Landi kam die Treppe herauf und öffnete ihm.

»Sehr freundlich, dass Sie gewartet haben«, sagte er.

»Non ce problema. Kein Problem.«

Sie gingen in den Keller. An einer Glastür fiel Bauchs Blick auf ein Schild:

*Zur Reduzierung der Geruchsbelästigung
diese Tür bitte geschlossen halten.*

Dr. Landi bemerkte Bauchs verwundertes Gesicht und lachte.

»Angeblich hat ein Witzbold das hier aufgehängt. Der Spruch soll aus einer Doktorarbeit stammen. Wir gehen erstmal in mein Büro.«

Aber genau der Geruch war es, auf den Bauch längst gefasst war und der ihn diese Institution meiden ließ, wann immer es ging.

Heute ging es nicht anders. Die Zeit drängte. Wenn nur die geringste Chance bestehen sollte, diesen verstümmelten Menschen noch lebend zu finden, musste sie genutzt werden. Und dann war da noch die Leiche aus der Mühle.

In Dr. Landis Büro, einem kleinen, schmalen Raum leuchtete der Monitor des Computers. Die Lüftung eines Druckers summte.

»Darf ich Ihnen einen Espresso aus meiner Maschine anbieten?«

»Gern. Was haben Sie inzwischen herausfinden können?«

Sie setzte die Pads ein und drückte den Knopf der Maschine.

»Eine ganze Menge. Wir gehen nachher hinüber in den Sektionssaal, wenn Sie mögen. Setzen Sie sich doch.«

Bauch blickte sich in dem fensterlosen Raum um, der zur Hälfte von einem langen Schreibtisch ausgefüllt war, auf dem zwei Computer, die Kaffeemaschine, ein Drucker und ein Mikroskop standen.

»Entschuldigen Sie.«

Sie nahm einen Stapel Computerausdrucke von einem der beiden Bürostühle.

»Was wir haben«, fuhr sie fort: »ist zuerst diese Hand und dann die durch Säure skelettierte Leiche eines Mannes. 1.85 Meter groß. Alter 40 bis 50 Jahre. Die Liegezeit ist schwer zu beurteilen. Wir haben hier zwar eine neue Technik, mit der wir den Todeszeitpunkt ziemlich genau bestimmen können. Die Leiche wird dabei am Computer modelliert und der Abkühlungsprozess physikalisch berechnet. Diese Methode wurde bei uns an der Universität entwickelt. Nach einer solchen Säureattacke lässt sie sich leider nicht einsetzen. Der Leichnam kann zwei Wochen da gelegen haben oder ein halbes Jahr. Aber zunächst einmal zu der Amputation. Es handelt sich um die rechte Hand eines Mannes. Die Gravur im Ehering belegt eindeutig, dass es sich um die des Vermissten Pit Hermann handelt. Demnach muss ich auch keine weiteren Überlegungen über das Alter anstellen. Sie werden es in Ihren Unterlagen haben. Die Abtrennung der Hand erfolgte oberhalb von Kahnbein und Mondbein durch Elle und Speiche. Der Zeitpunkt der Abtrennung dürfte ungefähr 24 bis 36 Stunden vor der Anlieferung durch DHL liegen. Genauer kann ich es Ihnen leider nicht sagen, weil die Temperaturen in der Styroporverpackung den Verwesungsprozeß erheblich beschleunigt haben. Mit hoher Wahrscheinlichkeit verwendete man für die Amputation eine Kettensäge.«

Bauch blickte verstört auf.

»Was macht Sie da so sicher?«

Sie griff in eine Schublade und nahm einen Knochen heraus. Bauch spürte ein mulmiges Gefühl.

»An dem hier habe ich verschiedene Sägen ausprobiert. Diese Spur stammt von einer Kettensäge.«

Sie strich mit ihrem langen, schmalen Zeigefinger über die Schnittstelle. »Die groben Sägespuren am Original wiesen das gleiche Profil auf. Außerdem haben wir winzige Holzpartikel in der Wunde gefunden. Ich gebe sie Ihnen für Ihr Labor mit. Ebenso den Ehering. Wollen Sie mit mir jetzt in den Sektionssaal gehen?«

»Lassen Sie mich den erst noch austrinken.«

Er genoss den Rest des gesüßten Kaffees.

Das können sie, die Italiener.

Dr. Landi blickte ihn forschend aus ihren schwarzen Augen an. Breitbeinig saß sie auf einem Hocker neben dem Mikroskop. Unter dem weißen Kittel steckten die Beine in modisch zerlöcherten Jeans.

»Wie Ihr Kollege schon vermutet hatte, wurde der Einsturz der Mühle wahrscheinlich künstlich herbeigeführt. Vor diesem Zeitpunkt muss die Leiche dort abgelegt worden sein oder womöglich sogar am gleichen Tag. Ich möchte allerdings ausschließen, dass es sich auch um den Todeszeitpunkt handelt.«

»Was macht Sie da so sicher?«

»Das Übergießen mit der Säure hat zweifellos in der Grube unter der Mühle stattgefunden. Davon zeugen auch die zersetzten Blätter neben und an dem Leichnam. Außerdem hätte der Täter den Toten danach kaum noch transportieren können.

Aber da ist noch etwas. Das Knochenmark wurde nur geringfügig von der Säure erreicht und deutet durch seinen Verwesungszustand auf eine längere Liegezeit hin.«

»Die Leiche hat also vorher schon irgendwo gelegen. Unter der Mühle wird das kaum gewesen sein, denn da hätte sie jeder sehen können. Die Frage ist, wo befand sie sich bis dahin? Entschuldigung, da muss ich telefonieren.«

Er rief den Leiter der Hundestaffel an, Bernd Kluge. Es dauerte lange, bis sich jemand meldete.

»Na mach schon«, murmelte er.
Sein alter Freund aus Kindertagen war vermutlich gerade bei den Zwingern und versorgte die Tiere. Warum ist mir nicht gleich eingefallen, nach einer Leiche auf dem Grundstück zu suchen?, überlegte Bauch. Endlich knackte es in der Leitung. Im Hintergrund hörte er Hundegebell.

»Grüß dich Bernd! Ich brauche mal wieder deine Hilfe und die eines deiner vierbeinigen Kollegen. Aber diesmal geht es nicht um Phoebe und ihre Nase. Du hast mir mal erzählt, dass einer deiner Hunde als Leichenspürhund ausgebildet wurde. Gibt es den noch?«

»Gibt es. Bernhard der Dino, so sein vollständiger Name.«

»Also ein Bernhardiner, nehme ich an.«

»Ganz richtig. Bernd und der Bernhardiner. Er war mein Experiment, sozusagen meine Geheimwaffe. Zum Fährtensuchen ist die Rasse zu langsam, was nichts über ihre Nase aussagt.

In der Bergrettung funktioniert die. Warum nicht auch im Flachland? Leichen laufen nicht weg.«

Kluges Redseligkeit war Bauch verdächtig.

»Kannst du fahren?«

»Kann ich. Mach dir keine Sorgen. Seit drei Monaten bin ich clean. Der Doktor hat mir einen Schuss vor den Bug gegeben, der gesessen hat...«

»Erzähl mir alles andere später. Es eilt.«

Er beschrieb die Lage des Anwesens auf dem Katzenberg.

»Die Gegend kenne ich. Bin oft da oben mit meinen Tieren im Wald gewandert.«

»Auf dem abgesperrten Grundstück haben wir eine Leiche gefunden. Die muss dich nicht kümmern. Aber bevor sie dort abgelegt wurde, hatte man sie vermutlich an einem anderen Ort auf dem Grundstück deponiert. Wäre für uns von großer Bedeutung, wenn dein Bernhard die Stelle herausschnüffeln könnte. Die Kollegen sind noch da. Du fährst am besten über Wiehe und Ostramondra...«

»Mache ich garantiert nicht. Fahre doch nicht um die ganze Hohe Schrecke herum. Ich kenne den Schleichweg über Langenroda in den Wald und über den Kamm. Mein guter alter *Lada Niva* bringt mich da durch.«

»Wie auch immer. Gib mir jedenfalls Bescheid.«

»Wir fahren sofort los.«

Helmut Bauch holte aus seiner Tasche die Beutel mit den Proben, die er von Frau Buchholz mitgebracht hatte und gab sie Frau Dr. Landi.

»Was ist das?«

»Ein alter Kaugummi. Steinhart. Ich hoffe, Sie können da noch etwas herauslösen. Ansonsten habe ich noch zwei Haarproben. Die eine stammt von der Frau des Vermissten, die andere vermutlich von ihm selbst. Habe ich aus seinem Rasierapparat. Mich würde nicht wundern, wenn die zu der aufgefundenen Leiche passen.«

Die Espressotasse war endgültig leer. Bauch erhob sich.

»Entschuldigung. Ich muss noch einen Anruf erledigen.«

Er rief Jantzen an. Sie sollten auf dem ganzen Gelände nach einer Kettensäge suchen und die sicherstellen. Vor allem aber sollten sie nach Möglichkeiten suchen, wo Buchholz bis zu seiner Säurebestattung gelegen haben könnte.

Gerade als er aufgelegt hatte, kam ein neuer Anruf.

»Spreche ich mit dem deutschen Polizeikommissar Bauch?«

Die männliche Stimme hatte einen deutlichen polnischen Akzent.

»Ja, am Apparat.«

»Ich bin Jan Michalski, der Geschäftsführer der polnischen Restaurationsfirma, die auch in Weimar arbeitet. Meine Kollegin sagte mir, dass Sie sich nach Elsbieta Jankowska erkundigt haben.«

Endlich der ganze Name.

»Das ist merkwürdig. Sie sind nicht der Erste. Immer wieder fragen Leute nach ihr. Früher hat sich kaum einer für sie interessiert. Nur der Herr Doktor.«

»Buchholz?«

»Ich glaube, so war sein Name. Aber der war es nicht, der zuletzt nach ihr gefragt hat.«

»Wer war es denn?«

»Ich kann Ihnen keinen Namen sagen. Er hat sich nicht vorgestellt, aber seine Stimme klang sehr aufgeregt. Insgesamt dreimal hatte der Mann angerufen. Zuletzt vor zwei Wochen.«

»Wo ist Frau Jankowska jetzt? Ich muss sie dringend sprechen.«

»Wenn ich das wüsste, würde ich es Ihnen sagen. Sie ist schon seit zwei Monaten nicht mehr zur Arbeit gekommen. In Ihrer Wohnung haben wir sie nicht angetroffen. Das Mädchen ist einfach verschwunden.«

»Haben Sie das dem Anrufer auch gesagt?«

»Habe ich. Der Mann sagte, er würde sie schon finden. Ich riet ihm, er solle Dr. Buchholz aufsuchen. Dessen Nummer hatte ich aber auch nicht.«

Bauch bedankte sich und überlegte. Die Sache wurde immer verworrener. Frau Elsbieta Jankowska war also genauso wenig wie Dr. Martin Buchholz in den geplanten Weihnachtsurlaub nach Indonesien gefahren. Danach hatte sie noch gelebt. Doch wo befand sie sich jetzt? Wer war diese Frau, nach der außer der Polizei noch jemand anderes so beharrlich suchte?

Mehr als den Lippenstift aus dem Aschenbecher an Pits Bank und das Traumgefasel von der Hermann hatten sie nicht. Und ob der Lippenstift überhaupt von ihr stammte müsste erst eine DNA-Analyse zeigen. Dafür hatten sie kein Vergleichsmaterial.

Roberta Landi stand im Türrahmen und wartete. Er nickte entschuldigend und seufzte:

»Dann lassen Sie uns jetzt zu dem Mann gehen.«

Verstohlen schob er sich ein Mentholbonbon in den Mund. Der Sektionssaal wurde von hellen Neonröhren erleuchtet. Auf dem Stahltisch lag das Skelett des Toten. Einige Knochen hatte man voneinander gelöst. Der Schädel lag in einer Schale, daneben was von dem herausgenommenen Gehirn noch übrig war.

»Wie Sie sich denken können, ist meine erste Frage die nach der vermutlichen Todesursache.«

»Mit hoher Wahrscheinlichkeit wurde der Tod durch erdrosseln, also strangulieren herbeigeführt. Um die Halswirbelsäule hatte sich eine Schlinge aus drei Stahldrähten gezogen. Da sich das Knorpelgewebe des Kehlkopfes durch die Konzentration der Säule fast vollständig zersetzt hat, kann ich es natürlich nicht mit endgültiger Sicherheit sagen. Ich konnte aber keine möglichen Todesursachen wie Spuren von Zertrümmerung erkennen, keine Einschusslöcher oder andere Gewalteinwirkungen.«

Sie ging zu einem Tisch am Fenster und kam mit der Drahtschlinge wieder. Es handelte sich tatsächlich um drei feine Stahldrähte.

Wer damit einen Menschen vom Leben in den Tod
beförderte, konnte keine großen Kräfte angewendet
haben. Er würde sich schmerzhaft in die Hände
schneiden, selbst mit einem Handschuh. Er muss eine
Zange genommen haben. Unrealistisch. Am Ende der
Schlinge entdeckte Bauch einen schwarzen Gummirest
von etwa zwei Zentimetern Länge, in dem sich die
Drähte vereinten. Er befühlte das Profil als ihm blitzartig einfiel, was er in den Händen hielt.

»Ein Zahnriemen«, sagte er. »Das war mal der
Zahnriemen aus einem Auto und höchstwahrscheinlich
stammte der aus der Werkstatt des Pit Hermann. Damit kann man auf jeden Fall einen Menschen erdrosseln.«

Frau Dr. Landi schaute ihn von der Seite an.

»Ich hoffe Ihnen ist nicht schlecht«, erkundigte sie
sich vorsichtig.

Er ärgerte sich.

»Wissen Sie, ich mache diesen Job schon einige Jahre. Es ist nur wegen des Geruchs. Den kriege ich jetzt
viele Tage nicht mehr aus der Nase.«

Was er erfahren konnte, hatte er erfahren. Sie
brachte ihn zum Ausgang. Die DNA-Analyse würde am
nächsten Tag fertig sein, versicherte sie.

»Wie kommen Sie eigentlich in Ihrem Beruf mit
dem Geruch klar?«

»Commissario, ich habe eine Krankheit, die man
Anosmie nennt. Eigentlich nur ein Handicap. Nach
einem Verkehrsunfall verlor ich meinen Geruchssinn.«

Bauch schaute sie ungläubig an.

»Sie wollen damit sagen, Sie riechen nichts, absolut gar nichts? Sie wissen nicht, wie eine Rose riecht, ein teures Parfüm, ein Misthaufen auf dem Lande, ein guter Schweinebraten, ein Besoffener in der Straßenbahn, ein schwitzender Mann in Ihrem Bett?«

Er wunderte sich selbst, wie diese Worte sturzbachartig aus seinem Mund sprudelten. Die Frau blickte ihn wieder ernst an.

»Ich kann mich an Manches noch erinnern. Aber nun hilft mir diese Krankheit in meinem Beruf.«

»Macht das nicht auch einsam?«

»Das tut es in der Tat. War auch einer der Gründe für das Ende meiner Ehe. Ich konnte meinen Mann nicht mehr riechen. Und das war schlimmer, als wenn er gestunken hätte. So ist es. Aber ich habe einen Tipp für Sie, wie Sie sich von dem anhaftenden Geruch befreien können. Sie haben sehr kräftige Haare. In der Nase, meine ich. Ich weiß, dass sich die Männer da nur ungern reinreden lassen. Aber wenn Sie die entfernen oder von jemandem entfernen lassen, wird Ihr Problem nur halb so groß sein. Darin speichern sich nämlich etliche Geruchsmoleküle.«

Helmut Bauch schluckte und bedankte sich für diesen Rat. Das klang fast so, als hätte die Medizinerin ihm angeboten, es selbst zu tun. Überhaupt hatte diese zweite Begegnung mit Frau Dr. Landi die Saite in ihm noch stärker angeschlagen, die bereits seit dem Abend auf dem Hof begonnen hatte zu schwingen.

Wie war doch gleich ihr Vorname? Roberta. Solch einem Namen und solch einer Frau war er noch nicht begegnet.

Bernd Kluge

19:00 Uhr

Der Hahn veranstaltete ein Mordsgeschrei, als Hundeführer Bernd Kluge mit dem Bernhardiner unter dem Absperrband ins Gelände kroch. Auch die Katze machte einen Buckel, sprang von einem Holzstapel und rannte davon. Frau Hermann saß am Gartentisch und rauchte. Er fragte nach dem leitenden Beamten. Sie zeigte auf einen jungen Mann in Uniform, der gerade das Terrain fotografierte. Zwei andere Kollegen durchsuchten das Gelände mit Stöcken und Zangen und drehten jeden Grashalm um. Kluge stellte sich vor.

»Da wünsche ich Ihnen viel Spaß. Hoffentlich findet Ihr Hund mehr als wir.«

Er zeigte auf die Grube, wo Buchholz gelegen hatte.

»Nein, um die geht es nicht. Wo könnte man auf diesem ganzen Areal eine Leiche so gut wie möglich verstecken?«

»Jedenfalls nicht im Keller, wo das andere Leute gewöhnlich tun. Der ist nämlich voll mit Büchern. Vielleicht versuchen Sie es mal da hinten im Gewächshaus bei den alten Karren, in der Müllgrube oder in den Ställen.«

Bernd Kluge bedankte sich und streichelte seinen großen Hund. Der legte sich unter die Bank und sollte sich erstmal beruhigen. Er setzte sich zu Frau Hermann an den Tisch und zündete sich eine Zigarette an.

Tief sog er den Rauch ein, blickte sich um und genoss die Aussicht über die Ebene.

Ein guter Platz, dachte er. Könnte mir auch gefallen. Warum habe ich diesen Hof noch nie gesehen? Hier Hunde zu halten und auszubilden wäre ideal.

»Einen schönen Hund haben Sie da«, sagte die Frau plötzlich. »So einen habe ich bei der Polizei noch nie gesehen. In dieser Form überhaupt nur zweimal. Einmal als Rettungshund in einem Film über die Alpen und einmal in einem Traum. Die sahen genauso aus. Irgendwie gutmütig.«

»In einem Traum?«

»Tut nichts zur Sache. Ich muss jetzt die Fische füttern. Machen Sie mal Ihre Arbeit. Meinen Mann werden Sie hier kaum finden.«

Sie stand auf und ging mit schwankenden Schritten wie eine Betrunkene davon. Kluge hatte keine Ahnung, von welchen Fischen sie redete.

»Auf geht's, Bernhard! An die Arbeit!«

Barbarossa

20:30 Uhr
Auf der Rückfahrt öffnete Helmut Bauch alle Fenster seines Autos und ließ den Fahrtwind um seinen Kopf wehen. Jetzt wollte er endlich nach Hause, auch wenn dort immer noch Kartons auf das Auspacken warteten. Hinter Heldrungen überholten ihn donnernde Motorradfahrer und hupten.

Alles klar, Jungs. Hätte mir in meiner Jugend so einen heißen Ofen auch gern geleistet. Egal wieviel PS ihr unter dem Arsch habt. Bin mit Hilde damals nur per Moped durchs Thüringer Becken gebraust.

Plötzlich sah er im Rückspiegel eine Feuerspur, die er hinter sich herzog und hörte jetzt auch den Lärm, dieses tiefe Knattern. Im ersten Moment hatte er gedacht, es wären die Biker gewesen. Aber der Lärm blieb und auch die Funkenspur blieb. Zwei der Motorräder hatten die Warnblinkanlage eingeschaltet und der hinterste Fahrer zeigte auf den Straßenrand. Bauch bremste. Schließlich kam er zum Stehen.

Wollen mir die jungen Leute jetzt eine Polizeistreife vorspielen?

Einer der Motorradfahrer kam zu ihm.

»Was ist los Jungs?«, rief er durch das offene Fenster.

Der Erste klappte sein Visier hoch.

»Ihr Auspuff hat seinen Geist aufgegeben und benutzt jetzt die Straße als Schleifstein.«

Der Mann war ungefähr so alt wie Bauch selbst.

»Wenn Sie mit dem Kanonendonner noch weiterfahren wollen, tun Sie es. Aber in Artern gibt es eine Werkstatt mit Namen *Barbarossa*. Dort arbeitet mein Schwager. Schönen Gruß von Heinfried. Die können Ihnen das Ding schweißen. Wir müssen weiter. Gute Fahrt!«

Er stieg wieder auf sein Motorrad und gab Gas.

Die Jugend von heute ist hoffentlich nicht so alt, wie ich selbst.

Es war tatsächlich unmöglich mit diesem Lärm noch weit zu fahren. Vor sich sah er den Hügel und die Lichter von Artern. Er hatte Glück. In der Werkstatt brannte noch Licht. Er fuhr in den Hof der Autowerkstatt *Barbarossa*. Nur noch ein Mitarbeiter war da und besah sich den Schaden.

»Schweißen geht schon, wenn wir keine Teile besorgen müssen. Aber es kann trotzdem ein bisschen dauern, weil der Chef morgen ein Familienfest hat.«

Bauch bedankte sich und überlegte.

»Wohin müssen Sie noch?«

»Nach Roßleben.«

»Kein Problem. Ich kann Sie mitnehmen. Wohne nicht weit entfernt auf dem Wendelstein.«

Spät abends, als er endlich in seinem Denkerstuhl saß, kam der Anruf des Hundeführers.

»Tut mir Leid. Hat ein bisschen gedauert. Mein guter Bernhard hatte sich an der Abfallgrube die Nase verdorben. Die Säure habe sogar ich gerochen. Wir mussten erst einen Spaziergang in den Wald unternehmen. Danach haben wir den vermutlichen Aufbewahrungsort einer Leiche gefunden. Du wirst es kaum glauben. Der oder die Täter haben sich alle Mühe gegeben die Spuren zu verwischen, haben gereinigt und gesaugt vermute ich. Aber Bernhards Nase war besser.«

»Mensch, rede doch endlich.«

»Er hat bei diesem Monsterauto angeschlagen, dem *Tatra*. In dessen Kofferraum kann eine Leiche gelegen haben. Ich sage bewusst kann. Ein verwestes Reh kann es natürlich auch gewesen sein. So genau konnte mir das Bernhard nicht sagen. Den feinen Unterschied konnte ich ihm noch nicht beibringen.«

»Ist eher unwahrscheinlich. Das genügt. Bernd ich danke Dir und Deinem Hund. Vielleicht lerne ich den mal kennen. Gute Nacht.«

Schlaflabor

Tag Zwei des Ultimatums

Donnerstag, 16. April, 10:00 Uhr
Am nächsten Tag erreichte Helmut Bauch erst spät seine Dienststelle. Er hatte Kehrer verständigt, dass sein Auto in der Werkstatt sei und er mit Bus und Bahn kommen würde.

»Balduin, ich weiß, dass alle Ermittlungen auf Hochtouren laufen. Wie viele Beamte sind bis jetzt im Einsatz?«

»Erfurt und Nordhausen arbeiten eng zusammen. Schätze mal so 200 Kollegen. Ich hoffe, die werden heute fertig.«

»Dann braucht ihr mich im Moment nicht zwingend? Nur so für einen halben Tag.«

»Willst du den Rest deines Urlaubs doch noch antreten? Kann ich dir nicht verwehren.«

»Ganz anders. Hör mir mal gut zu.«

»Tue ich immer.«

Bauch seufzte und winkte ab.

»Es geht um zwei Dinge. Erstens: Wie erwähnt, bin ich nur bedingt mobil. Bus und Bahn machen das ganz ordentlich, aber die bestimmen halt meinen Terminplan. Dauert nur bis morgen hoffe ich.«

»Ich kann dir einen Dienstwagen geben.«

»Du weißt, ich will das nicht. Aber das ist nicht das Wichtigste.«

»Und das wäre?«

»Auch wenn du mich für verrückt hältst; es geht um Träume.«

Kehrer blickte seinen Freund und Kommissar an, wie er es in nüchternem Zustand wohl noch nie getan hatte. Er kniff ein Auge zu und verzog so schräg den Mund, als hätte der ihn zu einem Bankraub überreden wollen. Der erklärte sich langsam, sprach von der Narkolepsie der Frau Hermann und dass er ins Schlaflabor nach Erfurt fahren wolle, wo sie behandelt wurde. Dort würde es nach den Worten des Arztes Aufzeichnungen über ihre Träume geben, sogenannte Traumprotokolle. Frau Hermann hätte Wach- und Halluzinationszustände und könne diese nicht voneinander unterscheiden. Aber die Chance darunter eventuell auf nützliche Informationen über den Tathergang zu stoßen bestünde immerhin. Kehrer glaubte immer noch nicht, was er hörte.

»Helmut, dir ist hoffentlich klar, dass wir damit keinen verwertbaren Beweis für das Gericht in der Hand halten. Dein Ermittlungsverfahren dürfte in der Kriminalgeschichte ziemlich selten, wenn nicht gar einmalig sein. Oder wähnst du dich inzwischen in einem Krimi?«

»Lese und schaue ich nicht. Das weißt du.

Ich brauche einen Gerichtsbeschluss, der den Arzt ermächtigt, mir diese Traumprotokolle auszuhändigen, selbstverständlich nur für interne Ermittlungen. Die Ergebnisse werden nicht im Gerichtssaal auftauchen.«

Kehrer stand auf, ging um Bauchs Stuhl herum und setzte sich auf die Tischkante.

»Dafür bräuchtest du auf jeden Fall die schriftliche Einwilligung der Frau.«

Bauch schwieg. Überlegte. Er sah vor sich die zuckenden Pupillen von Frau Hermann. Schließlich meinte er:

»Das könnte ich zumindest versuchen. Vielleicht habe ich ja Glück und sie ist gesprächswillig.«

Balduin Kehrer hob drohend den Finger:

»Helmut, ich ahne, worauf du spekulierst. Da kann ich dich nur warnen. Du willst einen Moment der schlafwandlerischen Verwirrung benutzen und dir so eine Unterschrift erschleichen. Hätte ich dir früher nie zugetraut.«

»Übertreib nicht. Bei der Frau weißt du gar nicht, wann sie klar im Kopf ist und wann nicht. Das wechselt von Stunde zu Stunde. Ich suche nur Anhaltspunkte. Sie redete was von einer geschminkten Frau, die sie angeblich gesehen hatte und mit der Pit wegfuhr. In einem Aschenbecher auf dem Katzenberg fand ich Kippen mit Lippenstift. Lass mir die kleine, wenn auch halblegale Chance.«

»Illegal. Ich sage es noch einmal. Auf jeden Fall, wenn der Antrag abgelehnt wird, dann lass die Finger davon. In deinem eigenen Interesse.

Heute hat Richter Fischer-Wohlfahrt Dienst. Wenn überhaupt, wird nur er diesem Abenteuer zustimmen. Hoffentlich bekommen wir danach keinen Ärger.«

»Was machen die anderen Verdachtsmomente?«

»Die Leute telefonieren die ehemaligen Geliebten von Mühlen-Pit ab. Der war anscheinend ziemlich potent. Das Amtshilfeersuchen nach Berlin ist raus, wegen der Band, die das gleiche Lied wie Pit produziert hat. Besorge die Unterschrift und ich gebe dir Bescheid, wenn der Richter zugestimmt hat. Aber sei vorsichtig.«

»Vorsicht mit alten Männern, denn sie haben nichts zu verlieren. Habe ich mal irgendwo gelesen.«

»Ich denke, du liest keine Krimis. Außerdem bin ich älter als du.«

»Dank dir, Balduin. Wir sollten mal wieder was trinken gehen.«

»Wenn wir das hier hinter uns gebracht haben gern. Bleib erreichbar. Wie willst du zum Katzenberg kommen?«

»In einer halben Stunde fährt eine Ablösung für den Personenschutz hinauf. Da kann ich das mit der Unterschrift gleich erledigen.«

»Wo ist Spiegel?«

»Der ist unterwegs zu diversen Züchtern von diesen teuren Fischen und Oldtimer-Händlern, die er in Pits Akten gefunden hat und wollte danach auf dem Katzenberg weitermachen.«

Die Zeit drängte. Inzwischen wollte Kehrer mit dem Richter sprechen.

Helmut Bauch musste keine großen Überredungskünste einsetzen. Frau Hermann wirkte sehr gefasst.

»Wenn es der Wahrheitsfindung dient. Solange ich diese Aufzeichnungen nicht auch noch lesen muss. Meine Träume verfolgen mich sowieso schon.«

Sie unterschrieb hastig die von Bauch vorbereitete Erklärung.

Er bedankte sich, hatte dennoch ein mulmiges Gefühl, als er das Papier in seine Aktentasche steckte. Kehrers Worte wirkten nach.

Ganz dünnes Eis, auf dem ich da wandele...

Er rief das Facharztzentrum Angerbrunnen an. Ein Dr. Grüber erklärte sich nach anfänglichem Zögern zu einem Gespräch bereit. Aber auch er verwies auf die Notwendigkeit einer gerichtlichen Anordnung. Bauch versprach diese beizubringen.

Richter Fischer-Wohlfahrt war anfangs nicht begeistert von Bauchs Ansinnen. Schließlich stimmte er unter der Bedingung zu, dass die Protokolle nach der Sichtung sofort vernichtet würden und es keine Kopien davon gäbe. Außerdem riet er, einen Kriminalpsychologen zu Rate zu ziehen.

Sofort dachte Bauch an Melegard Streicher. Die junge Psychologin aus der Schweiz müsste noch in Erfurt arbeiten. Bei dem Fall mit dem Wolf in der Hohen Schrecke hatte sie ihm helfen wollen und er hatte abgelehnt.

Jetzt wollte er auf das Angebot zurückkommen. Er ließ sich von der Erfurter Zentrale ihre Nummer geben.

Nachdem er ihr von den Traumprotokollen erzählt hatte, reagierte sie begeistert.

»Kommissar Bauch, da rufen Sie genau die Richtige an. Dieses Thema habe ich während meines Studiums bearbeitet. Liegt bei mir gewissermaßen in der Familie. Kann ich Ihnen später erzählen.«

»Ich fahre jetzt nach Erfurt ins Schlaflabor. Anschließend könnten wir uns treffen. Haben Sie eine Idee für einen geeigneten Ort?«

»Einen Augenblick bitte. Ich muss noch etwas klären und rufe dann zurück.«

Ein Streifenwagen nahm ihn mit zum Bahnhof. Als der Zug anfuhr, meldete sich Melegard:

»Entschuldigung, es hat ein bisschen gedauert. Ich schlage vor, dass wir uns bei einem bekannten Italiener am Anger treffen: *La Strada* heißt der Laden. Ist für Sie vielleicht ganz interessant. Um 16:00 Uhr kann ich dort sein.«

Der Dendrologe

11:00 Uhr

Jantzen hatte die Holzspäne aus der abgetrennten Hand unter dem Mikroskop und verglich sie mit der Zellstruktur unterschiedlicher Holzarten. Es gab ein paar Übereinstimmungen mit denen, die er im Internet gefunden hatte, aber endgültig sicher war er sich nicht. Auch die blonde Friderike kannte sich damit nicht aus.

»Wir sollten die Probe einem Wissenschaftler vorlegen«, meinte er. »Die UNI Jena wird sicher Spezialisten haben.«

Über Friderikes rundes Gesicht legte sich ein breites Lächeln.

»So weit müssen wir gar nicht fahren. Wir haben hier in Nordhausen einen anerkannten Dendrologen. Der ist zwar schon Rentner, aber es gibt wohl keinen Baum auf der Erde, den er nicht kennt. Dr. Christian Oelschläger ist Vorstand unseres Vereins.«

Jantzen horchte auf. Seine Kollegin hatte noch nie etwas von einem Verein erzählt und er wollte mehr wissen.

»Ich bin Mitglied im Förderverein unseres Parks Hohenrode in Nordhausen. Der kümmert sich um den Erhalt dieses historischen Areals. Ein wunderschöner Park, der die Zeit seit seiner Gründung im 19. Jahrhundert fast unbeschadet überlebt hat.

Es gibt dort immer noch die alte Villa Kneiff, die nach und nach restauriert wird. Die Fachhochschule Nordhausen ist Pate und unser Doktor hat jahrelang die dendrologische Abteilung geleitet. Ich rufe ihn gleich an.«

Fünf Minuten später hatten sie die Zusage des Wissenschaftlers. Jantzen packte die Splitter ein und Friderike fuhr sofort zu Dr. Oelschläger nach Hause. Es dauerte auch nur zwei Stunden, bis sie im Labor anrief:

»Er hat es herausgekriegt. Die Sägespäne stammen von einer Nordmanntanne.«

»Also Weihnachtsbaum. Das passt ja ins Bild. Was sollte Pit auch anderes gesägt haben?«

Bevor Friderike auflegen konnte, hatte Jantzen noch einen Gedanken.

»Warte noch. Frage bitte deinen Doktor, ob er bereit wäre mit zum Katzenberg zu fahren und sich dort die Weihnachtsbäume anzusehen. Mich würde seine Meinung darüber interessieren. Wenn er ja sagt, kommt vorher hier vorbei und nehmt mich mit. Die Kollegen haben dort oben eine Kettensäge gefunden.«

Eine halbe Stunde später saßen sie zu dritt im Auto und fuhren in Richtung Katzenberg. Friderike saß am Lenkrad und Dr. Oelschläger hatte es sich auf der Rückbank bequem gemacht, soweit das dem großen Mann mit seinen langen Beinen in dem kleinen *Clio* möglich war.

Er war das, was man einen rüstigen Rentner nennt, aufrecht stehend mindestens 1,85 Meter groß.

Er trug eine beige Weste mit zahlreichen Taschen, darunter ein Jeanshemd und Jeanshosen.

Sein Gesicht zierte ein bis auf die Brust wallender weißer Bart. Ein bisschen wie Darwin, dachte Jantzen. Lediglich die feinen, roten Äderchen auf den Wangen und die gerötete Nase verrieten sein Alter. Außerdem trug er eine extrem starke Brille.

Unterwegs konnte Jantzen sich eine Frage nicht verkneifen:

»Sagen Sie Herr Dr. Oelschläger. Stimmt es, dass Sie alle Bäume dieser Welt kennen?«

Friderike warf ihm einen giftigen Blick zu.

»Wer behauptet solchen Unsinn? Wahrscheinlich sind noch nicht einmal alle Bäume auf unserer Erde entdeckt worden, ganz zu schweigen von denen, die schon abgeholzt wurden, bevor sie bestimmt werden konnten.«

Er hustete und im Auto verbreitete sich ein Geruch von Tabakrauch. Der Mann war offenbar starker Raucher. Jantzen wollte nicht gleich demonstrativ das Fenster öffnen. Sie hatten es nicht mehr weit bis zum Katzenberg.

»Als ich nach der Wende zum ersten Mal einen tropischen Regenwald sah, wurde mir klar, was ich alles nicht wusste. Leider war ich da schon über sechzig. Zu spät für Expeditionen.«

»Aber das war doch sicher sehr schön dort. Ich meine die vielen interessanten Tiere«, wollte Friderike wissen.

»Sehr schön, ja. Vier Wochen Scheißerei und fast kein Tier zu Gesicht bekommen. Aber Bäume. Allein 64 Arten, die ich bis dahin noch nicht kannte.«

Er sprach einen Harzer Dialekt und hustete wieder.
Schon ein skurriler Typ.
Beinahe hätte Jantzen es laut gesagt.
»So, wir sind gleich da. Halt hier mal an.«

An der Auffahrt zum Katzenberg stand ein ausrangierter Bienenwagen. Den hatte die Polizei von der Imkerei Finneberg aus Burgwenden geliehen bekommen. Ein Beamter in Zivil kletterte heraus, der von hier aus den Weg zur Mühle überwachen sollte. Nein es gäbe bisher keine Auffälligkeiten. Sie fuhren den Berg hinauf. Oben empfing sie ein weiterer Beamter in Arbeitskleidung mit einer Gummischürze. Der Kollege war als Personenschutz für Frau Hermann abgestellt worden. Er wohnte auf dem Hof und machte sich mit diversen Arbeiten nützlich.

Sie fuhren bis an die Weihnachtsbaumplantage heran. Dr. Oelschläger zwängte sich mühsam aus dem kleinen Auto heraus und rief sofort:

»Ja, was ist das denn? Soetwas dürfte es an dieser Stelle gar nicht geben.«

Er klemmte eine alte, lederne Aktentasche unter den Arm und stapfte zu den kleinen Bäumen. Ruckartig drehte er sich zu den Beiden um:

»Wir befinden uns hier in einem Landschaftsschutzgebiet. Völlig abgefahren, hier eine Baumzucht anzulegen. Wer hat das getan?«

»Das wissen wir zwar, aber den können wir im Moment nicht mehr fragen. Er ist verschwunden.«

»Ist ihm wohl jemand auf die Schliche gekommen und er hat sich aus dem Staub gemacht.«

»Wenn das so einfach wäre, stünden Sie jetzt hier mit einem Vertreter vom Forstamt und nicht mit Kollegen von der Mordkommission.«

Der Mann griff sich in den Bart und blickte hilfesuchend zu Friderike.

»Ich habe mich schon gewundert.«

»Uns würde helfen, wenn Sie uns sagen, ob sich unter diesen Bäumen Nordmanntannen oder Spuren von diesen befinden.«

»Von hier aus sehe ich schon mal keine.«

Er stiefelte los und ging durch die Reihen bergauf. Ralf Jantzen und Friderike warteten. Der Mann brauchte nicht lange. Zum Schluss beugte er sich noch über einige stehengebliebene Baumstümpfe und untersuchte sie mit einer Lupe.

»Ich kann Ihnen versichern: Keine Nordmanntanne darunter. Und auch keine hier gewesen. Ist eigentlich verwunderlich, denn die sind im Weihnachtsbaumgeschäft gerade der Renner. Ich hoffe, ich habe damit zur Lösung eines Rätsels beigetragen.«

»Leider nein. Sie haben dem nur ein weiteres hinzugefügt. Aber wir danken Ihnen trotzdem sehr. Wir bringen Sie gleich zurück. Einen Moment noch.«

»Dann kann ich ja noch eine rauchen.«

Jantzen ging zu dem Kollegen mit der Gummischürze.

»Sie haben eine Kettensäge gefunden?«

Der nickte und zeigte auf die Bank vor dem Haus.

»Das war die Einzige. Aber ich glaube, die ist schon lange nicht mehr zum Einsatz gekommen.«

Ein Blick sagte Jantzen, dass der Mann vermutlich Recht hatte. Ein total verrostetes Teil aus DDR-Zeiten. Marke *Dolpima*. Damit wird Mühlen-Pit sein Geschäft kaum betrieben haben. Er nahm die Maschine trotzdem mit.

Die Spinne

13:00 Uhr
Wann bin ich das letzte Mal mit einem Zug gefahren? Damals waren die noch grün.

Helmut Bauch lehnte sich in den blauen Polstern zurück, als der Motor des roten Triebwagens nach Erfurt aufbrauste. Plötzlich war alles sehr schnell gegangen. Er holte sein Notizbuch heraus und schrieb untereinander alle bisherigen Spuren des Falls, den er inzwischen *Mühlen-Pit* nannte.

> *Autos*
> *Koi-zucht*
> *Weihnachtsbäume*
> *Mühlen*
> *Denkmalschutz*
> *Frauen*
> *Konrad Reill*

Er zählte nach und kam auf sieben. Wo sollten sie zuerst ansetzen? Überall verbargen sich Verdachtsmomente. Draußen zog die Landschaft seiner Kindheit vorbei oder das, was von ihr übriggeblieben ist, dachte er, als er von Dornbüschen überwucherte ehemalige Industrieanlagen sah. Ein abgebrochener Schornstein ragte hinter Birken auf. Die Schnellwüchsigen hatten inzwischen eine respektable Höhe erreicht.

Dann Rohre, rostige Geländer, Eisenbahnschwellen ohne Schienen. Plötzlich entdeckte er außen am Fenster ein winziges Spinnlein das sich trotz des Fahrtwinds tapfer an seinem Faden festhielt und so die Reise nach Erfurt mitmachte. Spinnen sind keine Insekten, erinnerte er sich an die Worte des Lehrers aus dem Biologieunterricht. Spinnen haben nicht sechs, sondern acht Beine. Er malte in sein Notizbuch eine Spinne und setzte an jedes Bein eine Ermittlungsspur, auch wenn es nur sieben waren. Irgendetwas sagte ihm, dass sich ein achtes noch einfinden würde. Die würde er den Kollegen bei der nächsten Sitzung als Organigramm präsentieren.

Und dann wollen wir mal sehen, wie schnell das Biest ein Bein um das Andere verliert, bis wir das Entscheidende gefasst haben.

Der Zug näherte sich Erfurt. Immer mehr Leute stiegen ein, vor allem Ältere. Einige von denen waren vermutlich auf dem Weg zum Arzt oder zum Einkaufen in der Landeshauptstadt. Sie gehörten zu den Jahrgängen, die Helmut mit Argwohn betrachtete, obwohl sie seinem eigenen ganz nah waren. Spiegel hatte einmal von der Generation Golf gesprochen. Da lag die enttäuschende Erfahrung des Kommissars mit dieser Automarke schon lange hinter ihm. Dennoch hatte sich bei ihm der schubladenähnliche Vergleich eines Autos mit einer ganzen Generation verfangen. Den fand er bis heute absurd. Generation Trabbi hat es nicht gegeben, denn der nahm von der Bestellung bis zur Auslieferung schon mal ganze zwei Generationen in Anspruch.

Die Menschen, die er gerade beobachtete, mit ihren Trapperwesten, den T-Shirts mit dem Krokodil drauf, mit den Turnschuhen und dem Bumerang drauf, nannte er insgeheim Generation Abfindung. Er wusste, dass er Einigen von denen wahrscheinlich Unrecht tat. Ihre Betriebe sind Pleite gegangen oder wurden plattgemacht und sie wurden nicht wie er nach der Wende in ein neues Arbeitsverhältnis übernommen. Sie haben eine Abfindung bekommen und konnten sich mit fünfzig ihrem Garten zuwenden, statt weiter am Fließband zu stehen oder in der Grube zu wühlen. Aber das ist nicht alles, was der Mensch zum Leben braucht. Dennoch, den meisten von ihnen mochte er ihre Klagen über den sozialen Abstieg nicht glauben. Den kannte er aus seinem Beruf mit einem ganz anderen Gesicht. Sie vergleichen zu viel, dachte er. Vergleichen bringt Unglück. Es gibt immer jemanden, dem es besser geht. Warum dem Neid nachwerfen? Der dreht sich doch nicht mal um. Und die Schuldigen sitzen immer ganz oben. Das haben sie noch von früher so drin. Nur haben sie es denen oben bis zur Wende nicht gesagt. Ich auch nicht.

Der Zug passierte Stotternheim. Türkisblaue Seen leuchteten. Erfurts neue Seenlandschaft. Wer hätte das früher für möglich gehalten? Hoffentlich müssen wir eines Tages aus diesem neuen Paradies nicht eine Leiche bergen.

Er bemerkte, dass das Spinnlein verschwunden war.

Hatte der Fahrtwind sie doch weggerissen oder ist sie einfach abgesprungen; hoffentlich nicht unter die Räder gekommen. Bei dem Leichtgewicht eher unwahrscheinlich. Gründet vielleicht eine Familie in Stotternheim. Gründen Spinnen überhaupt Familien oder werfen sie ihren Nachwuchs nicht einfach nur ab und fressen ihn am Ende sogar auf, wenn er sich nicht schnell genug fortbewegt? Das Grauen der Arbeit war wieder da, das immer noch beherrschbare in der Arbeit eines Kriminalkommissars. Die Auszeit in der Eisenbahn war vorbei. Der Zug fuhr in den neuen Hauptbahnhof von Erfurt ein.

Der Angler

9:00 Uhr
Der Rentner Erwin Klöckner blickte in Straußfurt aus dem Fenster seiner kleinen Einraumwohnung. Eine trächtige Katze huschte eilig über den Gehweg. Am Morgen war die Sonne hinter der Kirche St. Petri leuchtend rot aufgegangen. Das versprach einen schönen Tag. Den wollte er nicht wieder vor dem Fernseher verbringen.

Seit der Entlassung aus dem Krankenhaus vor einer Woche fühlte er sich heute zum ersten Mal besser. Die Knieoperation hatte ihn mehr mitgenommen als erwartet. Bin weiß Gott nicht mehr der Jüngste. Auch wenn es noch nicht ganz ohne Krücken geht; Autofahren klappt wieder. Er biss die Zähne zusammen und humpelte zum Schrank im Korridor. Eine Stunde später hatte er die Angelutensilien im Kofferraum des *Opel-Ascona* verstaut und seinen Kaffee ausgetrunken. Er fuhr zum Stausee.

Das große Rückhaltebecken war in den fünfziger Jahren entstanden. Als Kind hatte er noch im Garten des alten Ritterguts Stödten derer von Lucius gespielt, das überflutet wurde, weil dem neuen deutschen Staat Rittergüter ein Dorn im Auge waren und weil man endlich die wilde Unstrut zähmen wollte, die mit ihren Frühjahrshochwassern regelmäßig die Dörfer verwüstete.

Bis vor kurzem ragte noch die Spitze eines Turms aus der Wasseroberfläche. Mittlerweile war auch der in den Fluten versunken. Das klare Wasser des Rückhaltebeckens lockte immer wieder Taucher an, die durch die Ruinen schwammen, aber außer ein paar rostigen Türklinken und Hufeisen nichts erbeuteten.

Erwin Klöckner stellte sein Auto auf dem Parkplatz unterhalb des Stausees ab. Er ärgerte sich, als er Reifenspuren entdeckte, die sich bis zur Deichkrone hinauf in die Grasnarbe eingegraben hatten. Da hatte mal wieder jemand keinen Meter zu Fuß gehen wollen. Mit dem Auto bis ans Wasser fahren. Verbotsschilder kümmern solche Leute nicht. Wie die Amis, die auch nicht aussteigen, wenn sie zur Bank fahren. Sein Sohn, der seit Jahren in Boston lebte, hatte ihm davon erzählt. Klöckner warf sich den Rucksack und die Rute über und lud den Klappstuhl auf seine Schulter. Dann erklomm er langsam den Deich. Als er die Krone erreicht hatte, blendete ihn die Sonne, die sich in der Wasseroberfläche spiegelte. Ein paar Schwäne zogen weit draußen ihre Bahn. Er hielt inne. Vergessen waren die Schmerzen im Knie. Seit er Rentner war, gehörte dieser Ort zu den wichtigsten seines Lebens. Im Laufe der Jahre war der Stausee zu einem beliebten Angelgewässer geworden. Einen guten Drei-Kilo-Karpfen hatte Klöckner hier schon herausgeholt und auch einen Hecht von 85 cm Länge.

Bis zu seiner Lieblingsangelstelle musste er noch ein gutes Stück zurücklegen. Erneut ärgerten ihn die Reifenspuren, die genau in seine Richtung führten.

Da hinten kamen die Weiden und bald darauf die Betonkante eines Sperrwerks. Dort war sein Platz und von dort aus ging es auch nicht weiter. Seltsamerweise sah er kein Auto. Konnte sich doch nicht in Luft aufgelöst haben. Einen anderen Weg gab es nicht.

Als er nahe genug heran war, erschrak er. Die Reifenspuren führten auf der Seeseite des Teiches hinab bis zur Betonkante. Wie es aussah, war der Fahrer vom Weg abgekommen und ins Wasser gestürzt. Die Ölflecke am Ufer bestärkten seine Vermutung. Erwin Klöckner holte zitternd sein Telefon heraus und rief die Polizei.

Erfurt

14:00 Uhr
Bis zum Facharztzentrum mit dem Schlaflabor war es vom Bahnhof nicht weit. Helmut Bauch wollte nach der Zugfahrt keine Bahn nehmen. Als er auf dem Bahnhofsvorplatz stand, fühlte er sich plötzlich unangenehm an die Vergangenheit erinnert. Nicht wenige hundert Meter von hier war einmal sein Zuhause gewesen. Hinter dem Bahnhof am Schmidtstedter Knoten hatte er während seiner Ausbildung an der Polizeischule bei seiner Tante Marianne in einer Dachstube im vierten Stock, hoch über dem Straßenlärm gewohnt, aber nicht hoch genug, um den nicht mehr zu hören. Damals die befahrenste Kreuzung Erfurts und womöglich auch heute noch. Kurz nachdem er seinen Dienst in Nordhausen angetreten hatte, verstarb die Tante, die Schwester seines Vaters, die seit ihrem achtzehnten Geburtstag nicht mehr mit ihrem Bruder geredet hatte.

Also wiedermal Erfurt. Wie auch immer.

Gegenüber vom Bahnhof stand noch immer das berühmte Hotel, das schon so lange nicht mehr als solches funktionierte. Berühmt geworden durch den Besuch des damaligen Bundeskanzlers Willi Brandt. Ins Erkerfenster hatten sie inzwischen sein Bild geklebt. Vorsichtiges Winken zu einem deutschen Volk zweiter Klasse. So hatte es Bauch damals empfunden. Gerade fünf Monate war er damals Polizeischüler gewesen.

Von einem Tag auf den anderen wurde er in die Uniform eines Bereitschaftspolizisten gesteckt und per Alarm zum Einsatz auf den Bahnhofsvorplatz beordert. Es war März. Also noch Pelzmützenbefehl. Sie sollten die Menschenmenge aus Sicherheitsgründen vom Hotel fernhalten, wie es hieß. Aber die Kette der jungen Polizeischüler und die der echten Bereitschaftspolizisten hielten dem Druck der Massen nicht stand. Irgendwann waren alle auf dem Bahnhofsvorplatz gelandet. Er hatte ihn gesehen, den damals amtierenden Bundeskanzler und er hatte die Willi-Rufe gehört. Aber mehr ging ihn damals die Sache nicht an. Ministerpräsident Willi Stoph, auch ein Willi, hatte den Staatsgast empfangen. Honecker war nicht anwesend. Anschließend ging es wieder in die Kaserne.

Wie sich die Geschichte später weiter entwickelte, das hatte er sich damals nicht vorstellen können, wie alle anderen auch nicht. Er blickte noch einmal zu dem vergilbten Foto im Fenster hinauf. Der Mann war ja inzwischen schon über zehn Jahre tot. Stoph, Honecker und all die anderen haben die Jahrtausendwende auch nicht mehr erlebt.

Und ich bin immer noch Kommissar.

Er sah auf die Uhr am Bahnhofsturm. Zeit, zum Schlaflabor zu gehen.

An der Aufnahme musste er nicht lange warten bis Dr. Grüber ihn abholte.

»Kommen Sie bitte in mein Zimmer. Wie ich Ihnen bereits am Telefon sagte, darf ich Ihnen die Unterlagen nur aushändigen, wenn Sie eine juristische Verfügung vorweisen können.«

»Kann ich. Sonst wäre ich gar nicht losgefahren.«

Als sie sich im Arbeitszimmer des Arztes gegenüber saßen, betrachtete Bauch aufmerksam das Gesicht. Sein Alter ließ sich schwer einschätzen. Er könnte 40 aber auch 60 Jahre alt sein. Sportstyp, vielleicht Golfer oder Gleitschirmflieger. Insgeheim beneidete Bauch Leute, die ihren Körper nicht unterhalb des Kopfes mit sich herumschleppten, sondern freundschaftlich verbunden mit diesem das Tagespensum absolvierten.

Ist mir nicht gegeben. No sports.

Dr. Grüber hatte sich vorbereitet und die Protokolle in einem Schnellhefter vor sich.

»Versprechen Sie sich nicht zu viel davon.«

Nur eine Frage trieb Bauch um.

»Wie viele verwertbare Informationen kann man erwarten?«

»Das obliegt Ihrer Interpretation. Ich glaube, dass sich in diesen Bildern durchaus relevante Hinweise verbergen können und deshalb ist Ihre Methode auch nicht so schlecht. Aber denken Sie mal über Ihre eigenen Träume nach.«

»Die habe ich zehn Minuten nach dem Aufstehen vergessen.«

»Das ist der Normalfall. Bei Frau Hermann verhält sich die Sache anders. Sie vergisst ihre Träume nur bruchstückhaft, weil sie infolge der Narkolepsie in die Wachzustände übergehen.«

»So ähnlich hat sie es mir geschildert.«

»Herr Kommissar, versuchen Sie Ihr Glück, aber ich rate Ihnen, Frau Hermann damit nicht zu konfrontieren. Diese Frau lebt auf einem schlafenden Vulkan. Ich bin Neuseelandfan und Hobbyvulkanologe. Deshalb weiß ich, was ich sage. Ich habe ihr Medikamente verschrieben, aber niemand wird prüfen, ob sie die einnimmt. Sie können mich jederzeit anrufen.«

Also doch eine Sportskanone.

Helmut Bauch verstaute den Schnellhefter eilig in seiner Aktentasche und bedankte sich. Bis zum Treffen mit Melegard Streicher blieb noch eine Stunde und er beschloss, sich bereits in das vereinbarte italienische Restaurant *La Strada* zu setzen.

Die Innenausstattung deutete zweifelsfrei auf den Fellini-Film hin. Hatte Helmut Bauch damals mit Hilde bei *Arte* geschaut. Überall hingen Bilder mit Filmszenen. Das Lokal war bis auf zwei Männer, die aussahen wie Geschäftsleute, menschenleer. Die Mittagszeit war vorüber. Als er sich einen Platz am Fenster gesucht hatte, endete das italienische Flair beim Akzent der Kellnerin; vermutlich eine Rumänin oder Russin. Sie wunderte sich auch nicht, als er keine Weinkarte verlangte, sondern ein einheimisches Bier bestellte.

Er schlug den Schnellhefter auf. Dr. Grüber hatte die einzelnen Protokolle mit Nummer und Datum versehen. Zusätzlich hatte er Titel wie Kapitelüberschriften darüber gesetzt. Das erste Protokoll war über zwei Jahre alt:

Patientin Hermann, Tonbandprotokoll 1:

Der Weihnachtsmann.

„Er war heute schon wieder da. Ist oben bei den Weihnachtsbäumen herumgestrichen. Diesmal habe ich keine Säge bei ihm gesehen Er trug eine blaue Arbeitskombi und die Weihnachtsmannmütze. Auch die Maske mit dem Bart hatte er wieder auf. Als ich nach ihm rief, rannte er weg. Wie beim ersten Mal verschwand er im Wald. Plötzlich war Pit da. Er wollte von dem Weihnachtsmann nichts wissen. Es fehlt kein Baum, sagte er und zog eine Säge hinter seinem Rücken hervor. Ich bin ins Haus gelaufen...

Was erwartet mich hier noch? Geht das jetzt so weiter?, dachte Bauch. Ich verplempere hier vielleicht meine Zeit, derweil das Ultimatum abläuft. Er schlug die nächste Seite auf.

Patientin Hermann, Tonbandprotokoll 2:

Die heiligen Dreikönige

Ich sauge Staub in Pits Bude. Dabei höre ich Musik. Sie kommt von der Zither an der Wand, die von selbst spielt. Nein, sie spielt nicht von selbst. Zwei Hände tanzen darauf herum. Solange die da bleiben, soll es mir Recht sein. Will damit nichts zu tun haben. Der Staubsauger spinnt; bläst hinten roten Sand heraus, der alles wieder verdreckt. Ich schalte ihn ab. Hätte beinahe nicht das Klopfen gehört. Drei Herren mit Turbanen kommen herein, einer davon ist ein Schwarzer. Die Heiligen Dreikönige sind spät dran. Wir haben Ende Januar.
»Wir bringen die Dollars für das Auto«, sagt der Schwarze. Er legt ein Paket auf den Boden. Sie verneigen sich und gehen. Die Zither hat aufgehört zu spielen. Die Hand ist auch weg. Ich bin so müde, dass ich aufwachen muss...

Bauch klappte den Schnellhefter zu und nahm einen großen Schluck aus dem Bierglas. Er rieb sich die Augen und betrachtete unlustig den Stapel, den er noch vor sich hatte. Warum gebe ich mir das eigentlich? Die ganzen Halluzinationen mussten mit den Ergebnissen der Spurensicherung und der Durchsuchung des gesamten Anwesens abgeglichen werden. Eine wahre Mordsarbeit. Der Mohr hatte etwas von Dollars für ein Auto gesagt.

Da waren die 6500 Dollar in der Amphore. Gehörte das Geld womöglich als Anzahlung zu dem *Tatra* im Gewächshaus? Hatte es im Haus einmal einen orientalischen Besucher gegeben?

Inzwischen waren Gäste gekommen. Männer in salopper sportlicher Kleidung, die kaum aus einem Billigsortiment stammte. Sehen tatsächlich wie Italiener aus, dachte Bauch, aber auch russische Laute glaubte er zu hören. Sie ließen sich in einer Ecke neben den Spielautomaten nieder. Die Kellnerin kam zu ihnen an den Tisch.

»Hol den Chef!«, verlangte einer. Die Frau wirkte irritiert, zögerte.

»Na, mach schon!«

Helmut Bauch klappte den Schnellhefter wieder auf und schielte noch einmal zu der Gesellschaft hinüber.

Wo bleibt Melegard Streicher?

Plötzlich verspürte er Hunger, hatte aber keine Lust auf ein Nudelgericht oder eine Pizza. Der Chef des Hauses kam mit einer langen Schürze herein und setzte sich zu den Herren. Die Kellnerin brachte ihnen Mineralwasser und Bauch machte ihr ein Zeichen.

»Ja natürlich, eine Thüringer Bratwurst machen wir Ihnen auch.«

»Und bitte noch ein Bier.«

Er nahm sich das nächste Protokoll vor.

Patientin Hermann, Tonbandprotokoll 3

Die Mühle brennt

Habe gerade die Hühner zur Nacht eingeschlossen. Ein Gewitter zieht auf. Es flackert hinter dem Wald. Wollte noch eine rauchen, aber Hagel prasselt herunter, dass die Futterschalen der Tiere scheppern. Nein, da läuten Kirchenglocken. Sie läuten im Wald. Da gibt es keine Kirche. Pit ist noch in der Mühle. Blitze kommen näher. Ein fremder Mann geht über den Hof zur Mühle. Eine Frau in einem roten Kleid läuft ihm hinterher. Er geht in die Mühle. Sie geht hinterher. Dann schlägt der Blitz in die Mühle ein. Flammen schlagen oben raus. Sie stürzt zusammen. Alle sind noch drin. Der Himmel ist rot wie das Kleid von der Frau. Da sehe ich ihn, den Teufel mit seinen Hörnern. Er steigt aus den Flammen und winkt mir zu. Es ist Pit. Er verschwindet zwischen den Weihnachtsbäumen. Ich kann nicht rufen, habe keine Stimme...

Die Tischgesellschaft hinter den Spielautomaten hatte sich die ganze Zeit gedämpft unterhalten. Plötzlich war ein weiterer Teilnehmer hinzugekommen, ein großer, schlanker, weißhaariger Herr. Mit Trenchcoat und Gamaschen wirkte er wie eine Dekoration des Fellini-Restaurants. Der Wortführer der Gruppe, der die Kellnerin so angeherrscht hatte, stand auf und empfing den Ankömmling mit Handschlag und Wangenkuss.

Bin ich doch in einem Film? Hat mich Melegard deshalb hierher gelotst? Wer weiß, was diese Leute da umtreibt? Darum sollen sich die Erfurter Kollegen kümmern.

Als er die Bratwurst gegessen hatte, war von Melegard Streicher noch immer nichts zu sehen. Bevor er es auf ein weiteres Bier ankommen ließ, ging er zur Toilette. Er stand am Becken, als er neben sich den großen weißhaarigen Mann mit den Gamaschen bemerkte, der gerade seinen Hosenstall öffnete. Plötzlich sagte der:

»Darf ich Ihnen in die Hosentasche pinkeln?«

Bauch war so verdutzt, dass er im ersten Moment nicht wusste, was er erwidern sollte. Am liebsten hätte er zu seiner Dienstwaffe gegriffen, aber er hatte die Hände nicht frei.

»Ich verbitte mir diese Anzüglichkeiten, egal, ob Sie schwul oder besoffen sind. Ich kann Sie sofort festnehmen.«

Der Andere schien wenig beeindruckt.

»Aber, aber. Warum so harte Worte, Commissario. War ein Scherz. Ich mag nur nicht, wenn jemand in meinen Angelegenheiten herumschnüffelt.«

Der Kommissar drückte die Spülung und verließ wutentbrannt die Toilette. Erleichtert bemerkte er, dass Melegard gerade das Lokal betrat. Er ging mit ihr zum Tisch. Die junge sportliche Frau trug immer noch ihre militärische Jacke mit dem Fleckenmuster.

Bevor sie sich setzte, legte sie einen grünen Leinenbeutel auf den Tisch, blies sich ihre Strähne aus dem Gesicht und blickte Helmut Bauch lachend an. Auch das silberne Kügelchen trug sie noch unter der Unterlippe.

Wie vor über einem Jahr. Sie hat sich überhaupt nicht verändert. Wird sie von mir auch so denken oder hat das Alter inzwischen an mir genagt?

»Kommissar Bauch, geht es Ihnen nicht gut? Sie wirken sehr angespannt.«

Sollte er ihr von seinem Erlebnis auf der Toilette erzählen? Er blickte noch einmal zu der Männergesellschaft hinüber. Mehrere von denen erhoben sich gerade und gingen. Nur der Große und zwei Andere blieben sitzen.

»Gibt es einen besonderen Grund für diesen merkwürdigen Treffpunkt?«

»Gibt es. Gleich kommt noch jemand. Aber zuerst zu Ihren Protokollen.«

»Nicht meine. Soweit ist es noch nicht.« Er erzählte, worum es ging.

»Drei von diesen Protokollen habe ich inzwischen gelesen, aber ich bin kein großer Traumdeuter. Das Meiste davon verstehe ich nicht. Ist wohl auch nicht zu verstehen. In diesem ganzen Wust suche ich nach Hinweisen, will sozusagen der Frau Hermann in den Gehirnkasten gucken, was womöglich eine blödsinnige Idee ist. Wir haben Hinweise in so viele verschiedene Richtungen, die bis jetzt aber zu nichts führen.«

Melegard nickte, als wüsste sie Bescheid.

»Ich möchte die Aufzeichnungen gern selbst lesen. Können Sie sie mir dalassen?«

Bauch verzog das Gesicht und dachte an Richter Fischer-Wohlfahrt.

»Die Dokumente darf ich eigentlich nicht aus der Hand geben. Sie dürfen sich auch keine Kopien machen. Außerdem benötigen Sie für eine Analyse unsere bisherigen Ermittlungsansätze. Damit sind Sie dann im Team.«

Melegard nickte abermals.

»Ist mit meiner Dienststelle bereits abgesprochen.«

Wie auch immer.

»Aber ich habe auch etwas für Sie mitgebracht, sozusagen im Austausch und nicht minder vertrauensvoll zu behandeln.«

Sie zog ein altes Buch aus dem Leinenbeutel.

»Dies ist ein Geschenk meines Großvaters, also ein Erbstück. Er war Psychiater, genau wie mein Vater, der heute noch in der Schweiz praktiziert und in der Clienia-Klinik Schlössli in Oetwil am See arbeitet; einer anerkannten Einrichtung für Psychiatrie und Psychotherapie. Er wollte immer, dass ich auch in seine Fußstapfen steige, aber der Dienst bei der Polizei hatte mich mehr interessiert, fand ich sportlicher.«

Helmut Bauch entfuhr ein Seufzer.

»Mein Großvater studierte in Wien bei einem ziemlich berühmten Mann.«

Sie schob das Buch über den Tisch. Was er las, verschlug ihm fast die Sprache:

Die Traumdeutung
Von Prof. Dr. Sigm. Freud
Flectere si nequeo superos, acheronta movebo

6. Auflage
Leipzig und Wien
Franz Deuticke
1921

Auf der zweiten Seite stand eine Widmung:

Für den jungen, hoffnungsvollen Wissenschaftler
Dr. Oswald Streicher.

Sigmund Freud

Wien, 1922

Bauch blickte verdutzt auf.

»Und das wollen Sie mir mitgeben? Ist doch wahrscheinlich von großem Wert.«

»Vertrauensvoll, wie auch die Protokolle.«

»Was hat es mit diesem Spruch auf sich. Wahrscheinlich Latein. Hat man uns in der Schule leider nicht beigebracht. Können Sie das für mich bitte mal übersetzen?«

Sie nahm das Buch und las dann langsam:

»Ich versuche es:

Wenn ich die Götter nicht erreichen kann, werde ich die Hölle in Bewegung setzen.

Mit Hölle meint Freud aber nicht die Unterwelt, sondern das Unterbewusstsein. Freud interessierte sich nicht für den Traum, wie wir ihn erleben, sondern für den, an den wir uns nach dem Aufwachen erinnern, eine Konstruktion, die unser Gehirn aus Wunschdenken und Erlebnissen daraus bildet.«

Plötzlich ließ sich eine Stimme neben dem Tisch hören und Bauch zuckte zusammen. Seine Hand griff instinktiv zur Waffe im Halfter. Der große Weißhaarige knöpfte in aller Ruhe seinen Trenchcoat zu.

»Andere Übersetzung: *Wenn ich die Oberen nicht beugen kann, werde ich die Unterwelt bemühen.* Viel Treffender. Vergil. Aus den Aeniden. Habe die Ehre.«

Kommissar Helmut Bauch und Melegard Streicher starrten dem Mann hinterher, der mit langen Schritten das Lokal durchmaß und durch die Glastür verschwand. Dort wäre er beinahe mit Volker Spiegel zusammengestoßen.

Bauch kam gar nicht aus dem Staunen heraus.

Wie kommt der auf einmal hierher?

Der Assistent steuerte geradewegs auf ihren Tisch zu. Sein Gesicht war rot und verschwitzt.

»Tut mir leid. Ging nicht schneller. Parkplatzsuche.«

Melegard stand auf und sie küssten sich.

Bin ich immer noch in einem Film? Die Beiden sind ein Paar. Warum auch nicht. Hätte ich mir schon damals denken können.

»Spiegel, können Sie mir bitte mal erklären, was hier vorgeht. Ich denke, Sie sind noch auf dem Katzenberg.«

»Von da komme ich gerade. Die Kollegen haben eine interessante Beobachtung gemacht.«

Die Kellnerin kam.

»Was darf ich ihnen bringen?«

»Den Chef.«

»Der ist nicht da.«

»Eben war er noch da. Holen Sie ihn, sonst holen wir ihn.« Bauch zeigte seinen Dienstausweis.

Kurz darauf kam der Chef. Diesmal ohne Schürze. Ob er es tatsächlich war oder dieser nicht gerade das Lokal verlassen hatte, blieb dahingestellt. Ein pickeliger Typ vom Balkan, möglicherweise Kroate, der sich alle Mühe gab, jeden Anschein von Unsicherheit zu verbergen, was ihm nur schlecht gelang. Angeblich hieß er Branko. Ehe Helmut Bauch etwas sagen konnte, legte Volker Spiegel los:

»Herr Branko, fahren Sie Ihre Pizza auch außer Haus? Lieferservice oder so.«

»Si, Signore.«

»Sparen Sie sich die Folklore. Deutsch reicht. Wo stehen Ihre Autos? Wie viele Fahrzeuge haben Sie?«

»Drei. Wir haben Stellplätze im Q-Park. Vor unserem Haus ist kein Platz. Parkplatzmangel, wie überall. Aber dort sind sie nur über Nacht. Tagsüber stehen sie hinter der Sparda-Bank.«

»Sind die jetzt dort?«

»Zwei davon. Eins ist in der Werkstatt. Das Liefern geht erst am Abend richtig los.«

»Wo sind die Fahrer? Ich brauche Adresse, Telefonnummern. Einen Moment, bin gleich wieder da. Sie schreiben mir das inzwischen auf.«

Spiegel blickte verschwörerisch zu seinem Chef, der das Geschehen weiterhin untätig und überfordert verfolgte. Er ging hinaus und kam nach drei Minuten wieder zurück.

»Unsere Kollegen sind unterwegs. In welcher Werkstatt befindet sich das dritte Fahrzeug?«

Der Chef zuckte mit den Schultern. Angeblich hätten sie einen Bekannten beauftragt.

»Was wissen Sie überhaupt?«

Am Tisch hatte sich mittlerweile eine unerträgliche Spannung aufgebaut. Im Beisein dieses angeblichen Chefs war es Bauch unmöglich, von seinem Assistenten eine Erklärung für das Geschehen zu verlangen. Draußen fuhren mit heulenden Sirenen Feuerwehrautos vorbei. Gäste kamen. Das Telefon des Restaurants klingelte.

»Entschuldigung, ich muss rangehen. Kann eine Bestellung sein.«

Er ging zum Tresen. Sie hörten nur: »Ja, ich habe verstanden. Alles klar.«

Dann kam er zurück.

»Herr Kommissar.« Er blickte etwas irritiert herum. Welcher von den Herren war der eigentliche Kommissar?

»Also, eins unserer Autos ist gerade auf dem Parkplatz angezündet worden und verbrannt. Ausländerfeindlichkeit. Das erleben wir immer wieder. Wir sind ja schon froh, wenn sie uns nicht die Scheiben einschmeißen.«

Spiegel stand auf:

»Okay, das war's. Den Rest erledigen die Kollegen aus Erfurt. Sie können weiter Ihrer Arbeit nachgehen.«

Bauch, Spiegel und Melegard standen auf dem Anger. Der Kommissar war kurz vorm Explodieren. Sie gingen noch ein paar Schritte vom Lokal weg.

»So, Spiegel, jetzt ist Schluss mit dem Theater. Was wird hier eigentlich gespielt? Bin ich noch Herr im eigenen Haus? Wollen Sie alles allein machen und mich vor der Zeit beerben?«

Seine Stimme wurde lauter, so dass Melegard ihn am Ärmel packte, weil Passanten sich umdrehten. Spiegel bemühte sich um ein versöhnliches Lächeln.

»Chef, nichts davon. Ich habe den ganzen Tag versucht, Sie anzurufen. Inzwischen hat sich Einiges neu ergeben, aber ich konnte Sie ja nicht informieren.«

Bauch griff in seine Tasche.

»Habe ich in der Klinik ausgeschaltet und dann vergessen. Also erzählen Sie.«

»Unsere Kollegen haben am Katzenberg zweimal Fahrzeuge eines Pizzaservices beobachtet. Eins davon wollte zur Mühle hinauf fahren und ist dann abgedreht, als sie die Einsatzfahrzeuge gesehen haben. An den Autos stand die Werbung von *La Strada*.

Die werden wohl kaum Ihre Teigwaren 40 km weit ins Land fahren. Den Rest kennen Sie. Ich schätze mal, das Hauptbeweismittel wurde gerade in einer angeblich ausländerfeindlichen Brandstiftung beseitigt. Faserspuren, Blut etc.«

»Wenn Pit überhaupt mit solch einem Fahrzeug entführt wurde. Immerhin fehlt sein Eigenes ja auch. Aber den Dr. Buchholz können Sie damit auf den Berg geschafft haben, möglicherweise gefesselt, um ihm da oben den Garaus zu machen und es Pit in die Schuhe zu schieben.«

Sie waren unterdessen auf dem Platz vor der Hauptpost angekommen. Melegard verabschiedete sich.

»Ich stürze mich jetzt in die Protokolle und die Traumwelt dieser Frau. Volker schickt mir noch die bisherigen Ermittlungsergebnisse. Vielleicht können wir einige Fäden miteinander verknüpfen.«

Sie wollte gehen, aber Spiegel zog sie an sich.

»Ich hoffe, ich muss jetzt nicht zum Bahnhof laufen«, bemerkte Bauch amüsiert, als Melegard gegangen war.

»Doch, müssen Sie leider. Mein Auto steht dort in der Tiefgarage.«

Als sie losfuhren brachte der Kommissar das Gespräch noch einmal auf La Strada.

»Hatten Sie vorher von dem zweifelhaften Hintergrund dieses Ladens etwas gewusst?«

»Ich nicht, aber Melegard erzählte mir, dass dort manchmal Geschäfte eingefädelt werden und sich sogar Politiker der Landesregierung zu dubiosen Essen einfinden. Die Pizza-Autos an unserem Tatort gaben dem Ganzen allerdings eine neue Wendung.«

Er dachte noch einmal an die Begegnung auf der Toilette, sagte aber wieder nichts davon.

»Es geht um Größeres, wahrscheinlich viel Größeres, als wir uns überhaupt vorstellen können. Pit Hermann war in diesem Spiel vermutlich nur ein kleines Licht.«

»Aber kein einfaches.«

»Nein, einfach war der ganz bestimmt nicht. Deshalb musste er weg.«

»Wir reden in der Vergangenheitsform.«

»Ich denke zu Recht. Halte ihn für tot. Aber das ist nur meine persönliche Meinung«, sagte Bauch und fügte hinzu: »Freut mich übrigens für Sie. Das mit der jungen Kollegin meine ich, dass Sie sich gefunden haben. Unser Beruf ist nicht sehr beziehungsfreundlich. Von Familie will ich gar nicht reden.«

Spiegel erwiderte nichts.

»Sie hat mir ein Buch ihres Großvaters mitgegeben.«

»Ich weiß. War angeblich ein Schüler von Sigmund Freud.«

»Wenn ich mich richtig erinnere, beherrschen Sie die lateinische Sprache.«

»Beherrschen ist zu viel gesagt. Bleibt einem in einem Juristenhaushalt eben nicht erspart.«

»Vorn steht ein Spruch drin. Melegard hat versucht, ihn mir zu übersetzen, aber mich würde eine weitere Version interessieren.«

Er verschwieg weiterhin die Begegnung mit dem Gamaschenträger.

»Können sie dieses Zitat übersetzen?« Er schlug das Buch auf und las langsam vor.

Flectere si nequeo superos, acheronta movebo

Spiegel fädelte auf die Kraftfahrstraße nach Nordhausen ein.

»Okay. Bitte noch einmal langsam von vorn.«

Es dauerte ein paar Minuten. Bauchs Assistent drosselte das Tempo und fuhr langsam auf der rechten Spur. Dann war er soweit.

»Also meine Version würde so lauten:
Wenn ich die obere Welt nicht erreichen kann, setze ich die Unterwelt in Aufruhr.«

»Eigentlich ein schöner Spruch für unseren Beruf. Wenn wir die ganz großen Fische nicht kriegen, müssen wir uns die Kleinen holen; mühevoll und fleißig.«

Was rede ich da? Genau in diese Richtung bewegen wir uns in diesem verdammten Fall gerade.

Spiegel sprach es aus:

»Ich hoffe nicht, dass Sie Recht haben. Wenn ja, müsste man den Spruch in unserer Dienststelle an die Wand hängen. Das würde gleichzeitig eine Bankrotterklärung für echte Polizeiarbeit bedeuten.«

Pits Auto

17:30 Uhr

Das Telefon klingelte. Volker Spiegel nahm den Anruf entgegen. Kehrer war dran.

»Kollege Spiegel, wissen Sie, wo sich Kommissar Bauch zurzeit aufhält? Sein Handy ist offenbar ausgeschaltet.«

Bauch schnaufte.

»Der sitzt neben mir. Er kann Sie hören.«

»Ja, Balduin, ich hatte mein Telefon bei diesem Mediziner ausgeschaltet und dann vergessen. Nach dem Besuch in einem Schlaflabor kann sowas schon mal passieren. Was gibt es? Du klingst so komisch.«

»Ja, ja. Mit großer Wahrscheinlichkeit haben wir das Auto dieses Mühlen-Pit gefunden, ein Volvo älterer Bauart. Jemand hat es wohl im Stausee von Straußfurt versenkt. Der Vermisste befand sich nicht in dem Fahrzeug.«

Kehrer nieste.

»Wir sind unterwegs. Ich melde mich.«

»Helmut, macht das jetzt mal ohne mich. Lege mich nachher ins Bett. Mich hat gerade eine Erkältung erwischt. Nichts Schlimmes. Bin morgen früh wieder fit.«

Der Tag war noch nicht zu Ende.

Eine halbe Stunde später hatten sie den Deich des Rückhaltebeckens erreicht.

Hinter den Weidenbüschen sahen sie das Fahrzeug des Abschleppdienstes und den Streifenwagen.

»Halten Sie hier, Spiegel. Ich klettere schon mal auf den Deich. Stellen Sie das Auto da hinten auf den Parkplatz und kommen Sie nach.«

Die örtliche Streife, Polizeitaucher und zwei Leute vom Abschleppdienst standen am Ufer. Das Stahlseil reichte straff gespannt die Böschung hinunter, wo gerade das Heck des Autos aus dem Wasser aufgetaucht war. Sie hatten das Seil um die Anhängerkupplung geschlungen. Helmut Bauch erkannte den Leiter der Taucher wieder; Fred Liebetrau, in der Freizeit ein Extremsportler und Iron-Man-Kandidat. Sie hatten vor Jahren in der Unstrut nach einem vermissten Gastwirt gesucht, der sich das Leben genommen hatte.

»Wie sieht's aus Fred, keine Leiche? Ist wohl einer falsch abgebogen?«

»Grüß dich Helmut. Ehrlich gesagt wundert es mich, wie der Wagen so weit in den See gelangt ist, wenn ihn niemand gefahren hat. Gut, der 244er wiegt knapp zwei Tonnen, dazu 45 % Gefälle am Deich. Aber trotzdem. Jemand muss dem Fahrzeug einen ordentlichen Stoß versetzt oder es tatsächlich gelenkt haben. Der Stausee ist an dieser Stelle vier Meter tief und wir fanden das Fahrzeug in gut zwölf Meter Entfernung vom Ufer.«

Die Winde des Abschleppwagens heulte auf. Die Hinterräder des Volvos hatten die Graskante erreicht.

Die Fahrertür stand offen und schrammte über die Böschung. Meter für Meter zogen sie das Auto herauf. Spiegel kam dazu.

»Ist Pits Auto«, sagte er. »Das Kennzeichen stimmt überein.«

Bauch fragte den Taucher: »Habt ihr das Fahrzeug in genau diesem Zustand vorgefunden? Stand die Fahrertür bereits offen?«

»Stand offen. Der Fahrer, wenn es einen gab, hatte sich offenbar noch retten können. Hat richtig viel Glück gehabt. Jedenfalls fanden wir nirgends eine Leiche. Die Strömung hätte einen Toten gegen das Gitter des Sperrwerks gedrückt. Aber dort war nichts.«

Bauch überlegte. Die Spurensicherung sollte das Ufer absuchen. Irgendwo muss der Fahrer an Land gegangen sein.

Volker Spiegel ging um das Fahrzeug herum und schaute hinein. Er öffnete auch eine der Hintertüren.

»Was mich wundert«, rief er: »Alle vier Fenster sind heruntergekurbelt.«

Er kroch ins Innere des Wagens und kam kurz darauf mit nasser Hose zu Bauch und dem Taucher.

»Es sieht auf jeden Fall so aus, als wollte jemand das Auto bewusst versenken, was zu unserem Fall passen dürfte. Pits Auto musste verschwinden, damit wir keinen Hinweis auf seinen Aufenthaltsort bekommen. Sie haben da übrigens etwas verloren«, meinte er zu dem Taucher und reichte ihm ein Messer mit einem gelben Plastikgriff.

»Das ist nicht mein Tauchermesser.« Er zeigte auf seines, das in der Scheide am Unterschenkel steckte. Bauch blickte zu Spiegel, der zustimmend nickte und meinte:

»Ein Taucher hat den Wagen in den See gesteuert und ist anschließend davongeschwommen. Ehrlich gesagt, ein ziemlich großer Aufwand.«

»Die Leute wollten kein zusätzliches Risiko eingehen, nichts dem Zufall überlassen. Was ihnen aber nicht ganz gelungen ist. Trotzdem tippe ich immer mehr auf Profis.«

»Die Benzinflecken, die sich am Ufer im Schilf verfangen haben, hatten sie nicht eingeplant. Hofften wahrscheinlich darauf, dass der Sog des Abflusses sie davonzieht. Wie auch immer. Wir haben jetzt das Auto. Jantzen soll sich darum kümmern.«

Den Mühlen-Pit haben wir immer noch nicht.

»Kollegen, woher kam der Hinweis?«

»Die Spuren sind einem Angler aufgefallen, der hier seinen Lieblingsplatz hat. Ein Herr Erwin Klöckner aus Straußfurt. Er ging auf Krücken. Die Adresse habe ich Ihnen aufgeschrieben.«

Bauch überlegte. Der Name kam ihm irgendwie bekannt vor.

Spiegel sagte, dass die Spurensicherung unterwegs sei.

»Die sollen das gesamte Ufer absuchen. Irgendwo muss dieser Fahrer und Taucher an Land geklettert sein. Wir statten inzwischen dem Angler einen Besuch ab.«

Den Beamten rief er zu:

»Der Abschleppdienst soll das Auto nicht aufladen, bevor die Spurensicherung hier ist und es danach sofort in die Dienststelle bringen. Und die ganze Gegend nach Fahrzeugspuren absuchen. Der angebliche Taucher wird ja nicht auf seinen Flossen nach Hause gewatschelt sein.«

Erwin Klöckner

19:30 Uhr

Sie klingelten vergeblich an der Wohnungstür. Eine Nachbarin von gegenüber kam aus ihrem Haus.

»Der Erwin sitzt um diese Zeit wahrscheinlich im Garten hinter dem Haus. Da kann er Sie nicht hören. Was wollen Sie von ihm?«

»Polizei!«

»Warten Sie, er hat mir einen Schlüssel für alle Fälle gegeben. Ich bringe Sie gleich zu ihm.«

Erwin Klöckner saß auf einem Küchenstuhl neben einem winzigen Teich mit Seerosen. *Plastik aus dem Baumarkt*. Er streute Futter ins Wasser. In der Abendsonne leuchteten die Leiber von Goldfischen.

»Vielen Dank, Frau Schulz«, sagte er und blickte misstrauisch auf die beiden Polizisten.

»Ich bin Polizeihauptkommissar Bauch von der Polizeiinspektion Nordhausen und das ist Polizeihauptmeister Spiegel. Sie haben unsere Kollegen über die Reifenspuren informiert. Vielen Dank. Ich hätte noch ein paar Fragen an Sie.«

Der Rentner zog die Stirn in Falten und nahm seine Brille ab.

»Helmut Bauch? Ist es möglich? Der Sohn von Julius Bauch, dem Abteilungsleiter im Büromaschinenwerk Sömmerda?«

In diesem Moment erinnerte sich Bauch an den Kollegen, der mit seinem Vater in der gleichen Halle gearbeitet hatte. Er gehörte zu den wenigen Menschen, mit denen der mürrische Mann Umgang pflegte.

»Es hat ihn damals hart getroffen, als du so mirnichtsdirnichts zur Polizei gegangen bist. Und da bist du offenbar immer noch, sogar ziemlich erfolgreich. Polizeihauptkommissar! Ist wohl mehr als ein Wachtmeister?«

Spiegel rollte genervt mit den Augen und Bauch stand einen Augenblick betreten wie ein kleiner Junge vor dem Mann. Der setzte seine Brille wieder auf.

»Aber das ist schon so lange her. Ich war auf seiner Beerdigung. Da habe ich dich gar nicht gesehen. Wirst deine Gründe gehabt haben. Nehmt euch doch zwei Klappstühle. Die stehen da unter dem Balkon.«

Spiegel warf Bauch einen fragenden Blick zu, aber Bauch nickte und er holte die Stühle.

Wie auch immer.

»Erwin, wie ist es dir ergangen?«

Der winkte ab: »Die Knochen tun halt nicht mehr. Jeden Tag kommt ein neues Zipperlein dazu. Lassen wir das Altersgedöns. Was wollt ihr wissen? Ich habe den Leuten von der Streife schon alles gesagt.«

Die Sonne senkte sich langsam hinter das Haus. Sie saßen zu dritt am Teich und Erwin Klöckner berichtete von seinem Angelmorgen.

»Ist er tot, der Fahrer?«, fragte er schließlich.

»Das wissen wir nicht. Wir haben niemanden in dem Auto gefunden. Wann bist du davor zum letzten Mal an der Stelle gewesen?«

»Das ist fast vier Wochen her. Wegen dieses vermaledeiten Knies. Erst waren die Schmerzen wegen der Arthrose unerträglich und dann nach der Operation. Hat sich der Fahrer also doch noch retten können. Hat sozusagen Fahrerflucht begangen.«

Bauch entging nicht ein neuer Unterton in Klöckners Worten und der ernste Gesichtsausdruck, als würde der über irgendetwas nachdenken. Ein Moment des Schweigens hielt an und er ließ dem Mann Zeit. Spiegel sah auf die Uhr und ließ seinen Blick durch den Garten wandern. Die Geduld seines Chefs ärgerte ihn, vor allem aber die private Vertrautheit, die sich plötzlich breitgemacht hatte. Stangenbohnen ringelten sich zaghaft an in den Boden gegrabenen schmalen Eisenrohren empor. Klassischer Spießergarten als kleines Paradies, dachte er verächtlich.

»Ist dir außer den Fahrspuren noch etwas aufgefallen?«

»Die Ölflecke im Schilf. Deswegen stand auch der Fischreiher nicht da. Hat sich vor dem Dreck geekelt. Aber erzähl mal, Helmut. Wie ist es dir bei der Polizei ergangen? Vor allem nach der Wende.«

»Ein anderes Mal. Wir müssen weiter.«

»Ja, das ist der Lauf der Welt.«

»Erwin, wenn dir noch irgendetwas einfällt oder du von Leuten hörst, die etwas bemerkt haben, rufe mich bitte an.« Er gab ihm seine Karte.

Auf dem Rückweg klingelte Bauchs Telefon. Wieder einmal nervte Spiegel das Nokiagedudel seines Chefs. Ich sollte das mal ansprechen und ihm einen neuen Klingelton besorgen, dachte er. Aber welcher Klingelton passt zu Helmut Bauch. Allenfalls das Gescheppere der Telefone aus alten amerikanischen Krimis.

»Ja, ich habe verstanden. Tun Sie, was nötig ist. Das ist sehr freundlich von Ihnen. Lieber Kollege Spiegel, die Werkstatt wird bis heute Abend mit meinem Auto nicht mehr fertig. Wäre ja zu schön gewesen. Würden Sie mir den Gefallen tun und mich als Taxi nach Roßleben bringen? Für die Fahrt haben Sie bei mir was gut.«

»Wie kommen Sie morgen früh zur Dienststelle?«, fragte Volker Spiegel, als sie vor Bauchs Haus hielten.

»Der Kollege vom Autohaus Barbarossa holt mich ab. Er wohnt in der Nähe. Werde etwas später dort sein, weil ich vorher noch mein Auto in Artern abhole. Wie auch immer. Ich rufe Kehrer an. Wir beginnen um elf Uhr mit der Besprechung.«

Ist mir ganz Recht. Inzwischen kann ich mir das Buch von Freud vornehmen.

Als Spiegel um die Ecke gebogen war, steckte er den Hausschlüssel wieder ein und ging zum Markt. Der hatte neuerdings bis 21.00 Uhr geöffnet. Für den Denkerstuhl brauchte er noch Treibstoff.

Langsam ging er zurück. Den alten Häusern hafteten kaum noch Erinnerungen an seine frühe Kindheit an. Zu kurz war die Schulzeit hier gewesen.

Sie verschwand, als sich von einem Tag auf den anderen das Leben der Familie Bauch verändert hatte. Der Vater hatte seine Selbständigkeit als Schreiner aufgegeben und mit Haut und Haar im Büromaschinenwerk Sömmerda ein Leben als Fabrikarbeiter begonnen. Die Mutter war darüber krank geworden. Das Wort Heimat kam am Familientisch nicht vor. Eine Wohnung im Plattenbau mit Zentralheizung zählte mehr als nostalgische Erinnerungen.

Nun, wieder zurück in Roßleben, war er ziemlich spät dran, längst über die fünfzig. Er fragte sich nicht, was ihn hierher getrieben hatte. Das günstige Kaufangebot des Hauses hatte er als höhere Bestimmung betrachtet. Aber vor allem hatte er nichts mehr mit dem alten Elternhaus in Sömmerda, dem ehemaligen Haus seiner Großeltern, zu tun haben wollen.

Der Denkerstuhl stand hier an einem besseren Platz. In Sömmerda brachte das Summen der Deckenbeleuchtung und das Knacken der Heizung ihn regelmäßig in Schläfrigkeit. Nichts mehr davon, seit der Stuhl im Erker stand und Schläfrigkeit konnte Bauch gerade nicht gebrauchen. Er lehnte sich zurück und blickte aus dem Fenster. Durch die Wolken erzeugte der Mond einen fahlen Schein über den Häusern von Roßleben. Auch die Umrisse der Halde ließen sich ausmachen. Plötzlich entdeckte er Lichter. Er schaute auf die Uhr. Noch eine halbe Stunde bis Mitternacht. Wer trieb sich um diese Zeit dort oben herum?

Wie auch immer. Er nahm das Buch von Melegards Großvater zu sich und schlug die ersten Seiten auf.

Sigmund Freud

Beim ersten flüchtigen Lesen fand er in dem Buch nichts, was für seine Zwecke sinnvoll erschien. Der große Psychotherapeut ließ sich lange über die Geschichte der Traumdeutung aus, die bis ins Altertum zurückreichte. Natürlich haben sich die Menschen schon immer für das interessiert, was ihnen ihr Gehirn im Schlaf vorgaukelt. Er selbst wurde nicht selten während der Ermittlungen in schwierigen Fällen von Träumen verfolgt. Regelmäßig tauchte darin ein Fischreiher auf, obwohl es in seinem Leben keine besondere Begegnung mit diesem Vogel gegeben hatte. Er war einfach immer irgendwo sichtbar gewesen, wie eine unwichtige Dekoration, eine Nebensächlichkeit im Alltag eines alternden Polizeihauptkommissars. Aber genau über die Nebensächlichkeiten hatte sich Freud Gedanken gemacht. Der schrieb und zitierte andere Wissenschaftler:

Die Eigentümlichkeit des Gedächtnisses im Traum zeigt sich in der Auswahl des reproduzierten Materials, indem nicht wie im Wachen nur das Bedeutsamste, sondern im Gegenteil auch das Gleichgültigste, Unscheinbarste der Erinnerung wert gehalten wird.

Der erschütternde Todesfall in unserer Familie, unter dessen Eindrücken wir spät einschlafen, bleibt ausgelöscht aus unserem Gedächtnis, bis ihn der erste wache Augenblick mit betrübender Gewalt in dasselbe zurückkehren lässt. Dagegen die Warze auf der Stirn eines Fremden, der uns begegnete und an den wir keinen Augenblick mehr dachten, nachdem wir an ihm vorübergegangen waren, die spielt eine Rolle in unserem Traume...«

Und dann gab es noch den Hinweis auf Erlebnisse aus der frühesten Kindheit, die ein ganzes Leben lang das Gedächtnis prägen, auch im Traum. Wenn Helmut Bauch nach der Schule mit seinen Freunden zum Angeln an die Unstrut zog, waren die Fischreiher immer schon vor ihnen da gewesen, früher ein paar mehr als heute. Wenn die Traumprotokolle überhaupt etwas hergeben können, dann sollten sie darin nach den unauffälligen Hinweisen suchen.

Die Augenlider wurden ihm schwer und er klappte das Buch zu. Damit war es noch nicht zuende. Später wollte er darin weiterlesen. Er betrachtete noch einmal die Spinne. Was, wenn wir ihr alle Beine nacheinander abhacken und den Fall noch immer nicht gelöst haben?

Er trank sein Bier aus und ging zu Bett. Jetzt nur keinen aufregenden Traum mehr. Morgen war große Besprechung.

Hartwig Koll

Tag Drei des Ultimatums

Freitag, 17.April, 10:00 Uhr
Polizeidirektor Balduin Kehrer ging es noch immer nicht besser. Mit Mühe hatte er sich am Morgen aus dem Bett gequält. Eine Frühjahrsgrippe bahnte sich weiter ihren Weg. Die Kaffeemaschine war kalt geblieben. Stattdessen stand eine Kanne mit Tee auf dem Schreibtisch. Obwohl er die Heizung aufgedreht hatte, fror er. Er nieste und schnäuzte sich so laut, dass er beinahe das Telefon nicht gehört hätte. Die Kollegin vom Empfang kündigte einen Herrn Kriminalrat Hartwig Koll aus Wiesbaden an.

»Verdammt, was will das BKA hier? Ausgerechnet jetzt.«

»Ein großer, schlanker, grauhaariger Mann betrat den Raum. Er trug einen offenen Trenchcoat und darunter einen gestreiften Pullover mit Ausschnitt aus dem weiße Kragenecken hervorleuchteten. An seiner Goldrandbrille baumelten Kettchen. Kehrer bat ihn Platz zu nehmen und entschuldigte sich, weil er ihm wegen seiner starken Erkältung nicht die Hand geben wollte. Der Besucher lehnte ohnehin ab.

»Danke, ich habe die ganze Zeit im Auto gesessen.«

Er ging zum Fenster und schob die Hände in die Manteltaschen.

»Was verschafft mir die Ehre so hohen Besuchs von unserer Bundesbehörde?«

»Polizeidirektor Kehrer, vom LKA aus Erfurt erhielten wir die Mitteilung, dass sie mit einem Fall beschäftigt sind, der möglicherweise das Aufklärungsvermögen Ihrer Dienststelle überfordert. Verstehen Sie mich bitte nicht falsch. Wir achten Ihre Arbeit und die Ihrer Kollegen, aber es gibt Ermittlungslagen, die lassen sich nicht aus einem netten nordthüringischen Städtchen überblicken.«

»Darf ich Sie kurz unterbrechen? Ich möchte meinen Kollegen Kommissar Bauch dazu holen. Er leitet die Ermittlungen im Fall *Mühle*.«

»Mühle«, wiederholte der Mann spöttisch. »Dann machen Sie mal.«

Bevor Kehrer zum Telefon greifen konnte, musste er abermals niesen.

»Gesundheit.«

»Vielen Dank. Das ist Krankheit«, erwiderte er gereizt. Die arrogante Art des BKA-Mannes ärgerte ihn maßlos.

»Helmut, kommst du mal bitte rüber...«

Hartwig Koll drehte sich um und blickte aus dem Fenster.

Als Helmut Bauch ins Zimmer kam, fiel ihm zuerst die enorme Hitze darin auf. Dann stieg ihm ein aufdringlicher Parfümgeruch in die Nase. Das war nicht Kehrers Rasierwasser.

Der saß mit rotem Gesicht an seinem Schreibtisch und machte eine Kopfbewegung in Richtung des Fensters.

»Herr Koll, mein Kollege ist jetzt da. Wenn Sie uns etwas sagen wollen, hören wir beide zu.«

Der drehte sich um und musterte Helmut Bauch, als wolle er sich vergewissern, dass er tatsächlich einen Kriminalbeamten vor sich habe.

»Wie ich Ihrem Chef bereits sagte, beobachten wir aufmerksam Ihre Ermittlungsansätze in dem besagten Fall *Mühle*. Wenn Ihre Dienststelle an die Grenzen ihrer Leistungsfähigkeit gerät, akzeptieren Sie das bitte. Ich soll Sie vor leichtsinnigen Alleingängen warnen. Überschreiten Sie nicht Ihre Handlungskompetenzen. Andernfalls müssen wir die Ermittlungen an uns ziehen. Ich sah gerade ihren schönen Hubschrauber im Hof. Das Geschenk eines ehemaligen Bundesinnenministers zur Eröffnung Ihrer neuen Dienststelle, wenn ich richtig informiert bin. Der bräuchte mal wieder ein bisschen frische Farbe, gewissermaßen als Erinnerung. Meine Herren, ich muss weiter. Wenn es erforderlich ist, informieren Sie mich. Ich wünsche Ihnen gute Erfolge und natürlich gute Besserung.«

Er legte seine Karte auf den Tisch und ging hinaus.

Die Beiden waren gar nicht dazu gekommen, sich zu erheben.

»Balduin, was war das gerade? Sollen wir aufhören, nach Mühlen-Pit zu suchen? Und was ist mit Buchholz.«

»Beruhige dich. Er ist ja schon wieder weg. Nach der Besprechung wissen wir hoffentlich mehr.«

Helmut Bauch schaute ihn skeptisch an:
»Bist du sicher, dass du die durchhältst?«
»Wird schon gehen. Also um elf.«
»Ich bereite noch etwas vor.«

Feuerreiter

10:00 Uhr

Der Denkerstuhl hatte guten Dienst geleistet, wenn auch anders als gedacht. Er ließ die helle, beschreibbare Tafel in sein Zimmer bringen; hatte schon wieder vergessen wie das Ding neudeutsch hieß. Darauf malte er die Spinne. Den kreisrunden Leib beschriftete er mit Pit. Er trat zurück, betrachtete sein Werk und Zweifel kamen auf. Das sah sehr übersichtlich aus. Doch dieser Fall war alles andere als übersichtlich. Mache ich mir die Sache zu leicht?, fragte er sich plötzlich. Gehöre ich schon zu den Vereinfachern? Bis jetzt lese ich von der Bildzeitung nur die Titelseite und auch die nur im Schaufenster vom Kiosk. Schlimm genug, wenn ich seit der Wende schon zweimal drauf war. Mehr hatte Käthe Gürtler nicht verhindern können. Nein, diese Vereinfachung ist nur eine Gedankenskizze und sie werden es verstehen. Spiegel wird sich darüber amüsieren. Soll er nur. Sein technischer Kopf bereitet die Fakten anders auf. Jantzens auch. Der macht es scheibchenweise wie für das Mikroskop. Wir sind ein gutes Team.

»Wie auch immer«, seufzte er laut.

Als hätte er ein Stichwort bekommen, trat Spiegel ein.

»Ich habe etwas Musik aus dem Plattenschrank unseres Ausnahmegenies mitgebracht.

Wir beide haben heute Nacht, während wir uns durch seine Lesezeichen wühlten, einige von Pits CDs laufen lassen. Die Mühlenlieder fand ich weniger aufregend. Volkslieder und eigene Sachen.«

Spiegel zog CDs aus der Tasche und legte sie auf den Tisch. Auf einer stand der Titel: *Mahle, Mühle, mahle*, auf der anderen *Alle Mühlen dieser Welt*.

»Und was hat sich aus ihrem nächtlichen Anhören an Hinweisen ergeben?«

»Die Musik dieses Pit hat für mich etwas Melancholisches. Romantisch würde ich sie nicht nennen, eher traurig. Alles ein bisschen so wie diese verfallene Mühle auf dem Grundstück. Aber da war noch etwas: ein Lied trägt den Titel *Der Feuerreiter*. Handelt von einer brennenden Mühle. Das wäre noch nicht so besonders, wenn es nicht noch eine weitere Version dieses Textes gegeben hätte. Eine Band mit dem Namen *Gruftrock* hatte sich ebenfalls der Sache angenommen. Vielleicht können wir mal in beide Versionen reinhören. Er schob zuerst Mühlen-Pits CD über den Tisch. Helmut Bauch war nicht von der Idee begeistert, legte sie aber in den Player am Fenster. Zum ersten Mal hörten sie die Stimme des Vermissten. Sie klang tatsächlich tief und melancholisch, passte gar nicht zu dem Bild des Sängers auf dem Plakat. Dem hätte man eher etwas Helles, Fröhliches zugetraut.

Aber dennoch traf er den Ton des Gedichts: *hinterm Berg, hinterm Berg, brennt es in der Mühle...*

»Und jetzt hören Sie sich bitte die Version der Band an. Track sieben.«

Die Rockband verfuhr mit der Geschichte hart und unbändig. Es war geradezu ein Wunder, dass der Text das aushielt. In diesem Moment klopfte es an der Tür und Käthe Gürtler kam herein.

»Was ist das denn für ein neues Verbrechen?«

Bauch und Spiegel schauten gleichermaßen fragend auf die Leiterin der Öffentlichkeitsarbeit, die wie immer resolut in ihrem Hosenanzug dastand und energisch den Kopf schüttelte.

»*Der Feuerreiter*«, las Bauch betont langsam von der CD ab.

»Das höre ich auch, dass es der *Feuerreiter* von Eduard Mörike ist, aber in was für einer Verballhornung!«

»Ich finde das gar nicht so unpassend«, meinte Bauch genüsslich: »Immerhin brennt da eine Mühle.«

Spiegel nickte zustimmend. Käthe Gürtler bedachte die beiden mit einem vernichtenden Blick:

»Kunstbanausen«, brachte sie gerade noch hervor: »Ich vermute mal, ihr kennt nicht einmal die Vertonungen von Hugo Wolf von Hugo Distler.«

»Zugegeben, von diesen beiden Hugos habe ich noch nichts gehört«, setzte Helmut Bauch schmunzelnd fort.

„Ich hatte Musik abgewählt", ergänzte Volker Spiegel und zwinkerte seinem Chef zu, der prompt erwiderte: »Ich bin vor drei Jahren aus dem Polizeichor ausgetreten.«

»Ihr kommt ja auch nicht aus einem kulturell geprägten Elternhaus wie ich vermute. Mein Vater war...«
»War Thomaner«, fiel Bauch ihr ins Wort und sie schluckte.

»Käthe, was gibt es sonst noch?«

Sie hatte sich schnell wieder im Griff und streckte den Rücken.

»Ich wollte nur wissen, ob es stimmt, dass die absolute Nachrichtensperre noch immer gilt. Ehrlich gesagt, ich bin lange genug dabei und kann mir mein eigenes Bild von der Lage machen. Die Presse abzuwimmeln, macht mir auch weiterhin nichts aus. Ich gebe zu bedenken, ob das jetzt noch sinnvoll ist. Offene Karten könnten uns in diesem Fall möglicherweise besser helfen. Kann nachher bei der Sitzung leider nicht dabei sein, aber ich bitte das zu diskutieren.«

»Wir lassen sie mindestens eine Woche bestehen. Wir brauchen Zeit«, erwiderte Bauch ärgerlich.

Was bildete diese Frau sich ein. Die Tür klappte hinter ihr hörbar zu. Es war 10 Minuten vor elf.

»Aber, ich verstehe noch immer nicht, was Sie mir mit diesen CDs vorführen wollten.«

Spiegel nahm die CD Hüllen und drehte sie herum.

»Die Gruftrocker und Pit Hermann haben die Scheiben bei demselben Label herausgebracht.«

»Sie halten für möglich, dass hier eine Konkurrenz entstanden ist?«

»Ich werde der Sache nachgehen.«

Bauch trat an die Tafel und malte der Spinne ein achtes Bein, an das er das Wort *Musik* schrieb.

Volker Spiegel schaute zu, bemüht, dabei keine spöttische Miene aufzusetzen. Plötzlich sprang er auf und nahm das Telefon. Er rief die Techniker an:

»Wie weit seid Ihr mit dem Computer?... Dann versucht es mal mit dem Passwort *Feuerreiter*. Okay, kommt nachher zur Sitzung rüber.«

Bauch nickte zustimmend und sagte:

»Helfen Sie mir mal, das Ding hinübertragen.«

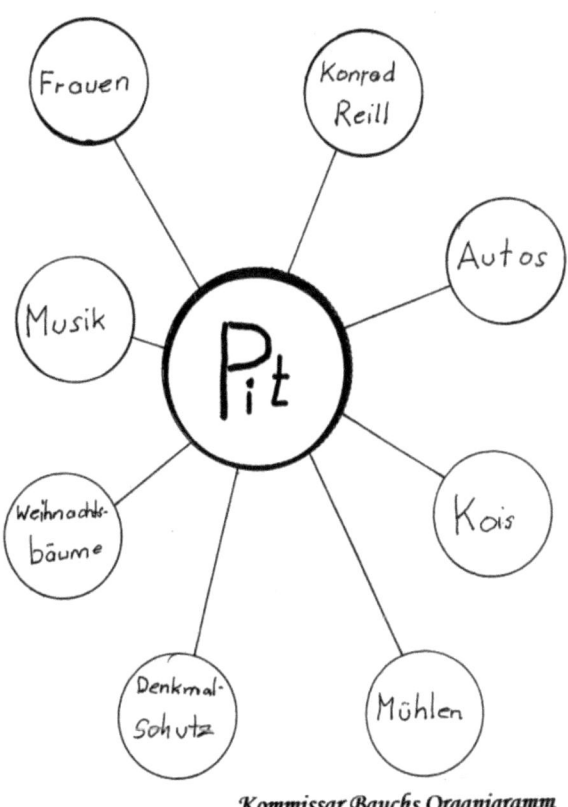

Kommissar Bauchs Organigramm

Das Organigramm

11:15 Uhr

Sie hatten sich bereits alle im Besprechungsraum versammelt, auch drei Beamte aus Erfurt, die Verbindungen des Entführungsopfers zur Oldtimerszene und zum Koi-Handel überprüften. Kehrer schmunzelte, als er Bauchs Organigramm sah. Das war sein Kollege, wie er ihn kannte. Andere werfen immer gleich den Beamer an und überschwemmen uns mit Bildern. Er will die Bilder im Kopf entstehen lassen, so wie er es daheim in seinem komischen Stuhl macht.

»Diese Zeichnung könnte auch einen Standardsatz der Polizeiarbeit als Titel tragen: Wir ermitteln in alle Richtungen«, begann er. Einige lachten.

»Etwas anderes bleibt uns auch nicht übrig. Fassen wir gemeinsam die bisherigen Ergebnisse kurz zusammen. Und nehmen wir uns das erste Bein vor: Pit Hermann betrieb eine lukrative Koi-Zucht. Was haben wir inzwischen darüber?«

Ein Erfurter Kollege berichtete:

»Ich habe fünf offizielle Händler für Kois im Umkreis von einhundert Kilometern ausfindig gemacht und kontaktiert. Nur ein einziger kommt für uns in Frage, eine Firma Koi-Aue in Herzberg am Harz. Die Geschäftsführerin sagte aus, dass ein gewisser Pit Hermann vor sechs Jahren bei ihr zum ersten Mal Jungfische gekauft habe.

Insgesamt – er blickte auf seine Unterlagen – acht halbjährige Exemplare zum Stückpreis von 25 €. Später hat er noch einmal sieben größere Tiere dazu genommen. Stückpreis 150 €. Alles legal gekauft und bar bezahlt.

Spiegel meldete sich zu Wort:

»Ich meine in Pits Tümpel eine größere Anzahl von Fischen gesehen zu haben. Aber vielleicht haben die sich ja auch untereinander vermehrt.«

»Ziemlich ausgeschlossen. Die Vermehrung in unseren Breiten ist schwierig. Die Händler beziehen die Jungfische direkt aus Japan. Kommen per Flugzeug hier an. Sind 30 Stunden unterwegs, was für einige Tiere schon gefährlich ist. Die sind angeblich sehr empfindlich.«

»Dann hat er sich noch anderswo welche besorgt.«

Balduin Kehrer hatte der Unterhaltung ungeduldig zugehört und auf die Uhr gesehen. Immer wieder musste er sich schnäuzen.

»Ihr biologisches Interesse in allen Ehren, aber das bringt uns nicht weiter. Versuchen Sie wenn möglich noch illegale Quellen für diese Fische zu finden, aber ehrlich gesagt, glaube ich nicht, dass uns diese Spur weiterbringt. Helmut, das nächste Bein von deinem Kunstwerk.«

Die Besprechungsrunde lachte.

»Dann die Oldtimer, aber der Spezialist dafür ist noch nicht da. Ein wichtiges Detail ist die Tatsache, dass sich im Kofferraum des *Tatra* eine Leiche befunden haben muss, wie der Spürhund angezeigt hat.

Aller Wahrscheinlichkeit nach hatte man dort den Leichnam von Buchholz deponiert, bis man ihn unter der Mühle mit Säure unkenntlich gemacht hat. Was haben wir noch?«

Jantzen zog einen Bogen hervor:

»Dazu passt ein Knopf der Marke Wolfskin, den wir in diesem Gewächshaus fanden. Außerdem gab es dort jede Menge von Fingerspuren, von Haar- und Faserspuren will ich mal gar nicht reden. Jedenfalls muss dort ein munteres Treiben geherrscht haben. Aber wir haben Fingerabdrücke von dem TÜV-Mann aus der Autowerkstatt Wertzig an fast allen Fahrzeugen und können annehmen, dass der dem Mühlen-Pit gegen gutes Geld Blanko-Plaketten für seine Karren verkauft hat, solche, wie wir sie im Safe gefunden haben.«

Kehrer wehrte sich vehement und schüttelte seinen Kopf hin und her:

»So viel wie ich weiß, hat der Mann ein Alibi. Leute, das sind kleinkriminelle Machenschaften. Dafür sind andere Leute zuständig. Ich habe den Mann zwar nicht gesehen. Glaubt doch nicht allen Ernstes, dass solch ein Autoschrauber einen Grund gehabt hätte, den Liedersänger zu entführen und ihm die Hand abzusägen, weil er ein Auto brauchte. Das hätte er doch mit dem nötigen Geld oder irgendwelchen Tricksereien sowieso bekommen. Ich denke, den können wir zwar im Auge behalten aber ich würde ihn in die hintere Reihe stellen. Helmut hat ja noch mehr Beine an seinem Vieh.«

Der gab sich von dem Spott unbeeindruckt.

»Kommen wir nun zum nächsten Spinnenbein: Weihnachtsbäume. Es handelt sich nicht um irgendwelche Weihnachtsbäume sondern um sogenannte Nordmanntannen, eine Art Modeweihnachtsbaum, wie ich hörte und die nicht in Pits Plantage auf dem Katzenberg angebaut wurden. Ich weiß, dass die seit Jahren in Erfurt auf dem Weihnachtsmarkt zu haben sind, aber dort können sie aus Skandinavien herbeigekarrt oder eingeflogen worden sein. Das hilft uns im Fall Mühlen-Pit nicht weiter. Der aber hatte offenbar einen direkten Kontakt zu dieser Art von Bäumen in unserer Gegend, wie uns der Dendrologe versicherte und was wir aus der Untersuchung der Kettensägenrückstände schließen können. Die Maschine selbst, mit der seine Hände abgetrennt wurden, haben wir leider immer noch nicht. Dafür aber die Spuren und die fanden sich auch in den Ritzen der Rückbank von Pits Volvo, die das Wasser nicht fortgespült hatte, kleine Späne von Nordmanntannen. Vor allem aber zeichnete sich ein Benzinfleck auf dem Polster ab. Dort könnte die besagte Kettensäge gelegen haben. Und damit könnte Pit losgefahren sein, um anderswo Weihnachtsbäume geräubert zu haben. Soweit die Theorie. Nur befinden wir uns in der falschen Jahreszeit. Kein Mensch braucht jetzt Weihnachtsbäume. Warum fährt Mühlen-Pit in seinem schwedischen Auto im Juni eine Kettensäge spazieren? Wir haben die einschlägigen Plantagenbesitzer für Weihnachtsbäume in Thüringen überprüft. Da gibt es nicht viele. In unserem schönen Land wachsen Tannenbäume immer noch von allein.«

Bauch genoss sichtlich seine Verkündigung und auch das, was er als nächstes vorzubringen hatte.

»Doch ergab sich ein interessantes Detail. Der Ehemann einer der Frauen aus Pits Liebschaftenreigen besitzt eine Gärtnerei in Sangerhausen und er handelt in der Saison auch mit Weihnachtsbäumen, unter anderem mit den besagten Nordmanntannen. Soweit zu dem Thema. Kollege Spiegel und ich werden sich dorthin auf den Weg machen.«

»Noch ein letztes Spinnenbein. Was hat die Suche nach den Liebschaften ergeben?«

Jantzen hob die Augenbrauen.

»Wir haben zusammen mit den Erfurter Kollegen Pits Bibliothek durchgeblättert. Das möchte ich schon nicht mehr unter Polizeiarbeit rechnen. Ist eher was für die Boulevard-Presse. Dieses Spinnenbein müsste eigentlich sieben Zehen haben. Obwohl Spinnen vermutlich über keine Zehen verfügen. Unser Mühlen-Pit hat Frauen gesammelt, wie andere Leute Briefmarken. Nur dass er sie nicht in einem Album zusammengefasst hat. Zu den zwei Namen, die uns Frau Hermann geben konnte, kamen fünf weitere, deren Brief oder Karten wir in den viertausend Bänden als Lesezeichen fanden. Das erfolgte nicht ganz ohne Methode. Dieser Mensch war offenbar sehr belesen. Ich vermute, er hat seine Abenteuer je nach Ausgang einem bestimmten Buch zugeordnet. Leider fehlt mir dafür der Bildungshorizont. Ein Roman, der meine Theorie bestätigen könnte, wäre *Lady Chatterleys Liebhaber* von D. H. Lawrence.«

Bauch und Kehrer warfen sich vieldeutige Blicke zu.

»Eine Elvira Sommer, die Frau eines Tierarztes hat sich mit Pit im Wald getroffen. Sie ist da vermutlich hoch zu Ross hingekommen, wie die Connie im Roman...«

Kehrers Konzentration ließ zusehends nach.

»Kollege Jantzen, bitte keinen Literaturunterricht. Was trägt das zu unserem Fall bei?«

»Vor einem Jahr ging diese Beziehung in die Brüche. Er hat ihren Abschiedsbrief genau an der passenden Stelle im Buch versteckt.«

»Kann der Ehemann als eifersüchtiger Liebhaber und somit als Täter in Frage kommen?«

»Eher nicht. Laut Brief pflegt der seit Jahren eine eigene Fremdbeziehung.«

»Und was sollte Pit ihm denn verkaufen?«, warf Spiegel ein: »Passt doch überhaupt nicht zu dem Erpresserbrief.«

»Und was ist mit den anderen sechs Zehen?«

»Ich fasse es kurz zusammen: drei zerrüttete Ehen und ein uneheliches Kind für das Pit seit Jahren pünktlich Unterhalt zahlt.«

Bauch schüttelte ungläubig den Kopf und meinte:

»Und diesen ganzen Amourenkram haben Sie tapfer durchgelesen. Dafür gebührt Ihnen besonderer Dank.«

»Friderike und ich.«

Die Angesprochene blickte verschämt zu Boden und wurde unübersehbar rot, was Heiterkeit auslöste.

»Die Frage bleibt: Was hätte Frau Hermann den betrogenen Ehemännern verkaufen können?

Haben die überhaupt etwas von den Affären ihrer Frauen gewusst?«

Jantzen schmunzelte.

»Ich glaube schon. Jedenfalls wissen sie es jetzt.«

Im Hintergrund war ein unterdrücktes Lachen zu hören.

»Soweit es möglich war – einer ist inzwischen verstorben und ein anderer nach Gran Canaria ausgewandert - habe ich die Herren kontaktiert. Für mich war erstaunlich, wie viele Ehemänner ziemlich lax mit den Seitensprüngen ihrer Frauen umgingen. Kann auch sein, weil sie fast alle in fortgeschrittenem Alter sind. Täterverdacht möchte ich so gut wie ausschließen. Übrigens haben in allen Fällen die Frauen die Beziehung zu Pit abgebrochen.«

»Deshalb hat er immer weiter gesucht«, konstatierte Helmut Bauch. »Hört sich nicht nach einem Don Juan an. Eher sowas, wie armer Gigolo.«

Kehrer war längst ungeduldig geworden:

»Also können wir diesen Schwatz hier beenden, wenn er nichts zu unserem Fall beiträgt.«

»Einen Augenblick bitte.«

Jantzen zog einen Zettel aus seiner Mappe.

»Es gibt eine Ausnahme, die ganz und gar nicht in das Schema passt. Diese Postkarte ging übrigens wie auch die Briefe nicht an die Adresse auf dem Katzenberg, sondern an ein Postfach in Artern.«

»Ich sehe einen Zettel und keine Karte.«

»Es handelt sich um eine Kopie, die wir in der Kittelschürze von Frau Hermann fanden.

Die will angeblich nichts davon wissen. Jedenfalls hat jemand diese Karte kopiert und möglicherweise das Original vernichtet. Der Inhalt spricht für eine solche Vorgehensweise.«

»Nun lesen Sie schon vor.«

Mein lieber Pit.
Ich muss weggehen von dir. Sonst droht große
Gefahr für uns beide. Sei bitte sehr vorsichtig.
Ich werde dich immer lieben.
                                      Deine Elsbieta

Helmut Bauch hob wie elektrisiert den Kopf.
»Sagten Sie Elsbieta?«
Er blätterte hastig in seinem Notizbuch.
»Elsbieta hieß auch die Geliebte von Dr. Martin Buchholz, diese polnische Restauratorin. Elsbieta Kowalska. Da kommen wir doch langsam mal zu Verbindungen.«

»Es gibt noch mehr interessante Details. Die Karte ist nämlich eine Weihnachtskarte. Das wissen wir, weil sie doppelseitig kopiert wurde. Welchen Sinn das auch immer gehabt haben soll. Vorn drauf befindet sich ein Gemälde mit den Heiligen Dreikönigen.«

»Natürlich«, brummt Bauch vieldeutig.

»Abgeschickt wurde die Karte aber erst vor zwei Wochen. Ziemlich spät für eine Weihnachtskarte. Möglich, dass die Frau in Eile war und nichts Besseres zur Hand hatte. Aber das Interessanteste scheint mir die Briefmarke zu sein...«

Kehrer schlug auf den Tisch und schimpfte:

»Jantzen, machen Sie mich mit Ihrer bedächtigen norddeutschen Art nicht wahnsinnig. Erst dieser Literaturvortrag und jetzt rücken Sie mit den wichtigen Sachen wie ein Fernsehmoderator raus. Wir sind hier nicht in einem Quizz. Wissen Sie überhaupt was Zeit ist? Also: Die Briefmarke!«

»Sie trägt den Aufdruck *Poczta Polska*, ist also eine polnische Marke und wurde abgestempelt in einem Ort mit Namen Weijherowo.«

»Und wo ist das? Lassen Sie sich nicht jedes Wort aus der Nase ziehen.«

»Nicht weit weg von Danzig. Da ich die Sprache leidlich beherrsche, habe ich die polnischen Kollegen dort um die Wohnadresse gebeten. Die wird in Kürze per Fax geschickt.«

Bauch dachte, jetzt wäre von Kehrer auch mal eine anerkennende Bemerkung fällig, aber nichts dergleichen geschah. Der schien im Moment nicht dazu in der Lage. Er setzte fort:

»Ziehen wir das mal zusammen. Frau Elsbieta war sowohl die Geliebte von Buchholz, als auch von Pit. Möglicherweise hat Pit sie kennengelernt, als der wegen seiner Mühle bei ihm zu Besuch war. Irgendwann hat er sie ihm ausgespannt. Der kann aber trotz aller verständlichen Eifersucht nicht Pits Entführer sein, weil er zu dem Zeitpunkt längst tot war. Die Gefahr von der Elsbieta spricht muss von anderer Stelle ausgehen.«

»Ich veranlasse sofort ein Amtshilfeersuchen, aber wie lange das dauert, können wir nicht wissen. Die Mühlen innerhalb der EU mahlen langsam.«

»Balduin, ich glaube, wir haben keine Zeit zu verlieren. Kann denn nicht dieser Koll, der BKA-Mann, etwas unternehmen?«

Kehrer zuckte mit den Schultern.

»Ich werde ihn informieren.«

Bauch nickte, meinte aber:

»Das sollten wir auf jeden Fall tun. Aber hoffentlich beeilt der sich.«

Plötzlich meldete sich Volker Spiegel, der bis jetzt nur zugehört hatte:

»Wir müssen so schnell es geht die Dame befragen. Offensichtlich befindet sie sich auch in höchster Lebensgefahr. Den ganzen komplizierten Vorgang auf Polnisch zu erklären würde viel zu lange dauern. Am besten wird sein, wir schicken selbst jemanden hin und informieren vorher die polnischen Kollegen über unser Kommen. Ralf, wie weit ist dieser Ort von hier entfernt.«

»Etwas mehr als 800 Kilometer. Mit dem Auto braucht man knapp zehn Stunden, vielleicht auch weniger.«

»Dann sollten wir heute noch losfahren. Ich erkläre mich dazu bereit und nehme mein Auto. Wenn Kollege Jantzen mich begleitet, der ja wohl Polnisch spricht, können wir uns während der Fahrt abwechseln.«

Helmut Bauch beobachtete, wie dieser Spiegel zulächelte.

Das haben sie doch längst abgesprochen.
Kehrer wischte sich den Schweiß von der Stirn. Die Sache gefiel ihm gar nicht.

»Sie dürfen dort nicht agieren, haben kein Recht zu ermitteln. Ich kann Ihnen auch keinen Dienstreiseauftrag ausstellen.«

»Dann bitten wir für vierundzwanzig Stunden um einen Kurzurlaub und unternehmen einen privaten Besuch ins schöne Nachbarland.«

»Leute, wie ihr euch das vorstellt...«

Kehrer hatte schon fast nachgegeben.

»Können wir die beiden denn hier entbehren?«

Er blickte fragend zu Bauch.

»Balduin, ich sehe darin auch eine Chance und denke, das können wir verantworten.«

»Also gut, wenn die Polen die Angaben geschickt haben, fahren Sie los.«

Plötzlich meldete sich Bauchs Handy. Er winkte ab, als er Kehrers genervten Blick sah und ging hinaus.

»Helmut, ich bin's, Erwin Klöckner aus Straußfurt. Ihr wart doch gestern bei mir. Heute Morgen bin ich wieder früh zum Angeln raus. Meine Stelle ist noch immer versaut. Also bin ich woandershin gegangen, zu der Stelle von dem Ecki, der früher an der Tankstelle in Gebesee gearbeitet hat. Seit dem Überfall ist er arbeitsunfähig. Er war da und hat mir was erzählt, wegen dem Auto. Hat wohl was gesehen.«

»Erwin, wir haben Sitzung. Kannst du den Mann nicht herbringen.«

»Geht gar nicht. Der hat zu viel Angst. Ich musste ihm versprechen, niemandem etwas zu sagen. Aber jetzt habe ich es doch getan.«

»Also gut, ich komme heute Nachmittag raus und dann bringst du mich zu dem Mann.«

»Ich weiß nicht.«

»Aber ich. Ich muss jetzt... Bis später.«

Bauch kam gerade noch rechtzeitig, als Jantzen von der Untersuchung des Volvos und der Uferzone des Rückhaltebeckens berichtete. Interessant war für Bauch ein Detail: Der Sicherheitsgurt am Fahrersitz war durchgeschnitten worden und den Spuren an der Schnittstelle zufolge mit genau demselben Tauchermesser, das Spiegel neben dem Beifahrersitz gefunden hatte.

»Wir können davon ausgehen«, sagte Spiegel, der im Lichtkegel des Beamers stand, »dass der Fahrer das Fahrzeug vorsätzlich versenken wollte und zwar so schnell als möglich. Deshalb hatte er auch alle Fenster heruntergelassen. Um den Aufprall abzufangen, hatte er den Gurt angelegt, den er unter Wasser nicht mehr öffnen konnte. Mit dem Messer hat er sich im letzten Moment befreit. Ich bin selbst Taucher.«

Was ist der eigentlich nicht, dachte Bauch.

»Deshalb gehe ich davon aus, dass er nur mit Schnorchel ausgerüstet war, weil er mit Flaschen keinen Platz auf dem Sitz gehabt hätte. So blieben ihm nur wenige Sekunden Zeit zum Ausstieg. Ich vermute Neoprenanzug. Die Wassertemperatur beträgt zur Zeit 11° C.

Da wir keine Leiche gefunden haben, müssen wir davon ausgehen, dass der Fahrer es ans Ufer geschafft hat.«

Die Bilder des Stausees, des Tauchermessers und des Autos waren von der Leinwand verschwunden. Jantzen knipste den Beamer aus.

Kehrer knurrte:

»Was bringt uns das? Wo ist dieser verrückte Müller? Wir haben noch nicht einmal das genaue Datum, wann sein Auto versenkt wurde.«

Bauch meldete sich:

»Balduin, ich habe da einen Zeugen. Heute Nachmittag wissen wir vermutlich mehr.«

»Vermutlich, vermutlich.«

Balduin Kehrer, der früher an dieser Stelle ganz sicher gebrüllt hätte, sagte nur müde:

»Ich kann das Wort nicht mehr hören. Die Geschichte breitet sich in alle Richtungen aus und ich kriege jetzt Druck von ganz anderer Stelle. Natürlich geht es um die Schicksale von Menschen und die aufzuklären sind wir verpflichtet. Aber offenbar interessieren sich höhere Instanzen viel mehr für die Leiche, die wir unter der Mühle gefunden haben, für die uns weiterhin jede Erklärung fehlt, als für Pit Hermann. Wenn ihr meine persönliche Meinung hören wollt: Mühlen-Pit ist längst selbst eine Leiche.«

Bauch schielte in die Runde und spürte beinahe einhellige Zustimmung auf den Gesichtern. Kehrer erhob sich plötzlich.

»Meine Damen und Herren. Da wir bis hier das Wichtigste besprochen haben, möchte ich mich jetzt zurückziehen. Die Sitzung ist beendet. Wir brauchen weitere Ergebnisse. An die Arbeit, Leute. Und Sie, Spiegel und Jantzen, bereiten sich ordentlich auf Ihren Polen-Trip vor. Machen Sie uns bitte mit dieser Aktion keinen Ärger. Sie sind keine Privatdetektive.«

»Vorher fahren wir nach Sangerhausen«, versuchte Bauch ihn zu beruhigen, als sie auf dem Gang standen und fügte leise hinzu:

»Und du legst dich ins Bett.«

Computer

12:30 Uhr

Auf dem Gang kam ihnen der Leiter der Technikabteilung entgegen und wedelte mit einem Stapel Papier. Bauch kannte den Eins-Neunzig-Mann, der früher in Nordhausen Basketball gespielt hatte und mochte ihn nicht. Der Sport war nicht der Grund für seine Abneigung. Er hasste Leute, die ihre Umgebung selbst in einem ganz normalen Gespräch mit englischen Begriffen vollquatschten, ohne Rücksicht darauf, ob sich die Anderen auf ihrem internetmäßigen Niveau befanden. Ludger Berg, den seine Fans immer wieder mit dem berühmten Dirk Nowitzki verglichen, war so einer. Zweifellos verstand er etwas von seinem Fach. Also noch einmal zuhören:

»*Feuerreiter* war der volle Treffer. Hier erstmal alle Mails. Eingang, Ausgang, Spams und Papierkorb. Von der ersten Ebene kommen wir bald in die zweite. Wer von Ihnen kriegt das jetzt?«

»Geben Sie her«, sagte Bauch. »Hoffentlich bringt uns das weiter.«

»Könnte sein, denn mit der Löschtaste hatte es der Teilnehmer nicht so arg im Sinn. Immerhin sind 220 E-Mails übrig. Und den Rest finden wir auch noch. Ein schönes Wochenende Ihnen.«

Der große, schlanke Bursche rauschte davon.

»Schauen Sie sich das an und geben Sie mir Bescheid«, sagte Bauch und drückte Spiegel die Bögen in die Hand. Der ging in sein Zimmer und breitete das Papier auf dem Schreibtisch aus. Bereits nach der zweiten Seite rief er Jantzen an. Immer wieder tauchte ein Absender aus China auf. Der Text war in grauenvollem Englisch verfasst. Außerdem gab es noch drei E-Mails aus den Emiraten. Da war das Englisch besser.
Jantzen kam sofort herauf und gemeinsam blätterten sie weiter.

»Kennst du diesen Ort in China? Peking ist das ja wohl nicht.«

Jantzen überlegte nicht lange.

»Steht doch da: Hefei. Das liegt in der Provinz Anhui. Deshalb auch der Name der Firma *Anhui Hualing Automobile Import Co. Ltd.*, es ist nicht weit von Shanghai entfernt. Keine ganz große Stadt, höchstens fünf Millionen Einwohner.«

»Was du nicht sagst…«

»Auf jeden Fall steht hier immer wieder das eine entscheidende Wort: *Tatra*.«

»Warum ist für Leute mit großem Portemonnaie ausgerechnet dieses tschechische Ungetüm so wichtig?«, wollte Spiegel wissen.

»Ich denke, wir können die Dollars aus der Amphore als Anzahlung verbuchen, egal ob Scheichs oder Chinesen. Ich tippe mehr auf die Emirate. Komischerweise wickeln die ihre Geschäfte über die Niederlande ab. Ich sehe hier eine Car-Handling B.V. in Roosendaal.

Sie bieten Oldtimer an und verschiffen sie auch nach Dubai.«

»Und da hängt dann ein Mord dran und nicht nur einer? Aus dem Orient in Auftrag gegeben? Diese Leute mit den Turbanen bezahlen doch für einen guten Jagdfalken mindestens das Doppelte. An diese Theorie glaube ich immer weniger. Bleibt nur noch China. Die Firma werde ich nachher durch die Suchmaschine laufen lassen. Aber vor allem werde ich mir dieses Auto noch einmal vornehmen. Fahre nachher gleich los. Ich bin mir sicher, dass es für uns noch mindestens ein Geheimnis bereit hält.«

»Moment mal«, sagte Spiegel. »Das machen wir anders. Die Kiste wird hierher geholt und dann nehmt ihr sie in unserer Dienststelle auseinander. Ich habe so ein Gefühl, dass diese Lösung die Beste ist und ich kann dir nicht sagen weshalb. Solange keine Rückmeldung aus Polen eingetroffen ist, haben wir Zeit. Die Leiche hatten sie darin gelagert, aber vielleicht war da noch mehr passiert. Ist das Ding in jüngster Zeit überhaupt noch gefahren und wenn ja wohin?«

Er rief Kehrers Nummer an, der sich aber nicht meldete. Er verständigte den technischen Dienst selbst. Der Abschleppwagen wurde losgeschickt.

Rosen

14:15 Uhr
Durch ein großes schmiedeeisernes Tor fuhren sie in den Innenhof. Über dem Torbogen leuchtete ein farbenprächtiges Schild mit dem Firmennamen:

Gärtnerei Herbert und Rosi Burckhardt.

Passend zum Namen der Frau waren die Buchstaben mit Rosenblüten eingefasst. Natürlich nicht nur passend zum Namen der Frau, sondern auch zu Sangerhausen, war Bauchs erster Gedanke.
»Sangerhausen ist Rosenstadt«, erklärte er Volker Spiegel. »Das Rosarium hier ist europaweit eine Attraktion. Möglich, dass der Burckhardt daran auch beteiligt ist.«
Sie stiegen aus. Die Stirnseiten von zwei Gewächshäusern grenzten an den Hof, wo sich mehrere Parkplätze befanden. In der Mitte gab es ein Rondell, das von weißen, runden Kieseln umsäumt wurde. Neben den im Innern wachsenden Rosenstöcken leuchteten sie besonders hell. Das eigentliche Schaustück aber war ein Schloss, ein Märchenschloss aus Beton und Steinen mit Wehrgang, Fenstern und einem Turm. Das Ganze kaum höher als zwei Meter. Bauch und Spiegel waren beide gefangen von dem Anblick.

»Ich glaube, wir müssen nicht lange rätseln, um welches Märchen es sich hier handelt«, meinte Spiegel.

Die Ranken der Rosen waren mit feinen Drähten an das Mauerwerk des Modells gelenkt worden und überwucherten in dieser besten Rosenzeit bereits einen großen Teil der Fassade. Die beiden Kommissare schauten sich um und suchten ein Büro oder etwas Ähnliches. Ein Anbau mit gelblich-grauem Putz sah danach aus. Lediglich die moderne Tür mit den gewölbten Scheiben zwischen den Streben des Gitters deutete eine andere Zeit an, als die, seit der die Anlage bestand.

»Schauen Sie mal da.«

Spiegel hatte es zuerst entdeckt. Hinter einem Stapel von Regentonnen aus Kunststoff blinkte Chrom hervor, der zu einem leuchtend roten Oldtimer gehörte.

»Donnerwetter, was für ein Prachtstück!«, stieß Bauch hervor.

»Was ist das? Habe ich so noch nie gesehen.«

»Das ist ein *Škoda S-100* in Topqualität. Schätze mal, wir müssen nicht lange darüber nachdenken, woher dieses Teil stammt. Sieht stark nach Pit Hermanns Handschrift aus. Also nicht nur Tannenbäume. Baut sich am Ende das Puzzle doch auf ganz andere Weise zusammen? Jetzt sollten wir nach dem Herrn über das Ganze Ausschau halten.«

In diesem Moment hörte man das Geräusch eines Schlüsselbunds und ein Mann kam aus der Tür des Anbaus auf sie zu.

»Was kann ich für die Herren tun? Burckhardt mein Name.«

Bauch stellte sich und Spiegel vor. Den Mann schätzte er auf etwa vierzig Jahre. Er trug einen schwarzen Vollbart, ein rotes Stirnband, steckte in der zu seinem Beruf passenden grünen Latzhose mit einer Rose als Firmenlogo auf der Brusttasche und in ebenfalls grünen Gummistiefeln. Er blickte die Beiden freundlich an. Einer, der mit einem Lächeln auf die Welt gekommen ist, dachte Bauch.

Irgendwo hatte er diesen Ausdruck mal gehört. Obwohl es das gar nicht geben kann, denn zuerst schreien wir. Der Andere strahlte in die Sonne auf dem Rosenhof und reichte seine Hand zum Gruß.

»Es geht um einen gewissen Pit Hermann«, begann Volker Spiegel vorsichtig.

»Der Mühlen-Pit. Was ist mit dem?«

Spiegel zögerte und Bauch fuhr fort:

»Das wissen wir noch nicht genau. Möglicherweise wurde Pit Hermann entführt.«

Noch nichts vom Tod.

»Pit? Um Himmelswillen, der mag ja manchmal schräg drauf sein, aber im Grunde kann der keiner Fliege was zu Leide tun. Wie konnte der in sowas hinein geraten?«

»Wie gesagt, das wissen wir noch nicht.«

Zum ersten Mal hörten sie eine positive Meinung über den umstrittenen Liedermacher. Und das ausgerechnet von einem Mann, dessen Frau angeblich ein Verhältnis mit ihm gehabt hatte.

»Wie gut kannten Sie Herrn Hermann?«

»Wir waren gewissermaßen Kollegen. Hatten uns bei einem Oldtimer-Treffen kennengelernt. Eines Tages rückte er mit seiner Idee raus. Er wollte die südliche Hanglage seines Grundstücks auf dem Katzenberg für eine Plantage nutzen. Ich sagte ihm, dass er damit gewaltigen Ärger kriegen könne, denn er wollte sich einfach einen halben Hektar aus dem angrenzenden Schutzgebiet dazu nehmen. Doch Pit winkte damals nur ab. Meinte, das würde schon nicht so schlimm werden. Und ein paar Tannenbäume könnten dem Katzenberg nicht schaden. So ist er eben. Hat dann die Strafe auch anständig bezahlt. Jedenfalls habe ich ihm die Setzlinge für seine Farm verkauft. Aber deswegen entführt man doch niemanden. Außerdem ist das schon sieben Jahre her.«

Volker Spiegel hörte staunend zu und schüttelte innerlich den Kopf darüber, wie mit Recht und Gesetz umgegangen wurde. Wer wusste, was noch alles ans Tageslicht kommen würde?

»Das rote Auto da hinten; stammt das auch von ihm?«, fragte er.

»Ja, solche Kunstwerke konnte Pit. Davon verstand der alte Autoschrauber etwas. Hatte sozusagen goldene Hände in solchen Dingen.«

Bauch und Spiegel dachten gleichzeitig an Frau Hermanns Worte von den goldenen Händen.

»Wir würden auch gern mit Ihrer Frau sprechen.«

»Die ist auf der Arbeit. Sie sitzt am Schalter im Bahnhof. Um vier hat sie Feierabend.«

»Wann haben Sie Pit Hermann zum letzten Mal gesehen?«

»Das kann ich ihnen ziemlich genau sagen. Morgen sind es genau drei Wochen her. Pit kam und fragte mich wegen meiner großen Kettensäge. Angeblich wollte er dicke Balken sägen und sein Werkzeug reichte dafür nicht aus. Da habe ich ihm mein bestes Stück angeboten, einen *Husquarna*-Benziner. Musste ich aber erst von meiner Außenstelle holen. Meine Frau hat sie ihm zwei Tage später mitgegeben. Eigentlich wollte er sie mir bereits vorige Woche wiederbringen. Fragte mich schon, warum er so lange damit brauchte. Aber das ist nicht so schlimm. Die Weihnachtsbaumsaison liegt noch in weiter Ferne.«

»Das bedeutet, Sie benutzen die Säge für Ihre Weihnachtsbäume. Wo befinden die sich. Hier sehe ich nur Rosen.« Bauch blickte sich demonstrativ um.

Burckhardt lächelte noch breiter.

»Rosen müssen schon sein, wenn man als Gärtner in Sangerhausen seine Brötchen verdienen will. Ich betreibe in Pölsfeld eine kleine Plantage mit Weihnachtsbäumen, gewissermaßen als Zubrot zu meinem Tagesgeschäft. Befindet sich in der Nähe der alten Bockwindmühle. Keine zehn Kilometer von hier.«

»Auch Nordmanntannen?«, wollte Spiegel wissen.

Der Mann zog die Mundwinkel schief.

»Nordmanntannen, ja und nein. Bis zum vorigen Jahr. Die letzten haben wir am ersten Advent gefällt. Das Geschäft hat sich nicht mehr gelohnt.

Nach der Wende waren das die Modeweihnachtsbäume für die Ossis gewesen. Entschuldigung, ich darf das sagen, ich bin selbst einer. Diese Bäume nadeln vor Silvester nicht, ganz im Gegensatz zu den mickrigen Fichten, die wir uns früher in die Stuben geholt haben. Bei den Nordmanntannen blieb der Teppich bis Mitte Januar sauber, wenn die Leute nicht zu sehr einheizten. Heute kommen diese Tannen aus dem Sauerland und aus Dänemark zu einem Preis, bei dem ich nicht mithalten kann.«

»Herr Burckhardt, was für einen Eindruck haben Sie von Pit Hermann? Ich meine als Mensch.«

Der schaute in die Ferne, wo die alte Bergbauhalde, die Hohe Linde, aufragte. Er ließ sich Zeit; schien irgendetwas zu überlegen. Bauch und Spiegel beobachteten ihn unauffällig und taten so, als würden sie ebenfalls den Blick zur Halde genießen.

Schließlich sagte Burckhardt:

»Herr Kommissar, Pit Hermann ist ein guter Mensch, auch wenn es bestimmt viele Leute gibt, die das Gegenteil behaupten werden. Ich will nicht sagen, dass wir Freunde waren, aber wir wären es fast geworden.«

Da war wieder dieser Vergangenheitston, der immer auftauchte, wenn von dem merkwürdigen Menschen Pit die Rede war. Warum sprachen so viele Leute mit einem Unterton, als wäre der längst tot, selbst solche, die nichts von seiner Entführung wissen konnten?

War dieser geheimnisvolle Mann grundsätzlich auf Abschied und Endzeitstimmung gepolt gewesen? Sprache verrät so viel.

»Und was hat ihrer Freundschaft im Weg gestanden?«

»Die Zeit. Der berufliche Stress. Pit war ja ständig irgendwie unterwegs. Ich habe seine Musik gemocht, dieses etwas Schwermütige, auch seine dunkle Stimme. Deshalb habe ich ihm auch einen Liedtext geschenkt. Ich schreibe seit Jahren Gedichte, Widmungen und Festreden für Leute, die es nicht selbst können. Bis jetzt warte ich auf die Vertonung.«

»Worum ging es bei diesem Text?«

»Um einen Apfelbaum und die Bienen. Aber das tut jetzt nichts zur Sache. Was wollen Sie sonst noch von mir wissen?«

»Natürlich die Routinefrage. Wo befanden Sie sich am Wochenende vom 11. zum 12. April?«

»In der Jagd- und Forstgesellschaft Stolberg im Harz. Ich war zu einer Jubiläumsfeier eingeladen und habe dort auch übernachtet. Bin erst am Montagmorgen zurückgekommen. Das können Sie überprüfen.«

»War Ihre Frau auch dabei?«

»Nein, die ist mit dem Hund hier geblieben. Sie mag solche Festivitäten nicht.«

»Haben Sie Kinder?«, fragte Spiegel und zeigte auf das Dornröschenschloss.

Herr Burckhardt wurde plötzlich ernst und schaute wieder weg.

»Wir hatten eine Tochter. Louise. Sie ist vor zwei Jahren an Leukämie gestorben; kurz bevor sie in die Schule gekommen wäre. Pit hat sie sehr gemocht und auch ein Lied für sie geschrieben. Er selbst hatte ja keine Kinder. Inzwischen bereitet das Schlösschen auch vielen Besuchern Freude.«

»Wir werden jetzt zu Ihrer Frau fahren. Wie gesagt, reine Routine.«

»Ja, machen Sie das. Sie hat den Hund mit zur Arbeit genommen. Heutzutage fahren so wenige Leute mit der Bahn, dass sie sich am Schalter in der großen Halle manchmal einsam fühlt. Die Bahngesellschaft hat nichts dagegen. Wenn Sie ihr bitte ausrichten würden, dass ich mit dem Abendbrot warte. Habe frischen Matjes besorgt. Sie stammt aus Hamburg. Sie verstehen...«

»Was wir noch alles verstehen müssen«, knurrte Bauch als sie wieder im Auto saßen. »Der Mann ist ja wohl völlig ahnungslos. Deshalb sollten wir ihm noch nachträglich Hörner aufsetzen. Das kann die Frau besorgen, wenn sie möchte. Ich rufe jetzt die Kollegen hier vor Ort an. Hoffentlich fährt jemand von denen ohne umständliches Amtshilfeersuchen zu dieser Mühle in Pölsfeld. Man kann ja nie wissen. Wenn wir kurz vor vier Uhr am Schalter sind, reicht es aus.«

Sie fuhren auf den großen, neu gestalteten Bahnhofsvorplatz. Rechterhand befanden sich der Busbahnhof und die Taxistände. Außer zwei Männern, die an einem runden Kiosk auf dem Platz Bier aus ihren Flaschen tranken, war keine Menschenseele zu sehen.

Volker Spiegel betrachtete bewundernd das breite, ausladende Bahnhofsgebäude. Es war zehn Minuten vor vier.

»Hätte ich so nicht erwartet«, meinte er. »Jedenfalls nicht in so einer kleinen Stadt. Das Gebäude sieht außerdem ziemlich modern aus.«

»1963«, erklärte Helmut Bauch.

»Kurz nach der Einweihung sind wir mit der Schulklasse hierher gefahren. Den Bahnhof zeigte man uns als Beispiel sozialistischer Architektur. Lassen Sie uns reingehen. Da gibt es noch mehr zu sehen.«

Sie betraten die riesige Eingangshalle, die ebenfalls menschenleer war. An der Anzeigetafel standen Regionalzüge nach Kassel-Wilhelmshöhe und Halle. Über die ganze Breite des Raums zog sich in der Höhe ein farbiges Mosaik, das die Welt des Arbeiter- und Bauernstaates darstellen sollte. Ein Arbeiter mit Schweißerbrille, ein Intellektueller im weißen Kittel, ein Bergmann mit Helm; dazu die Kulisse Sangerhausens mit einem Förderturm.«

Volker Spiegel schüttelte fassungslos den Kopf.

»Für soetwas hatte man offenbar im damaligen Sozialismus Geld«, meinte er. »Ist nicht wirklich hässlich. Vielleicht werde ich diese Welt auch mal verstehen.«

»Wilhelm Schmied hieß der Künstler. Habe ich bis heute nicht vergessen. Finde ich gut, dass man es in der neuen Zeit drangelassen hat. Das gehört zu unserer Geschichte. Kommen Sie, es ist gleich vier Uhr.«

Unter dem Mosaik befanden sich die Fahrkartenschalter von denen nur einer geöffnet war.

Sie traten davor und sahen eine schlanke Frau mit roten Locken dort sitzen. Neben ihr hockte tatsächlich ein großer, zotteliger Hund und hielt beide Pfoten auf die Schalterbank, als wäre er ein Kollege der Angestellten.

»Wohin möchten Sie reisen?«, fragte die Frau und lächelte.

Bauch zeigte seinen Dienstausweis.

»Frau Burckhardt?«, vergewisserte er sich. Sie nickte.

»Können wir Sie einen Augenblick sprechen.«

»Wenn es dringend ist. Ich schließe jetzt den Schalter und komme zu Ihnen raus.«

Sie zog die Vorhänge zu und kam kurze Zeit später mit ihrem Hund an der Leine in die Halle. Gerade war ein Zug eingetroffen und die Reisenden strebten laut und eilig dem Ausgang zur Stadt entgegen. Berufspendler wie es aussah.

»Worum geht es? Ist etwas mit meinem Mann passiert?«

Warum kommen ihr solche Gedanken?, überlegte Bauch.

»Lassen Sie uns nach draußen gehen. Da ist es nicht so laut.«

Die Sonne schien über die Dächer ehemaliger Lockschuppen und Wirtschaftsgebäude aus Backstein auf den Platz.

»Es geht nicht um Ihren Mann, sondern um Herrn Pit Hermann.«

Das freundliche Gesicht der Frau wurde plötzlich ernst.

»Und wie kann ich Ihnen da helfen?«

Spiegel wollte nicht lange drum herum reden:

»Wir suchen ihn. Frau Burckhardt, wir wissen, dass Sie eine Beziehung zu ihm pflegen oder pflegten. Für uns ist wichtig, welcher Art Ihre Beziehung war und wann Sie den Herrn Hermann zum letzten Mal gesehen haben.«

»Weshalb suchen Sie ihn? Ist etwas geschehen?«

»Darüber können wir Ihnen leider nicht mehr sagen, als dass er vermisst wird.«

Sie schwieg und schien plötzlich verwirrt.

»Also, was ist nun?« Spiegel wurde ungeduldig. Bauch ärgerte sich darüber. Merkte der nicht, dass die Frau Zeit brauchte. Und die nahm sie sich.

»Einen Augenblick bitte. Ich bin gleich wieder bei Ihnen. Muss nur etwas nachdenken.«

Sie ging mit dem Hund langsam zu dem Kiosk und verschwand dahinter.

»Moment mal, die telefoniert womöglich.« Spiegel ärgerte sich über Bauchs Geduld und lief ein paar Schritte weiter, so dass er die Frau beobachten konnte. Er sah, wie sie vor ihrem Hund hockte und mit dem Tier zu reden schien. Was machte die da? Schließlich stand sie auf und kam zu den beiden Beamten zurück. Sie wirkte plötzlich gefasster.

»Also ich habe Pit vor knapp drei Wochen das letzte Mal gesehen. Mein Mann hatte ihm eine Kettensäge besorgt und ich habe sie ihm gegeben, weil Herbert in Pölsfeld war. Das war mir ganz Recht.«

»Wusste Ihr Mann von Ihrer Beziehung zu Pit Hermann?«

Sie schüttelte den Kopf.

»Außerdem war die zu dem Zeitpunkt längst zuende. An diesem Tag sah ich Pit nach über einem Jahr zum ersten Mal wieder. Er war so anders, total fahrig. Hat mich nur kurz in den Arm genommen und dann die Säge in sein Auto gepackt. Ich habe ihn noch gefragt, ob alles in Ordnung sei. Er sagte nur: Davon kann keine Rede sein.«

»Wohin hat er die Säge im Auto gelegt?«

»Auf die Rückbank. Im Kofferraum war kein Platz wegen der Gitarre und der Verstärkeranlage. Ich wollte ihm noch eine Plane zum Unterlegen geben, aber er meinte nur, dass sowieso alles egal sei. Dann fuhr er weg.«

Sie wischte sich eine Träne aus dem Augenwinkel und beugte sich zu ihrem Hund hinab um ihr Gesicht abzuwenden.

»Frau Burckhardt, warum haben Sie und Pit sich getrennt?«

»Nicht wir. Ich habe mich getrennt, was mir nicht leichtgefallen ist, aber unsere Beziehung hatte keine Zukunft. Sowas hat nie eine Zukunft, wenn man nicht ernst macht. Trotzdem glaube ich heute, ihm hat es mehr wehgetan als mir.

Aber was soll' s? Er hat seine Lieder und ich habe ein Leben mit Herbert, der ein guter Mensch ist. Und ich habe Rosen über Rosen. So ist das Leben. Und ich habe ihn.«

Sie streichelte den Hund. »Nicht wahr, Pit?«

Bauch horchte auf und Spiegel fragte sofort:

»Stammt der Hund womöglich von...?«

»Ja, der ist von Pit, dem Mühlenliedermacher. Eines Tages brachte er mir den als Welpen. *So bleibe ich noch ein bisschen bei Dir*, hatte er gesagt. Und was jetzt? Ist er noch bei mir oder ist er tot? Wenn Sie etwas wissen, sagen Sie es mir bitte. Ich werde das aushalten.«

Die starren Gesichter der Beiden bedeuteten fast schon so etwas wie eine Antwort.

»Wie kommen Sie darauf, dass er tot sein könnte? Hat ihn jemand bedroht?«

Sie erhob sich wieder und zuckte mit den Schultern.

»Es geht um ein Gefühl, dass ich oft in seiner Gegenwart hatte.«

Spiegel ließ nicht locker.

»Was für ein Gefühl meinen Sie?«

Wieder zögerte sie.

»Das lässt sich nicht so leicht beschreiben. Immer wenn ich mit diesem Menschen zusammen war, wurde ich bis auf wenige Momente das Gefühl nicht los, dass ich um ihn Angst haben müsste. Sogar wenn er seine Lieder sang, vor allem dieses schreckliche von der brennenden Mühle.«

»Der Feuerreiter?«

»Ja, so hieß das wohl. Ich war mal bei Sonnenuntergang auf seinem Berg. Da sah der Himmel hinter der Mühle tatsächlich so aus, als ob sie brennen würde.«

»Kennen Sie Frau Hermann?«

»Nein. Ich habe von ihr nur gehört. Sie soll ein bisschen durcheinander sein. Ich glaube, die wusste nichts von Pit und mir. Sie können auf Dauer nicht mit einem Menschen eine Beziehung haben, um den Sie ständig Angst haben. Irgendwann konnte ich nicht mehr und habe Schluss gemacht. Herr Kommissar, haben Sie gegenüber meinem Mann etwas davon gesagt?«

»Machen Sie sich da mal keine Sorgen.«

»Das hat er nicht verdient, was ich ihm angetan habe. Er ist mein bester Freund.«

Bauch nickte nur.

Wie auch immer.

Auf der Rückfahrt fragte Bauch:

»Wie ist Ihr Eindruck. Können wir den Beiden ihre Aussage abnehmen?«

»Das Alibi wird ausschlaggebend sein. Aber selbst wenn es nicht hält, wäre mir die Show zu perfekt. Abgesprochene Aussagen und derart perfekt vorgetragen? Wofür? Wollte Burckhardt dem Pit seine illegale Plantage abkaufen? Und dafür gibt er ihm die Kettensäge mit, um ihm anschließend die Hand abzusägen? Absurd würde ich sagen.«

»Dafür scheint mir dieser Mann auch nicht der Typ zu sein, selbst wenn er von der Fremdgeherei seiner Frau etwas mitbekommen haben sollte.

Wir müssen endlich darüber nachdenken, wofür er die Säge brauchte.«

Volker Spiegel nahm das Telefon hervor und meinte:

»Er wollte die Mühle damit zerteilen, um darunter die Leiche von Buchholz verschwinden zu lassen.«

»Hat er aber nicht. Wir haben an den Kettensägenschnitten nur Holzspäne von Nordmanntanne gefunden.«

»Hat er nicht, weil er plötzlich eine andere Möglichkeit sah. Einen Moment bitte.«

Er rief Jantzen an:

»Ralf, bitte finde heraus, an welchen Tagen über der Hohen Schrecke starke Gewitter niedergegangen sind. Der Deutsche Wetterdienst in Erfurt muss doch darüber Aufzeichnungen haben, vielleicht sogar darüber, wo Blitze eingeschlagen sind. Ich glaube, die haben ihre Dienststelle am Flughafen. Ja, danke. Haben sich die Polen schon gemeldet? Noch nicht. Dann wird es wohl eine Nachtfahrt werden.« Und zu Bauch gewandt:

»Warum bin ich nicht gleich darauf gekommen. Die Geschichte der Frau Hermann von dem Blitzeinschlag in der Mühle. Pit hat den Wetterbericht gehört und auf ein Gewitter gewartet, um das Problem Leiche auf einen Schlag aus der Welt zu schaffen.«

»Buchholz gilt seit Weihnachten als vermisst. Wenn der Zeitpunkt seines Todes mit dem seines Verschwindens übereinstimmen sollte; wo befand sich in der Zwischenzeit die Leiche? Im Kofferraum?

Nach der Aussage von Frau Hermann schlug der Blitz innerhalb der letzten drei Wochen ein.«

»Ich frage mich, ob die anderen Frauengeschichten aus dem gleichen Grund ihr Ende fanden, ich meine die Angst. Obwohl mir diese Betrachtungsweise doch sehr einseitig vorkommt. Der angstmachende Sänger; auf der Bühne bewundert und im Leben die Traurigkeit in Person. Ich glaube nicht, dass meine Frau ständig Angst um mich hatte. Sie hat sich mal Sorgen gemacht, aber eine Angst, die unsere Beziehung gefährdet hätte? Kann ich mir nicht vorstellen.«

»Vielleicht hat sie auch nur nichts gesagt.«

»Wie auch immer. Ich kann sie nicht mehr fragen.«

»Ich kann die Frau Burckhardt verstehen. Bei mir ist einmal aus den gleichen Gründen eine Beziehung zerbrochen.«

Helmut Bauch horchte auf und blickte zu seinem Beifahrer. Es war das erste Mal, dass Spiegel etwas über sein Privatleben erzählte.

»Ich war damals noch Polizeischüler und kam gerade von einem Praktikum in Frankfurt zurück, als die Nachricht durch die Presse ging, dass dort ein Kollege kurz darauf im Milieu erschossen worden war. Es half nichts, dass ich Simone sagte, wie relativ gering die Wahrscheinlichkeit ist, im Dienst getötet zu werden. Sie wollte sich das nicht antun, wollte nicht abends mit dem bangen Gefühl zu Hause sitzen und darauf hoffen, dass ihr Mann lebend nach Hause kommt. Das war's dann mit uns gewesen.«

Sie hatten die Autobahn erreicht. Gleich würde am rechten Fahrbahnrand die Halde auftauchen. Entgegen seiner sonstigen Gewohnheit fuhr Helmut Bauch nicht sehr schnell. Es dauerte Minuten, ehe er das Gespräch fortsetzte.

»Trifft das noch zu, dass die Wahrscheinlichkeit relativ gering ist? Ich vermute, sie ist gestiegen, sogar sehr gestiegen. Wenn ich mir unseren Fall anschaue, halte ich auch Polizistenmorde für wahrscheinlich. Die Leute, mit denen wir es zu tun haben, schrecken doch vor nichts zurück. Damit sollten wir rechnen und wachsam sein. Sie noch mehr als ich. Sie haben Ihr Berufsleben noch vor sich.«

Er wollte nicht sagen: Ihr Leben.

»Wenn es passiert, können wir das meist nicht ändern.«

Das Telefon meldete sich. Die Sangerhäuser Kollegen gaben durch, dass die ausgesandte Streife in der Bockwindmühle von Pölsfeld nichts gefunden hatte.

»Also können wir die auch abhaken. Irgendwann kann ich das Wort Mühle nicht mehr hören. Ich setze Sie in Nordhausen ab und fahre dann zu diesem Ecki. Vielleicht ist inzwischen Nachricht aus Polen eingetroffen.«

Er hatte eine Lkw-Kolonne vor sich und gab Gas zum Überholen.

Ecki

17:30Uhr

Helmut Bauch saß wieder bei Erwin Klöckner am Teich.

»Also Ecki hat mir was erzählt. Der ist ja schon immer mein Konkurrent beim Königsfischen gewesen und ich will nicht behaupten, dass wir Freunde sind. Aber der hat was erlebt und ich musste schwören, dass ich nichts weitersage.«

Klöckner ging zum Teich und zog an einer Schnur zwei Bierflaschen aus dem Wasser.

»Das wird dir dein Dienst noch erlauben. Früher wart ihr auch nicht so zimperlich.«

»Erwin, ich bin nicht der ABV von Kleinroda. Komm lieber zur Sache. Es eilt.«

Trotzdem stießen sie an.

»Der Ecki hat mir erzählt, wie man so sagt, unter dem Mantel tiefster Verschwiegenheit.«

Bauch war nahe daran zu explodieren.

»Nun rede doch endlich. Es geht um einen Fall und möglicherweise um Leben und Tod. Prost!«

»Ja wenn das so ist. Ecki hat mir erzählt, dass er an einem Dienstag trotz des schlechten Wetters bereits in der Frühe zum Stausee gefahren ist. Senile Bettflucht oder so heißt das neuerdings. Na, er ist ja auch nicht mehr der Jüngste.«

»Erwin komm zur Sache!«

»Trink doch erst mal dein Bier. So jung kommen wir nie wieder zusammen. Wenn ich da noch an deinen Vater denke...«

Er räusperte sich wie ein Redner, der eine ganz besondere Neuigkeit verkünden will. Es sei ihm gegönnt, dachte Helmut Bauch resignierend. Wenn nur endlich etwas kommt. Manchmal mag ich diese Langatmigkeit, sogar das Phlegma im Erzählen mancher Leute dieses Landstrichs, aber manchmal hasse ich es.

»Ecki sagte, dass einer von den Tauchern genau an der Stelle aus dem Wasser gestiegen ist, wo er seit Monaten auf seinen großen Hecht wartete. Du weißt doch, die Verrückten, die da unten in den Ruinen des Ritterguts herumschwimmen und die letzten Türklinken abschrauben. Warum war der so früh morgens ohne Lampe im See unterwegs? Was hatte der da zu suchen? Wenn du meine ganz persönliche Meinung hören willst...«

»Erwin, erzähl einfach nur weiter.«

»Ecki sagte, dass der Mann auf ihn zugekommen sei und ihn am Hals gepackt hat. Und er hat was gesagt.«

»Was hat er gesagt?«

»Du musst dich mal in die Lage von Ecki versetzen und...«

»Was hat er gesagt!«, schrie Bauch.

»*Wenn du ein Wort davon sagst, was du gesehen hast, komme ich wieder und bringe dich zu deinen Fischen.* Und jetzt habe ich für ihn etwas gesagt. Oh je.«

»Wo wohnt dieser Ecki und wie heißt er genau? Mach dir keine Sorgen. Wir kümmern uns um alles andere. Wir brauchen die Stelle, an der es passiert ist.«

»Die kann ich dir zeigen.«

»Dann fahren wir doch gleich mal hin.«

»Wahrscheinlich treffen wir ihn dort. Aber wie soll ich ihm erklären...?«

»Das erkläre ich schon. Es geht um Mord.«

Sie fanden Ecki nicht an seiner Angelstelle. Bauch schätzte die Entfernung bis zum Fundort des Autos auf einen halben Kilometer. Der Taucher muss über den halben See geschwommen sein. Wieder ein Riesenaufwand. Das Ufer war an dieser Stelle mit Fußspuren übersät. Er rief Jantzen an. Wenn der heute Nacht nach Polen fuhr, müsste die Friderike mit einem Kollegen den Ort untersuchen. Sie würden kaum noch Verwertbares finden.

»Gibt es Neuigkeiten von den Polen?«

»Noch nicht. Aber wir haben etwas anderes Ungewöhnliches entdeckt.«, erzählte Jantzen.

»Den Sicherheitsgurt habe ich selbst mit einer Zange nur schwer öffnen können. Der Mechanismus war völlig verrostet. Offenbar hatte Pit ihn schon lange nicht mehr benutzt. Würde zu ihm passen.«

»Geht doch gar nicht. Soviel ich weiß, machen sogar die alten *Volvos* Alarm, wenn man unangeschnallt fährt. Schwedisches Sicherheitskonzept.«

»Der Draht von der Schnalle zum Bordcomputer war gekappt. Offensichtlich liebte der Fahrer das Risiko. Ich frage die Frau. Vielleicht kann die etwas dazu sagen.«

Daran glaubte Bauch nicht. Er forderte aber, dass im gesamten Umfeld der Angelstelle alle Reifenspuren aufgenommen würden.

»Und wir fahren jetzt zu deinem Ecki«, sagte Bauch zu Erwin, der schmerzlich das Gesicht verzog.

Der Mann konnte noch nicht das Rentenalter erreicht haben. Er öffnete ihnen die Tür in einem fleckigen Jogginganzug, mochte Mitte vierzig sein. Seine Wangenknochen traten kantig hervor, die altmodische, starke Brille und seine ungepflegte und unrasierte Haut ließen ihn älter erscheinen. Bauch fiel spontan Spiegels Bemerkung über derartige Bekleidung ein, die er angeblich von einem Modeschöpfer gehört hatte:

Wer einen Jogginganzug in der Öffentlichkeit trägt, hat die Kontrolle über sich selbst verloren. Der Mann befand sich gerade nicht in der Öffentlichkeit, aber etwas von Kontrollverlust haftete ihm trotzdem an.

»Bin arbeitslos«, erklärte Ecki nachdem er die beiden Männer widerstrebend in seine Wohnung gelassen hatte. Erwin warf er einen wütenden Blick zu. Mit den zwei Worten wollte der Mann den Anblick seines Zuhauses rechtfertigen, aber Bauch ging nicht darauf ein und verschwendete auch keinen Blick auf das Chaos aus leeren Flaschen, Zigarettenasche und fleckigem Teppich.

»Es geht um den rätselhaften Taucher, dem Sie an Ihrer Angelstelle begegnet sind.«

»Ich bin dem nicht begegnet. Der war plötzlich da, stieg wie ein Geist aus dem Wasser. Ich war zu Tode erschrocken. Es war doch noch ganz früh am Morgen. Hatte der die Nacht im See verbracht? Dann ist der gleich auf mich los.«

»Wie sah der Mann aus?«

»Na, wie ein Taucher aussieht. Konnte von seinem Gesicht nichts erkennen. Der hatte ja die Taucherbrille nicht abgenommen. Als er seine Drohung ausgesprochen hatte, hat er mich losgelassen, die Flossen ausgezogen und ist hinter den Büschen verduftet. Ich hörte eine Autotür klappen und ein Motorengeräusch. Dabei hatte ich dort vorher gar kein Auto gesehen. Muss später gekommen sein. Jedenfalls gehe ich da nicht mehr hin.«

»Ist Ihnen sonst noch etwas aufgefallen?«

»Der Typ war kein Deutscher. Der sprach so, wie die Polen oder die Tschechen Deutsch reden. Kann auch ein Rumäne gewesen sein.«

Bauch bedankte sich und wollte noch etwas Freundliches sagen, weil er die Spannung zwischen den beiden Männern spürte.

»Melden Sie sich, wenn Sie jemand bedroht oder Sie etwas Verdächtiges bemerken. Unsere Kollegen werden sofort kommen. Sie haben uns sehr bei der Aufklärung eines Mordfalls geholfen.«

Auch wenn wir noch lange nicht so weit sind.

Dann ging er. Erwin wollte noch bleiben.

Auf der Rückfahrt meldete sich Jantzen noch einmal.

Frau Hermann hatte bestätigt, dass Mühlen-Pit seit Jahren ohne Sicherheitsgurt fuhr. Hatte dafür angeblich schon dreimal Bußgeld bezahlt.

Was ist das für ein Typ gewesen? Wieder tauchte diese Frage auf und ließ sich nicht abschütteln. War die Persönlichkeit dieses Menschen am Ende der Schlüssel zur Lösung des Falls? Hasardeur? Revoluzzer? Fatalist? Kamikazefahrer? Ist dem die neue Freiheit nach der Wende nicht bekommen? Da wäre er nicht der Einzige. Oder verbirgt sich dahinter etwas ganz Anderes? Die Spinne hat Beine, die ihr nachwachsen. Und sie hängt in einem Netz, das sich immer weiter ausdehnt. Wer war der Taucher? Er fuhr um den See herum. Enten flogen vor ihm vorbei und landeten auf dem Wasser. Weit und breit kein Fischreiher. Gibt es überhaupt noch eine Lösung in diesem Fall?

Da sah er ihn auf dem Feld stehen. Ein Reiher, aber kein grauer. Dieser war weiß. Ein Albino? Äußerst selten. Hatte er noch nie gesehen.

Helmut Bauch fuhr weiter in Richtung Nordhausen. Plötzlich bremste er so heftig, dass ein Sprinter hinter ihm beinahe aufgefahren wäre. Der Fahrer hupte wütend und überholte mit Vollgas. Bauch machte eine entschuldigende Bewegung und schaute dann wieder auf das Feld. Er hatte sich nicht getäuscht. Dort standen tatsächlich drei weiße Reiher. Drei Albinos auf einmal konnte es kaum geben. Das waren Fremde, wahrscheinlich eingewanderte. Oder eine besondere Art. Abends wollte er im Internet nachsehen.

Nachdenklich fuhr er weiter. Der Geruch von blühenden Rapsfeldern zog herein.

Das Land ist gelb. Die Reiher sind weiß. Die Welt verändert sich von Jahr zu Jahr, von Tag zu Tag. Und wir haben immer noch keine Spur von Mühlen-Pit.

Morgen war Samstag und im Moment gab es nichts zu tun außer nachdenken. Kehrer hatte noch einmal angerufen. Die Jungs waren inzwischen unterwegs nach Polen. Er freute sich auf sein neues Zuhause.

Polenfahrt

17:00 Uhr

Sie warteten immer noch auf eine Nachricht aus Polen. Volker Spiegel nutzte die Zeit und rief in Berlin an. Die Kollegen dort hatten in Sachen Gruftrocker noch nichts unternommen und gaben sich gelassen. Wütend mahnte er zur Eile. Um halb sieben traf endlich das Fax aus Weijherowo ein. Jantzen las es langsam durch und übersetzte so gut er konnte. Ein Adam Kaczmarek hatte geschrieben, dass der Name Kowalski in Polen sehr häufig sei und allein in Weijherowo fünf Familien mit dem Namen lebten. Die wollten sie alle nacheinander aufsuchen und sich dann melden. Jantzen hatte ihnen seine Handynummer gegeben. Der polnische Kollege hatte ebenfalls seine Telefonnummer mitgeschickt. Jantzen rief zurück und sagte, dass sie sofort losfahren würden.

Sie sollten zum Marktplatz kommen, hieß es und dort auf einen Anruf warten, wo man ihnen die richtige Adresse durchgeben wolle. Der Kollege wünschte ihnen eine gute Fahrt.

Seit zwei Stunden waren die Beiden startbereit, hatten Schlafsäcke und Verpflegung im Auto verstaut. Sie saßen in Jantzens Labor und tranken ihren Tee aus.

»Lass uns starten«, sagte Volker Spiegel. »Ist das für dich okay? Wenn ich müde bin, übernimmst du.«
»So machen wir es.«

Als sie die Autobahn erreichten, stand die Sonne im Heckfenster und beschien vor ihnen die Landschaft. Spiegel beschleunigte. Dieses Licht mochte er. Nur wenige Fahrzeuge waren um diese Zeit hier unterwegs. Ein polnischer Laster mit der Aufschrift *Terramar* und der Heimatadresse Gdynia fuhr vor ihnen.

»Ja, genau in die Richtung fahren wir jetzt«, sagte Spiegel und überholte. »Vielleicht sehen wir uns auf einem Rastplatz wieder. Wir sind nämlich auf Urlaubsreise. Andere legen sich an den Strand und wir jagen Verbrecher.«

»Jagen ist ein gutes Wort«, meinte Jantzen versonnen. »Das ist unser Job. Warst du mal in Polen?«

»Nein. Es gab bisher keinen triftigen Grund. Ich vermute, du warst schon da.«

»Immerhin lebte ich viele Jahre in Greifwald. Das liegt nicht weit entfernt von der polnischen Grenze. Außerdem hatte ich lange Zeit eine Freundin in Szeczin.«

»Daher deine Sprachkenntnisse. Sprachen lernt man vor allem im Bett, habe ich mal gehört.«

»Da ist was dran. Der Kehrer hat gesagt, wir sind keine Privatdetektive. Hoffentlich müssen wir es nicht irgendwann sein.«

»Verdeckte Ermittler sind wir auch nicht. Wir sind auf Urlaubsreise. Jeder kennt so seine eigene Art von Vergnügung. Und wenn ich nach dieser Aktion mein Dasein als Privatdetektiv fristen müsste, was ich nicht glaube, wäre es mir den Einsatz Wert gewesen.

Die Frau befindet sich Lebensgefahr. Versuche ein bisschen zu schlafen. Ich wecke dich, wenn ich müde bin.«

Jantzen lehnte sich zurück und schloss die Augen. Nach einigen Minuten zog er die Knie an sich und ließ sie danach ganz langsam wieder herab. Sofort war er eingeschlafen.

Das möchte ich auch mal können, dachte Volker Spiegel. Die Sonne ging unter. Er folgte dem Navi. Bei Sangerhausen bog er auf die Landstraße ab, um die Autobahn nach Magdeburg zu erreichen. Von dort ging es weiter in Richtung Berlin und Szeczin.

Der Überfall

Tag Vier des Ultimatums

Samstag, 18. April, 9:00 Uhr
Die Nachricht schlug am nächsten Morgen wie eine Bombe ein. Kehrer kam in Bauchs Zimmer gestürzt. Er wirkte völlig aufgelöst und Bauch fragte besorgt nach dessen Gesundheit.

»Vergiss es. Hat sich erledigt. Heute Nacht hat es einen Anschlag auf Frau Hermann gegeben. Sie ist schwer verletzt. Jemand hat sie mit einem Messer attackiert, um nicht zu sagen gefoltert. Muss grauenvoll gewesen sein. Man hat die Frau nach Erfurt in die Helios-Klinik gebracht.«

»Wie ist das möglich. Ich denke wir haben einen Personenschutz rund um die Uhr eingerichtet. Haben die Kollegen gepennt?«

»Ist mir auch ein Rätsel. Unser Mann im Imkerwagen schwört, dass er die ganze Nacht kein Auge zugemacht hat und dass niemand auf dem Weg zum Anwesen hinauf an ihm vorbei gekommen sei.«

»Und der Kollege im Haus?«

»Der wurde überwältigt, niedergeschlagen und gefesselt. Konnte sich nur mit Mühe befreien und den Notarzt rufen. Die Täter waren maskiert. Hatten wohl der Hermann eine Unterschrift abpressen wollen.

Die hatte aber nicht reagiert; befand sich wahrscheinlich gerade wieder in einem ihrer traumwandlerischen Zustände. Womöglich nahm sie das Ganze auch als Traum war.«

»Sie wird es merken, wenn sie aufwacht.«

»Nach Auskunft des Arztes ist sie davon noch weit entfernt. Sie wissen nicht einmal, ob sie durchkommt.«

Helmut Bauch überlegte angestrengt.

»Balduin, wir haben irgendwas übersehen. Es muss eine Lücke geben. Gehen wir mal davon aus, dass die Kollegen die Wahrheit sagen. Wie sind die Täter unbemerkt auf den Hof gelangt?«

Plötzlich schlug er sich an die Stirn.

»Ich bin es. Ich habe es übersehen. Bernd Kluge erzählte mir, dass er mit seinem alten *Niva* auf einem Schleichweg über Langenroda durch den Wald bis kurz hinter die Grundstücksgrenze gelangt war. Warum sollen nicht auch andere Leute inzwischen diesen Schleichweg ausgekundschaftet haben? Das geht heute wahrscheinlich sogar mit Google-Earth. Mein Gott, wie blöd bin ich! Was machen wir nun?«

Er ging zur Kaffeemaschine und schaute fragend zu Kehrer. Der nickte.

»Das was du gerade machst. Abwarten und Kaffee trinken. Wir können nur hoffen, dass Frau Hermann überlebt und noch ansprechbar ist.«

Schweigend tranken sie ihren Kaffee. Beide hingen ihren Gedanken nach. Immer noch waren die Täter ihnen voraus. Würde das so weitergehen?

Und was planten sie als Nächstes?, überlegte Bauch. Rosemarie Hermann sollte irgendeinen Kaufvertrag unterschreiben. Wenn wir wüssten, was drin stand, wären wir ein ganzes Stück weiter. Wenn sie überhaupt noch einmal dazu in der Lage ist, kann nur sie uns darüber Auskunft geben.

»Es wurde hoffentlich jemand zu ihrem Schutz in die Klinik befohlen.«

»Sitzt vor dem Krankenzimmer.«

»Haben wir schon etwas von unseren Kollegen aus Polen gehört?«

»Bis jetzt noch nicht.«

Weijherowo

Samstag, 18. April, 4:00 Uhr
Im Morgengrauen erreichten sie das Stadtzentrum. Jantzen lenkte den Wagen auf einen Parkplatz vor dem Rathaus und stellte ihn ab. Er hatte das Steuer an der Grenze übernommen. Im Rathausturm schlug eine Glocke viermal. Hinter den alten restaurierten Häusern ging gerade die Sonne auf und der Himmel flammte in hellem Rot. Dieser Schein fiel auf eine gelb verputzte Kathedrale und färbte sie orange.

»Ich lass mal Luft in die Hütte«, meinte Jantzen und öffnete die Tür.

»Um die Uhrzeit wird kein Anruf reinkommen. Wir sollten noch eine Mütze Schlaf nehmen.«

»Du hast Recht, aber ich müsste mal wohin.«

»Könnte schwierig werden. Wir sind in der City.«

Spiegel stieg aus und sah sich um.

»Da hinten steht ein Festzelt. Vielleicht haben die was für Gäste installiert.«

Er wankte schlaftrunken über den morgendlichen Platz. Jantzen stieg ebenfalls aus und vollführte einige fließende Bewegungen aus seinem Tai-Chi-Programm. Weiche Morgenluft wehte aus einer Seitenstraße über das Pflaster bis auf den Markt. Irgendwo war ein Bäcker bei der Arbeit und Jantzen verspürte plötzlich das Bedürfnis nach einem frischen Morgenbrötchen. Spiegel kam zurück.

»War offen.«

»Dann gehe ich auch nochmal.« Spiegel saß bereits wieder im Auto, als er zurückkam.

»Ist dir das Denkmal aufgefallen?

»Hatte ich keinen Nerv für.«

»Diesen Ort hat ein Deutscher gegründet.«

»Was du nicht sagst«. Spiegel gähnte.

»Ein gewisser Jakob von Weiher. 17. Jahrhundert. Der hat auch die Glocke im Rathaus gestiftet.«

»Wie interessant.«

Die Glocke schlug halb fünf. Jantzen stieg ebenfalls wieder ein und kurz darauf waren beide wieder eingeschlafen.

Als sie erwachten schlug die Glocke neunmal. Auf dem Marktplatz herrschte Betriebsamkeit. Man baute Stände auf. Menschen gingen ins Rathaus. Spiegel ließ das Fenster herunter.

»Hat sich inzwischen jemand gemeldet?«

Jantzen schaute nach und schüttelte den Kopf.

»Dann ist jetzt Zeit für die Thermosflaschen. Ich habe in der Nähe einen Bäcker gerochen und schaue mal nach. Brauche gerade kein gut durchgesäuertes Reisebrot. Hebe ich mir für die Rückfahrt auf.«

Volker Spiegel blieb sitzen und überlegte. Wie sollten sie sich am besten verhalten? Bis jetzt schien die Polizei vor Ort kooperativ zu sein. Das sollten sie sich nicht verscherzen und mit offenen Karten spielen. Das Wichtigste ist, mit der Frau zu sprechen.

Wir müssen sie auf die Gefahr aufmerksam machen, in der sie sich befindet. Deutsch kann sie ja offenbar.

Plötzlich klopfte jemand auf das Dach. Ein Polizist schaute herein. Ein weiterer stand dahinter. Spiegel ließ das Fenster herunter. War das ihr Kontaktmann?

»Hier nix Parken! Rathaus. Papiere bitte!«

Auch das noch. Wo blieb Jantzen? Jetzt noch Zoff mit der örtlichen Verkehrspolizei. Er reichte seinen Führerschein hinaus. Der Beamte mochte höchstens 25 Jahre alt sein. Will sich vielleicht seine Sporen verdienen oder wenigstens abkassieren. Er studierte ausgiebig Spiegels Führerschein. Schließlich zog der seinen Dienstausweis hervor und zeigte ihn. Der Mann wollte danach greifen, aber er zog ihn zurück.

»Ich auch Polizei.«

In diesem Moment kam Jantzen mit zwei Tüten im Arm. Er sprach die Polizisten auf Polnisch an und nannte den Namen des Kommissars.

»Szierżant sztabowy Kaczmarek?«

Der Kollege hob die Hand und telefonierte. Nach einer Weile übergab er Jantzen das Telefon. Der hörte zu und seine Miene verzog sich ungläubig. Er fragte zurück, redete schnell und laut. Dann gab er dem Polizisten das Telefon wieder. Der grüßte zum Abschied. Sie stiegen in ihr Auto und fuhren davon.

»Und was ist jetzt los?«, wollte Spiegel wissen. Jantzen stieß die Luft aus, als er wieder im Auto saß und schüttelte ungläubig den Kopf.

»Du wirst es nicht glauben. Wir sind umsonst hierher gefahren.

Das BKA oder irgendeine andere deutsche Behörde war schon hier gewesen. Sie haben die Jankowskis aufgesucht und diese Elsbieta mitgenommen.«

»Dann muss sie freiwillig mitgefahren sein. Auch das BKA kann nicht einfach jemanden im Ausland verhaften. Hat dieser Adam mit den Leuten gesprochen?«

»Die waren schon wieder weg, als er dort eintraf. Die Eltern der Frau haben es ihm erzählt. Die Leute hätten sich angeblich ausgewiesen und seien dann in einem ziemlich alten VW-Passat mit ihr davon gefahren. Dem Vater war das verdächtig vorgekommen und er hatte sich das Kennzeichen aufgeschrieben.«

»Das BKA fährt mit einem alten Passat bis nach Polen? Dieser Koll fuhr doch einen Mercedes, wenn ich nicht irre. Merkwürdig. Vor allem aber: Wie haben die es geschafft, vor uns da zu sein und woher hatten sie die Adresse? Selbst die örtliche Polizei musste die doch erst ermitteln.«

»Uns bleibt dann wohl nur die Rückreise. Vorher wird aber gefrühstückt. Die Verkehrspolizei ist wieder weg und darum bleiben wir hier stehen, selbst wenn gleich der Bürgermeister herauskommt. Ich rufe vorher Bauch an und gebe den neuesten Stand durch. Warum arbeiten wir eigentlich noch? Ich verstehe die Welt nicht mehr. Wie sollen wir die großen Verbrechen aufklären, wenn sich die Behörden untereinander nicht verständigen?«

Helmut Bauch war nicht erreichbar und er rief Kehrer an. Der schien auch ratlos und regte sich maßlos auf.

»Kommen Sie so schnell es geht zurück. Wir werden der Sache nachgehen! Ich lasse meine Behörde nicht vorführen!«

Hastig erzählte er, was auf dem Katzenberg vorgefallen war. Schließlich ergriff ihn wieder ein Wutanfall und seine Stimme wurde lauter:

»Ich hätte Sie nie losfahren lassen dürfen! Wie die Sache im Augenblick läuft, brauche ich hier jeden Mann!«

Er legte auf. Nach dem Frühstück fuhren sie aus der Stadt heraus in Richtung Westen. Spiegel saß wieder am Steuer und bog plötzlich in ein Waldstück ab.

»Was ist los? Schon wieder...?«

»Lass uns ein paar Schritte laufen, bevor wir die Ochsentour noch einmal antreten. Auf die paar Minuten kommt es nicht an. Schließlich haben wir genehmigten Urlaub. Obwohl mir gar nicht danach zumute ist.«

Sie gingen durch einen lichten Buchenwald. Die Vögel sangen und das zarte Grün der Blätter leuchtete hell im Sonnenlicht. Ein Ort um länger als nur wenige Minuten zu verweilen, dachten beide gleichzeitig. Die letzte Nacht steckte ihnen noch in den Knochen und auch die Enttäuschung, weil alles vergeblich gewesen war.

Dieter Schütze

14:00 Uhr

Das Telefon klingelte abermals. Nur wenige Stunden waren inzwischen vergangen, aber das Unglück oder die, die es herbeiführen wollten, hatten es offenbar eilig. Dieter Schütze, Helmut Bauchs alter Freund vom Erfurter LKA war dran.

»Helmut, gerade geht alles schief. Die Überstellung der verwundeten Frau in die Klinik verlief reibungslos. Wir dachten, damit hätten wir die Sache im Griff. Alle Sicherheitsvorkehrungen waren getroffen worden, ein Kollege vor dem Krankenzimmer postiert. Aber trotz allem hat es jetzt auch in der Klinik einen Mordanschlag auf sie gegeben, und zwar auf die raffinierteste Weise. Die Frau schwebt in noch größerer Lebensgefahr als vorher. Das macht für mich alles keinen Sinn. Ist die eine besonders wichtige Informantin oder Geheimnisträgerin? Wisst ihr etwas darüber, was ihr uns nicht gesagt habt? Will man ihr deshalb ans Leben?«

Bauch konnte die Frage nicht gleich beantworten. Zu plötzlich überrannte ihn die neue Information. Was sollte er sagen?

»Einen Moment, Dieter. Das ist nicht so einfach. Die Frau ist sicher eine wichtige Informantin, aber sie hat selbst keine Ahnung davon.«

»Helmut, halte mich bitte nicht zum Narren. Ich bin im Dienst und nicht am Stammtisch und weißgott nicht zum Scherzen aufgelegt.«

Bauch holte tief Luft, auch um seine eigenen Gedanken zu ordnen.

»Frau Hermann leidet an einer seltenen Schlafstörung, oder Wachstörung, ganz wie man es nimmt. Die nennt sich Narkolepsie. Ich verkürze: Sie kann Schlaf- und Wachzustand, bzw. Tag und Nacht nicht unterscheiden. Du kannst auch sagen, sie ist nicht ganz beieinander. Dafür kann die arme Frau aber nichts. Deshalb hatte sie auch keine Ahnung, was man von ihr wollte. Von dieser Erkrankung hatten die Erpresser, Entführer, Mörder offenbar keine Ahnung. Sie haben sich da nicht schlau gemacht. Sonst hätten sie ihr nicht mit der abgesägten Hand ihres Mannes diese sinnlose Epressungskarte geschickt. Und damit sind sie für mich ausnahmsweise mal dümmer als die Polizei. Was nichts daran ändert, dass sie uns mit ihrem Aktionismus zeitlich trotzdem voraus sind, egal wie groß der Schaden ist, den sie damit anrichten. Aber das interessiert solche Leute sowieso nicht. Brutal bleiben sie allemal.«

Helmut Bauch war fertig mit einer Erklärung, die er sich selbst über diesen Fall so noch gar nicht klargemacht hatte und wartete ab. Auch Dieter Schütze brauchte Zeit.

»Wie machen wir jetzt weiter?«, fragte der unerwartet kleinlaut.

»Ich komme nachher rüber zu euch. Meine Kollegen sind in dieser Sache gerade auf einer ähnlich heiklen Mission in Polen unterwegs. Ich hoffe, dass sie Morgen zurückkommen. Der Fall wird immer komplizierter. Könnte sein, dass er uns irgendwann überfordert, aber so weit sind wir noch nicht. Der Feind hat Fehler gemacht. Vielleicht gelingt es trotz allem von Frau Hermann etwas zu erfahren. Die muss doch wenigstens in ihrem Kurzzeitgedächtnis etwas gespeichert haben. Ich danke dir, Dieter.«

Der Unfall

11:00 Uhr

Der Moment der Ruhe im Buchenwald währte nur kurz. Jantzens Telefon klingelte. Offenbar hatte sich der polnische Kommissar noch einmal gemeldet. Spiegel war weiter den Waldweg entlang gegangen. Hinter sich hörte er seinen Kollegen laut reden. Es klang, als fordere er den Anrufer immer wieder auf langsam zu sprechen. Er drehte sich um. Das Gespräch war zuende. Jantzen zog einen Zettel aus der Weste und notierte etwas. Dann kam er näher. Spiegel schaute ungeduldig auf.

»Und? Neuigkeiten?«

Kurz vor ihm blieb Jantzen stehen und blickte in die Baumkronen. Plötzlich lächelte er und zeigte auf einen großen schwarzen Specht, der sich an einer Buche vor der Höhle festgekrallt hatte. Da war sie wieder, die unvermittelt bei Ralf Jantzen ausbrechende meditative Ruhe, als würde den von einem Moment auf den anderen die ganze Welt nicht mehr interessieren. Damit konnte Volker Spiegel wenig anfangen.

»Für uns etwas Wichtiges?«

Langsam kehrte Jantzens Blick wieder auf die Erde zurück.

»Wir müssen wohl oder übel umkehren. Unsere deutschen Kollegen - ob BKA oder nicht – haben einen schweren Unfall erlitten.

An der Straße nach Gdynia sind sie in eine Baugrube gefahren. Das Fahrzeug ist ausgebrannt und alle Insassen wahrscheinlich tot.«

»Ralf, was wird das jetzt? Was haben diese angeblichen Kollegen auf der Straße nach Gdynia verloren? Deutschland liegt doch in genau entgegengesetzter Richtung. Die Sache stinkt. Lass uns losfahren!«

Spiegels Navi funktionierte in Polen nicht. Sie folgten der Ausschilderung nach Danzig über Gdynia. Der Unfall hatte sich etwa dreißig Kilometer hinter Weijherowo ereignet. Schon von weitem war die Stelle nicht zu übersehen. Das Fahrzeug war offenbar in einer Kurve von der Fahrbahn abgekommen. Der Unfallort war abgesperrt worden und Spiegel parkte bei einer Bushaltestelle, die gleichzeitig eine Wendeschleife war. Für den Bus blieb ausreichend Platz.

Sie gingen dorthin, wo die Rundumleuchten von Polizei und Feuerwehr blinkten. Ein altertümlicher Kran war mit dröhnendem Motorengeräusch dabei, das verunfallte Fahrzeug aus einer wassergefüllten Baugrube zu ziehen. Er hatte einen Ausleger aus Stahlgitter und stieß gewaltige Rußwolken aus. Das Auto rauchte ebenfalls noch. Langsam zogen sie es nach oben. Ein untersetzter Beamter kam auf die Beiden zu.

»Adam Kaczmarek.«

Jantzen stellte Volker Spiegel vor und übersetzte.

»Das tut mir Leid für Ihre Kollegen. Sie müssen sehr schnell in die Kurve gefahren sein. Da vorn steht ein Warnschild für 40 km/h. Das haben sie offenbar nicht beachtet.«

»Dürfen wir uns umsehen?«

»Bitte sehr.«

Das Wrack hatten die Hilfskräfte inzwischen fast aus der Grube herausgebracht. Der Brand war nicht bis auf das Heck durchgeschlagen und wahrscheinlich durch das Wasser in der Grube gestoppt worden. Volker Spiegel schaute ungläubig und ernst drein.

»Eine Rostlaube. Mindestens 20 Jahre alt. Passat. Und auch noch weiß. Mit sowas fährt heutzutage keine deutsche Behörde herum und tat es vermutlich auch früher nicht.«

»Immerhin haben wir ein Erfurter Kennzeichen«, bemerkte Jantzen.

»Und was bedeutet das? Höchstens, dass der Kreis der Verdächtigen enger wird. Um Verdächtige handelte es sich hier ja offensichtlich. Das BKA können wir ausschließen. Wer immer diese Leute waren; warum haben die nicht aufgepasst? Keine Profis. Schauen wir mal.«

Das Auto stand jetzt waagerecht auf dem Lehmboden der Baustelle und die Feuerwehrleute versuchten die Fahrertür zu öffnen. Mit Brechstangen gelang es endlich. Insassen waren hier keine mehr zu retten. Jantzen redete noch einmal mit dem Kommissar und ging dann zu den Feuerwehrleuten. Sämtliche Scheiben des Passats waren geplatzt. Er schaute ins Innere. Dort befand sich niemand. Nur auf dem Fahrersitz kauerte eine verkohlte Gestalt; zusammengekrümmt durch die große Hitze des Brandes.

Von der polnischen Rechtsmedizin war noch niemand vor Ort und Jantzen fragte, ob er sich die Leiche anschauen dürfe. Kaczmarek hatte nichts dagegen. Brandopfer hatte er schon öfter gesehen. Diese hier war mit großer Sicherheit eine ehemals schmale Gestalt gewesen. Was ihm besonders auffiel waren die Hände, die nicht das Lenkrad umkrallt hielten, wie man es von einem Fahrer erwarten würde, der in die Katastrophe steuert. Die lagen im Schoß der Gestalt. Die Finger waren so dünn, wie geröstete Hühnerbeine. Umso mehr fielen die verbogenen Ringe auf, die sich an beiden Händen erhalten hatten, ehemaliger Schmuck. Mit großer Wahrscheinlichkeit eine Frau, dachte er. Außerdem stach ihm neben dem Geruch von verbranntem Fleisch und Plastik der nach Benzin in die Nase. Das Auto war ein Diesel gewesen. Das hatte er sofort gesehen. Brandbeschleuniger. Kein Zweifel und auch kein Unfall. Er teilte Kommissar Kaczmarek seinen Verdacht mit. Spiegel fotografierte unterdessen das Wrack und das Kennzeichen.

»Ist sie es?«, fragte er.

»Möglicherweise. Jedenfalls stimmt das Kennzeichen des Passats mit dem überein, das Elsbietas Vater notiert hat.«

»Dann ist wohl alles klar. Mehr können wir hier nicht ausrichten. Unser schöner Urlaub läuft ab.«

Sie verabschiedeten sich und gingen zum Auto. Die Kurve befand sich auf einer Anhöhe und in der Ferne konnte man die Danziger Bucht sehen. Draußen waren Schiffe unterwegs. Frachter und auch Segelschiffe.

Die Vormittagssonne wärmte und ein Möwenschwarm flog über sie hinweg in Richtung Danziger Bucht.

»Vielleicht sollte man hier tatsächlich mal Urlaub machen«, meinte Volker Spiegel und lächelte in die Sonne.

»Mit dem Rad rumfahren, Segeln, Tauchen... Eine Frage, die mich trotzdem nicht loslässt: Wo sind die Täter, Mörder, Entführer abgeblieben? Können sich doch nicht in Luft aufgelöst haben.«

Jantzen atmete tief durch und sagte:

»Darüber habe ich auch nachgedacht und vielleicht eine Lösung. Lass uns gemeinsam meine Theorie überprüfen, mein Freund.«

Er legte plötzlich den Arm um Volker Spiegels Schulter und zog ihn zur Bushaltestelle. Vor dem Fahrplan blieb er stehen.

»Dachte ich es mir doch. Da steht eine Buslinie nach Danzig, genau mit der Endhaltestelle Flughafen *Lech Wałęsa*. Der letzte Bus ging vor drei Stunden genau hier ab. Perfektes Timing würde ich sagen. Man müsste die Flugpläne überprüfen. Ich bin mir fast sicher, die Jungs sind längst wieder in Deutschland.«

»Haben zwischendurch eine unliebsame Zeugin und ein Schrottauto in Polen entsorgt. Ich rufe Kehrer noch einmal an. Der soll zumindest eine Halterabfrage für den Passat machen. Alles andere werden die Kollegen hier erledigen. Wenn wir Glück haben, sind wir noch vor Mitternacht zu Hause.«

Helios-Klinik

Erfurt, 15:30 Uhr
Helmut Bauch wartete nicht auf den Fahrstuhl, sondern rannte die Treppen hinauf zur Etage, wo sich Frau Hermanns Zimmer befand.

»Wo ist die Frau?«, herrschte er den Polizisten an, der vor der Tür stand und nur noch hilflos stammeln konnte:

»Die Ärzte haben sie in den OP mitgenommen.«

»Warum haben Sie einen Fremden in das Zimmer gelassen? Sie hatten klare Anweisungen, für die Sicherheit der Frau zu sorgen. Das wird für Sie Folgen haben.«

»Ich konnte doch nichts ahnen, Herr Kommissar. Immerhin hatte der Mann einen Dienstausweis des BKA.«

»Können Sie sich noch an den Namen des Mannes erinnern?«

»Irgendetwas mit H. und K. Harald Koll, glaube ich.«

»Hartwig Koll.«

»Genau so hieß der.«

Diese Leute machen alles perfekt. Sogar eine Kopie eines leitenden BKA-Beamten. Hat es das schon einmal gegeben?

»Der echte Hartwig Koll hätte Ihnen keinen Dienstausweis, sondern seine Marke gezeigt.
Hat man Ihnen den Unterschied auf der Polizeischule nicht beigebracht?«

Der junge Mann zuckte hilflos mit den Schultern und Bauch winkte ab. Er suchte den Weg zum OP. Er musste warten. Nach einer Weile öffnete sich die Tür und ein Arzt kam heraus:

»Wir konnten die Frau noch einmal zurückholen, buchstäblich in letzter Minute. Ob sie Folgeschäden behält, wird sich später herausstellen. Die betreffende Person hatte eine toxische Substanz der Infusionslösung hinzugefügt, die die Atemfunktion lahmlegte. Ähnliche Stoffe werden in den USA bei der Vollstreckung der Todesstrafe verwendet. Ist hierzulande kaum zu beschaffen. Sie sollten den Täter wahrscheinlich in größerem Umfeld...«

»Ich weiß«, unterbrach Bauch ihn

»Die Frau hatte einfach großes Glück. Der Mann hatte in zu großer Eile gehandelt und einen Schlauch nicht richtig festgesteckt. Dadurch ist der größte Teil des Gifts daneben gelaufen.«

»Wann könnte Frau Hermann wieder ansprechbar sein.«

Der Arzt schüttelte den Kopf.

»Rechnen Sie vorerst nicht damit. Wenn das Gehirn und vor allem das Sprachzentrum geschädigt wurden, kann es auch sein, dass sie nie mehr mit ihr sprechen werden. Die Frau kam schon sehr geschwächt hierher.

Außerdem hat sie diese Vorerkrankung, die Narkolepsie.«

Helmut Bauch bedankte sich.

»Jedenfalls müssen wir die nächsten Maßnahmen besser mit Ihrer Klinikleitung abstimmen. Verständigen Sie die bitte. Das Landeskriminalamt wird sich mit Ihnen in Verbindung setzen. Wer immer diese Leute sind, die der Frau ans Leben wollen. Sie werden nicht aufgeben.«

Unterdessen waren zwei weitere Beamte eingetroffen. Die Erfurter Kollegen trugen statt der Uniform Arztkittel und weiße Hosen. Dennoch wirkten sie auf Bauch wie für den Karneval verkleidet. Daran änderte auch die Tatsache nichts, dass sich der Eine ein Stethoskop umgehängt hatte. Ihnen fehlt die dazugehörige Körpersprache. Hoffentlich sieht man unter den Kitteln ihre Dienstwaffen nicht.

Er rief Kehrer an. Der hatte bereits mit dem Leiter des LKA gesprochen.

»Wenn wir die Frau durchkriegen, bekommt sie eine neue Identität, das volle Programm.«

»Der Arzt schließt nicht aus, dass sie womöglich nie wieder sprechen kann.«

»Mehr können wir im Moment nicht tun.«

»Ich mache mich auf den Weg. Hast du inzwischen etwas von Spiegel und Jantzen gehört?«

»Bis jetzt noch nicht. Ich vermute, die hatten keinen Empfang.«

Eine neue Identität für jemanden, der seine eigene vielleicht gar nicht mehr kennt, dachte er auf der Rückfahrt. Ist das nun Fluch oder Segen? Nachdenklich fuhr er weiter in Richtung Nordhausen. Was würde noch alles passieren?

Rosenheim

Nordhausen, 16:00 Uhr

Balduin Kehrer sank stumm in seinem Sessel zusammen. Gerade hatte er den Anruf von Spiegel erhalten, zuvor den von Helmut Bauch. Er hatte das Gefühl, in seinem Kopf breite sich ein Nebel aus, der schwindelerregende Ohnmacht erzeugte. Das hing nicht mehr mit der Erkältung zusammen. Alles ist uns aus den Händen genommen, dachte er. Wir rennen dem Verbrechen hinterher wie ein dummer Hund seinem eigenen Schwanz. Zwei Leichen, wahrscheinlich sogar drei. Zwar gab es noch einige Verdachtsmomente – von Berlin hatten sie immer noch keine Antwort erhalten – aber er erwartete sich davon nicht zu viel. Das Übel hatte seine Wurzeln ganz woanders, davon war er inzwischen überzeugt und auch davon, dass es über Ländergrenzen reichte. Für uns alles ein paar Nummern zu groß. In der Halterung neben dem Kaktus steckte die Visitenkarte von diesem BKA-Mann. Anrufen nur in allerdringendsten Fällen, hatte der verlangt. Wann, wenn nicht jetzt ist diese Dringlichkeit erreicht? Mag es dem Mann auch wie ein Hilferuf vorkommen, egal. Er wählte die Nummer. Im Hörer knackte eine Rufumleitung. Dann meldete sich endlich eine Stimme:

»Polizeidirektor Kehrer, ich habe Ihre Nachricht vom Auslandseinsatz Ihrer Kollegen erhalten.

Sie wissen hoffentlich, dass Sie damit Ihre Kompetenzen überschritten haben. Meine Behörde hat darauf sehr verstimmt reagiert und Konsequenzen nicht ausgeschlossen.«

»Bei allem Respekt, Kollege Koll«, Kehrer gefiel plötzlich das Wortspiel. Der Ärger stand in ihm hoch genug, um scharf zu erwidern. »Das wischen wir jetzt mal beiseite. Es gibt Wichtigeres.«

Er glaubte zu spüren, wie der am anderen Ende der Leitung zusammenzuckte, aber das war ihm egal.

»Na, dann bin ich mal gespannt«, kam prompt.

»Es handelt sich vor allem darum, dass Verbrecher Ihre Behörde und in einem ganz konkreten Fall Ihre Person als Tarnung benutzt haben.«

Einen Augenblick lang herrschte Stille im Telefon. Hatte es da ein winziges Knacken gegeben? Mag er das Gespräch ruhig mitschneiden. Wenn das bei denen so üblich ist.

»Sind Sie sicher? Das ist starker Tobak.«

Zum ersten Mal hatte Hartwig Kolls Stimme etwas von ihrer Selbstsicherheit verloren. Kehrer berichtete, was sich in den letzten Stunden ereignet hatte. Zum Schluss sagte er:

»Ich nehme nicht an, dass Sie heute Nachmittag in der Erfurter Helios-Klinik waren. Angeblich hat man Sie dort sehr überzeugend kopiert, mit Kleidung und Dienstausweis.«

»Kollege Kehrer, können Sie diese Behauptungen beweisen?«

»Ich nicht und das muss ich auch nicht. Fragen Sie den Beamten von der Landesinspektion, der vor dem Krankenzimmer Wache geschoben hat. Der hat Sie oder Ihren Doppelgänger erkannt.«

»Ich war es jedenfalls nicht. Seit drei Tagen befinde ich mich in Bayern und im Moment in Rosenheim. Ihren Bericht habe ich mir notiert. Sie hören von mir. Vielen Dank.«

Das Gespräch war damit beendet. Balduin Kehrer lehnte sich in seinem Sessel zurück. Manche Menschen sind so sehr auf ihr Ego versessen, dass es für sie bereits einer Demütigung gleichkommt, wenn sie mit jemand anderem verglichen werden. Die Aufdeckung eines angeblichen Doppelgängers bedeutet für sie den Supergau. Das wirft sie vollends aus der Spur, dachte er nicht ohne eine gewisse Befriedigung.

Nun wartete er ungeduldig auf Helmut Bauch. Er wollte diese verzwickte Situation nicht noch lange allein mit sich herumtragen. Bald würden hoffentlich auch die Jungen aus Polen wieder zurück sein und dann werden wir gemeinsam besprechen, wie wir weiter verfahren.

Ole Ringeisen

Berlin, Polizeiwache Pankstraße, 11:00 Uhr
Kriminalkommissar Benno Scholz las das Amtshilfeersuchen aus Nordhausen noch einmal durch. Im Wartezimmer saß der vorgeladene Olaf Ringeisen, auch bekannt als Ole, der Frontmann der Band Gruftrocker.

Ein Polizeihauptmeister Spiegel hatte schon vor Tagen alle für eine Befragung notwendigen Fakten per E-Mail geschickt und zweimal angerufen. Scholz war genervt.

Am Schreibtisch vor dem Fenster fand ein jüngerer Kollege gerade die Musik der Band im Internet und spielte sie laut ab.

»Das ist ja grauenvoll!«, rief Scholz: »Mach das aus und bring den Typen her.«

Zur Tür herein kam ein bullig wirkender Mann mit kahlem, rundem Schädel, in schwarzen Lederklamotten, über und über gespickt mit chromglänzenden Nieten und Dornen. Unter seiner breiten Nase wallte ein Schnauzer, der unwillkürlich den Gedanken an ein Walross aufkommen ließ. In jedem Ohr blinkten mindestens drei Piercings. Der sieht genauso aus wie sich seine Musik anhört, dachte Scholz.

»Herr Ringeisen, wir hatten Sie für neun Uhr vorgeladen. Da Sie nicht erschienen sind, mussten wir Sie holen lassen. Dafür und für die Beleidigung unserer Kollegen ist für Sie mindestens ein Bußgeld fällig.

Aber das kennen Sie alles schon. Sie sind ja nicht zum ersten Mal hier.«

»Eh, Mann, um die Zeit gehe ich normalerweise ins Bett.«

Wie um die Antwort des Musikers zu unterstreichen, wehte eine Alkoholfahne über den Schreibtisch.

»Ja, Meister, es ist schon stark nach neun.«

Die Wanduhr zeigte zehn nach elf.

»Okay, okay. Warum habt Ihr mich geholt? Was wollt Ihr mir diesmal anhängen? Körperverletzung? Drogen?«

Scholz hatte sich nicht aufgeregt. Das passierte ihm in letzter Zeit immer weniger. Bei den schrägsten Typen, ja selbst bei Beleidigungen konnte er ruhig bleiben. Ich will schließlich meine Pension noch erreichen, sagte er sich immer wieder. Das halbe Jahr schaffe ich auch noch; froh, dass sie endlich zum Thema kamen. Er wollte seine Zeit mit diesem Rocker nicht länger als nötig verplempern und blickte auf den Computerausdruck aus Thüringen.

»Behalten Sie Ihr Sündenregister für sich. Kennen Sie einen Herrn namens Peter Hermann, genannt der Mühlen-Pit?«

»Pah! Und ob ich diesen Ganoven kenne. Der bestiehlt uns um unsere Tantiemen. Hat mit diesem Scheißverlag gedealt und die GEMA-Anmeldung für unseren Titel auf seinen Namen laufen lassen.«

»Sie meinen das Lied *Der Feuerreiter*?«

»Bingo. Wir haben eine moderne Version auf den Text von Mörike gemacht. Um seinen Betrug zu tarnen, hat der Kerl bei dem Verlag sein eigenes Liedchen *Der Feuerreiter* angemeldet. Ein absoluter Scheißdreck.«

»Wie heißt der Verlag?«

»Falsch gefragt. Wie hieß der Verlag? Ist pleite und von einem Großen geschluckt worden. Die Macher sind abgetaucht. Verlag Junge Musik nannten die sich. Hatten sich in der Goldgräberstimmung nach der Wende alle möglichen Rechte gesichert. Vor allem aus der damaligen DDR. Uns haben sie nur reingenommen, um ihrem Ramschladen einen modernen Touch zu geben. Wer weiß, wie viele Musiker sie noch um ihre Urheberrechte beschissen haben.«

»Und dieser Textdichter, dieser Herr Mörike, ist der auch in die Machenschaften verwickelt?«

Gruftrocker Ole blies die Backen auf und starrte den Beamten fassungslos an; unschlüssig ob er laut loslachen oder einfach die Augen schließen sollte. Der Kollege vom Schreibtisch am Fenster griff ein und rief: »Benno, der meint den Dichter Eduard Mörike. *Frühling lässt sein blaues Band wieder flattern durch die Lüfte.*«

Scholz zuckte kaum merklich zusammen und erwiderte schnell: »Ja natürlich. Ich erinnere mich. Hatte es nur akustisch nicht richtig mitbekommen. Hasch mich, ich bin der Frühling. Aber nun zurück zu Pit Hermann. Wann sind Sie dem zum letzten Mal begegnet?«

»Das liegt schon drei Monate zurück.

Und er kann froh sein, dass er mir seitdem nicht mehr über den Weg gelaufen ist. Es wäre nicht gut für ihn ausgegangen.« Ole ballte vor Wut beide Fäuste.

»Wo waren Sie vom 11. bis zum 13. April?«

»Auf einem Rockfestival. Hexentanzfestival am Stausee in Losheim.«

»Gibt es dafür Zeugen?«

»Schätze mal so um die 5000.«

»Wir werden das überprüfen.«

»Haben Sie den Pit endlich für seine Betrügereien am Arsch? Der macht alles Mögliche. Autos, Weihnachtsbäume und diese Luxuskarpfen. Und überall bleibt Geld hängen. Das Finanzamt wird wahrscheinlich in die Röhre gucken.«

»Pit Hermann ist verschollen.«

»Das haben Sie schön gesagt. Ich würde sagen, er ist abgetaucht. Nach Italien, vermute ich. Man munkelt, dass er mit den Italienern rummacht.«

Scholz hatte genug: »Herr Ringeisen Sie können gehen. Wenn wir noch Fragen haben, wenden wir uns an Sie.«

Was wir hoffentlich nicht müssen, dachte er gleichzeitig, als der Musiker den Raum verließ. Wenn das Alibi stimmte - und warum sollte es nicht stimmen - war die Sache hiermit erledigt. Was gehen mich die Machenschaften der Musikbranche an? Sein Kollege hatte die Befragung am Computer mitprotokolliert.

»Schicken Sie das an diesen Spiegel ab. Hiermit haben wir unsere Pflicht getan. Und öffnen Sie das Fenster.«

Der singende Verkehrspolizist

Tag Sechs des Ultimatums

Montag, 20. April

Um ein Uhr in der Nacht waren sie endlich wieder in Nordhausen angekommen. Beide wollten nicht mehr in ihre Wohnungen gehen, sondern in der Dienststelle übernachten; Jantzen in seinem Sessel – er schlief gern im Sitzen – und Spiegel auf der ISO-Matte in seinem Zimmer. Bereits um sechs Uhr war er wieder auf. Im Postfach fand er die E-Mail aus Berlin. Die Kollegen hatten sich Zeit gelassen. Warum brauchten die so lange, um einen Zeugen aufzutreiben? Sorgfältig las er, was sie geschrieben hatten. Nach diesem Protokoll können wir den Ringeisen wahrscheinlich vergessen, war sein erster Gedanke. Die Festivalleitung hatte den Auftritt von diesem Ole Ringeisen zur fraglichen Zeit bestätigt. Blieb noch die Frage, ob der über Strohmänner etwas arrangiert haben könnte. Unwahrscheinlich. Worum geht es? Um welche Summen?

Plötzlich hatte er eine Idee. Auf der Polizeischule in Nienburg hatte es einen Freund gegeben, der damals die Band der Polizeischüler gegründet hatte. Die war zwar bald gescheitert, aber er hatte seine Idee im Kopf behalten. Daraus wurde irgendwann: *Der singende Verkehrspolizist*. Die Idee schlug ein. Musikalische Verkehrserziehung.

Auch wenn die Kollegen ihre Witze machten; damals konnte er sich vor Aufträgen kaum retten. Alexander Bock. Wir haben uns aus den Augen verloren.

Volker Spiegel überlegte, wo er nach dessen Telefonnummer suchen könnte. Schließlich ging er ins Internet und fand schnell die Seite des singenden Verkehrspolizisten. Als ob die Zeit stehen geblieben wäre. Alexander sah immer noch so bubenhaft aus wie damals, stand auf der Kreuzung in Uniform und mit der Gitarre vor dem Bauch. Ein Tourneeplan mit einer respektablen Konzertfolge war angezeigt. Konnte er da seine Aufgaben als Polizist überhaupt noch wahrnehmen? Oder wird er wegen seines Bildungsauftrags vom Dienst freigestellt? Es gab eine Handynummer auf der Website. Er wartete noch zwei Stunden, dann rief er an. Alexander Bock meldete sich sofort und freute sich sehr. Sie plauderten eine Weile, bis Spiegel mit seiner Frage herausrückte:

»Alex, deine Lieder sind doch von dir selbst geschrieben...?«

»Zum größten Teil.«

»Entschuldige die Frage, aber es geht hier nicht um dich, sondern um einen Liedermacher in einem Fall. Bist du Mitglied der GEMA?«

»Ja.«

»Bringt dir das was ein? Ich meine, kann man damit größere Summen verdienen?«

»Wenn du Klassik, spektakuläre Neue Musik schreibst, also Sinfonien, Performances und sowas und zum erlauchten Kreis gehörst, dann schon.

Aber bei meiner Kunst ist der Ertrag eher bescheiden. Sagen wir mal: in sehr guten Zeiten ist er dreistellig.«

»Im Monat?«

Alex lachte laut.

»Im Jahr. Nein, eine echte Einnahmequelle ist das nicht.«

»Es würde sich also aus Neid oder wegen des Konkurrenzkampfes kaum lohnen, deswegen jemanden zu entführen oder aus dem Weg zu räumen?«

Die Stimme am anderen Ende kippte in ein noch herzhafteres Lachen:

»Das müsste aber ein Idiot sein oder einer der gar keine Ahnung hat, wenn er sowas macht.«

Spiegel bedankte sich.

»Melde dich mal, wenn du hier in der Gegend bist. Dann gehen wir ein Bier trinken.«

Gut, Ole scheidet wahrscheinlich aus, überlegte Spiegel, auch wenn schon Leute für weniger Geld ermordet wurden, wie der gängigste Spruch der Mordkommission lautete.

Der Aufwand der Entführung, der Abtrennung einer Hand und deren Versendung per Post, Erpresserbrief und das Ganze von Berlin aus organisiert, stehen wohl kaum in einem realistischen Verhältnis zu einer Auseinandersetzung zwischen zwei Musikern. Die hauen sich allerhöchstens ein Bierseidel an den Kopf. Er ging zu Bauch ins Zimmer und berichtete. Dann trat er zum Organigramm, nahm einen roten Faserschreiber und kappte ein Bein der Spinne.

Helmut Bauch stand nachdenklich daneben und meinte:

»Ich würde mich nicht wundern, wenn diese Spinne eines Tages gar keine Beine mehr hat und wir der Lösung des Falls immer noch nicht näher gekommen sind.«

Das Päckchen

11:00 Uhr
Das Telefon klingelte. Einer der Kollegen, die das Haus der Hermanns bewachten, war dran. Er berichtete, dass der Paketdienst gerade ein weiteres Päckchen abgegeben habe.«

»Machen Sie es nicht auf. Ich komme. Was wird wohl in diesem Päckchen sein, Kollege Spiegel?«, fragte Bauch.

»Höchstwahrscheinlich die andere Hand von Pit Hermann.«

»Das Ultimatum läuft zwar erst morgen ab, aber nach dem, was sich inzwischen ereignet hat, macht das keinen Sinn mehr. Dieses Päckchen ist nicht für Frau Hermann bestimmt, wenn sich darin Pits Hand befindet, denn die Täter wissen doch, dass sie im Krankenhaus liegt. Diese Nachricht gilt uns. Ich fahre los und nehme Jantzen mit. Wenn darin die Hand ist, fahre ich anschließend gleich nach Jena. Ich rufe Sie an. Aber machen Sie sich schon mal auf die Suche nach Mühlen. Wie hatte der Erpresser geschrieben: *Dann findest du ihn in einer Mühle.* Wir hätten von Anfang an danach suchen sollen. Ermitteln Sie, wo überall in unseren Landkreisen Windmühlen stehen und am besten noch darüber hinaus. Das Internet wird Ihnen Auskunft geben. Allzu viele dürften es nicht sein.

Und als Erstes fahren Sie zu meinem Freund Gero Hüttler vom Mühlencafé in Langenroda. Er ist Mitglied im Mühlenverein und kennt sich in der Szene aus. Mit einem herzlichen Gruß von mir.
Natürlich durchsuchen Sie auch dessen Mühle, obwohl die wahrscheinlich kaum infrage kommt, denn dort finden fast täglich öffentliche Besichtigungen statt. Aber man weiß ja nie. Die Kerle sind bisher so dreist gewesen.«

Die Tür schlug hinter Helmut Bauch zu und Spiegel schaltete den Computer ein. Sein Chef schien Recht zu haben. Viele Mühlen fanden sich nicht. Was aber nicht bedeutete, dass sie nicht existierten. Wir müssen Durchsuchungsteams zusammenstellen und losschicken, dachte Spiegel. Und wir brauchen Verstärkung aus Erfurt und Sömmerda. Er druckte eine Karte mit eingezeichneten Windmühlen aus und zog darauf mit Bleistift die Linien für einen Einsatzplan. Jeweils zwei Streifenpolizisten und ein Mitarbeiter der Spurensicherung bildeten ein Team. Normalerweise sollte damit die Durchsuchung an einem Tag möglich sein. Gerade, als Spiegel den Computer ausschalten wollte, blieb sein Blick auf der Karte an einem Symbol hängen: eine Wassermühle. Wer sagt denn, dass es eine Windmühle sein muss? Die Erpresser hatten nur das Wort Mühle verwandt.

Nochmals durchsuchte Volker Spiegel das Internet. Diesmal stieg die Zahl der Mühlen deutlich an. Und dann gab es noch eine Ölmühle bei Artern. Die werden wir alle unter die Lupe nehmen müssen.

Katzenberg, 13:30 Uhr

»Na, dann machen wir das Päckchen mal auf. Bitte, Kollege Jantzen. Sie dürfen.«

Der junge Beamte vom Personenschutz stand ebenfalls neben dem Küchentisch, auf dem die DHL-Sendung lag. Er trug immer noch die Arbeitskleidung vom Fischefüttern. Gummischürze und Stiefel. Irgendjemand muss sich doch um die teuren Tiere kümmern, wird sich der junge Polizeianwärter gesagt haben. Ralf Jantzen nahm ein Messer aus der Schublade des Küchenschranks und schnitt die Verpackung auf. Kaum hatte er die Folie abgezogen, drang ein unerträglicher Gestank aus dem Kästchen. Er nahm den Deckel ab. Der junge Kollege blickte kurz auf den Inhalt, dann rannte er zur Spüle und übergab sich. Auch Jantzen verzog angewidert das Gesicht. Helmut Bauch riss das Fenster auf.

Ich hätte Robertas Rat befolgen sollen und meine Nasenhaare entfernen. Wenn ich den Gestank bei mir behalte, schmeckt mir mindestens zwei Tage lang kein Essen.

»Dem Verwesungszustand nach halte ich für wahrscheinlich, dass die Hand zum gleichen Zeitpunkt abgetrennt wurde wie die erste«, meinte Ralf Jantzen.

»Das bedeutet, unser Mann hatte nie eine Chance. War von Anfang an tot, was meine Theorie bestätigt. Und wir bekommen jetzt die Quittung. Was wollen uns die Leute damit sagen? Soll das eine Drohung sein?

Machen Sie den Deckel wieder drauf und ziehen Sie soweit es geht die Folie wieder drüber, sonst kriege ich den Gestank noch wochenlang nicht aus meinem Auto.«

Jantzen zog von einem Spender an der Wand Küchenfolie ab und wickelte den Behälter darin ein.

»Ich halte für möglich, dass die Entführer das Körperteil bewusst an einem warmen Ort gelagert haben, um die Wirkung noch zu verstärken.«

»Sozusagen ausgebrütet. Was brüten die noch aus? Was kann uns diese Botschaft sagen? Haltet euch fern, sonst geht es euch genauso? Die können doch nicht einen ganzen Polizeiapparat einschüchtern wollen. Dann wären das Terroristen und für diesen Fall wäre eine ganz andere Behörde zuständig. Aber sie wollen, dass etwas verkauft wird. Was hätte die Hermann verkaufen sollen? Was könnten wir denen verkaufen? Das stimmt doch alles hinten und vorne nicht. Außerdem haben sie ihre Forderung nicht erneuert.«

Der Polizeianwärter entschuldigte sich, weil er an die frische Luft gehen müsse. Bauch klopfte ihm auf die Schulter.

»Halb so schlimm. Wenn es mal ganz schlimm kommt, werden Sie das hier vergessen haben. Ist zwar selten so etwas, aber kommt vor. Jantzen wir müssen den Leichnam finden. Ich bin sicher, dass sich auch dahinter eine Botschaft verbirgt. Ich fahre jetzt nach Jena.«

Er rief Spiegel an:

»Ja, natürlich alle Mühlen, alles, was irgendwie Mühle heißt oder mal eine gewesen ist. Sprechen Sie den Einsatzplan mit Kehrer ab. Ich bin morgen früh zur Besprechung wieder in Nordhausen.«

Jantzen hatte im Küchenschrank eine Einkaufstüte gefunden und legte das Päckchen hinein. Bauch öffnete den Kofferraum, hob die Klappe im Boden an und nahm das Ersatzrad heraus. In dem Hohlraum versenkte er das Päckchen und legte das Ersatzrad obenauf.

Roberta

Jena, 16:00 Uhr

Dr. Roberta Landi empfing ihn mit den Worten:

»Sie bringen also ein weiteres Stück von unserem Toten. Wann bekommen wir den ganzen Mann?«

»Wir sind dran. Diese Hand sieht etwas schlechter aus als die vorige und sie riecht auch strenger. Aber das macht Ihnen ja nichts aus.«

Er gab ihr die Tüte. Sie lächelte, als hätte er ihr ein Geburtstagsgeschenk oder einen Strauß Rosen überreicht.

»Darf ich solange in Ihr Zimmer gehen?«

»Ja natürlich. Sie setzen uns am besten schon mal Kaffee an. Ich kümmere mich um den Fund.«

Helmut Bauch machte sich an der Kaffeemaschine zu schaffen, fand aber nicht die notwendigen Pads.

Roberta kam herein und sah sein hilfloses Suchen.

»Und? Was sagen Sie zu der Hand?«

»Höchstwahrscheinlich das Gegenstück zur ersten. Der DNA-Abgleich wird endgültige Klarheit bringen. Ich gehe mal davon aus. Wie kommen Sie voran?«

Sie startete die Kaffeemaschine.

»Vorankommen würde ich das nicht nennen. Wir rennen Verbrechern hinterher, die uns immer eine Nasenlänge voraus sind. Ich denke, wir müssen nun davon ausgehen, dass unser Mann tot ist.«

Sie schob Schachteln mit Pipetten und Objektträgern beiseite und stellte die Tassen auf den Tisch.

»So sehe ich das auch. Wer einem Menschen beide Hände abtrennt, wird sich wohl kaum die Mühe machen, ihn am Leben zu erhalten. Das war sicher auch nie das Ziel gewesen.«

Der Duft des starken Kaffees verdrängte etwas von der Luft, die Roberta mit hereingebracht hatte. Er betrachtete sie von der Seite. Sie schrieb etwas in eine Tabelle.

»Bin gleich wieder bei Ihnen«, sagte sie und ging noch einmal hinaus. Bauch sah sich abermals in dem kleinen Raum um. Dass sie hier arbeiten konnte, wunderte ihn erneut. Ich würde ohne Fenster verrückt werden. Nach einer Weile kam sie zurück und stellte ein Schächtelchen neben ihre Tasse.

»Das ist für die DNA-Probe. Wird nachher gleich abgeholt und heute Nacht noch ausgewertet. Die Form der Abtrennung entspricht exakt der bei der anderen Hand. Auch hier fand ich Spuren von Holz.«

»Nordmanntanne vermutlich. Unsere Spusi hat einen Dendrologen, einen Holzsachverständigen, gefragt. Anders gesagt: Gängiger Weihnachtsbaum.«

»Dendrologe hätte genügt, Commissario. Sie sprechen mit einer Italienerin, sozusagen einer Vulgärlateinerin.«

Helmut Bauch hätte sich beinahe am Kaffee verschluckt und sie lachte. Es entstand eine Minute des Schweigens. Der Kaffee war gut, aber er besänftigte nicht Bauchs Hunger.

Gleichzeitig war er neugierig auf diese Frau und ihre Geschichte. Wie sollte das jetzt weitergehen? Der Kaffee war ausgetrunken.

Er musste etwas unternehmen oder sich verabschieden. Auf Letzteres hatte er gar keine Lust.

»Nehmen Sie es mir bitte nicht übel, dass ich jetzt hier raus muss und das hat nicht nur mit dem Geruch zu tun. Ich habe seit heute Morgen nichts gegessen. Wenn es Ihre Zeit erlaubt, lade ich Sie gern zum Essen ein. Sie werden ein anständiges Lokal in der Nähe kennen.«

Roberta blickte überrascht auf und lächelte.

Ihre Augen sind wie Kohlen, dachte er. Und nichts ist wie immer. Wann hatte er dieses Gefühl zum letzten Mal gehabt.

»Darf es auch ein Italiener sein?«, fragte sie spitzbübisch.

»Davon bin ich ausgegangen.«

»Also gut. Aber einladen müssen Sie mich nicht. Das können wir nachholen, wenn der Fall gelöst ist. Ich räume hier nur ein paar Sachen zusammen und schalte die Geräte aus. Wir gehen ins *La Trattoria*.«

Helmut Bauch ging vor die Tür des großen Gebäudes und blieb auf halber Höhe der großen Freitreppe stehen.

Wenn ich hier oben arbeiten müsste, würde ich wieder zum Raucher werden.

Wie eine Erlösung sog er die milde Abendluft ein.

Unten auf dem Fürstengraben, der Hauptstraße B 7, schob sich der Feierabendverkehr zu einem Ampelstau zusammen. Die Geräuschkulisse war bedrückend.

Bauch hatte sein Auto an der Stadtkirche Sankt Michael geparkt.

Trotz der Abgase roch es wenigstens hier auf den Stufen nach Blüten. In den alten Bäumen sang kraftvoll eine Amsel.

Die knicken vor dem Krach der Menschen nicht ein. Sie schalten einfach einen Gang höher. Wie lange können sie das noch durchhalten?

Er blickte auf die Uhr. Halb sechs. Roberta brauchte offenbar länger.

Wie auch immer.

Endlich hörte er, wie oben die große, alte Eingangstür zugeschlagen wurde. Roberta betätigte noch die Fernbedienung und aktivierte den Alarm. Dann kam sie eilig die Stufen herunter.

»Scusi. Da kam noch ein Anruf rein, den ich nicht wegdrücken konnte.«

Bauch beobachtete, wie sie hektisch die Fernbedienung in der Handtasche verstaute. Sie wirkte verändert.

»Ist irgendwas passiert?«, fragte er unsicher

»Niente!«. Sie warf trotzig den Kopf in den Nacken.

»Also, dann gehen wir.«

»Gehen?«

»In den Verkehr stürzen wir uns jetzt nicht. *La Trattoria* ist nicht weit. Mein Auto steht hinterm Haus. Ein Spaziergang wird uns beiden guttun.

Sie gingen hinter dem Gebäude herum durch die Jenergasse in Richtung Markt. Helmut Bauch wunderte sich über die große Anzahl von jungen Menschen, die um diese Uhrzeit die Altstadt bevölkerten. So hatte er Jena nicht in Erinnerung. Der warme Abend lud zum Freisitz ein. Überall hörte man fröhliche Stimmen und Lachen. Roberta bemerkte seine Verwunderung und hakte sich plötzlich bei ihm unter.

»Ich mag diese Stadt. Für mich hat sie ein gewisses südliches Flair. Abends gehen hier die Lichter an und der Tag ist noch lange nicht vorbei. Das erinnert mich an Italien.«

Helmut Bauch ließ sich willig am Arm der Rechtsmedizinerin durch die Straßen ziehen und erwiderte nichts. War das alles Realität? Er fühlte sich längst in eine andere Welt versetzt. Studentenstadt. Das ist Nordhausen irgendwie auch. Dort gibt es eine Fachhochschule, von der er nichts wusste. Auch vom Leben in der Innenstadt hatte er beinahe nichts mitbekommen. Die Dienststelle befand sich außerhalb hinter den Bahngleisen.

Roberta redete begeistert weiter von ihrer Stadt. Sie kamen am runden Hochhaus der Universität vorbei und sie schwärmte von der Aussicht dort oben, wo sie früher einmal ein Dienstzimmer besaß.

Sie redet sehr schnell, dachte er, fast zu schnell. Wie eine schlafwandelnde Fremdenführerin, die fürchtet zu früh aufzuwachen. Das Gefühl des Unwirklichen schlich in seinem Rücken mit und er war froh, als sie endlich vor dem *La Trattoria* standen.

Sein Hunger hatte eine schmerzende Dimension erreicht. Auch bei *La Trattoria* gab es Plätze im Freien, aber die waren besetzt. Drinnen fanden sie einen Tisch am Fenster.

Der Geruch von Essen erzeugte in Helmut Bauchs Magen inzwischen Schwindelgefühle. Der Kellner kam und war echt. Nicht wie in *La Strada*. Er und Roberta kannten sich und sprachen italienisch miteinander. Sie bestellten Wein und bekamen die Karte. Bauch überflog sie beinahe aggressiv. Roberta beobachtete seine Unruhe.

»*Frutti di Mare* geht gar nicht. Es gibt keine Meeresfrüchte. Das sind Tiere.«

Vegetarier ist er trotzdem nicht, dachte sie. Und der Fresslust ist er auch nicht verschlossen.

»Ich bin bei was ganz Banalem gelandet«, sagte Bauch schließlich und klappte die Karte zu.

»Rangiert bei Gourmets wahrscheinlich gleich hinter Ravioli in der Dose. Aber es macht satt. Und darum geht es. *Spaghetti Bolognese.*«

Roberta lehnte sich zurück und verschränkte die Arme.

»Dann soll es so schnell wie möglich auf deinen Teller kommen.«

Sie war plötzlich ins Dutzen geraten und beide bemerkten es gleichzeitig. Er schien nicht überrascht und lehnte sich ebenfalls zurück. Nichts war ihm in dem Moment lieber. Er gab dem Kellner seine Bestellung. Roberta verlangte ein *Carpaccio di tonno*. Dann beugte sie sich vor und sagte:

»Lieber Commissario Helmut. Ich will dich nicht belehren, aber wenn du schon mit einer echten Italienerin essen gehst, lass dir sagen, dass das Gericht *Spaghetti Bolognese* traditionell in Italien gar nicht existiert.

Das ist eine Erfindung für den deutschen Markt und die funktioniert merkwürdigerweise schon seit mindestens fünfzig Jahren. Das *Ragù alla bolognese* gibt es als traditionelles Rezept seit ewigen Zeiten und hat damit nichts zu tun. Es wird mit frischen Tagliatellen gegessen und nie mit Spaghetti. Die vermeintlichen *Spaghetti Bolognese* sind das weltweit am häufigsten misshandelte italienische Rezept. In Deutschland gibt es unzählige Variationen. Da kommt auch schon mal Ketchup in die Sauce. Ketchup hat in diesem Gericht aber ebenso wenig zu suchen, wie Sahne. Lass es dir trotzdem gut schmecken. Bitte entschuldige, dass ich das Du so schnell herausgelassen habe. Heute Abend ist alles anders. Außerdem solltest du das nicht oft machen: deinen Magen so lange hängen lassen.«

Der Wein war da und sie stießen an.

»Auf dich, du Bauch«, sagte sie übermütig.

»Vor allem darauf, dass wir diesen verrückten Fall bald abschließen können.«

Sie nickte nachdenklich und wurde plötzlich wieder sehr ernst, als wäre ein Schatten auf sie gefallen. Hing das mit dem Anruf zusammen, der sie bereits vorhin so verändert hatte?, überlegte er.

Er schaute wieder in die schwarzen Augen hinter der Brille. Sie erwiderte seinen Blick. Ihr hauchdünnes Bärtchen schimmerte im Kerzenlicht.

Sie ist mit Haaren gesegnet, was Frauen heute meist nicht mögen und wogegen sie gern aggressiv vorgehen. Sie tut es nicht. Hilde hat das auch nicht gemacht.

Im Restaurant herrschte eine angenehme, gedämpfte Ruhe. Die Kellner eilten vor allem nach draußen, wo Gäste inzwischen auch stehend ihren Wein tranken.

Roberta lächelte plötzlich wieder und meinte:

»Wir sollten das mal für diesen Abend vergessen. Ich weiß, das Verbrechen schläft nie. Trotzdem braucht es ausgeruhte Ermittler.«

»Ein Wort beschäftigt mich noch immer«, nahm er den Tonfall auf. »Es hat sich in mir festgehakt: Vulgärlateinerin. Wie soll ich das verstehen? Sind deine Eltern nicht beide Italiener?«

Sie schüttelte den Kopf, sichtlich über den Themenwechsel erleichtert.

»So hat mein Vater meine Mutter genannt, die Italienerin ist. Er, der Deutsche nahm das Italienische nie sehr ernst und bildete sich was darauf ein, dass er das große Latinum hatte. Er war durch und durch Macho und so ist er auch aus dem Leben gegangen. Mit einem Porsche gegen eine Felswand am Comer See gerast. Ich befand mich zu der Zeit in einem Katholischen Mädchen-Internat der Schulstiftung Diözese Regensburg. War eigentlich gar keine so schlechte Zeit.

Aber dann lernte ich einen jungen Mann von der Bundespolizei kennen. Die ganze Welt sah plötzlich für mich anders aus. Leider endete die Geschichte abrupt. Er wurde plötzlich versetzt und verschwand, ohne ein Wort und ohne einen Abschiedsbrief zu hinterlassen.
Meine Mutter hatte mir wegen ihm schon lange Vorwürfe gemacht. Doch es half nichts. Auch als er weg war, hatte er in mir einen Wunsch geweckt.

Die Theorie der Ordensschwestern, mit dem Glauben das Böse in der Welt zu besiegen hatte mich schon lange nicht mehr überzeugt. Ich beschloss zur Polizeischule zu gehen.«

Helmut Bauch zog die Augenbrauen hoch und konnte sich ein Lächeln nicht verkneifen. Sie merkte es sofort.

»Ja, lache nur. Da war natürlich die Hölle los. Alle verschworen sich gegen mich, meine Mutter, die Tanten. Man drohte mir mit Enterbung. Irgendwann hatten sie mich weichgekriegt und ich entschloss mich zum Medizinstudium. Wie du siehst, bin ich doch indirekt bei der Polizei gelandet.«

»Bist du dem jungen Mann noch einmal begegnet?«

Sie schüttelte heftig den Kopf, etwas zu heftig, wie Bauch fand.

Wie auch immer.

Endlich kam das Essen. Er überlegte, wann er zum letzten Mal abends ausgegangen war. Die Jahre mit Hildes Krankheit hatten dafür keinen Raum gelassen.

Nun saß er mit einer schönen Italienerin, die mindestens zwanzig Jahre jünger war als er, beim Italiener. Sie plauderten über das Essen. Er lauschte mit Behagen, wenn sie mit dem Kellner ein paar Worte wechselte. Als würde ein anderer Mensch aus ihr sprechen. Die berühmte Muttersprache im wörtlichen Sinn.

»Wo lebt deine Mutter heute?«

»Sie lebt nicht mehr. Gebärmutterhalskrebs. Zu spät erkannt. Sie war so eine starke Frau, die sich nichts anmerken ließ, auch ihre Beschwerden nicht. Als sie starb hatte ich gerade meine erste Stelle in einer Pathologie angetreten. Ich träume oft von ihr. Sie steht hinter mir im Sektionssaal und schaut mir über die Schulter. *Mach das ordentlich*, sagt sie meist. *Tote haben immer etwas zu erzählen*. Gottseidank träume ich das nicht oft.«

»Hast du mal versucht, aus deinen Träumen Schlüsse zu ziehen?«

»Traumdeutung. Das führt zu nichts. Ich würde gern eine rauchen, wenn du erlaubst.«

Sie ging hinaus und er blieb im Licht und im Geruch der Kerzen und Speisen zurück. Irgendwie war alles noch immer unwirklich. Aber warum eigentlich? Im Hintergrund dudelte leise Musik. Bauch nahm sein Handy hervor und schaltete es aus. Diese kurze Zeit werden sie ohne mich auskommen. Morgen früh bin ich wieder am Start. Diesmal ist es nicht wie beim letzten Fall, als wir um jede verstrichene Stunde zittern mussten und nach dem kleinen, entführten Mädchen suchten. Pit ist tot und Buchholz auch.

Es gibt Momente, in denen du plötzlich glaubst, dass alles Vorhergegangene nur auf diesen einen hingelaufen ist. Unterirdische oder himmlische Kräfte sind da am Werke. Du kannst sie nicht beeinflussen. Du kannst dich dagegen sträuben und sie verstreichen lassen. Dann ziehen sie an dir vorüber und du wirst nie erfahren, ob nicht eine Chance mit ihnen davon gezogen ist. Chance wofür ist völlig egal. Genauso egal war es jetzt, wie dieser Abend ausgehen würde. Trinken wollte er nicht mehr. Die Rückfahrt musste möglich sein. Roberta kam zurück. Ahnte sie seine Gedanken? Mit einer schwungvollen Bewegung nahm sie wieder ihren Platz ein. Sie sagte nichts, blickte ihn nur an. Der Blick fragte etwas und nahm gleichzeitig eine Entscheidung vorweg.

»Ich will jetzt noch einen Grappa und einen Espresso. Du auch?«

»Danke. Ich nehme nur den Espresso. Und dann gehen wir zu unseren Autos.«

Sie reichte ihm ihre Hand über den Tisch und er nahm sie.

»Due mani. Du hast mir zwei Hände gebracht. Tote Hände sind manchmal schlimmer als Leichen, weil sie uns nur eine Ahnung hinterlassen von dem Menschen, dem sie einmal gehörten. Das hatte ich noch nicht. Dekapitationen, abgetrennte Köpfe sind mir zweimal ins Institut gebracht worden, einer aus einer Mülltonne, der Andere aus einem U-Bahn-Schacht. Hände sind etwas anderes.«

Sie befreite sich wieder. Er zahlte und sie gingen hinaus. Auf den Straßen herrschte immer noch Hochbetrieb. Irgendwo in der Innenstadt gab es ein Rockkonzert. Plötzlich blieb sie stehen und sah ihm ins Gesicht. Sie umschlang seinen Hals und küsste ihn.

»Manchmal will man einfach vergessen, wenigstens für eine kurze Zeit«, sagte sie und sie gingen weiter.

»Roberta, ich glaube, du solltest jetzt nicht mehr Auto fahren. Ich werde dich mit meinem nach Hause bringen. Das steht hinter der Kirche.«

Sie widersprach nicht, sagte gar nichts, bis beide am Auto waren. Wortlos stieg sie ein und meinte nur:

»Bene. Das ist gut so.«

Wie auch immer.

Sie fuhren auf der B 88, der Stadtrodaer Straße in Richtung Süden. Nur wenige Autos waren um diese Zeit unterwegs.

»Ich wohne in der Platte«, sagte sie.

Draußen war es immer noch warm. Der Sommer kündigte sich an und sie öffnete das Fenster. Die Ärmel ihres Pullovers hatte sie hochgeschoben. Sie sprachen nicht. Jeder hing seinen Gedanken nach. Was fasziniert mich so an ihr, fragte er sich nicht zum ersten Mal. Auch Hilde hatte die Haare an den Unterarmen und den Beinen nicht weggemacht. An Robertas Beine, die sich unter den zerlöcherten Jeans verbargen, wagte er gar nicht zu denken. Ich bin völlig aus dem Häuschen. Ein alter Narr. Polizeihauptkommissar, der es nicht mehr weit hat bis zum Ruhestand. Worauf lasse ich mich hier ein?

Garantiert falle ich hinterher in ein tiefes Loch. Die Frau könnte meine Tochter sein. Nicht ich werde sie verschlingen, sondern sie mich, wenn es sie danach gelüstet.
Danach wird sie mich wieder ausspucken. Hoffentlich sagt sie nicht irgendwann einen Satz wie: *Du erinnerst mich an meinen Vater.* Nur das nicht.

Kurz vor der Autobahn bogen sie ins Neubaugebiet Lobeda ein. Das Wort Neubau hatte längst einen antiquierten Beigeschmack bekommen. Neu war hier schon lange nichts mehr.

Sollte vielleicht besser Sanierungsgebiet heißen. War jetzt alles egal. Roberta dirigierte ihn vor einen der großen Wohnblöcke. Sie fuhren mit dem Fahrstuhl nach oben und gingen in die Wohnung. Eine Plattenbauwohnung, wie er sie gewohnt war. Roberta war in der Küche verschwunden. Er zog die Schuhe aus und sah sich um. An den Wänden hingen Fundstücke vom Strand aus vergangenen Urlauben. Collagen aus Naturprodukten. Muscheln, getrocknete Algen, Krebse, ein halbes Sepia-Gehäuse, dazwischen Fotos. Alles wurde umrankt von Ketten aus winzigen Muschelgehäusen, die irgendjemand mühevoll auf einen Faden gezogen hatte.

Roberta kam mit zwei Gläsern in der Hand.

»Ich habe eine gute Flasche Wein aufgemacht. Ein Gläschen, Helmut? *Vietti Lazzarito Barolo.* Bitte mit Genuss. Das kriegst du nicht alle Tage.«
Bauch kannte die Marke nicht, vertraute vor allem auf den letzten Satz, von dem er zutiefst überzeugt war.

»Ich hatte nicht vermutet, dass du hast eine starke Beziehung zum Meer hast.«

»Was da hängt, stammt noch aus Mamas Heimat, wohin wir immer wieder in den Ferien fuhren. Mein Bruder hat die Dinger gebastelt. Im Moment habe ich nur eine Beziehung.«

Sie stießen an. Sie half ihm aus dem Jackett und bemerkte das verschlissene Innenfutter.

»Du solltest dir ab und zu etwas Neues und Schönes gönnen«, sagte sie.

Er sparte sich den Spruch, dass man für die Jagd auf Verbrecher nicht schön sein muss und ließ sich ins Schlafzimmer ziehen. Das war nicht außergewöhnlich eingerichtet. Nur hing unter der Decke ein riesengroßer Schmetterling und ein vollständig verspiegelter Kleiderschrank vergrößerte das Zimmer fast auf das Doppelte. Sie knöpfte sein Hemd auf.

»Commissario bist du jetzt nicht mehr, und es gibt keine Leichen. Die liegen in meinem Keller und da gehören sie hin. Solange, bis die Erde sie aufnimmt. Schalte dein Gehirn einfach aus. Ich will dich jetzt.«

»Ich dich auch«, stieß er hervor. »Aber erwarte dir nicht zu viel. Es ist schon so lange her. Ich bin ein alter Kommissar.«

Sie legte ihm den Finger auf den Mund.

»Du bist nicht alt. Du bist ein Klassiker. Nicht denken. Überlasse das meinem medizinischen Geschick.«

»Solange du nicht das Skalpell rausholst.«

»Wenn schon, dann die Knochensäge.«

»Roberta!«

Sie hielt ihm den Finger abermals auf den Mund.

Ich bin nicht geduscht, dachte er in einer Anwandlung zwischen Verzweiflung und Hilflosigkeit. Wahrscheinlich stinke ich nach diesem Tag wie ein Schwein. Aber sie riecht ja nichts, hat sie gesagt.

Und sie selbst riecht wenigstens nicht mehr nach Leichen. Im Gegenteil, da war ein Hauch von einem unbekannten Parfüm. Nicht so etwas Aufdringliches wie von diesem Koll. Natürlich italienisch. Er schloss die Augen. Er hätte sie sich auch verbinden lassen, ohne zu protestieren. Er wollte nichts mehr sehen, nur noch fühlen, hören, riechen, schmecken. Das lag nicht nur an dem verdammten Kleiderschrank. In dieser besonderen Stunde wollte er sich selbst nicht sehen. Ihre Hände kreisten um seinen Bauch, um seinen Bauch-Bauch. Was fand sie daran so reizvoll? Nicht darüber nachdenken.

»Du kannst die Augen wieder aufmachen. Das Licht ist aus und ich habe die Jalousien heruntergelassen.«

Langsam löste sich die Anspannung und eine Welle erfasste ihn. Der Raum war geschaffen und alles von ihnen beiden wartete nur darauf ihn zu füllen. Das Gefühl für die Welt und die Zeit verschwand.

Kurz nach Mitternacht war der Traum bereits vorbei. Sie erwachten von donnernden Bassklängen aus dem Obergeschoss.

»Oh nein, nicht schon wieder! Scusi Helmut, die Penner feiern erst in der Kneipe bis der Wirt sie rausschmeißt und dann geht es hier zu Hause weiter. Was feiern die überhaupt?«

»Es gibt Leute, die feiern immer etwas. Meist deshalb, weil sie keinen Grund dafür finden. Früher hatten wir noch ein Lied: *Alle Tage ist kein Sonntag*. Ist aus der Mode gekommen. Für manche Leute ist alle Tage Sonntag, solange ihnen jemand das Geld dafür gibt und der Alkohol billig genug ist.«

»Soll ich die Polizei rufen?«

Sie kicherte, weil sie nur auf seine Antwort wartete. Er tat ihr den Gefallen.

»Die ist schon da. Lass die Kollegen da arbeiten, wo sie wirklich gebraucht werden.«

»Es tut mir Leid.«

»Roberta, es war sehr schön und der Polizist glaubt, dass er jetzt besser nach Hause fahren sollte. Ich werde diese Nacht nie vergessen.«

»Sie ist noch nicht zuende. Aber nicht vergessen ist immer gut, wenn es stimmt. Bleib noch auf eine Zigarette. Wir gehen auf den Balkon.«

Sie stand auf. Als der Rollladen sich hob, sah er ihren kleinen mädchenhaften Körper mit den vollen Brüsten, die er gerade noch in seinen Händen gehalten hatte, im Schein eines fahlen Lichts. Sie öffnete die Balkontür.

»Willst du so...?«, fragte er.

Sie gab keine Antwort sondern trat ins Mondlicht hinaus. Hastig zog Bauch sich an. Über ihnen dröhnte noch immer eine undefinierbare Rockmusik, die beinahe nur noch aus Schlägen bestand. Erst als er zu Roberta hinausging wurde es leiser.

Stattdessen drang von unten herauf ein Rauschen gegen die Häuserfront. Eine endlose Lichterkette von Fahrzeugen rollte auf der Autobahn in beide Richtungen. Er legte seine Arme um Robertas Schultern.

»Ist dir nicht kalt?«

Sie schüttelte den Kopf und blickte über die Landschaft. Sie reichte ihm ihre Zigarette und zündete sich eine weitere an ohne ihn zu fragen. Er nahm sie ohne Widerspruch. Seit Hildes Krankheit hatte er keine mehr im Mund gehabt. Spielte jetzt keine Rolle.

Tief sog er den Rauch ein und genoss es. Vergangenes verflog gerade mit Macht und er getraute sich nicht, daran zu denken, was nach dieser Nacht kommen würde. Was hatte das mit Roberta gemacht? Möglicherweise gar nichts. Die jungen Leute gehen heute angeblich anders damit um. Sie war wieder so ernst und sie blickten schweigend gemeinsam hinunter.

»Das hat man damals in dieser DDR so gebaut, haben sie mir gesagt. Riesengroße Häuserfronten, die den Schall von der Autobahn so richtig auffangen. Man hatte mich gewarnt. Lobeda...«

»Damals waren dort unten nicht mal halb so viele Autos unterwegs wie heute.«

»Na klar. In Italien gibt es das auch. Manchmal noch schlimmer. Immerhin wollen sie einen künstlichen Tunnel über die Autoschlange bauen.«

»Roberta, ich muss...«

»Ich weiß.«

Der Lärm aus dem Obergeschoss war längst verebbt. Der von der Autobahn hielt an. Sie brachte ihn an die Tür, stand nackend vor ihm.

»Wir sehen uns, Frau Kollegin. Spätestens bei der nächsten Leiche.«

Es klang wie ein Hilferuf.

»Das Dunkel war schön. Pass auf dich auf, Helmut.«

Nur ein Kuss auf die Wange. Dann fiel die Tür zu. An die nächtliche Rückreise behielt er kaum Erinnerungen.

Mühlen

Montag, 20. April, 14:00 Uhr
Die Mühle Langenroda lag mitten in den Feldern. Sie war die erste auf Volker Spiegels Liste. Eine Allee junger Nussbäume führte zum Grundstück. Das Hinweisschild an der Abbiegung wies eindeutig ein Mühlencafé aus. Also Gastronomie.

Ein denkbar schlechter Ort, um eine Leiche zu verstecken, dachte Spiegel. Auch der Betreiber, Gero Hüttler runzelte skeptisch die Stirn, als er den Durchsuchungsbeschluss für seine Mühle sah.

»Und das meint Helmut wirklich ernst?«, fragte er misstrauisch und kratzte sich am Kopf.

Spiegel war es unbehaglich.

»Eine reine Formsache. Wir müssen alle Mühlenobjekte im Landkreis durchsuchen.« Und womöglich noch darüber hinaus, fügte er insgeheim hinzu.

»Sie können Kommissar Bauch selbstverständlich anrufen. Außerdem sagte er, dass Sie Mitglied des Mühlenvereins sind und uns bestimmt bei der Erfassung helfen könnten.«

»Ja, schon gut. Tun Sie ihre Pflicht, junger Mann. Ich suche inzwischen die Unterlagen des Vereins raus.«

Wie erwartet fand sich in dem sorgfältig restaurierten Gebäude kein Fleckchen, wo man eine Leiche hätte verstecken können und auch draußen in der eigentlichen Mühle nicht. Die konnte jedermann besichtigen. Spiegel hakte die Langenrodaer Mühle auf seiner Liste ab. Die Liste des Mühlenvereins ergab auch nicht mehr, als er schon im Internet gefunden hatte.

»Da sind aber nicht alle Mühlen Thüringens drin«, fügte Hüttler hinzu. »Nicht alle sind dem Verein beigetreten. Ihr Mühlen-Pit, den Sie suchen, auch nicht. Aber den hätten wir auch nicht dabei haben wollen.«

Schöne Aussichten, dachte Spiegel und bedankte sich.

»Von nun an nur noch Mühlen«, seufzte er und fuhr zum nächsten Ort auf seiner Liste. Er war nicht der Einzige, der zu diesem Zeitpunkt auf der Suche war. Das LKA Thüringen hatte insgesamt sechs Teams losgeschickt. Sie durchsuchten Mühlen, die teilweise nur noch Ruinen waren. Andere waren zu Wohnungen umgebaut worden und die Besitzer waren nicht begeistert von den Durchsuchungen. Gefunden wurde nichts.

Inzwischen hatte die Presse längst von dem Fall Wind bekommen und niemand wusste woher. Käthe Gürtler hatte das einzig Sinnvolle getan, was in dieser Situation helfen konnte: Sie hatte die Medien mit in die Suche nach der Leiche einbezogen. Was für die natürlich ein gefundenes Fressen war.

Die Leute hatten bis zu diesem Fall vermutlich keine Ahnung gehabt, wie viele Mühlen und mühlenähnliche Objekte es in ihrem Land gab, dachte Helmut Bauch, als er am nächsten Morgen vor der Besprechung in seinem Zimmer saß und die Zeitung aufschlug. Auch ein Foto vom Mühlen-Pit hatte Käthe an die Presse gegeben.

Vielleicht war es falsch gewesen zu warten und wir hätten die Sache viel zeitiger an die Öffentlichkeit geben sollen, dachte Bauch. *Wie auch immer. Zu ändern war es nicht und das Leben des Mannes hätte es nicht mehr gerettet.*

Die Urne

Dienstag, 21. April, 12:00 Uhr
Mit diesem Tag war das Ultimatum abgelaufen, auch wenn das keine Rolle mehr spielte.

Die Artikel in der Zeitung hatten ihnen auch manch seltsamen Anruf beschert:

»Wenn Sie einen Toten in einer Mühle suchen, kommen Sie zu unserer Wassermühle. Das ist bei Naumburg.«

Die Frauenstimme beschrieb die genaue Lage des Ortes. Bauch und Spiegel rasten los. Das besagte Gebäude befand sich am Ufer der Saale. Nur ein Vorbau, der über den Fluss ragte, erinnerte noch an die ehemalige Wassermühle. Der Putz bröckelte von den Mauern ab, aber die Fenster waren neu eingesetzt. Den Ermittlern öffnete eine etwa vierzigjährige, sehr gepflegt wirkende Frau in einem blaugrauen Kostüm und einer hellblauen Seidenbluse. Sie würde gut hinter einen Bankschalter passen, war Bauchs erster Gedanke.

»Was wollen die Herren von mir?«, fragte sie mürrisch, als Bauch seinen Dienstausweis zeigte.

»Haben Sie uns nicht angerufen wegen eines Toten in Ihrer Mühle?«

»Nein, habe ich nicht. Und was geht Sie das an?«

Spiegel wurde hellhörig.

»Ein Toter geht uns schon etwas an. Wir kommen immerhin von der Mordkommission.«

Die Frau starrte die Beiden verständnislos an.

»Mama, ich habe die Polizei angerufen«, meldete sich aus dem Hintergrund eine Stimme. Eine große, magere junge Frau mit Stirnband und einem Palästinensertuch kam näher.

»Roswitha, was erlaubst du dir?«

»Ich will ihn endlich aus dem Haus haben. Es hat lange genug gedauert. Nun ist die Zeit um.«

Bauch und Spiegel warfen sich bedeutungsvolle Blicke zu.

»Kommen Sie bitte, meine Herren.«

Die Mutter wollte ihnen den Zugang in den nächsten Raum verwehren. Spiegel zog seine Dienstwaffe und forderte sie auf, sich mit dem Rücken an die Wand zu stellen. Die riss nur entsetzt die Augen auf und schrie: »Nein!«

Bauch folgte der Jüngeren ins Wohnzimmer, das an zwei Seiten mit Büchern vollgestopft war.

»Da ist er«, sagte sie und zeigte auf eine Urne, die in einer gläsernen Vitrine inmitten der Buchreihen stand.

»Wer ist da«, fragte Bauch und biss sich auf die Unterlippe.

»Mein Stiefvater, das alte Ekel.«

»Nein!", schrie die Mutter noch einmal. »Nur über meine Leiche!«

Ehe Spiegel es sich versah, hatte sie einen Blumentopf ergriffen und wollte den nach ihrer Tochter werfen. Er konnte ihn ihr gerade noch aus der Hand schlagen.

Die Tochter verlor nun ebenfalls die Beherrschung und brüllte zurück:

»Das Arschloch, hat mich missbraucht und du hast es gewusst. Ja, das sollen die Polizisten ruhig hören. Ich musste mir die Urne jeden Tag anschauen, aber damit ist jetzt Schluss. Nehmen Sie ihn mit, meine Herren, ehe ich seine Asche in die Saale schütte.«

Volker Spiegel rief die Beamten von der örtlichen Streife an, damit die sich um die Situation kümmerten. Dies war eindeutig nicht ihr Fall.

»Wenden Sie sich an ein Bestattungsunternehmen und schließen Sie die Sache für sich ab«, riet Bauch.

Auf dem Heimweg fragte Helmut Bauch:

»Ist das überhaupt erlaubt, die Asche eines Angehörigen im Schrank aufzubewahren?«

»In Deutschland juristisch nicht, aber wenn sie den Mann zum Beispiel in den Niederlanden eingeäschert und die Asche danach in einem Blumentopf mit nach Hause genommen haben, erfährt es niemand. Kommt gar nicht so selten vor.«

Wie auch immer.

Sie hatten jedenfalls wieder kostbare Zeit verloren.

»Langsam frage ich mich, ob wir Mühlen-Pit überhaupt jemals finden. Und wenn das alles eine Ente ist... wenn sie den Mann einfach irgendwo verscharrt oder versenkt haben...«

Bottendorf

14:00 Uhr

»Schauen Sie mal!«, rief Spiegel plötzlich. »Da soll auch eine Mühle sein.«

Das Schild stand erst seit kurzem am Straßenrand, eines von den braunen Hinweisschildern mit der weißen Schrift, die sich im Land verbreiteten und auf Sehenswürdigkeiten hinweisen sollten. Hier auf die *Bottendorfer Mühle*. Bauch bremste sofort und sie bogen ein.

Wie hatte er diese Mühle vergessen können, die er seit seiner Kindheit kannte. In seiner Schulzeit war die Getreidemühle noch in Betrieb gewesen, ein hoher Backsteinbau, dreigeschossig und direkt an der Unstrut gelegen. Die Energie kam früher vom Fluss; später wurde die Mühle mit Strom betrieben. Aus dem Heimatkundeunterricht wusste Bauch, dass es hier einst eine Kupferhütte gegeben hatte. Heute hatten sie daraus ein Museum gemacht, aber nirgends konnten sie einen Besucher entdecken. Auf dem Gelände befand sich auch ein Camp für Wasserwanderer. Warum sollten die Entführer den Pit nicht hierher geschafft haben? Die große Anlage bot zahlreiche Möglichkeiten für ein Versteck. Eine alte Frau hing im Hof Wäsche auf die Leine.

»Gehen Sie ruhig rein!«, rief sie. »Eintritt ist eine kleine Spende. Sie finden das schon.«

Sie wollten das Gebäude nicht inoffiziell durchsuchen. Bauch rief die Polizeistation im nahen Artern an. Spiegel zeigte der Frau seinen Dienstausweis und sagte ihr, worum es ging. Die rief den Ortsbürgermeister an, der nach wenigen Minuten in Begleitung einer Frau vom *Förderverein Kupferhütte* eintraf. Bald darauf rollten auch die Kollegen aus Artern auf den Hof. Sie leuchteten in jeden Winkel des Museums. Vor allem der Sackfahrstuhl schien Bauch verdächtig. Wann hatte zum letzten Mal jemand in diesen Schacht geblickt, durch den früher die Säcke über drei Etagen transportiert wurden? Der Fahrkorb befand sich ganz unten im Keller. Spiegel öffnete die hölzerne Fahrstuhltür und schnupperte.

»Eindeutig Verwesungsgeruch.«

»Kann man das alte Ding noch in Bewegung setzen?«, fragte Bauch.

»Der Haumeister ist hinten auf dem Zeltplatz und kümmert sich um die Toiletten. Ich hole ihn«.

Die Frau vom Verein ging hinunter. Nach ein paar Minuten war der Mann da.

»Hab den Schalter schon lange nicht mehr bedient. Hoffen wir mal, dass die Kiste noch anspringt.«

Zuerst ertönte ein Brummen und es knisterte, als ob Funken stoben. Schließlich setzte sich der Motor in Gang und der Fahrkorb kam herauf. Der Gestank verstärkte sich sofort. Als der Hausmeister den Fahrstuhl in ihrer Etage zum Halten brachte, eröffnete sich ihnen das ganze Bild des Ekels.

Kein Mühlen-Pit lag dort eingezwängt im Kasten, sondern eine fette, verwesende Katze ohne Kopf. Ihr Fell waberte von den darunter nagenden Maden.

»Lucius!«, rief die alte Frau aus und schlug die Hände vors Gesicht. »Er hat es wahrgemacht, der verfluchte Kerl. Mein Mann hasste diesen Kater schon lange und drohte ihm den Kopf abzuschlagen, wenn er ihn erwischte. Dieses Schwein.«

Bauch und Spiegel sahen sich an.

»Das ist zweifellos auch nicht unser Fall«, meinte Volker Spiegel lakonisch und bedankte sich bei den Leuten. Sie wollten noch einmal durch alle Räume des Museums gehen. Vielleicht hatten sie etwas Entscheidendes übersehen.

In der obersten Etage befand sich eine Dokumentation über das Vereinsleben im Ort. Volker Spiegel blickte überrascht auf eine rote Fahne mit dem SED-Symbol.

»Ja, da hängt sie, wo sie hingehört«, meinte Bauch. »Im Museum.«

»Und was ist das hier? Ein Wehrmachtsgeneral auf der gleichen Etage?«

»Johannes Steinhoff. Der Flieger. Ist in Bottendorf geboren. Der war später sogar ein hohes Tier bei der NATO. Mein Vater hat ihn noch gekannt. Lassen Sie uns nach unten gehen. Hier finden wir den Mühlen-Pit nicht mehr.«

»Oder doch?«

Volker Spiegel zeigte auf ein Plakat neben dem Fenster. Darauf Pit Hermann mit seiner Gitarre bei einem Konzert zum Bottendorfer Mühlentag.

Natürlich war der hier gewesen. Das Foto war das gleiche, wie das in Pits Arbeitszimmer.

Der Junge hat überall Spuren hinterlassen, dachte Helmut Bauch bitter. Und trotzdem können wir ihn nicht finden.

Mühle Schillingstedt

15:00 Uhr

Sie hatten beinahe die Autobahn A38 erreicht, als das Telefon klingelte. Eine anonyme Nachricht über Facebook, hieß es von der Dienststelle. Angeblich wäre ein Toter in der Mühle Schillingstedt abgelegt worden und die Polizei solle sich beeilen, damit nicht die Touristen ihn vorher fanden.

»Laut Einsatzbericht ist die Mühle Schillingstedt längst durchsucht worden. Warum jetzt dieser Hinweis? Müssen wir solchen neumodischen Spielereien auch nachgehen?«, brummte Helmut Bauch, der von den zurückliegenden Aktionen noch die Nase voll hatte. »Aber wahrscheinlich müssen wir.«

»Das ist ja das Gefährliche an diesen Medien, dass man nie weiß, was ist Ernst und was ist nur Blödsinn; Blödsinn von Blöden oder Blödsinn von Intelligenten, die sich langweilen. Letztere halte ich für die Gefährlicheren.«

»Also gut, geben Sie durch, dass wir hinfahren. Immerhin sind wir am nächsten dran. Drehen Sie um. Wir fahren über Rossleben. So sehe ich mein Haus mal wieder von weitem.«

»Habe den Ort schon im Navi.«

»Dann Signal rauf. Ich kann ja trotzdem ein paar Minuten die Augen zumachen. Langsam glaube ich, dass Narkolepsie ansteckend ist.

Bin immer öfter in unpassenden Momenten müde und dann wieder hellwach, wenn ich Ruhe finden will.«

Tatsächlich war er nach wenigen Sekunden eingenickt.

Die Bockwindmühle Schillingstedt war eine der schönsten Denkmäler im Landkreis. Freistehend und malerisch zwischen den Feldern aufragend, war sie schon von weitem zu sehen und wurde mehr und mehr zu einer Touristenaktion. Helmut Bauch kannte sie seit seiner Kinderzeit. Sie hatte ihn stets an das Märchen vom gestiefelten Kater erinnert.

Als sie eintrafen, wartete dort gerade ein Reisebus mit Touristen, die die Mühle besichtigen wollten.

»Augsburger Kennzeichen«, bemerkte Spiegel. In der Heckscheibe des Busses hing ein leuchtend gelbes Transparent mit der Aufschrift.

Ich liebe Landfrauen

Darunter prangten ein rotes Herz und der Zusatz:

Alle, aber ganz besonders meine

Außerdem hatten sich einige Wanderer eingefunden. Demnächst sollte eine Führung beginnen. Alle warteten auf den örtlichen Mühlenführer. Sie gingen um das hölzerne Bauwerk herum, krochen sogar darunter und fotografierten eifrig. Auch der Streifenwagen mit den Kollegen war bereits da, die auf Anweisungen warteten.

»Die müssen alle weg von der Mühle«, fluchte Bauch. »Aber wir dürfen sie auf keinen Fall merken lassen, dass wir nach einer Leiche suchen.«

»Bombenalarm«, meinte Spiegel trocken und grinste.

»Das verstehen die Leute in der heutigen Zeit sofort.«

Er ging zum Streifenwagen und stieg ein. Dann meldete er sich über den Lautsprecher:

»Meine Damen und Herren, hier spricht die Polizei! Bitte entfernen Sie sich zügig von der Mühle und begeben Sie sich hinter den Reisebus. Für dieses Denkmal liegt uns eine Bombendrohung vor. Bitte keine Panik, wir werden der Sache jetzt auf den Grund gehen.«

Die Durchsage wirkte sofort. Die Frauen und Männer rannten in Richtung des Busses. In diesem Moment bremste ein Opel Corsa hinter dem Polizeifahrzeug. Ein Mann in mittleren Jahren stieg aus und stellte sich als der Ortschronist von Schillingstedt vor. Er trug eine blaugraue Schiebermütze, ein blaukariertes Hemd und Jeans.

»Was verschafft uns die Ehre Ihres Besuches?«

Durch seine Brille schaute er kritisch auf die Beamten.

»In einem dringenden Fall müssen wir sofort Ihre Mühle durchsuchen.«

»Aber Ihre Kollegen waren doch vor kurzem erst hier und haben genau das getan. Ich glaube, das waren sogar die gleichen.«

Er machte eine Kopfbewegung zum Streifenwagen. »Hat man Ihnen das nicht gesagt?«

Der Mann wirkte sehr ärgerlich. Bauch war es ebenfalls unangenehm.

»Leider eine Routine, die noch einmal nötig ist. Bitte öffnen Sie das Gebäude. Wahrscheinlich werden wir nicht lange brauchen.«

»Was nur alle in unserer schönen Mühle suchen...«, murmelte der Mann vor sich hin und ging voran.

Hinter dem Bus lugten die Touristen hervor. Es dauerte tatsächlich nicht lange. Keine Spur von Mühlen-Pit.

»Das war's schon wieder. Wir danken Ihnen.«

Der Polizist gab per Lautsprecher die Entwarnung.

»Sehr geehrte Besucher, die Durchsuchung wurde ergebnislos abgeschlossen. Wir wünschen Ihnen viel Spaß beim Besichtigen der Mühle!«

Sie wollten gerade abfahren, als eine ältere, stämmige Dame im Dirndl-Kleid an Bauchs Fahrzeug herantrat.

»Herr Kommissar! Das sind Sie ja wohl vermutlich. So kommen Sie uns nicht davon!«

Bauch war stumm vor Überraschung und Spiegel verkniff sich sein Grinsen nicht. Die Frau war offenbar die Anführerin der Landfrauen und wie es schien ziemlich gut drauf. Mindestens eine Runde Prosecco, vermutete Volker Spiegel amüsiert und schielte zu seinem Chef.

»Wenn Sie uns schon hinter den Bus gescheucht haben, bitten wir Sie nun für ein gemeinsames Foto vor die Mühle. Zur Erinnerung.«

Und für Facebook, dachte Spiegel.

Bauch konnte sich immer noch nicht zu einer Antwort aufraffen.

Verdammt, wir haben Morde aufzuklären. Die Zeit läuft uns davon und jetzt noch dieser Quatsch.

Spiegel hatte die gleichen Gedanken. Er seufzte und meinte:

»Schließlich geht es auch um das Image unserer Polizei. Käthe Gürtler hätte ihre helle Freude an diesem PR-Gag.«

»Also los und schnell hinter uns gebracht.«

Sie stellten sich gemeinsam vor der Mühle auf und der Busfahrer fotografierte. Die Sprecherin der Truppe wollte von Helmut Bauch eine Karte, angeblich um ihm Fotos zu schicken.

»Tut mir Leid. Das ist völlig unmöglich. Soweit muss es genügen. Wir wünschen ihnen allen noch einen schönen Aufenthalt.«

Im Eiltempo machten sie sich auf den Rückweg. Wieder Zeit verloren. Die Laune des Kommissars war am Tiefpunkt. Irgendwann mussten sie alle Mühlen erfasst haben. Und was dann?

Das Foto

Mittwoch, 22. April, 9:00 Uhr
Als er aus dem Haus gehen wollte, fiel Helmut Bauch ein, dass er schon seit zwei Tagen nicht nach der Post geschaut hatte. Der Schlüssel hing in der Küche. Also noch einmal nach oben. Er klemmte ihn an das Schlüsselbund.

Ein Brief von Elke. Seit seinem letzten Besuch hatten sie nur selten telefoniert. Eine allzu große Nähe war nach dem Tod der Mutter nicht mehr entstanden. Sie war mit ihrem Andreas offenbar glücklich. Helmut Bauch hatte den jungen Mann nur einmal gesehen, so ein eleganter Sportstyp mit einem schwarzen Haarkissen auf dem Kopf und um die Ohren kahl rasiert, dazu ein silberner Knopf im Ohrläppchen. Der hatte vor allem sehr schnell geredet. Ist bestimmt nett, hatte Bauch sich gesagt und war gleichzeitig froh gewesen, dass die Kennenlernunterhaltung nicht übermäßig lange gedauert hatte. Er steckte den Brief ein und fuhr los.

In seinem Dienstzimmer stand seit dem Urlaub eine Kaffeemaschine. Hatte wohl Kehrer besorgen lassen. Bauch füllte sie auf. Als deren röchelnder Ton durchs Zimmer drang, öffnete er den Brief. Ein Foto fiel heraus, darauf Elke am Arm eines älteren Herrn in einem langen, beigen Mantel mit schwarzen Kragenaufschlägen.

Sie selbst trug eine rote Windjacke, Jeans und weiße Turnschuhe. Keine Ohrclips mehr, keine wilde Frisur, keine Lederstiefel. Stattdessen eine Sonnenbrille. Der Fotograf hatte sie nach alter Manier mit dem Licht im Rücken aufgenommen. Die beiden Gestalten warfen ihre Schatten auf einen dahinterliegenden Deich, auf dessen Schräge zwei Schafe grasten. Dahinter sah man die Flügel eines Windrads. Friesland eben. Aber wer war der Mann? Einen Augenblick lang fragte sich Helmut Bauch ernstlich, ob die junge Frau auf dem Bild überhaupt seine Tochter war. Hastig faltete er den Brief auseinander.

Lieber Vater,
Du wirst Dich jetzt sehr wundern über das, was ich Dir schreibe, Ja, es ist alles ganz anders gekommen und ich muss mich entschuldigen, dass ich Dir bei unserem letzten Treffen etwas vorgespielt habe. Aber ich konnte noch nicht die ganze Wahrheit sagen, weil ich mir selbst nicht sicher war. Die Zeit mit Andreas war schön und er ist ein ganz lieber Mensch. Aber das war nicht alles, was Deine Tochter brauchte.
Konstantin ist ein ganz anderer Mensch und er gibt mir so unendlich viel mehr. Bei ihm fühle ich mich geborgen. Zum ersten Mal habe ich das Gefühl, dass mich ein Mann versteht, auch wenn er 22 Jahre älter ist als ich. Ich kann mir vorstellen, dass Dir das aufstößt. Aber so ist das manchmal im Leben...

Bauch ließ den Brief sinken und ballte die rechte Faust. Mit der linken Hand ergriff er wieder das Foto

Der Kerl ist genauso alt wie ich. Warum muss sie sowas anfangen?

Wut stieg in ihm hoch und wurde noch größer, als er weiterlas.

Außerdem ist etwas eingetreten, das ich nie für möglich gehalten hätte. Ich erwarte ein Kind und ich freue mich sogar darauf...

Diesmal schlug Bauch mit der Faust auf den Tisch und ging zur Kaffeemaschine. Er schüttete Unmengen Zucker in den Pott. Sie kriegt ein Kind von so einem alten Sack, dachte er. Und wofür habe ich damals die Wiege gezimmert, als sie von dem Luftikus aus Arnstadt schwanger war? Das Baby war wegen dieses schrecklichen Unfalls ums Leben gekommen. Was hatte sie gesagt, als sie längst in Ostfriesland mit ihrem angeblichen Chef zusammenlebte?

»Ein Kind mit Andreas kann ich mir nicht vorstellen. Ich glaube, mein Körper will das nicht mehr, nachdem, was er erlebt hat. Vergiss die Wiege ein für alle Mal! Schenke sie einer jungen Familie.«

Das hatte er dann auch getan. Er fiel in den Stuhl gegenüber von seinem Bürosessel und starrte auf den leeren Platz, als könne er sich selbst dort sitzen sehen. Wer bin ich eigentlich noch?, dachte er.

Helmut Bauch. Polizeihauptkommissar und Vateridiot, der von beiden Feldern nur noch die Hälfte versteht. Er griff sich vom Tisch noch einmal den Brief und las weiter.

Vater, ich weiß, dass es Dir schwerfällt, aber versuche bitte, mich zu verstehen. Es geht mir gut und ich bin glücklich. Im September wollen wir heiraten und ich versichere Dir: es ist Liebe...

Den Rest überflog er nur. Liebesheirat, dachte er. Wohl aus Liebe zum Geld. Arm sieht der Kerl nicht aus. Womöglich ist das der Boss von dem ganzen Schiffbauladen. Soll ich mich darüber freuen? Egal. Es ist ihr Leben.

Er setzte sich wieder auf seinen Sessel und lehnte das Foto gegen die Funkuhr. Zum Drangewöhnen, sagte er sich. Ändern kann ich es nicht. Ich hätte sie damals nicht so drangsalieren sollen wegen dieses windigen Freundes aus Arnstadt. Vielleicht wäre am Ende doch was Anständiges draus geworden.

Wie auch immer.

Es klopfte. Melegard hatte die Traumprotokolle durchgelesen und brachte sie zurück. Sie wirkte erschöpft, als sie sich Bauch gegenüber setzte. Die Haarsträhne hing ihr heute nicht im Gesicht, sondern war mit einer Klemme festgesteckt worden. Sie legte die Mappe mit den Protokollen auf den Tisch und musterte Helmut Bauch, dem die Erregung noch anzusehen war.

»Geht es Ihnen gut, Herr Kommissar? Kann ich Ihnen vielleicht helfen?«

Er schüttelte den Kopf und nahm einen großen Schluck vom Kaffee.

»Möchten Sie auch einen?«

»Gern.«

»Und was halten Sie von diesen Protokollen?«

»Spannend. Für mich persönlich sehr spannend. Ehrlich gesagt fühlte ich mich plötzlich meinem Großvater nahe, obwohl der schon viele Jahre tot ist und wir uns nie begegnet sind. Er hatte nicht das Glück, wie sein Lehrer emigrieren zu können. Sie haben ihn am Westbahnhof verhaftet und nach Theresienstadt geschafft.«

Bauch schwieg. Bedachtsam nickte er und wartete.

»Sie wollen natürlich etwas hören, was unserem Fall nutzt.«

Sie hat *unser Fall* gesagt, hielt Bauch für sich fest.

»Volker hat mir die Schwerpunkte genannt, auf die ich achten sollte. Ich weiß, Sie erwarten Steinchen, die sich in die Lücken Ihrer Falltheorie einpassen lassen. Ehrlich gesagt würde das nur Spekulationen ins Spiel bringen. Und Spekulationen füllen keine Lücken. Sie blähen sie nur auf.«

»Also, was denn nun?«

Bauch hielt es vor Ungeduld nicht auf seinem Platz. Er sprang auf und setzte sich auf die Fensterbank. Immer noch ließ ihm der Brief seiner Tochter keine Ruhe.

Wenn er doch das Private einfach rauslassen könnte. Normalerweise konnte er das. Aber er hatte nur eine einzige Tochter und sonst keine Verwandten?

»Traum und Wirklichkeit. Sinn und Widersinn. Aber manchmal...«

Mädel mach es nicht so spannend!

»Ich lese Ihnen den Text vor und Sie werden selbst drauf kommen:

Patientin Hermann, Tonbandprotokoll 11

Der Wind
Ich bin gerade mit dem Koi-Füttern fertig. Ein kleines Auto fährt auf den Hof, ein Fiat glaube ich. Der linke vordere Kotflügel ist eingedrückt, mit roter Farbe oder mit Blut beschmiert. Aus dem Auto steigt ein Kind, ein kleines Mädchen und es trägt eine Papierwindmühle an einem langen Stock. Die Flügel sind rot, weiß und grün. Sie rennt an mir vorbei die Plantage hinauf. Noch ein Mädchen steigt aus, hat auch so eine Windmühle und so geht das weiter. Mir wird schwindelig. 10, 15 immer mehr steigen aus dem kleinen Auto. Wo kommen die her? Sie stecken ihre Mühlen überall in den Katzenberg und singen: Wind, Wind, fröhliches Kind!«

Melegard sang die Worte mit einer glockenhellen Stimme, als wäre sie selbst eins von diesen Traumkindern. Bauch war es längst unwohl während Melegard den Rest des Protokolls las:

»*Das Auto fährt weg. Die Kinder fliegen davon wie der Wind. Ich renne ins Haus.*«

Bauch verzog genervt das Gesicht. Was sollte das nun wieder?

Er setzte sich wieder auf seinen Bürostuhl und stützte sein Kinn in die Hände. Dabei fiel der Blick wieder auf das Foto mit den beiden jungen Leuten. Elke und sein neuer Schwiegersohn, der so plötzlich ein ganz anderer war. Melegard sagte nichts, wartete ab. Psychologen können das.

Immer noch starrte Bauch auf die Karte, als könnte die ihn aus der Sackgasse seiner Ermittlungen befreien. Und immer noch Melegards Mädchenstimme im Ohr. *Wind, Wind, himmlisches Kind.* Das war es.

Er schlug sich nicht an die Stirn. Das wäre zu wenig gewesen, in seinem Alter sowieso nutzlos. Er schlug mit beiden Fäusten auf den Tisch und brüllte:

»Was bin ich für ein Idiot!«

Warum hatte er die Windräder am Horizont der friesischen Landschaft auf dieser Postkarte übersehen? Wie hatte der alte Meister Freud gesagt? Die Nebensächlichkeiten sind es manchmal. Warum hatte er die übersehen, die ihm Tag für Tag im ganzen Land ins Auge stachen? Alternative Energie sagen die Einen. Verspargelung der Landschaft die Anderen. Irgendwann hört man nicht mehr hin und irgendwann sieht man auch nicht mehr hin.

»Windräder sind auch Mühlen!«, rief er aus.

Er sprang aus seinem Sessel auf und auch Melegard Streicher tat es. Er umarmte sie, drückte sie fest an sich und presste ihr einen Kuss auf die Stirn.

Sie war völlig überrascht und unterdrückte gerade noch einen Schrei. Gottseidank sah Volker Spiegel das nicht.

»Melegard, das könnte die Lösung sein. Sie haben mich darauf gebracht, einen alten blinden Esel sehend gemacht. Bei dieser ganzen riesengroßen Scheiße geht es um Windkraftanlagen. Die Hermanns sollten den Katzenberg an eine Firma verkaufen, damit die dort ihre Propeller aufstellen können. Soll ja heutzutage viel Geld bringen. Mein Gott, wie blöd war ich. Kümmere mich um Autos, Weihnachtsbäume und Luxusfische und sonstigen Firlefanz. Derweil werden die ganz großen Fische woanders gefangen. Ich danke Ihnen.«

Er ließ sich wieder auf seinen Stuhl fallen und schloss die Augen. Nach ein paar Sekunden sagte er.

»Eine Bitte hätte ich noch: Darf ich das Buch Ihres Großvaters noch ein paar Tage behalten? Ich ahne, dass ich darin noch einige Entdeckungen machen kann.«

»Ja, selbstverständlich.«

»Und jetzt geht's los.« Er griff zum Telefon und verabschiedete Melegard mit einem Nicken. Zuerst rief er Kehrer an. Der fiel ebenfalls aus allen Wolken.

»Helmut, wir werden alt. Agatha Christie oder Edgar Wallace hätten uns nicht in ihre Bücher genommen. Also durchpflügen wir das Spargelfeld. Ich setze alles in Bewegung.«

Windräder

Donnerstag, 23. April, 10:00 Uhr
Noch am gleichen Tag waren die Betreibergesellschaften der Windkraftanlagen in Thüringen informiert worden, insgesamt drei. Blitzartig ging die Aufforderung raus, der Polizei die Standorte ihrer Anlagen mitzuteilen. Um jegliche Blockierungen zu vermeiden, wurde ein landesweit gültiger Gerichtsbeschluss zur Durchsuchung erwirkt. In ungewöhnlich kurzer Zeit, wie Bauch fand. Offenbar war ganz oben der Groschen gefallen, dass es sich hierbei nicht um Kleinkriminalität handelte. Er war überrascht, wie viele von den Dingern sich inzwischen in Thüringen drehten. Etwas über 700 Stück. Was für eine Mordsaufgabe, die alle zu durchsuchen. Insgesamt 900 Beamte waren im Einsatz. Unter den Kollegen kursierte der Begriff von einer neuen Dienstsportart: Turmklettern.

Was wir unternehmen ist die letzte Möglichkeit, den Mühlen-Pit doch noch zu finden. Mehr können wir nicht tun, dachte Bauch. Auch wenn der ganzen Riesenaktion etwas von Hilflosigkeit anhaftet und die Gangster sich vielleicht darüber amüsieren. Seine Lieblingsbemerkung *wie auch immer* versagte hier.

Dass der Mensch tot ist; davon dürfen wir ausgehen. Wenn Roberta Recht hat, ist er schon lange tot. Kriegt der Fall am Ende den Vermerk *ungelöst* auf den Aktendeckel?

Plötzlich fiel ihm diese Fernsehsendung ein, die ähnlich hieß: *Aktenzeichen XY ungelöst.*

Den Bildschirm zur Verbrechensbekämpfung einzusetzen, hatte der Moderator Eduard Zimmermann damals versprochen und er hat es auch gemacht. In den Jahren, in denen Helmut Bauch Westfernsehen empfangen konnte, hatte auch er davon gerade noch etwas mitbekommen.

Die Sendung hatte er gemocht. Vermittelte sie doch den Zuschauern einen Eindruck von der mühseligen, nervenaufreibenden und nicht selten erfolglosen Arbeit der Ermittler, von dem täglichen Frust. Jetzt machte das ein Jüngerer. Spiegel sagte, dass der mal Eiskunstläufer war und gelegentlich auch den Sport moderiert hat. Mit sowas kennt sich Spiegel aus.

Wenn die Spargel alle durchsucht sind und wir bis dahin nichts gefunden haben, soll Kehrer entscheiden ob wir eine Story *Mühlen-Pit* ans Fernsehen geben. Werden die wahrscheinlich gern nehmen. Das können sie für die Zuschauer gut aufmachen, vielleicht ein Liedchen von dem spielen.

Wie auch immer.

Wo bleibt Spiegel überhaupt? Bauch schaute auf die Funkuhr. Seit einer Stunde ist er überfällig, was gar nicht typisch für ihn ist. Sie wollten die große Suchaktion besprechen. Er rief ihn an. Das Rufzeichen ging raus, aber niemand nahm ab.

Verdammt, was macht der gerade? Hat ihm diese reizende Psychologin sein sonst so zuverlässig funktionierendes Gehirn durcheinander gebracht?

Das soll es geben. Er dachte an die Nacht mit Roberta. Habe kein Recht dem Jungen etwas vorzuwerfen. Nach einer weiteren Stunde rief er Melegard Streicher an. Die war sofort entsetzt.

»Kommissar Bauch, Volker ist gestern Morgen um halb acht von hier weggefahren und wollte am Abend zurück sein. Ich habe mich schon gewundert, dass ich ihn heute in Erfurt nicht angetroffen habe. Ans Telefon geht er auch nicht. Jetzt mache ich mir ernstlich Sorgen. Wir sind doch an einer gefährlichen Sache dran.«

Mädel, wenn du wüsstest, wie Recht du hast.

Ihm trat der kalte Schweiß auf die Stirn.

»Ich kümmere mich sofort.«

Mehr brachte er nicht heraus. Sofort rief er in Erfurt an und veranlasste die Ortung von Spiegels Handy. Dann rannte er zu Kehrer. Der hatte die gleichen Befürchtungen.

»Wie heißt das bei den Computerspielen? *Sie haben ein neues Level erreicht*. Nur dass dies kein Spiel ist, sondern das Leben eines Kollegen auf dem Spiel steht.«

Der Anruf von der Ortungsstelle kam. Sie hatten den Standort von Spiegels Handy. Auf einer Wiese neben der großen Solaranlage am Kali-Werk bei Sondershausen. Die Beamten aus Sondershausen waren schon unterwegs.

Bauch sprang in sein Auto und raste los. Sondersignal. Er überflog geradezu die lange Brücke über den Gleisen des Bahnhofs von Nordhausen.

»Geht alle aus dem Weg!«, schrie er und ließ den Motor aufheulen. Das Ampelrot interessierte ihn nicht. Mit Dauerhupen drängte er die anderen Verkehrsteilnehmer aus dem Weg.

»Ihr habt ja keine Ahnung! Dies ist keine Türkenhochzeit und ich transportiere hier auch nicht den Ministerpräsidenten.«

Kehrer hatte einen Rettungshubschrauber von Erfurt losschicken lassen. Auf der Fahrt nach Sondershausen zogen die Stunden vorbei, die er mit seinem Assistenten verbracht hatte. Das war keine lange Zeit gewesen. Der erste gemeinsame echte Fall, die Suche nach dem Wolf, der die kleine Julia entführt hatte, war gleichzeitig die Bewährungsprobe des Duos Spiegel-Bauch gewesen. Da zeigten sich zuerst vor allem die Gegensätze. Alt und Jung. Ost und West. Verdammt, wir haben das am Ende gut hingekriegt. Und das auch ohne Kehrers ewige Ermahnungen. Ich habe den doch nie unterschätzt. Habe es vielleicht nur nicht gezeigt. Und was jetzt?

Das Telefon klingelte. Sie hatten das Auto gefunden, allerdings ohne Fahrer. Die B 4 vor Helmut Bauch war frei und er beschleunigte auf 140 km/h. Der Rettungshubschrauber flog gerade wieder ab, als er den Rand des Solarfeldes erreichte. Da stand mit offenen Türen Spiegels *Toyota, das Erprobungsfahrzeug der NASA.* Kein Pilot darin.

»Das Handy fanden wir unter der Fußmatte«, sagte der Streifenpolizist. »Wir fanden es, weil gerade jemand angerufen hat. Der Spürhund ist unterwegs.«

Er hat es geistesgegenwärtig im letzten Moment versteckt, dachte Bauch, damit wir es finden.

Verzweifelt stand er vor dem Auto seines Kollegen. Alles hätte er für möglich gehalten, nur das nicht. Die Ahnung, sich mit überlegenen Gegnern angelegt zu haben, war schon bald zur Gewissheit geworden, aber dennoch hätte er nicht gedacht, dass die so weit gehen würden. Doch warum nicht. Wenn sie sich schon als BKA-Beamte ausgegeben haben, schrecken sie auch vor weiteren Dreistigkeiten nicht zurück. Wo ist Volker Spiegel?

Er schaute über das Solarfeld. Die Siliziumplatten des Energieackers glänzten in der Sonne. Das Feld war eingezäunt. Unmöglich, dass sie Spiegel dahinein verfrachtet haben. Weiter hinten ragte die Abraumhalde des Kalibergbaus in den Himmel. Wenn sie ihn dort versenkt haben, würde man ihn in den nächsten fünfhundert Jahren nicht finden. Was hätte das für einen Sinn für die Entführer? Bisher wollten sie mit fast jeder ihrer Aktionen eine Botschaft senden, eine Warnung oder Drohung. Spiegels Verschwinden allein wäre keine Botschaft. Aber vielleicht traf die ja noch ein. Hier konnte er nichts mehr tun.

Er rief die Polizeiinspektion Kyffhäuser in Sondershausen an und forderte deren Spurensicherung. Die Kollegen vor Ort würden das Notwendige tun. Spürhund, Auto abholen... Die Streife und die Sanitäter hatten den Platz bereits zertrampelt, aber vielleicht fand sich im Fahrzeug noch ein Hinweis, obwohl Bauch daran nicht ernstlich glaubte.

Das Solarfeld lag abseits der Siedlungen und die Stelle mit dem Auto war weder von der Bundestraße noch von einem Gebäude einzusehen.

Unwahrscheinlich, dass irgendjemand etwas von der Entführung mitbekommen haben könnte. Natürlich muss man das erfragen.

Eilig informierte er Balduin Kehrer. Missmutig fuhr er langsam zurück. Wie Nadelstiche spürte er den Anblick der Windräder überall, wohin er schaute. Egal, die Suche musste weitergehen. Nach einem toten Musiker und einem hoffentlich noch lebenden Kollegen. Helmut Bauch schluckte. Wenn dem Jungen etwas passiert war, würde er sich für den Rest seines Lebens Vorwürfe machen, auch wenn der Verstand ihm sagte, dass es dafür keinen Grund gab. Erst in diesem Moment wurde ihm klar, welche Beziehung zu dem provozierenden Polizeihauptmeister mit dem Rennfahrergesicht inzwischen entstanden war.

Bauch verscheuchte die Gedanken und rief noch einmal Melegard Streicher an, die schon ungeduldig wartete.

»Wir tun alles, was wir können. Hatte Volker, bevor er losfuhr, angedeutet, dass er noch irgendetwas vorhatte?« Ihm fiel plötzlich auf, dass er Volker gesagt hatte.

»Er wollte ein System entwickeln nach dem die Windräder so schnell wie möglich durchsucht werden könnten.

Sagte etwas von Wahrscheinlichkeit und Algorithmus. Auf dem Laptop hatte er bereits eine Karte entworfen.«

Ein Laptop hatte sich nicht mehr im Auto befunden. Den hatten die Entführer natürlich mitgenommen. Nicht auszudenken, wenn die das Passwort knackten und auf Polizeidaten Zugriff bekamen. Hoffentlich hat Spiegel nicht den Vornamen seiner Freundin, sondern den Namen eines Tiefseeschwamms vor der antarktischen Küste oder was ähnlich Ausgefallenes genommen.

Helmut Bauch würde heute nicht nach Hause fahren, sondern die Nacht in der Dienststelle verbringen. Er hielt am Straßenrand und rief Kommissar Schütze in Erfurt an, berichtete von Spiegels Entführung. Der war ebenfalls entsetzt.

»Dieter, besorgt euch schnellstens einen Durchsuchungsbeschluss für diesen obskuren Italiener auf dem Anger. Ja, *La Strada*. Oder ihr legt gleich los. Gefahr im Verzug, natürlich. Was heißt das, ihr habt ihn schon länger im Visier? Dann setzt endlich den Schuss. Der Laden stinkt doch zum Himmel. Möglicherweise haben sie Spiegel da hingebracht. Alles umkrempeln. Kellerräume, doppelte Böden. Was ist wegen des abgefackelten Autos herausgekommen? Brandstiftung. War doch klar, aber nichts mit Ausländerfeindlichkeit. Spurenbeseitigung. Da kommt es auf einen Fiat mehr oder weniger nicht an. Mit dem Passat haben sie das ja auch gemacht.«

»Was hatte der Kollege bei sich. Welche Kleidung trug er? Möglicherweise finden wir Faserspuren.«

»Eure Polizeipsychologin hat ihn gestern Morgen zuletzt gesehen. Die kann dazu etwas sagen.«

»Die Schweizerin? Ich rufe sie gleich an.«

Schütze versprach, sofort loszufahren.

Abends berieten Polizeidirektor Kehrer und Helmut Bauch, was zu tun sei. Beide waren gleichermaßen verzweifelt und ratlos.

»Wenn Polizeihauptmeister Spiegel sich nicht selbst meldet oder die Entführer keine Nachricht schicken, sehen wir alt aus«, seufzte Kehrer. Auch er glaubte nicht, dass die Kollegen aus Sondershausen noch etwas finden würden. Immerhin blieb noch die Hoffnung auf den Spürhund, der hoffentlich von Spiegels Handy hatte Witterung nehmen können, obwohl es unter der Fußmatte lag.

Bauch rief Dieter Schütze noch einmal an.

»Ja, der Hund hat eine Fährte aufgenommen, aber die reichte nur bis zu einer Schotterpiste in der Nähe des Kaliwerk-Gebäudes. Dort haben sie ihn vermutlich in ein Auto verfrachtet.«

La Strada

12:00 Uhr
Vor dem Restaurant *La Strada* schob sich in kürzester Zeit ein Großaufgebot zusammen. Polizeihauptkommissar Dieter Schütze hatte das SEK am Anger aufgefahren. Die Pizzeria wurde abgeriegelt und die Linie 2 der Straßenbahn umgeleitet. Zwei Leute von der Spurensicherung und auch Melegard Streicher waren dabei. Sie drangen ins Innere ein, wo völlig überraschte Gäste von ihren Stühlen aufsprangen.

»Setzen Sie sich wieder hin und verhalten Sie sich ruhig!«, rief der Einsatzleiter. Die Beamten stürmten in die Küche und in die dahinterliegenden Wirtschaftsräume. Man rief nach dem Chef. Ein schlaksig wirkender junger Bursche kam heraus.

»Festhalten und kein Zugang zum Telefon erlauben. Das Gleiche mit der Dame da!«, rief Schütze.

»Das ist nicht der Chef, den ich vor ein paar Tagen hier gesehen habe«, sagte Melegard leise zu Schütze.

Der alte Chef sei in den Urlaub nach Mailand gefahren, erklärte die junge Kellnerin.

»Genaueres weiß ich auch nicht. Ich bin erst neu hier. Die Anderen sind auch im Urlaub.«

Auch der Koch war angeblich erst gestern eingestellt worden.

Natürlich in Urlaub gefahren, und das zu Beginn der Saison. Als hätten die sonst nichts zu tun.

Und alle zusammen ausgerechnet gestern, trieb der Spott Schützes Gedanken vor sich her. Der Bursche grinste breit und fragte, ob er wenigstens bei den Gästen abkassieren dürfe.

»Für heute kann ich den Laden ja wohl dichtmachen.«

»Vielleicht nicht nur für heute, junger Mann«, stieß Schütze hervor.

Der angebliche Chef gab sich weiter unbeeindruckt und erteilte der Kellnerin Anweisungen ohne eine Antwort abzuwarten.

Kommissar Schütze knurrte etwas von Hase und Igel vor sich hin. Was hätten sie auch Anderes erwarten sollen?

»Ich glaube, hier muss man nicht Psychologe sein, um die Lügerei zu erkennen.«

»Er hat gezwinkert«, meinte Melegard. »Und er hat auffällig den Rücken gestreckt. Der weiß etwas.«

»Glaube ich auch, aber allein wegen Rückenstreckens kann ich ihn nicht festnehmen; falls wir nicht noch was Handfestes finden. Ich meine zum Beispiel Faserspuren. Was trug Polizeihauptmeister Spiegel, als Sie ihn zuletzt gesehen haben?«

»Seine Fahrradjacke. *Windchill II* heißt das Modell. Hat er mir ausführlich erklärt. Auf die war er sehr stolz. In Rot. Er schwört auf dieses Kleidungsstück und zieht es sogar beim Autofahren an. Er ist Radsportler. Hält angeblich die Kälte ab, ohne dass man darin schwitzt.«

Die Leute in den weißen Overalls waren inzwischen in den Keller gestiegen. Durch die großen Scheiben der Pizzeria drang Blitzlicht herein. Auf dem Anger hatte sich inzwischen eine Menschenmenge versammelt.

»Natürlich die Presse!«, fluchte Schütze. »Wir hätten auf die Sperrung der Straßenbahnlinie verzichten sollen. So ein Eingriff in das Getriebe einer Stadt stört vor allem und zieht unnötig Neugierige an. Morgen steht es in der *WILD-ZEITUNG*:

Erfurter Altstadt von Sonderkommando lahmgelegt.

Aber wenn es hier zu einer Schießerei mit Personenschaden gekommen wäre, hätten uns alle den Kopf abgerissen. Kommen Sie, Frau Kollegin. Wir gehen da mal raus. Die Presseleute dürfen alles vermuten, nur nicht, dass wir nach einem vermissten Kollegen suchen. Helfen Sie mir bitte mit Ihrem psychologischen Gespür.«

Sie näherten sich der Absperrung, wo bereits zwei Reporter warteten und gleich loslegten:

»Kommissar Schütze, weshalb dieser Großeinsatz? Was können Sie unseren Lesern sagen? Welchem Verbrechen sind Sie in *La Strada* auf der Spur?«

»Tut mir Leid. Um die Ermittlungen nicht zu gefährden, kann ich Ihnen noch gar nichts sagen.«

»Das ist ein alter Spruch. Den hören wir immer wieder. Ziemlich billig, wenn sogar die Straßenbahn abgeriegelt wird und ein Sondereinsatzkommando anrückt.«

Gerade ließen die Kollegen aus Sondershausen ihren Spürhund aus dem Wagen. Melegard gab Schütze einen sanften Schubs und sagte laut genug, dass es jeder hören konnte:

»Der Drogenhund ist endlich da!«

Sie hat der Meute einen Brocken hingeworfen, den sie garantiert schlucken wird, dachte Schütze. Mädel du bist Klasse. Tut mir nicht mal Leid für die Italiener, wenn morgen in der Zeitung steht:

Drogen im La Strada

Wenn wir Glück haben, wiegen wir damit auch die Entführer in Sicherheit. Aber er verwarf den Gedanken gleich wieder. So blöd werden die nicht sein. Er sah, wie die Sondershäuser mit dem Hund durch den Vordereingang gingen. Dort werden die den Spiegel doch nicht hineingebracht haben, ärgerte er sich. Die sollten zum Lieferanteneingang gehen.

»Ja, mehr können wir Ihnen nicht bieten«, warf er den Journalisten zu und ging mit Melegard wieder hinein.

»Wir haben da was gefunden«, ein Kollege von der Spurensicherung sagte es, dem unter der Schutzkleidung der lange Bart wie eine Zunge heraushing. Eigentlich hätte der den auch mit unter die weiße Hülle stopfen müssen, war Schützes Gedanke.

Er führte sie in den Keller. Hinter einer eisernen Tür standen in einem Kühlraum die Fässer für die Schankanlage.

Auf einem Hocker neben aufrecht stehenden leeren Gasflaschen lag ein Päckchen mit in Folie eingeschweißten Kabelbindern. Es war aufgerissen worden. Von der Zehnerpackung fehlten zwei. Das rechtfertigte einen möglichen Verdacht aber auch nicht mehr. Doch jetzt kam der Spürhund herein und schlug am Absperrhahn eines Bierfasses an. Das Metall hatte auf der Oberfläche Grünspan angesetzt und war dadurch rau geworden. Kommissar Schütze bückte sich und hielt sein Gesicht ganz nah daran. Kaum sichtbar hingen darauf winzige rote Fasern. Der Hebel befand sich in ungefähr dreißig Zentimetern Höhe über dem Boden. Wenn das Spiegels Jacke gewesen ist, hatte der dort gesessen oder gelegen. Hatte sich womöglich gewehrt, während sie ihn mit den Kabelbindern gefesselt hatten. Und er hat seine Jacke an dem Hebel gerieben, um für uns eine Spur zu hinterlassen. Auf soetwas werden die Entführer keine Aufmerksamkeit verschwendet haben.

Melegard Streicher stand hinter Schütze und fragte ängstlich:

»Kann Volker hier gewesen sein?«

»Es sieht so aus. Aber hoffentlich nicht zu lange.«

Obwohl die Stahltür weit offen stand, spürten beide die eisige Temperatur des Kühlraums.

»Hoffentlich wird ihm seine kostbare Fahrradjacke beim Überleben gcholfen haben.
Jedenfalls reicht das, was wir haben, um die Typen da oben erstmal festzusetzen, egal, ob sie unmittelbar beteiligt waren oder nicht. Wir kleben das Sigel an die Tür und vorerst Schluss mit *La Strada*.

Ich hoffe nur, dass der lange Lulatsch oder die Kellnerin inzwischen nicht an ein Telefon gelangen konnten, um den Rest der Bande zu warnen.«

Als sie nach oben kamen, war der Gastraum bereits leer und man hatte die Personalien der Gäste erfasst. Der Chef und die Kellnerin wurden vorläufig festgenommen. Dem Koch war es gelungen, zu entkommen, bevor die Durchsuchung begann. Das beunruhigte Schütze besonders. Er rief die Zentrale an, damit die Sperrung der Straßenbahnlinie aufgehoben wurde. Mehr konnten sie im Augenblick nicht tun.

»Darf ich Sie irgendwohin mitnehmen?«, fragte Dieter Schütze.

»Nein, sehr freundlich. Ich bin mit dem eigenen Auto da.«

Sie zeigte auf die gegenüberliegende Straßenseite.

»Das ist Ihr Auto? Eine Ente?«, fragte er verblüfft.

»Die Psychologin braucht Entschleunigung zum Denken. 2CV ist dafür bestens geeignet.«

»Ich danke Ihnen für die famose Improvisation mit dem Drogenhund.«

»Für Volker mache ich...« Sie sprach nicht weiter.

Die Tränen liefen über ihre Wangen und sie pustete auch die Haarsträhne, die darauf kleben blieb nicht weg. Kommissar Schütze legte seinen Arm um ihre Schulter.

»Wir werden ihn finden.«

Der Vater

Freitag, 24. April, 11:00 Uhr
»Kommissar Bauch. Hier unten steht ein Herr Dr. Spiegel aus Kassel, der seinen Sohn sprechen will«, sagte die Kollegin von der Pforte.

»Auch das noch!«, fluchte Helmut Bauch. »Schicken sie ihn rauf. Der hat mir gerade noch gefehlt.«

Es dauerte nicht lange und ein Mann kam, der Politiker, Vorstandsvorsitzender einer Bank oder vor dem Krieg vielleicht Preisboxer hätte gewesen sein können, aber mit dem riesigen brutal wirkenden Schädel doch niemals der Vater des drahtigen, jungen Polizisten mit dem fein geschnittenen Gesicht seines Kollegen Volker Spiegel. In Bruchteilen von Sekunden gingen Bauch Volkers Erzählungen über seinen Vater durch den Kopf. Angeblich ein total gestörtes Verhältnis. Ein autoritärer Erzieher mit Machtkompetenz, der von seinem aufmüpfigen Sprössling irgendwann die Rechnung bekam, weil der sich ein ganz anderes Leben vorstellte. Hatte der Junge gesagt: *Richter verachten Polizisten* oder war das nur eine von den verschwommenen Erinnerungen? Verdammte Freud'sche Traumanalysen. Was wollte der Mann gerade jetzt hier? Mit vor Aufregung rotem Gesicht stand er vor ihm.

»Wo ist mein Sohn?«

»Nehmen Sie doch bitte erstmal Platz«, versuchte Bauch mehr sich selbst, als den aufgebrachten Besucher zu beruhigen.

»Polizeihauptkommissar Bauch«, stellte er sich vor. »Und mit wem habe ich die Ehre?«

»Ich nehme an, das wird man Ihnen schon gesagt haben. Dr. Archibald Spiegel. Vorstandsmitglied der Rechtsanwaltskammer Kassel und Vater Ihres gleichnamigen Kollegen. Wo ist Volker?«

Woher kann der etwas wissen?, fragte sich Bauch verzweifelt.

»Das kann ich Ihnen leider auch nicht sagen, Herr Dr. Spiegel. So gern ich das täte. Wir alle machen uns genau wie Sie große Sorgen. Polizeihauptmeister Volker Spiegel gilt im Moment als vermisst. Wir schließen eine Entführung nicht aus.«

»Ist das im Dienst passiert?«

»Nein, er ist von einem privaten Besuch aus Erfurt nicht zurückgekehrt. Wir fanden sein Auto. Ich kann Ihnen versichern, dass wir alle Kräfte mobilisiert haben. Von den Entführern gibt es bisher keine Nachricht.«

»Für Sie vielleicht nicht.«

Er legte ein laminiertes Schreiben auf den Tisch.

Stoppen Sie Bauch, sonst sehen Sie Ihren Sohn nie wieder

Helmut Bauch riss die Augen auf. Es geht Schlag auf Schlag und nichts ist wie immer. Ungeahnte Zusammenhänge taten sich auf.

Woher wussten die Entführer von Spiegels Vater? Woher hatten sie seine Adresse? Volker hätte sie ihnen unter keinen Umständen freiwillig verraten. Aber wer konnte wissen, wozu die noch fähig waren? Er mochte gar nicht darüber nachdenken.

»Wie hat man Ihnen dieses Blatt zugestellt?«

»Es klebte hinter dem Scheibenwischer meines Autos. Habe es natürlich auf Fingerabdrücke untersuchen lassen. Negativ.«

Erst jetzt ließ sich der Mann in den Besuchersessel fallen. Er blickte Bauch fordernd an, als erwarte er in dessen Mimik eine Antwort auf seinen Vorstoß. Aber was sollte der sagen? Der neue Sachverhalt sprengte erneut die Dimensionen des Falls. Dass es sich dabei tatsächlich um einen einzigen Fall handelte, davon war er jetzt mehr denn je überzeugt. Nur haben sie das Puzzle noch nicht zusammengebracht. Die Form der Nachricht sollte zweifelsfrei an die für Frau Hermann erinnern. Der Vater des Kollegen war von den Leuten ausgespäht worden. Aber was versprachen sie sich von dieser Herangehensweise? Trauten die dem Kasseler Anwalt so viel Einfluss zu, landesweite Ermittlungen in Thüringen zu stoppen? Wieder dieser riesige Aufwand. Aber vielleicht war das für die Leute gar kein Aufwand, sondern von langer Hand geplante Strategie.

Seit die Windkraftanlagen als Grund der Erpressung in Frage kamen, konnte man das Ausmaß dieser verbrecherischen Aktionen nicht groß genug einschätzen.

Die versuchte Erpressung des Vaters passte da ins Bild.

Dagegen bin ich nur ein kleiner Kyffhäuserkommissar und Volker Spiegel nur ein winziges Rädchen, das jederzeit zerbrochen werden kann. Plötzlich stieg in Helmut Bauch die Wut hoch.

»Sie erwarten doch nicht im Ernst von mir, dass ich die Ermittlungen in mindestens drei Kapitalverbrechen wegen dieser eingeschweißten Scheiße einstelle. Ihnen als Jurist muss doch klar sein, dass der Staat sich nicht erpressen lässt, auch wenn es sich hierbei um Ihren Sohn handelt; so Leid es mir tut. Das hat Ihr damaliger Bundeskanzler Schmidt der RAF gegenüber auch nicht getan, wenn mich mein ostdeutsches Gedächtnis über die Geschichte der BRD nicht täuscht.«

Bauch war aufgestanden und seine Stimme war lauter geworden, als er beabsichtigte. Er stützte sich auf die Tischplatte.

Der großköpfige Vater zuckte merklich zusammen. Natürlich hatte er den alten Ossi-Kommissar unterschätzt. Aber der ist auch bloß ein Polizist. Das Ausmerzen von Fehlern durch Unterschätzung beherrschte Dr. Spiegel. Er brauchte nicht lange für eine passende Antwort.

»Finden Sie eine elegante Lösung.

Wenn Sie es nicht können, erledige ich das. Bin nicht auf Kleingeister wie Sie angewiesen und war es noch nie. Ich werde meinen Sohn da rausholen.«

»Herr Dr. Spiegel, ich muss Sie warnen, falls Sie vorhaben, sich in unsere Arbeit einzumischen. Sollte sich dergleichen herausstellen, werden wir uns an die zuständigen Behörden in Hessen wenden.«

»Das überlassen Sie mal mir. Davon verstehe ich mehr als Sie alle hier zusammen.«

Betont gelassen stand er auf und verließ grußlos den Raum. Zurück blieb Polizeihauptkommissar Helmut Bauch, der sich langsam wieder setzte. Er atmete schwer, stand nach einer Weile wieder auf und öffnete das Fenster. Um den Vater war Volker Spiegel nicht zu beneiden, doch das spielte jetzt keine Rolle. Bauch erinnerte sich, wie unverhältnismäßig er damals reagiert hatte, als Elke eines Nachts nicht von der Disko heimgekommen war. Er hatte gleich am nächsten Tag die Streifen durch das ganze Land gescheucht. Nur Kehrers Fürsprache hatte disziplinarische Folgen verhindert.

Dieser Mann kämpft jetzt um seinen Sohn und zieht dabei alle Register, überlegte er. Die Frage ist nur, über welche Register verfügt er? Was kann ein Rechtsanwalt aus Kassel bewirken?

Unten im Hof rostete der Christoph vor sich hin. Seine hängenden Rotorblätter ließen ihn heute noch trauriger erscheinen als sonst und das lag nicht an dem feinen Nieselregen, der eingesetzt hatte.

Der Himmel hinter den Gebäuden der benachbarten Verkehrsbetriebe wurde zusehends grauer.

Christoph war irgendwann aus dem Westen herüber geflogen und kam nicht mehr weg. Er stand da, als bestände seine letzte Aufgabe nun darin, Erinnerungen wachzuhalten. Eigentlich ist er auch so etwas wie eine Windmühle, nur in umgekehrter Richtung. Was, wenn Volker Spiegel verschollen blieb oder sie irgendwann seine Leiche finden würden?

Zweimal hatte Bauch in seiner gesamten Dienstzeit Kollegen verloren. Und beide Tode gehen auf die Anfangszeit seines Polizistenlebens zurück. Beide waren auf ihre Weise schrecklich gewesen.

Er dachte an Hans-Peter. Sie hatten sich auf der Polizeischule kennengelernt. Der war ein fröhlicher, blonder Kerl gewesen, der wunderbar Mundharmonika spielte. Er besaß drei verschiedene Instrumente, eine winzig kleine, eine normale und eine riesig breite. Mit den Dingern hatte er zweimal Preise gewonnen; in Klingenthal und Rudolstadt. Aber damit erwarb er sich nicht das Ansehen bei seinen Kameraden. An Wochenenden, wenn es mal keinen Ausgang gab, hockten sie am öden Sonntagnachmittag in seiner Bude auf den Doppelstockbetten. Hans-Peter-Konzert hieß es offiziell, aber das war nur eine Tarnung gewesen. Die Vorgesetzten sollten nicht mitbekommen, dass sie heimlich aus dem Kofferradio die RTL-Hitparade hörten. Einer saß immer an der Tür.

Wenn sich Schritte eines Diensthabenden auf den Terrazzoplatten des langen Korridors der Tür näherten, verschwand das Radio unter der Bettdecke und Hans-Peter stieß ins Horn. Spätestens wenn die zweite Flasche des hereingeschmuggelten *Rosenthaler Kadarka* die Runde machte, begleitete er gekonnt den einen oder anderen Titel.

Daraus wurden für alle unvergessliche Sonntagnachmittagsparties. Was hörten sie damals? Juliane Werding: *Wenn du denkst, du denkst, dann denkst du nur, du denkst*. Uriah Heep: *Lady in Black*. Dabei wusste niemand, wie der Name der Band geschrieben wurde. Christian Anders: *Es fährt ein Zug nach nirgendwo*. Der transportierte Sehnsucht, die im Rotwein ersoffen wurde. Auch für Uli und Norbert, die sich bei Marianne Rosenbergs *Ich bin wie du* zärtlich aneinander kuschelten.

Später, als sich die Absolventen als Streifenpolizisten ihre ersten Sporen verdienen mussten, waren Helmut und Hans-Peter manchmal zusammen unterwegs gewesen. Nur an jenem verhängnisvollen Tag nicht. Sie waren für den Dienstag eingeplant. Schon am Montag war es Helmut nicht gut gegangen. Mochte von der Sauftour am vorangegangen Abend gekommen sein. Erst im *Goldenen Rad*, dann hatten sie sich den Rest in der wohl grässlichsten *Mitropa* der DDR am Bahnhof gegeben. Irgendwie war er dann in die Wohnung der Tante Marianne hinaufgetaumelt. An dem Montag stellte sich prompt eine Grippe ein, nachdem der Kater abgeklungen war.

Kein Wunder, denn er hatte seine Jacke irgendwo am Bahnhof vergessen. Hohes Fieber zwang ihn ins Bett und erst zwei Tage später erfuhr er, was sich in der Zwischenzeit zugetragen hatte.

Hans Peter war statt mit ihm, mit einem anderen Polizisten zum Einsatz in einem Arbeiterwohnheim geschickt worden. Dort hatte es Streitigkeiten zwischen Angolanern gegeben. Hans-Peter starb durch den Stich eines langen spitzen Gegenstands mitten ins Herz. Nie wurde Helmut Bauch den Gedanken los, dass er sein Leben einem Zufall verdankte. Und er konnte diesen Umstand nicht zurückgeben, war nicht in der Lage, sich bei einem Höheren zu bedanken. Das Erlebnis führte schließlich zu seiner Entscheidung, Kriminalbeamter zu werden.

Ein anderer enger Freund, der damals bei den Mundharmonikanachmittagen gesessen hatte, war Johann, ein Stiller. Der lauschte zwar ebenfalls der Schlagerparade, aber seine Favoriten waren andere: Elvis Presley, Frank Sinatra, Bob Dylan.

Die kannte man, waren aber bei der Truppe nicht so beliebt. Johann strebte insgesamt nicht nach einer Karriere im Polizeidienst, so hatte es den Anschein. Seine Mutter lebte allein in Frankenberg bei Karl-Marx-Stadt und war froh, dass ihr Sohn einen ordentlichen Beruf lernte. Der Vater hatte sich angeblich zu Tode gesoffen. Johann strebte ganz woandershin, wie sich später herausstellte. Deshalb ließ er sich ins Eichsfeld versetzen und dort fand er auch sein Ende.

Von da an widersprachen sich die Meldungen, die ohnehin nur Buschfunk waren. Die Erste lautete, er wollte in Polizeiuniform die Staatsgrenze zur BRD überschreiten und wurde von Grenzsoldaten erschossen.

Die Zweite besagte, dass sie ihn festgenommen und verwundet in den Militärknast nach Schwedt an der Oder gebracht hatten, in das berüchtigtste Gefängnis der DDR, aus dem angeblich niemand ungebrochen zurückkam. Johann kam nicht zurück. Hatte sich da drin angeblich das Leben genommen, was zu seiner sensiblen Natur passen würde.

Auch nach der dritten Version kam er nicht zurück, der spektakulärsten. Die besagte, er hätte es in den Westen geschafft und alle anderen Berichte seien nur Propaganda gewesen. Was die beiden Schicksale verband, war die Tatsache, dass Hans-Peter und Johann damals genauso alt waren, wie Volker Spiegel jetzt.

Bauch schaute weiter zum Christoph hinüber. Aus dem Nieseln war ein ordentlicher Landregen geworden. Landregen beruhigte ihn normalerweise. Das Wort allein schon reichte. Früher war es Bauch vorgekommen, als würde der Regen zu ihm sprechen:

Regen für das Land, denn es braucht mich und regt euch nicht auf. Alles schön langsam.

Davon konnte jetzt keine Rede sein. Der Wind ließ immerhin die Spitze der Rotorblätter erzittern.

»Ein drittes Mal will ich das nicht erleben«, sagte er zu dem Hubschrauber, als könne der ihn hören.

Er rief Kehrer an und sie verabredeten sich zum Mittagessen in den Verkehrsbetrieben.

Heute gab es Linseneintopf, den sie beide mochten. Die Kantine der Verkehrsbetriebe war auch der Anlaufpunkt für die Mitarbeiter der Polizeiinspektion Nordhausen, seit es dort keine eigenständige Versorgung mehr gab.

»Dann berichte mal über den Besuch dieses Vaters. Ich habe ihn im Treppenhaus gesehen. Ein harter Brocken, vermute ich.«

Bauch tat sich einen Spritzer Essig in die Suppe und brach dazu eine Scheibe Brot.

»Mit Brocken liegst du gar nicht falsch. Meiner war auch einer, aber was der Volker Spiegel als Vater abgekriegt hat, wünscht man sich nicht.«

Er schilderte kurz die Begegnung und fügte am Ende hinzu:

»Was bildet der Mensch sich ein, wer er ist?«

Kehrer schwieg dazu und löffelte seine Suppe. Draußen regnete es immer noch. In der Küche dudelte das Radio mit einem Privatsender Hits der 70er, 80er und 90er Jahre. Gerade wieder mal Bonny Taylor. Bauch blickte prüfend zu seinem Chef, der über irgendetwas nachdachte bis er schließlich sagte:

»Zuallererst mache ich mir wie du Sorgen um unseren Kollegen. Das LKA hat alle Hebel in Bewegung gesetzt. Das volle Programm der landesweiten Fahndung und was sonst machbar ist. Natürlich haben wir auch das BKA und diesen Herrn Koll informiert. Das *La Strada* ist dichtgemacht worden und die festgenommene Truppe unter Beobachtung. Damit haben wir natürlich nur die zweite Garnitur erwischt.«

»Balduin, wir beide wissen, dass es um die erste Garnitur geht und ich glaube, dieser Dr. Spiegel weiß das ganz genau und er weiß vermutlich noch mehr.«

»Du sagst es.«

»Und?«

»Dr. Archibald Spiegel ist Vorstandsmitglied der Rechtsanwaltskammer in Kassel, also keine unbedeutende Nummer. Seit Jahren ist er als Verteidiger in großen Sachen aktiv; Drogenschmuggel, Menschenhandel, dubiose Geschäfte im Zusammenhang mit einem Regionalflughafen. Mit allen Wassern gewaschen, würde ich sagen. Und alles im Rahmen des Gesetzes.«

»Du meinst, er hat Verbindungen zur organisierten Kriminalität?«

»Sowas sollte man nicht laut sagen, jedenfalls nicht, solang man keine Beweise dafür hat. Ich nenne es mal so: Er kennt sich in der Szene aus, was gewisse Kontakte nicht ausschließt.«

Helmut Bauch kratzte auf dem Teller herum und überlegte, ob er sich Nachschlag holen sollte.

»Das würde bedeuten, er hätte tatsächlich die Möglichkeit, auf die Entführer Einfluss zu nehmen?«

Kehrer zuckte mit den Schultern.

»Helmut, in solchen Machenschaften stecken wir beide nicht drin. Da kennen wir uns zu wenig aus.«

Plötzlich kam Jantzen herein. Er war ohne Schirm und Jacke durch den Regen von der Dienststelle herübergerannt, die Haare und das T-Shirt klatschnass. In der Hand hielt er eine zusammengerollte Folientasche.

»Man sagte mir, dass ich Sie hier finde. Vor einer halben Stunde habe ich im Internet was gefunden, das uns vielleicht weiterbringt. Ehrlich gesagt kam der Tipp von Volker, der bereits einen Verdacht hatte und der Sache nachgehen wollte, sobald er aus Erfurt zurück war. Ich glaube er hatte es auf seinem Rechner, der ja wohl weg ist.«

»Setzen Sie sich doch, Kollege Jantzen.«

»Gleich. Brauche nur noch einen Kaffee. Der ist hier einigermaßen gut.«

Bauch und Kehrer hatten wohl die gleichen Gedanken. Der orthodoxe Teetrinker ist auf Kaffee umgestiegen? Was hatte das zu bedeuten? Jantzen achtete nicht auf die spöttischen Blicke seiner Kollegen, als er sich setzte. Er zog einen Artikel aus der Folie, trank einen hastigen Schluck vom Kaffee und las leise vor:

»*Windkraftanlagen als Geldwäschebetriebe.*
Europol warnt: Die italienische Mafia investiert im großen Stil in Ökostrom-Anlagen – vor allem, um ihre Milliarden zu waschen. Deutschland und speziell Bayern sind ein Rückzugsgebiet für kriminelle Organisationen. Mit Strom aus Windkraft sollen drei deutsche Geschäftsmänner der Mafia geholfen haben. Der Windpark Capo Rizzuto, 2100 Kilometer entfernt ist einer der größten Europas. Laut der Staatsanwaltschaft Osnabrück hat die Anlage vor allem dazu gedient, schmutzige Gelder aus Drogenhandel und Erpressung der süditalienischen Mafiaorganisation Ndrangheta zu waschen. Die HSH Nordbank finanzierte das Investment.

Seit den frühen Morgenstunden durchsuchten rund 200 Polizeibeamte insgesamt 20 Wohnungen und Büros der drei Verdächtigen...
Ein dubioser Geschäftsmann aus Rosenheim hatte die Idee zu dem Projekt. Die notwendigen Kontakte stellte ein Pizzeria-Betreiber aus seiner Heimatstadt her... Und so weiter.

»Da drin steht aber nichts von Thüringen. Kalabrien ist weit.«

»Mittlerweile geht es um die illegale Ausweisung von Windeignungsflächen auch in Deutschland durch Bestechung oder Spenden - wie man es nennen will - an Gemeinden; Angebote einen Stadtpark in der Gemeinde zu bauen, sportliche Aktivitäten oder den Kindergarten zu unterstützen oder...«

»Erpressung«, vollendete Helmut Bauch den Satz.

»Vor allem wenn die Fläche besonders attraktiv ist und der Besitzer sie nicht hergeben will.«

»In Schleswig Holstein hat man angeblich damit bereits begonnen. Ich lasse Ihnen den Ausdruck da.«

Kehrer wiegte den Kopf.

»Alles möglich. Dennoch sehe ich für unseren aktuellen Fall keine konkreten Bezüge.«

»Auf den ersten Blick nicht«, warf Bauch ein. »Aber zwei Worte haben sich in meinen Ohren verfangen. Das erste war Rosenheim und das zweite Pizzeria. Wo befand sich unser geheimnisvoller BKA-Mann gerade, als man versucht hatte Frau Hermann im Krankenhaus aus dem Weg zu räumen? Ich meine, wir erreichten ihn in Rosenheim.

Und zu dem Wort Pizzeria muss ich nicht viel sagen. Natürlich alles nur Vermutungen. *Wie auch immer.*

Aber warum sollte der dubiose Herr uns im Fall Mühlen-Pit nicht längst eine Nasenlänge voraus gewesen sein? Wieder einmal komme ich mir vor wie ein Galeerensklave, der rudert und rudert und natürlich sagt ihm keiner, wohin das Schiff fährt. Was hat das noch mit Polizeiarbeit zu tun? Da gehe ich bis zu meiner Pensionierung lieber noch ein paar Stunden auf Streife oder hole mit der Kelle die Raser aus dem Verkehr und lasse sie pusten.«

Helmut Bauch atmete tief durch, stand auf und nahm seinen Teller, um Nachschlag zu holen. Er drehte sich noch einmal um und sagte mit kratziger Stimme:

»Aber vorher finde ich Volker Spiegel und bringe ihn zurück.«

Der Turm

Samstag, 25. April, 7:00 Uhr
Über eine Woche war seit dem Verschwinden von Pit Hermann vergangen. Inzwischen ging es nicht mehr um dessen Leben, sondern um das von Polizeihauptmeister Volker Spiegel. Die Betreibergesellschaften von *TEAG*, *NOTOS* und *BOREAS* waren sofort kooperativ gewesen und hatten ihre Wartungsteams auf die Suche geschickt. Unter den Hundertschaften der Erfurter Polizei hatte nach den ersten 400 durchsuchten Windkraftanlagen das Wort von einer neuen Art des Dienstsports die Runde gemacht: Turmklettern. In einem Windpark unweit von Bachra waren sie schließlich fündig geworden.

»Wir haben ihn.«

»Wen?«, platzte Bauch halb verschlafen heraus. Er hatte die Nacht wieder auf Spiegels ISO-Matte in seinem Dienstzimmer verbracht und jedes Zeitgefühl verloren. Die Funkuhr auf dem Schreibtisch zeigte zehn Minuten nach sieben. Am Telefon war der Leiter eines Einsatztrupps aus Erfurt.

»Die Leiche ohne Hände ist wahrscheinlich die von dem Müller, den sie gesucht haben. Sie hängt in einer Windkraftanlage in Bachra. Gegen Morgen kamen wir dahin. Die Monteure von der Stromfirma waren schon vor Ort gewesen, aber das, was sie sahen, hatte die voll aus der Bahn geworfen. Kann man ja auch verstehen.

Außerdem haben wir noch eine Person gefunden. Erst dachten wir, die sei auch tot. Sie lag gefesselt und zusammengerollt unter einer Plane am Boden des Turms. Hätten wir fast übersehen. Einer unserer Kollegen hat den schwachen Pulsschlag gerade noch gefühlt. Der Notarzt ist unterwegs. Ansonsten haben wir hier eine Riesensauerei.«

Die Stimme des Anrufers klang verwirrt wie bei einem Menschen unter Schock. Lag es daran, dass der Mann die Nacht durchgemacht hatte?

Wie auch immer.

Bauch schrieb sich den Ort auf und rannte ins WC, warf sich kaltes Wasser ins Gesicht. Noch den Autoschlüssel. Kehrer gebe ich Bescheid, wenn ich dort bin. Um diese Zeit war die Straße frei. Autobahn A 38 Abfahrt auf die A 71 bis zur Abfahrt Heldrungen. Alles lief mechanisch ab. Wieder keine Beachtung der Geschwindigkeit. Wozu auch? Noch einmal an der schön restaurierten Mühle von Schillingstedt vorbei. Verdammt sei sie, diese Mühlensuche. Dieser Lacher. Die Landfrauen. Derweil passierten im Hintergrund ganz andere, viel grausamere Geschichten.

Hinterm Berg,
hinterm Berg brennt es in der Mühle.

So lautete die Textzeile in dem Gedicht vom *Feuerreiter* von Eduard Mörike, das auch Mühlen-Pit neben anderen Komponisten vertonte und er wird seine Gründe dafür gehabt haben.

Das äußerste der zwölf aufgereihten Windräder stand auf einer Anhöhe. Ein gelbes N leuchtete auf dem Maschinenhaus.
Von weitem sah Helmut Bauch die Einsatzwagen, ein Wartungsfahrzeug der Firma *NOTOS* mit dem gleichen Zeichen und den Krankenwagen.

Der wollte gerade wegfahren, als Bauch aus dem Auto sprang und sich in den Weg stellte. Der Notarzt stieg genervt aus.

Bauch zeigte seinen Dienstausweis. Der Mann müsse so schnell es geht in die Klinik, hieß es. Dehydrierung im höchsten Stadium. Sie hatten ihm eine Infusion gelegt.

»Nur eine Frage: Ist mein Kollege ansprechbar?«

»Seit zehn Minuten. Aber erwarten Sie nicht zu viel davon.«

»Ich brauche nur einen kurzen Moment. Geben Sie mir den bitte.«

Sie schoben die Tür zur Seite. Auf der Trage lag Volker Spiegel festgeschnallt und in Goldfolie gewickelt. Er hatte die Augen geöffnet. Er starrte an die Decke. Als Helmut Bauch ihn ansprach, drehte er ganz langsam den Kopf.

»Willkommen zurück«, sagte der und erschrak über das Gesicht des jungen Kollegen. Die Lippen sahen aus, wie aus Pergament. Dagegen waren die Wangen und die Stirn hochrot.

»Kommissar Bauch«, ließ sich eine kratzige Stimme hören.

Der Kommissar schluckte.

»Helmut. Helmut ist in Ordnung, Volker. Ich bin so froh, dass ich dich wieder habe.«

Die Mundwinkel des Assistenten, die Bauch noch nie hängend erlebt hatte, zeigten ein verschmitztes Lächeln, mehr als bisher das Rennfahrergesicht zeigen konnte.

»Da oben hängt er«, sagte Volker Spiegel plötzlich und machte mit dem Kopf eine Bewegung in Richtung des Turms. »Ich habe ihm eine Weile Gesellschaft geleistet.«

»Um den müssen wir uns keine Sorgen mehr machen. Auch die Mordkommission ist in erster Linie für die Lebenden da. Das wird manchmal vergessen.«

»Das hast du schön gesagt. Merke ich mir. Tut mir Leid. Ich rieche wahrscheinlich nicht gut. Bin seit drei Tagen nicht aus den Klamotten gekommen, vor allem nicht aus der Hose.«

»Es gibt Momente, da riechen wir alle nicht gut. Jetzt lass dich wegbringen zur Reparatur. Wir brauchen dich noch.»

Langsam ergriff er die Hand des Jungen.

Ein Junge ist er tatsächlich noch.

Der Gegendruck war fest.

»Helmut, ich habe gehört, dass sie in Nordhausen ein *Café Bauchgefühl* eröffnen wollen. Hat doch was, oder? Wenn ich wieder fit bin, trinken wir da zusammen einen Kaffee oder von mir aus auch ein Bier.«

»So machen wir das.«

Der Notarzt schaute herein. Der Patient brauche jetzt vor allem Ruhe und Betreuung.

»Ja, natürlich. Volker, ich rufe gleich Melegard an.«

Von dem Besuch dieses Vaters würde er ihm vorerst nichts erzählen. Außerdem würde der wahrscheinlich ganz von allein auftauchen. Spiegel lächelte wieder mit seinem Rennfahrergesicht, dann schoben sie die Tür zu. In letzter Sekunde durchzuckte Bauch ein Gedanke.

»Herr Doktor, wo bringen Sie unseren Kollegen hin?«

»In die HELIOS-Klinik nach Erfurt.«

»Genau dahin werden Sie ihn nicht bringen.«

Das sonnengebräunte Gesicht des jungen Arztes schaute ungläubig drein.

»Herr Kommissar, wir befinden uns in einem Noteinsatz. Da können Sie nicht einfach...«

»Gehen Sie davon aus, dass ich kann.«

»Es geht um Leben und Tod.«

»Genau darum geht es. Hören Sie mir bitte genau zu, Herr Doktor?...«

»Vogel.«

»Herr Doktor Vogel. Erfurt ist weit und es gibt auch Krankenhäuser in der Nähe. Das ist im Moment sehr wichtig. Ich darf Ihnen keine Details verraten. Mein Rat: Fahren Sie am besten nach Sömmerda. Dort wird man den Patienten auch versorgen können. In einer halben Stunde sind Sie dort. Das Wichtigste aber ist, dass die HELIOS-Klinik nichts erfährt. Offiziell liefern Sie den Patienten dort ab, kommen nur nicht an. Sie könnten eine Panne gehabt haben oder sonst was. Machen Sie sich keine Gedanken.

Ich verständige jetzt das Landeskriminalamt und die werden Sie kontaktieren.

Sie sind hiermit Bestandteil eines verdeckten Ermittlungsverfahrens in einem Mordfall und somit zum Schweigen verpflichtet. Geben Sie mir bitte Ihre direkte Nummer; am besten die Ihres Handys. Und zu keinem ein Wort. Erklären Sie auch Ihrem Fahrer nichts. Behaupten Sie einfach, dass die Anweisung von ganz oben kam oder welche Sprüche Ihnen sonst noch einfallen. Und jetzt fahren Sie bitte so schnell es geht zum DRK-Krankenhaus in Sömmerda. Sagen Sie dort, dass es ein dringender Notfall ist. Ich werde mich darum kümmern, dass man Sie nicht abweist. Und rufen Sie mich bitte sofort an, wenn Sie da sind.«

Der junge Arzt hatte jeden Widerstand aufgegeben. Er hatte den Toten im Turm hängen sehen und mit Sicherheit den Ernst der Lage begriffen.

»Herr Kommissar Bauch, ich mache das, aber es liegt in Ihrer Verantwortung.«

»Selbstverständlich und jetzt fahren Sie los.«

Wenn du wüsstest, welche Verantwortung ich mir da aufgeladen habe, dachte er, als der Krankenwagen mit Blaulicht davonraste. Volker, ich mache das für dich und hoffe, dein Kreislauf hält das durch. In der HELIOS-Klinik liegst du auf dem Präsentierteller für diese Mörder. Das haben wir mit Frau Hermann schon erlebt. Wir lassen dich verschwinden. Wer von denen kennt schon Sömmerda und kommt auf die Idee, dass es dort ein respektables Krankenhaus gibt.

Der Krankenwagen war außer Sichtweite. Er schluckte. Gerade anderthalb Jahre war es her, als in diesem kleinen Krankenhaus Hilde verstarb. Die Ärzte hatten seiner Frau nicht helfen können, weil es nichts mehr zu helfen gab. Volker werden sie helfen können. Komplizierte Operationen werden hoffentlich nicht nötig sein. Das DRK-Krankenhaus sollte man heute mit seinen technischen Möglichkeiten nicht mit dem Krankenhaus am Rande der Stadt aus der alten tschechischen Fernsehserie vergleichen, die er früher geschaut hatte. Obwohl die Ärzte damals auch ihre Arbeit gemacht haben werden. Bevor er zum Turm ging, rief er Kehrer an, der alles Weitere veranlassen musste. Volker Spiegel war nicht außer Gefahr und das Netz der Spinne noch längst nicht zerschlagen.

Wenden wir uns nun der Leiche zu. Wie auch immer.

Gerade traf der Wagen der Spurensicherung ein. Jantzen sprang heraus und wollte wissen, was los war.

»Alles soweit gut. Unser Kollege wird durchkommen. Lassen Sie uns den letzten Dreck dieses Falls zusammenkehren. Ich hoffe Sie sind fit. Mehr wird uns nicht übrigbleiben.«

Er wollte nicht in den aufgeweichten und bereits von tiefen Spurrinnen durchzogenen Feldweg einfahren. Deshalb ging er die letzten Meter bis zum Windrad zu Fuß. Die Tür zur Anlage stand weit geöffnet.

»Die beiden Monteure haben ihn gefunden«, erklärte der Beamte:

»Den Einen hat es umgehauen. Er liegt dort im Gras. Sein Kollege ist bei ihm. Auch für ihn ist ein Krankenwagen unterwegs. Wir haben die Tür offen gelassen, damit der gröbste Gestank erstmal abzieht und auch die Fliegen. Ohne Atemschutz hält man es da drin nicht aus. Die Röhre ist durch die Sonne völlig aufgeheizt. Völlig ungewöhnliches Wetter in dieser Jahreszeit.«

Auch der andere Kollege von der Streife schaute betreten drein, als Bauch ihm die Hand gab.

»Lasst mich trotzdem mal schauen«, sagte er.

»Bitte sehr, Herr Kommissar, tun Sie sich keinen Zwang an. Sowas sieht man nicht alle Tage.«

Jantzen und seine Assistentin zogen ihre Overalls über .Obwohl ein starker Wind wehte, schlug Helmut Bauch bereits wenige Meter vor der Türöffnung ein pestilenter Gestank entgegen. Fliegen schwirrten ihm ins Gesicht. Mit wuchtigen Schlägen drehte sich in der Höhe noch immer das Windrad.

»Kann mal jemand das Ding da oben anhalten?«, rief er dem Monteur zu: »Wie sollen wir bei dem Gesause in Ruhe ermitteln?«

»Wird gleich geschehen!«, erwiderte der Mann: »Die Abschaltung erfolgt aus der Zentrale in Erfurt. Ich rufe sofort dort an.«

Er wandte sich wieder seinem Kollegen im Gras zu.

Das Innere des Stahlturms wurde von Neonröhren erhellt. Bauch hielt den Atem an und ging hinein.
Der Anblick übertraf alles, was er in seiner 35-jährigen Dienstzeit bisher gesehen hatte.

In ungefähr 10 m Höhe neben der Leiter hatte man den Mann kopfüber aufgehängt. Die Füße waren an den Halterungen der nach oben führenden Kabel festgebunden worden; ebenso die handlosen Arme, die merkwürdig schräg gespreizt waren. Aus den langen Locken, die vom Kopf herab baumelten, tropfte Flüssigkeit und hatte auf dem Betonboden eine unerträglich stinkende Lache gebildet. Vor der Tür lag die Plane, mit der sie Spiegel zugedeckt hatten. Auch die war verschmiert mit der Leichenflüssigkeit. Das bedeutete, sie hatten den Jungen später in den Turm gebracht und er hatte in dem stinkenden Dreck bei völliger Dunkelheit ohne Nahrung und Wasser gelegen. Hoffentlich wird er davon nicht ein lebenslanges Trauma mit sich herumschleppen.

Aus den Armstümpfen war ebenfalls eine rötliche Flüssigkeit ausgetreten und hatte an der Stahlwandung eine meterlange Spur hinterlassen, die offenbar bereits eingetrocknet war. Das Arrangement der Leiche wirkte wie ein Schriftzeichen. Wo hatte Helmut Bauch das schon einmal gesehen? Wollten die Täter mit dieser Art der Aufhängung eine Botschaft senden und wenn ja, welche? Vielleicht weiß ja Jantzen eine Antwort. Der kennt sich doch mit Zeichen aus. Wie lange mochte der Mann hier schon hängen? Bauch riss sein Taschentuch heraus und presste es gegen seine Nase. Das Geräusch der Turbine vermischte sich mit dem tausendfachen Brummen der Schmeißfliegen, die immer stärker auch Helmut Bauchs Kopf umschwirrten und sich auf seine Augen setzen wollten.

Er schlug um sich und rannte hinaus. Inzwischen war auch die Feuerwehr eingetroffen. Die blonde Friderike lehnte am Kleinbus und rauchte. Wird die fröhliche, kleine Person solch einen Anblick verkraften?, fragte sich der Kommissar.

Die Feuerwehrleute hatten Atemschutzmasken dabei, die wirkungsvoller sein würden als der leichte Mundschutz der Spurensicherung.

»Kollegen«, rief Bauch die Einsatzkräfte zusammen: »Drin hängt eine Leiche, die heruntergeholt werden muss. Zuvor müssen aber unsere Kollegen von der Spurensicherung unter der Leitung von Polizeihauptmeister Jantzen hinaufsteigen. Wenn bitte jemand von der Feuerwehr ihm eine Atemmaske geben könnte. Die warme Sonne hat den Turm tüchtig aufgeheizt und den Verwesungsprozess der Leiche ordentlich vorangetrieben.«

Die Männer machten sich bereit. Sie gaben Jantzen auch einen Helm. Friderike blieb, nachdem sie einen Blick in den Turm geworfen hatte, mit blassem Gesicht draußen stehen. Bauch telefonierte mit Jena.

»Roberta, geh ran«, murmelte er. »Wir brauchen deine unempfindliche Spürnase.«

Es meldete sich der Anrufbeantworter und Bauch sprach eine Nachricht. »Diesmal reicht nicht das kleine Auto«, fügte er am Ende hinzu.

Jantzen stieg allein im weißen Spurensicherungsoverall mit Atemmaske, Helm und Umhängetasche in den Turm. Sie warteten. Quälend verstrichen die Minuten.

Niemand beneidete den Leiter der Spurensicherung um seinen Job. Unterdessen rief Roberta zurück. Sie seien mit dem Leichenwagen unterwegs.

Nach zwanzig Minuten kam Jantzen wieder aus dem Turm und riss sich die Maske vom Gesicht. Sein Gesicht war hochrot und schweißüberströmt.

»Kollegen, ihr könnt ihn jetzt abnehmen!«, rief er den Feuerwehrleuten zu.

Er schüttete das restliche Wasser aus der Atemmaske ins Gras. Helmut Bauch und Friderike blickten ihn nicht ohne Bewunderung an. Sein Gesicht war wie versteinert, wirkte aber nicht geschockt, sondern eher konzentriert.

»Was möglich ist, habe ich aufgenommen. Den Rest muss die Rechtsmedizin machen. Wenn die Leiche raus ist, gehen wir noch einmal rein und steigen bis ganz oben. Hoffentlich stellen die endlich das Windrad ab.«

»Eine Frage noch. Mir ist die merkwürdige Art aufgefallen, wie sie den Mann aufgehängt haben. Erinnert mich an irgendein Zeichen. Irgendwo habe ich das schon mal gesehen. Möglicherweise Chinesisch? Soll dahinter eine Botschaft stecken?«

Jantzen schüttelte den Kopf.

»Ist mir zwar auch aufgefallen, aber im Chinesischen gibt es das meines Wissens nicht. Zwei andere Quellen könnten jedoch in Frage kommen. Die Germanen und die Kelten. Ich spreche von Runen.«

Jantzen bückte sich und zeichnete die Aufhängung des toten Mühlen-Pit in den Sand.

»Im Germanischen heißt das Zeichen *Nauthiz*, was so viel wie Not bedeutet oder auch Überwindung von Not. Bei den Kelten heißt es *Muin* und bedeutet: *Sprich die Wahrheit, auch wenn die Stimme zittert.* Da können Sie sich was aussuchen. Ich würde aber nicht ausschließen, dass die Drapierung der Leiche reiner Zufall ist. Ich vermute, dass die mutmaßlichen Täter aus einem ganz anderen Kulturkreis kommen. Da müsste schon ein außergewöhnlich informierter Typ am Werk gewesen sein.«

Wieder einmal war Bauch verblüfft. Die Bewertung außergewöhnlich informiert kann Jantzen auf jeden Fall für sich in Anspruch nehmen, dachte er.

Die Feuerwehrleute waren unterdessen mit Gurten, Seilen und einer Trage in den Turm gestiegen. Der Krankenwagen für den Monteur war ebenfalls da. Mit einem quietschenden Geräusch kam über ihren Köpfen das Windrad zum Stehen. Die Zentrale hatte es von ihrem Dispatcher aus abgeschaltet.

Nach einer Stunde trafen Roberta Landi und der Leichenwagen ein.

Die sterblichen Überreste lagen auf der Trage neben dem Turm und wurden trotz Abdeckung immer noch von Fliegen umschwirrt.

»Hallo Helmut! Das ist dann wohl der Rest. Ich werde mich gleich seiner annehmen.«

Ehe er noch etwas sagen konnte war sie weggefahren und Helmut Bauch stand betreten im Schlammboden auf dem Acker. Als hätten wir uns kaum gekannt, dachte er für den Moment. Aber vielleicht war das auch so. *Wie auch immer. Reiß dich zusammen Bauch.*

Die Mitarbeiter des Bestattungsunternehmens trugen den Metallsarg herbei und legten Mühlen-Pit hinein.

Jantzen wollte sich gerade für einen zweiten Aufstieg fertigmachen, als sich mit großer Geschwindigkeit ein Geländewagen mit gelb leuchtender Rundumleuchte näherte. Auf der Tür des weißen Fahrzeugs leuchtete dasselbe N wie auf dem Turbinenhaus der Anlage. Der Fahrer bremste scharf und sprang heraus, lief ungeachtet des feuchten Ackerbodens mit seinen hellbraunen Lederschuhen auf Bauch zu. Er trug einen blauen Anzug mit Krawatte, die von einer goldenen Nadel in Form eines Windrades gehalten wurde. Die schwarzen Haare waren sorgfältig gescheitelt und lagen so glatt an, als wären sie geölt. Der scharfe Wind konnte dieser Frisur nichts anhaben. Mit dem kurzen Schnauzbärtchen erinnerte der Mann an die Mode der Zwanzigerjahre.

Einer der keinen Widerstand duldet, dachte Bauch. Nicht einmal den des Windes. Darin gleicht er seinem Fahrzeug.

»Wer von den Herren leitet diese Aktion?«, begann er ohne einen Gruß.

Bauchs Miene verfinsterte sich sofort.

»Wenn wir erfahren dürften, mit wem wir es zu tun haben. Ich bin Polizeihauptkommissar Bauch, Leiter der Ermittlungen in einem Mordfall.«

Er hielt dem Mann seine Karte unter die Nase. Der stutzte und bremste sein Tempo:

»Hagen Brockmann, Geschäftsführer der Firma *NOTOS*. Ich wurde von meinen Mitarbeitern über einen, sagen wir grausigen Fund unterrichtet. Wo ist denn der tote Mann?«

Bauch zeigte auf den Leichenwagen:

»Da fährt er. Woher wissen Sie eigentlich, dass es sich um eine männliche Person handelt?«

Ihm entging nicht das Zucken in den Mundwinkeln, als der Mann sich mit seiner Antwort beeilte:

»Haben mir die Kollegen so durchgegeben, meine ich. Darf ich mal hineinsehen?«

»Bitte sehr, nur fassen Sie nichts an.« Jantzen begleitete ihn zum Turm. Kurz darauf kam er mit angeekeltem Gesichtsausdruck wieder zurück:

»Schöne Sauerei.«

»Ich gebe Ihnen die Karte von einem Tatortreiniger in Erfurt. Den können Sie rufen, wenn wir hier mit allem fertig sind.«

»Lassen Sie mal. Das macht unsere Firma selbst.«

Der Kommissar blickte zu dem Monteur, der betreten neben seinem Kleinbus stand. Sein Chef hatte ihn bis dahin keines Blickes gewürdigt. Würde der am Ende den armen Mann mit der Reinigung des Turms beauftragen? Er verwarf den Gedanken.

Hier gab es keinen Wasseranschluss. Dafür brauchte man außerdem Spezialgeräte. Wie auch immer.

Jantzen meldete sich:

»Vorerst können Sie nicht rein. Wir müssen da nochmal hoch. Ich habe gehört, dass sich bei einigen Anlagentypen das Dach des Turbinengehäuses öffnen lässt. Kann Ihr Kollege das bitte machen, damit das Rohr ein bisschen durchlüftet?«

Stockmann ging zu dem Monteur und Jantzen redete mit Friderike.

Es stellte sich heraus, dass der junge Mann um keinen Preis bereit war nochmals in den Turm zu steigen. Der Krankenwagen mit seinem Kollegen war abgefahren. Am liebsten wäre er selbst mit eingestiegen. Brockmanns Gebrüll beantwortete er mit einem stoischen Kopfschütteln. Jantzen ging dazu und beschwichtigte den aufgebrachten Chef:

»Geht schon in Ordnung. Wir steigen da jetzt rauf und Ihr Kollege sagt mir per Handy, welchen Schalter ich betätigen muss.«

»Was fällt Ihnen ein? Ich bin hier der Chef.«

»Spielt im Moment keine Rolle. Solange die Untersuchung nicht abgeschlossen ist, haben wir hier das Sagen.«

Eine Stunde war vergangen, seit sie den Leichnam aus der Röhre geholt hatten. Inzwischen war hoffentlich auch ein Großteil der Fliegen draußen.

»Wie sieht es aus? Packst du das?«, fragte Jantzen seine Kollegin.

»Wir nehmen unseren Mundschutz. Nicht noch einmal solch eine Maske. Die Röhre dürfte sich inzwischen etwas abgekühlt haben.«

Friderike zwang sich zu einem Lächeln.

»Wird schon gehen. Ist nicht so sehr wegen des Gestanks. Ich habe Höhenangst.«

»Einfach nicht nach unten schauen. Ich will vor allem das Turbinenhaus durchsuchen.«

Bauch fragte: »Wie sah das Türschloss aus?«

»Keine Spuren einer gewaltsamen Öffnung. Die Tür war offen oder die Täter hatten einen Schlüssel.«

»Warten Sie bitte noch einen Moment.«

Er sah, wie der Chef hinter dem Kleinbus lautstark telefonierte. Dem gefiel die laufende Aktion offenbar gar nicht. Er ging zu den beiden Beamten, die, seit sie das Absperrband gezogen hatten, hilflos herumstanden.

»Sie achten bitte darauf, dass der Herr nicht wegfährt. Ich habe nachher noch ein paar Fragen an ihn. Und lassen Sie sich von seiner autoritären Masche nicht beeindrucken. Wenn er trotzdem wegfährt, lade ich ihn zur Vernehmung in die Dienststelle vor. Sagen Sie ihm das.«

Danach fragte er den Monteur:

»Wie hoch ist der Turm?«

»64 Meter.«

Bauch holte tief Luft und ging zu Jantzen und Friderike.

»Ich gehe mit rauf. Geben Sie mir auch so einen Schutzanzug. Hoffentlich passe ich da noch rein.«
Jantzen und Friderike starrten ihn entgeistert an. Er zuckte mit den Schultern, als ginge es um einen kleinen Spaziergang und meinte grinsend:

»Ja, wenn Kollege Spiegel gerade nicht verfügbar ist, muss sich trotzdem jemand ein Bild machen.«

Und das geht bei mir am besten von oben. Gestank hin oder her. Wie auch immer.

»Wir nehmen Kollegin Friderike in die Mitte, dann sieht sie den Abgrund nicht.« Die lächelte dankbar.

Und ich schaue auch nicht nach unten, fügte er in Gedanken hinzu.

Kurz darauf steckte Helmut Bauch ebenfalls in der Kluft der Spurensicherung und zog den Mundschutz über.

Ich werde Robertas Rat befolgen und mir die Nasenhaare entfernen lassen, wenn das hier vorbei ist.

Jantzen kletterte voran und Friderike folgte ihm, die sich zwischen den beiden Männern tatsächlich sicherer fühlte. Als sie die Stelle erreichten, wo die Leiche gehangen hatte, sagte Jantzen:

»Bis hierher habe ich die Wände abgesucht. Von nun an müssen wir auf Faserspuren achten. Auf den Sprossen der Leiter gab es keinerlei Fingerabdrücke. War ja auch nicht anders zu erwarten.«

Je höher sie kamen, desto heißer wurde es. Auch die Fliegen waren längst nicht alle verschwunden. Wieder dachte Bauch an Volker Spiegel, der es in dieser unerträglichen Luft viele Stunden, wenn nicht gar Tage ausgehalten hatte.

Nach einigen Metern hielt Jantzen an und rief: »Hier ist doch etwas.« Er holte ein Tütchen heraus. Es dauerte Minuten, die Bauch endlos vorkamen. Der Schweiß lief ihm in die Augen. Mit den Armen umschlang er die Stangen der Leiter. Friderikes Beine zitterten. Habe ich mir doch etwas zu viel zugemutet?, fragte er sich. Hätte genauso gut unten bleiben können.

Doch der Grund für diesen scheinbar übertriebenen Einsatz lag tiefer. Er wusste, Spiegel wäre garantiert mit raufgeklettert. Und das machte er jetzt für ihn, er machte es für sie beide. Wie hieß der neueste Dienstsport? Turmklettern. Kann mir auch mal nicht schaden, dachte er und biss die Zähne zusammen. Wie auch immer. Pfeife auf Churchill.

Endlich ging es weiter. 64 Meter hatte es geheißen. Wie viele Sprossen sind das? Plötzlich entdeckte auch Friderike etwas. Sie zeigte auf eine Schraube, die wenige Millimeter ins Innere der Tunnelröhre ragte und zwei Segmente miteinander verband. Sie war gefettet worden und auf dem schwarzen Film klebten zwei helle Haare. Die verstaute sie ebenfalls in einer Tüte.

Dann hatten sie die Plattform erreicht. Hier oben war die Hitze vollends unerträglich.

Jantzen rief den Monteur an und es dauerte nicht lange, bis er den richtigen Schalter gefunden hatte. Wie von Geisterhand bewegt fuhr ein Teil des Daches zurück und sie standen plötzlich in gleißendem Sonnenlicht wie auf einer Aussichtsplattform.

Sie rissen sich den Mundschutz herunter, was ein Fehler war, wie sich sofort herausstellte. Ehe sie die Aussicht genießen konnten, rief Jantzen: »Aufpassen! Geht an die Seite!«

Plötzlich tauchten aus der Tiefe des Turms nochmals Schwärme von Fliegen und der unerträgliche Gestank auf.

»Thermik! Die heiße Luft aus der Röhre sucht sich ihren Weg nach oben. Das Staubsaugerrohr wird durchgepustet«, erklärte Jantzen.

Der Spuk verschwand so plötzlich, wie er gekommen war.

»Hoffentlich hat uns deine Thermik nicht auch die letzten Spuren weggepustet.«

»Hat sie nicht. Füße stillhalten, sonst saust uns das Ding nach unten.«

Er bückte sich und nahm mit der Pinzette einen auf dem Bodenrost zertretenen Rest einer Zigarette auf. Die Beiden suchten Zentimeter für Zentimeter die Gondel nach weiteren Spuren ab und Helmut Bauch blickte über die Landschaft. Wäre der Anlass nicht so ernst und gäbe es nicht diese Kluft, hätte man die Aussicht wie im Urlaub genießen können. Schnurgerade zog sich von hier die Reihe der übrigen elf Windräder dieser Anlage.

In der gleichen Richtung befand sich der Kamm der Hohen Schrecke. Er strengte seine Augen an. Mit einem Fernglas könnte man von hier aus den Katzenberg genauer erkennen und wahrscheinlich auch Mühlen-Pits Bank über der Weihnachtsbaumplantage. Sie hatten ihn nicht weit weggebracht. Wo hatten sie ihm die Hände abgesägt? Irgendwo in diesem Umkreis müssten sich davon Spuren finden lassen. Gab es hier einen Unterstand für Wanderer, eine Hütte für Jäger? Danach musste gesucht werden. Oder haben sie es in einem Auto gemacht?

Das hätte erhebliche Blutspuren zur Folge gehabt, die sich trotz des Wassers auch in Pits *Volvo* hätten nachweisen lassen müssen. Aber da war nichts. Bleibt noch der Wagen des Pizza-Services. Den hatte jemand abgefackelt. Blutspuren Fehlanzeige.

Und auch jene Kettensäge hatten sie noch nicht gefunden, noch nicht einmal die Nordmanntannen, in der sie zum Einsatz gekommen war. Er wollte Jantzen und Friderike ihrer Arbeit überlassen und absteigen. Sie lächelte ihm zu.

»Wird schon gehen, Herr Kommissar. Hatte es mir schlimmer vorgestellt.«

Langsam arbeitete er sich nach unten, von wo ihm ein frischer Wind entgegenkam. Thermik, hatte Jantzen gesagt. Zwischendurch hielt er immer wieder an und überlegte. Warum haben die Entführer Spiegel genau in diesen Turm gelegt? Vor 48 Stunden hatte die landesweite Durchsuchung der Windkraftanlagen begonnen.

Das werden sie mitbekommen haben. Sie konnten davon ausgehen, dass wir Pits Leiche früher oder später finden würden. Das bedeutet, sie wollten, dass wir auch Volker finden, haben ihn uns gewissermaßen auf dem Präsentierteller zurückgegeben, wenn auch auf grauenvolle Weise. Bis zuletzt haben sie mit seinem Leben gespielt. Aber dahinter könnte man eine Strategieänderung vermuten. Was hatte die Leute dazu bewogen? Hatten sie endlich kapiert, dass ihre ganze Erpressungsnummer ins Leere gelaufen war und deshalb aufgegeben? Oder hatte tatsächlich dieser Kasseler Anwalt da eine Strippe gezogen? Wenn ja, werden wir es vermutlich nie erfahren.

Er hatte den Betonboden erreicht und achtete darauf, nicht in die Blutlachen zu treten. Jetzt wartete noch dieser unangenehme Firmenchef auf ihn. Ob der noch wartete oder so dumm gewesen ist abzufahren?

Das übertriebene, autoritäre Gehabe des Mannes hatte in Helmut Bauch mehr Zweifel geweckt, als dem lieb sein dürfte. Zweifellos wusste der was. Keine sanften Töne für solche Leute, entschied sich der Kommissar.

Stockmann saß in seinem Geländewagen und telefonierte. Als er Bauch sah, beendete er das Telefonat sofort und sprang heraus.

»Herr Kommissar Bauch, das wird für Sie Konsequenzen haben, die Sie noch gar nicht absehen können. Was fällt Ihnen ein, mich hier festzuhalten? Sie hindern mich an meiner Arbeit und das hat Folgen für meine Firma.«

»Jetzt müssen Sie mir nur noch damit kommen, dass der Stillstand Ihrer Windmühle da oben Sie wegen Stromausfalls ruiniert. Wir haben Sie nicht festgehalten, sondern nur gebeten zu bleiben. Machen Sie mal halblang.«

»Was bilden Sie sich ein?«

Mein Gott, wann kommt der denn endlich runter?

»Ich muss mir nichts einbilden. Ich bin nur ein einfacher Kriminalkommissar, der seit über dreißig Jahren die Sicherheitsinteressen der Bürger von Amts wegen vertritt. Kommen Sie.«

Er zeigte auf den Kleinbus der Streife. Dem Anderen verschlug es für einen Moment die Sprache.

»Sie meinen doch nicht, dass ich zu einem Verhör...«

»Kein Verhör. Nicht mal eine Vernehmung, nur eine Befragung. Also rein in die grüne Minna!«

Stockmann schnappte nach Luft.

»Das wird Sie teuer zu stehen kommen!«

Jetzt hatte Helmut Bauch genug. Wann hatte er das letzte Mal gebrüllt?

»Für wen hier was teuer wird, werden wir noch sehen!«

Er schaffte das, ohne dass sich seine Stimme überschlug. Nur widerstrebend stieg der Mann ein und setzte sich Bauch gegenüber an den Klapptisch.

»Ich verwahre mich dagegen, wie ein Schwerverbrecher behandelt zu werden.«

Bauch hatte sich schnell wieder beruhigt.

»Tut hier keiner. Nur Sie führen sich so auf. Aber lassen wir das beiseite. Kommen wir zu den Fakten. Wer besitzt einen Schlüssel zu dieser Anlage?«

Er zog sein blaues Notizbuch hervor. Erstaunlich schnell ging Stockmann auf den sachlichen Tonfall ein:

»Die Wartungsteams. Das sind zwei. Außerdem hängen von allen Türmen Ersatzschlüssel in unserer Zentrale.«

Der Kommissar betrachtete das Gesicht seines Gegenübers. Dem war eine seiner geölten Haarsträhnen heruntergefallen und neben dem Auge hängen geblieben. Das deutete er auf seine Weise. Der Widerstand bröckelte. Scheinbar ungerührt notierte er die Angaben.

»Wie viele dieser Anlagen besitzen Sie?«

»Im Augenblick nur diese zwölf. Aber wir expandieren.«

Plötzlich die Frage:

»Gibt es einen Generalschlüssel?«

Das Schweigen, das darauf folgte, nahm der Kommissar als Antwort.

»Und wer besitzt den?«, setzte er nach.

»Ich natürlich.«

»Können Sie mir den Schlüssel bitte zeigen?«

»Habe ich nicht bei mir.«

»Sie wollen mir sagen, Sie fahren als Chef zu Ihrem Dutzend Windräder, bei denen sich offensichtlich ein riesiges Problem ergeben hat und Sie nehmen Ihren Generalschlüssel nicht mit?«

»Kann mir niemand vorwerfen.«

»Wo ist der Schlüssel jetzt?«

»Bei mir zu Hause.«

»Wo ist das?«

Noch einmal bäumte sich Stockmann auf, aber er fand an dem Tisch im Polizeiauto nicht wieder in seine gewohnte Rolle zurück. Ich habe ihn am Haken, dachte Bauch, als er sah, wie dessen Gesicht von Zornröte in Leichenblässe wechselte.

»Nur mit meinem Anwalt.«

»Dann sagen Sie dem schon mal, dass wir Sie jetzt mitnehmen.«

Plötzlich winkte der Mann resignierend ab und sagte stöhnend:

»Vor einer Woche wurde er mir gestohlen?«

»Wo ist das passiert?«

»Kann ich nicht genau sagen? Irgendwo in Erfurt, als ich mit Geschäftspartnern Essen gegangen bin.

Er steckte in meinem Jackett. Ich hatte es über die Stuhllehne gehängt.«

Helmut Bauch wollte nicht weiterfragen. Das hob er sich für später auf.

»Aber selbst wenn; es ist mein Schlüssel und meine Firma. Was wollen Sie mir eigentlich anlasten? Ich leite ein Energieunternehmen mit Zukunftstechnologie. Was kann ich dafür, wenn irgendwelche Psychopathen mir einen Toten in die Anlage hängen?«

»Woher wissen Sie so genau, dass es sich nur um *einen* Toten handelt?«

Dieses Torpedo hatte sich Bauch schon während seines Abstiegs auf der Eisenleiter ausgedacht.

Volker Spiegel hätte genauso gut tot gewesen sein können. Dass er lebte, wussten nur die, die ihn gefunden hatten. Der Schuss hatte sein Ziel nicht verfehlt. Stockmann starrte ihn mit offenem Mund an und seine Hände zitterten.

»Damit habe ich nichts zu tun«, stieß er mit heiserer Stimme hervor.

»Womit haben Sie nichts zu tun? Würden Sie sich bitte genauer erklären?«

»Ich sage von jetzt an gar nichts mehr. Nur in Gegenwart meines Anwalts.«

»Das ist im Moment auch nicht nötig, aber ich muss Sie bitten, mich auf die Dienststelle zu begleiten, nur fürs Protokoll. Ihren Anwalt können Sie gleich dorthin beordern.
Sie bleiben einstweilen im Fahrzeug und fahren dann mit mir. Ihr Monteur kann ja Ihr Auto zurückbringen.«

»Sie haben kein Recht mich festzunehmen. Sie haben nichts gegen mich in der Hand.«

Recht hat er, dachte Bauch. Allzu lange Zeit werde ich ihn nicht festhalten können, aber die will ich nutzen. Außerdem sollen die Truppen hinter ihm unruhig werden. Er wartete noch, bis Jantzen und Friderike wieder unten waren. Sie hatten außer jeder Menge Fingerspuren nichts gefunden

Wie auch immer.

Vorerst musste dieser Typ von *NOTOS* herhalten. Mehr hatten sie nicht. Plötzlich kam ihm eine Idee. Stockmann saß im Auto und telefonierte.

Mit wem wohl? Wir können es ihm nicht verwehren. Er wählte die Nummer seines Kollegen Schütze in Erfurt.

»Dieter, ich habe eine ungewöhnliche Bitte und hoffe, du wirst sie mir nicht abschlagen.«

»Helmut, wir sind uns einig, dass du bei mir noch was gut hast.«

»Es muss allerdings schnell gehen, am besten gleich. Wir nehmen gerade den Chef des Energieunternehmens *NOTOS* unter die Lupe.«

»Eine kleine Firma hier in Erfurt, die auf den großen Markt drängt. Ist mir bekannt.»

Helmut Bauch berichtete von den Funden im Turm der Windkraftanlage und auch von Volker Spiegel.

»Der Geschäftsführer ist ein gewisser Herr Stockmann. Bitte finde dessen Privatanschrift heraus und fahre da mal hin. Sieh dich bitte unter irgendeinem Vorwand dort um. Nichts von unseren Ermittlungen sagen und fahre auch nicht zu deren Firmensitz. Die wird er längst gewarnt haben. Seine Privatadresse wäre eine Chance, seine Frau oder wer sonst das Haus hütet. Ich habe da so ein Gefühl.«

»Ja Bauch, du mit deinem berühmten Gefühl. Irgendwann holen wir dich deshalb ins LKA.«

»Es hat mich noch selten im Stich gelassen. Du hast ja auch die Fotos von unseren Vermissten. Nimm die mit. Ich fahre mit dem Mann jetzt nach Nordhausen. Bitte so schnell es geht. Zwei Stunden reichen mir. Ewig kann ich den Typen nicht festhalten.«

Er war sicher, dass Dieter Schütze etwas einfallen würde. Sie beide verband eine Geschichte, die mit dessen Sohn zusammenhing. Der Junge hatte seinem Vater wenig Anlass zur Freude geboten.

»Er ist eben nicht der hellste«, sagte der manchmal. Die Liste der Enttäuschungen war lang. Mit zwölf Jahren Ladendiebstahl, Schulschwänzen und schließlich Schulabbruch. Er begann eine Lehre als Tierpfleger im Zoopark, weil er Tiere über alles liebte. Was ihn aber nicht hinderte, nach der Arbeit mit einem anderen Lehrling nachts im Zoopark Party zu feiern. Die beiden Burschen hatten sich nach der Schließung im Park versteckt und anschließend einen Kasten Bier und zwei Flaschen Wodka in sich hineingeschüttet. In einer Werkstatt fanden die betrunkenen Unholde Dosen mit Farbspray und färbten damit die Zwergziegen vom Streichelzoo ein.

Man fand die Lehrlinge am nächsten Morgen schlafend in einem Stall. Damit war deren Lehre beendet.
Helmut Bauch fühlte mit seinem Freund. Man kann sich seine Kinder nicht aussuchen. Sohn eines alleinerziehenden Vaters, der gerade beim LKA Karriere machte. Dessen endgültiger Absturz drohte, als in einer Disko bei ihm eine größere Menge Kokain gefunden wurde.

»Der macht alles Mögliche«, beschwor Dieter.
»Aber von Drogen lässt er die Finger.«
Seine Frau war vor Jahren an Tablettensucht und schließlich an einer Überdosis Schlaftabletten zugrunde gegangen.

Helmut Bauch hatte ihm sofort geglaubt ohne zu wissen warum. Nur so ein Gefühl. Es trieb ihn dazu, die besagte Disko näher unter die Lupe zu nehmen. Er fand bald heraus, dass es zwischen den Jugendlichen eine Rivalität um ein Mädchen gegeben hatte. Schützes Sohn war anscheinend der Favorit gewesen. Er kannte einen der in Frage kommenden Rivalen aus Ermittlungen in der Szene und konnte ihn so unter Druck setzen, dass der zugab, das Kokain untergeschoben zu haben.

Wie Bauch damals mit dem Jungen umgesprungen war, wusste außer ihm nur Dieter Schütze und beide bewahrten Schweigen darüber.

Kresse

Erfurt, 9:00 Uhr

Binnen weniger Minuten hatte Dieter Schütze die Adresse herausbekommen. Familie Stockmann bewohnte ein Haus neben dem Kresse-Park, der ungewöhnlichen Anlage neben den Bahngleisen, die Schütze seit seiner Kindheit kannte, als er und seine Eltern noch in Erfurt-Hochheim wohnten. Dort wuchs die Kresse und kam auch auf den heimatlichen Küchentisch. Nach der Wende verwilderte die Fläche. Andere Dinge waren plötzlich wichtiger, als sich um vitaminreiche Pflänzchen aus einer zweihundert Jahre alten Tradition zu kümmern.

Nun war alles wieder zu neuem Leben erwacht. Schon von weitem sah er die große alte Villa Haage aus Backstein und Fachwerk, die nach Zeiten der staatlichen Genossenschaft jetzt wieder den Namen des Begründers der Kresse-Tradition in Erfurt Heinrich Haage trug. Die Familie hatte es geschafft, den Betrieb von 1769 bis 1950 aufrechtzuerhalten. Das hatte sein auf Geschichte versessener Vater ihm einmal erzählt.

Unweit davon hatte sich Stockmann mit einem Einfamilienhaus neuester Bauart angesiedelt. Wie war der an das Grundstück gelangt? Er parkte vor der Einfahrt.

Als er klingelte, öffnete ihm eine blonde junge Frau in einem weiten roten Wollkleid.

Sie war geschminkt wie für einen Fernsehauftritt und trug weiße Kopfhörer, die sie abnahm, als Schütze seinen Dienstausweis zeigte.

»Spreche ich mit Frau Stockmann?«

Sie lächelte keck und spielte mit den Kopfhörern in der Hand.

»Frau Stockmann ist vor zwei Jahren ausgezogen. Mein Name ist Beyer. Ines Beyer. Ich bin sozusagen die Neue.«

Erst jetzt sah Schütze den Bauch der Schwangeren.

»Kann ich bitte Herrn Stockmann sprechen?«

»Leider nein. Er rief vorhin an und sagte, dass er noch in einer dringenden Angelegenheit nach Nordhausen fahren müsse und heute etwas später kommt.«

»Dann will ich Sie nicht lange aufhalten. Vielleicht können Sie mir auch helfen. Es geht um Folgendes. Bei uns gehen ständig Klagen wegen des Lärms von der Bahn ein, vor allem durch die ICE-Züge. Denen müssen wir leider nachgehen, auch wenn uns das unnötig Zeit kostet. Sie gehören nicht zu den Klägern, aber ich würde Ihre Meinung gern protokollieren.«

Demonstrativ zog er einen Notizblock hervor. Die junge Frau zuckte hilflos mit den Schultern. Die Musik aus den Kopfhörern konnte Schütze hören. Schließlich meinte sie:

»Dazu kann ich Ihnen nicht viel sagen. Wir haben gute schallschluckende Fenster und schlafen nach der anderen Seite raus.«

»Wie schön für Sie. Aber wahrscheinlich muss der Originalschall trotzdem gemessen werden.

Wenn es Ihnen nichts ausmacht, würde ich gern einen kurzen Gang über Ihr Gelände machen, um den Kollegen mögliche Messpunkte vorzuschlagen. Dann ist es erledigt, und es muss nicht noch einmal jemand kommen. Wenn Sie mich dabei bitte begleiten wollen.«

Er wunderte sich selbst, wie schnell ihm seine aus dem Ärmel gezogene Geschichte von den Lippen ging. Helmut Bauch hätte seine helle Freude daran. Bei einem kühlen Bier würde er ihm eines Tages diese Aktion erzählen. Ines Beyer war immer noch nicht misstrauisch geworden.

»Ja gern. Ich ziehe mir nur andere Schuhe an.«

»Lassen Sie sich Zeit. Ich warte hier.«

Hoffentlich nicht zu lange. Er dachte an Bauch, der in diesem Moment mit ihrem Mann zur Vernehmung gefahren wurde. Helmut brauchte jetzt dringend Informationen. Konnte dieses blonde Püppchen die noch liefern? Nach kurzer Zeit kam sie wieder heraus und trug zu ihrem roten Kleid giftgrüne Gummischuhe. Wäre ein Foto Wert, dachte Schütze und folgte ihr über einen schmalen Pfad auf Schieferplatten und Schilfmatten in den Garten. Das Grundstück war sehr schmal und entlang eines Bachlaufs angelegt. Sie kamen an prachtvollen Blumenbeeten vorbei. Es duftete nach Blüten und Schütze sah vor sich den sich wiegenden Körper von Stockmanns neuer Frau. Wie alt mochte die sein? Er schätze sie auf höchstens fünfundzwanzig.

»Das ist mein Paradies«, sagte sie und streichelte eine Rose.

»Sagen Sie bitte, gehört Ihnen die Kresse-Farm auch?«

»Nein, nein. Das hätte Hagen gern gehabt. Diese Tradition haben andere fortgesetzt. Aber wir dürfen einen Abzweig von dem Wasser aus der Gera nutzen. Das braucht er für seine Fische. Kommen Sie.«

Der Pfad führte durch einen Wald aus zwei Meter hohem Bambus und plötzlich tat sich dahinter ein Teich auf mit einer Insel in der Mitte. Dorthin führte eine schmale, kunstvoll geschnitzte gebogene Brücke. Am Ufer des kleinen Tümpels stand eine im gleichen japanischen Stil geschnitzte Bank, eingerahmt von hohen Büschen.

»Das ist Hagens Paradies.«

Schütze erwiderte: »Ich bin begeistert« und meinte es ehrlich. Die Frau öffnete ein rundes Plastikfass neben der Bank und ergriff eine am Rand hängende Kelle. Sie warf in weitem Bogen und mit ungelenken Bewegungen Futter in den Teich. Hoffentlich fällt sie nicht rein. In welchem Monat wird sie sein?

»Dann sah er die bunten Fische, die wild das Futter von der Oberfläche schnappten. Solche hatte er vor kurzem an einem anderen Ort gesehen.

»Kois?«, fragte er arglos.

»Die große Leidenschaft meines Mannes«, sagte sie und setzte sich auf die Bank. Sie atmete schwer.

»Ich muss langsam machen, hat Hagen gesagt.«

»Darf ich mich zu Ihnen setzen?« Er wartete nicht auf ihre Antwort und zog einen Notizblock hervor. Ein ICE donnerte auf den nahen Gleisen vorbei.

»Hier sollten die Fachleute auf jeden Fall einen Messpunkt aufstellen«, meinte er.

»Schade um diesen schönen Platz. Ja, die Kois. Die kannte vor der Wende hier niemand. Ich habe einen Freund, der die Dinger seit Jahren züchtet. Vielleicht kennen Sie den? Ich glaube, ich habe sogar ein Foto von ihm dabei.«

Sie schöpfte noch immer keinen Verdacht. Der Zug war nicht mehr zu hören und sie genoss die Sonne. Schütze holte Pits Bild hervor. Sie warf einen kurzen Blick darauf.

»Aber ja, das ist doch dieser Sänger von der Mühle. Der hat uns einige Fische verkauft. Hagen meinte, dessen Preis sei günstiger als bei anderen Händlern. Aber ich glaube, der war kein richtiger Händler. Machte das wohl nebenbei. Der war Musiker. Hier auf der Bank hat er mal für mich ein trauriges Lied gespielt.«

Schütze hatte genug gehört. Die Zeit drängte. Er bedankte sich und sie begleitete ihn bis zum Auto. Hinter der nächsten Kurve hielt er an und telefonierte.

Die Befragung

9:30 Uhr

Er fuhr mit dem Energiechef im Auto zur Dienststelle. Unterwegs unternahm der noch einmal einen Protestversuch:

»Ich habe schon mit meinem Anwalt telefoniert.«

»Davon bin ich ausgegangen. Ich hoffe, der kommt bald. Wir haben nämlich nicht viel Zeit. Gehen Sie davon aus, dass ich mich nur mit Ihnen unterhalten will. Und ansonsten halten Sie am besten den Mund.«

Früher hätte er sich nicht auf so einen drastischen Ton verlegt, aber das Auffinden seines Assistenten, das Erlebnis im Turm und die arrogante Art des Mannes ließen ihm keine Wahl. Egal, was hinterher daraus wird. Stockmann blieb bis Nordhausen ruhig und spielte nervös auf seinem Smartphone herum. *Hätte ich ihm das Ding wegnehmen sollen? Aber mit welcher Befugnis? Jedenfalls macht der seinem Namen alle Ehre. Mal sehen, wie lange das so bleibt. Hoffentlich bekommt Schütze in der knappen Zeit etwas heraus.*

Der Anwalt war noch nicht da, als sie die Dienststelle erreichten. Bauch führte den Mann in ein Vernehmungszimmer, bot ihm einen Kaffee an. Der schüttelte den Kopf und sah nervös auf die Uhr.

»Dann muss ich Sie jetzt bitten, hier zu warten, bis Ihr Anwalt eintrifft. Ich lasse Sie jetzt allein.

Der Kollege draußen vor der Tür kann ihnen den Weg zur Toilette zeigen, wenn Sie die benötigen. Bitte verlassen Sie nicht eigenmächtig das Haus. Sie erleichtern damit die Ermittlungen, was auch im Sinne Ihrer Firma sein dürfte.«

Helmut Bauch ging in Kehrers Büro. Der wollte zuerst wissen, wie es Spiegel ging, danach machte er seinem Ärger in gewohnter Weise Luft:

»Helmut, du hast mir da jemanden angeschleppt, ohne dass wir etwas gegen ihn in der Hand haben. Dir ist hoffentlich klar, was auf uns zukommen kann; Klage für Verdienstausfall oder was dem noch einfällt.«

»Ich weiß, dass ich hier ziemlich weit gegangen bin...«

Balduin verzog sein Gesicht mehr als nur spöttisch.

»Im Moment ist er der Einzige, aus dem wir etwas herausbekommen können. Die Festgenommenen im *La Strada* werden wir ja wohl vergessen können.«

»Sind längst wieder auf freiem Fuß.«

»Wie bitte?«

»Hat das LKA so entschieden. Sollen die das verantworten. Ist der Anwalt schon eingetroffen?«

»Bis jetzt noch nicht.«

»Der wird sicher gleich da sein. Er kommt aus Hannoversch-Münden. Hat vorhin angerufen und gesagt, dass er sich verspätet.«

»Das ist bei der Entfernung von Hannover bis hier ja wohl nicht anders zu erwarten, wenn der keinen Privatjet nimmt.«

»Han.-Münden liegt bei Kassel. Bessere deine Kenntnisse in gesamtdeutscher Geografie mal ein bisschen auf.«

Bauch hatte die letzten Worte gar nicht gehört, sondern dachte nur: Das liegt in der Nähe von dem Ort, wo Spiegels Vater lebt. Tat sich hier eine neue unerwartete Verbindung auf?

»Kommst du nachher mit zur Befragung?«

»Denke ich mal, aber versprich dir nicht zu viel davon. Dich erwartet garantiert Aussageverweigerung und aus Sicht des Juristen nicht ohne Grund. Du hast uns da in was reinmanövriert, dessen Ausgang wir nicht absehen können.«

Bauch war Balduin Kehrer dankbar, dass er an der Befragung teilnehmen wollte; nicht weil er es sich nicht allein zutraute, aber bei dieser Aktion fehlte ihm sein junger provozierender Assistent, wie er es früher nicht geglaubt hätte. Plötzlich fühlte er sich allein auf der Kommandorücke des Falls. Wir sind doch inzwischen ein ganz passables Team geworden, dachte er. Volker, komm bald wieder.

Das Telefon klingelte und über Bauchs Gesicht legte sich ein breites Lächeln.

»Ich danke Dir, Dieter. Das ist doch mal eine Nachricht.«

Ein Beamter kam herein und sagte, dass der Anwalt bereits bei Stockmann sei.

»Na, dann fangen wir mal an.«

Beide gingen ins Vernehmungszimmer. Hagen Stockmann hockte mit finsterer Miene auf einem Stuhl. Der Anwalt lehnte am Fenster.

Er war ein kleiner, kugelrunder Mann, mit roten, kurzgeschorenen Haaren, einem schwarz-weiß kariertem Hemd, darüber ein graumeliertes Jackett. Dazu trug er schwarze Cordhosen und graue Sneakers mit dicken weißen Sohlen. Mit einer großen, roten Fliege erinnerte er an einen Clown, aber er schaute gar nicht lustig drein. Das verhinderte schon die massive, schwere Brille, durch die er grimmig auf die beiden Kommissare blickte. Die Hände hielt er vor dem Bauch gefaltet und drehte die Daumen, wie ein Lehrer, der auf zu spät kommende Schüler wartet.

Ein Kugelblitz, dachte Helmut Bauch und bemühte sich, sich nichts anmerken zu lassen. Der Mann löste sich vom Fenster und kam auf die Beiden zu. Er stellte sich als Dr. Selker vor. Seine Stimme klang unnatürlich hoch und Bauch dachte sofort daran, wie die durch einen Gerichtssaal schrillte.

»Bitte nehmen Sie doch Platz«, sagte er und setzte sich gemeinsam mit Kehrer.

»Danke, ich stehe lieber.« Er ging wieder zum Fenster.

Wie auch immer.

»Also, Herr Stockmann, ich habe nur einige Fragen.«

»Stopp«, kam es vom Fenster. »Mein Mandant verweigert jede Aussage.«

Bauch ärgerte sich sofort über den Tonfall des Anwalts.

»Wer in diesem Haus *Stopp* sagt, bestimmen wir.«

»Dann sagen Sie zuerst, was Sie Herrn Stockmann vorwerfen. Mit welchem Recht halten Sie ihn hier fest?«

»Wir halten ihn nicht fest. In einer Windkraftanlage der Firma NOTOS, deren Geschäftsführer Herr Stockmann ist, fanden wir eine Leiche und einen entführten Kollegen. Das ist für uns Grund genug für ein paar Fragen. Aber wenn der Herr sich freiwillig ins juristische Koma begibt, führen wir einen Monolog. Auf Grund des Gerinnungszustandes des Blutes im Turm werden unsere Spezialisten feststellen können, wann die Leiche des Mannes dort deponiert wurde. Die Frage ist natürlich, wo sich Herr Stockmann zu diesem Zeitpunkt aufhielt. Man nennt das auch Alibi. Eine weitere Frage, die uns umtreibt, ist die ob Herr Stockmann das Opfer gekannt hat.«

Der Angesprochene wurde merklich nervös und schielte zu seinem Anwalt. Der hob beschwichtigend die Hand.

Kehrer sah scheinbar gelangweilt zu.

»Und dann benötigen wir noch ein weiteres Alibi. Wo hielt sich Herr Stockmann zu Weihnachten letzten Jahres auf?«

Der riss erstaunt die Augen auf. Was wollte man jetzt von ihm? Er war kurz davor, etwas zu seiner Verteidigung vorzubringen.

»Außerdem wüssten wir gern, ob Herr Stockmann diese Personen kennt.«

Er legte die Fotos von Pit Hermann, Dr. Buchholz und Elsbieta auf den Tisch.

»Bleiben wir bei der Methode mit dem Koma. Mir genügt ein Zwinkern mit den Augen, wenn er jemanden davon kennt.«

»Das ist ja unglaublich!« Der Anwalt war außer sich.

»Seit wann wendet die Polizei derart perfide Methoden an? Diesen Psychoterror haben Sie wohl bei der Stasi gelernt. Ich warne Sie. Dagegen werde ich vorgehen.«

Bauch tat, als hätte er nichts gehört und blickte starr auf Stockmanns Augen, als erwarte er sich von dort tatsächlich eine Antwort. Er konnte fast körperlich spüren, wie sehr sich der Mann zur Ruhe zwang und mit seinem Blick auf die Tischplatte auswich.

»Also nicht. Das nehme ich mal als eine Antwort. Merkwürdig ist nur, dass Ihre Frau sich zumindest an diesen Herrn erinnert.«

Er hielt ihm Pit Hermanns Bild unter die Nase.

Jetzt war es vorbei mit Stockmanns Beherrschung. Der sprang auf und rief:

»Was haben Sie sich erlaubt? Das dürfen Sie nicht! Meine Frau hat damit nichts zu tun!«

Dr. Selker war herangetreten und legte ihm die Hand auf die Schulter. Nur widerwillig setzte der sich.

»Womit hat sie nichts zu tun, Herr Stockmann? Da Sie nun mal am Reden sind, machen wir doch einfach weiter.«

Der Anwalt unternahm einen letzten Versuch:

»Sie müssen nichts sagen.« Aber Stockmann wehrte ab:

»Lassen Sie mich. Ich will das hier zuende bringen.«

Bauch nickte befriedigt und fuhr fort.

»Diesen Mann haben wir tot in ihrer Anlage gefunden. Neben anderen Aktivitäten züchtet er diese teuren Fische, diese Kois, und einige von denen hat er an Sie verkauft. So hat es zumindest Ihre Frau erzählt.«

»Und dann habe ich ihn umgebracht und in meine eigene Windkraftanlage gehängt. Das glauben Sie doch selbst nicht.«

Bauch nickte wiederum.

»Auf den ersten Blick könnte man Ihrer Argumentation folgen. Aber wie kam Pit Hermann dorthin? Wer besitzt einen Schlüssel zu den Anlagen?«

»Die eingesetzten Wartungsteams, wenn sie rausfahren. Die Schlüssel hängen in unserer Zentrale in einem sicheren Kasten.«

»Gibt es einen Generalschlüssel?«

Stockmann zögerte und schnaufte gequält.

»Das haben Sie mich doch schon einmal gefragt. Also nochmal. Gibt es. Oder besser gab es. Was Sie mit mir machen ist Psychoterror.«

»Ist nur für das Protokoll. Sie fahren als Chef zu einer Ihrer Anlagen, bei der sich schwerwiegende Probleme ergeben haben und nehmen den Generalschlüssel nicht mit?«

»Ich sagte das doch schon. Ich habe ihn nicht mehr. Er muss mir gestohlen worden sein. Und ich sagte auch schon wann und wo.«

Bauch tat, als könne er sich nicht erinnern und stellte seine Fragen weiter wie eine Maschine. Merkwürdigerweise verhielt sich der Anwalt genau an diesem Punkt ruhig. Für ihn war sein Gegenüber auch eine Maschine.

»Seit wann vermissen Sie den Generalschlüssel?«

Stockmann schüttelt verzweifelt den Kopf.

»Bin ich hier in einem Irrenhaus? Seit etwa einer Woche.«

»Gut, das nehmen wir so zur Kenntnis. Was ist mit den Alibis? Wo waren Sie vom 11. bis zum 13. April?«

Stockmann lehnte sich zurück.

»Ich bin zuerst nach Hamburg in die Firma *Siemens Wind Power* und von dort weiter nach Dänemark zu einem Testfeld für neue Modelle gefahren. Insgesamt war ich vier Tage unterwegs. Das können Sie jederzeit nachprüfen.«

»Werden wir. Und was ist mit Weihnachten?«

»Vom 22. Dezember bis zum 6. Januar befand ich mich mit meiner Frau zum Urlaub auf Teneriffa. Alles beweisbar.«

»Dann bedanke ich mich fürs Erste. Ich muss Sie allerdings bitten, Ihre Fingerabdrücke, für uns zurückzulassen. Reine Routine, wie Sie verstehen werden. Das Zimmer befindet sich hier auf der Etage. Unser Kollege wird Sie hinbringen.«

Beim Hinausgehen meldete sich doch noch einmal der Anwalt:

»Das wird für Sie ein Nachspiel haben.«

»Auf Wiedersehen, Herr Dr. Selker.«

Bauch blickte ihm nach und bemerkte die ledernen Ellenbogenschützer am Jackett des Anwalts.

Dergleichen hatte er schon öfter gesehen und überlegt, ob er sich solch ein Kleidungsstück anschaffen sollte. Würde zu mir passen, dachte er.
Spiegel weiß bestimmt, wie die Dinger heißen. Die Läden in denen er bisher eingekauft hatte, führten solche Modelle nicht im Sortiment. Früher hatte er sich nicht viel aus Mode gemacht. Die Begegnung mit Roberta hatte ihn verändert. Du musst dir auch etwas gönnen, hatte sie gesagt.

Als sie gegangen waren, blickte Bauch zu Balduin Kehrer, der nur sagte:

»Helmut, mehr war im Moment nicht drin. Mach dir keine Sorgen. Lass uns das alles noch einmal ganz in Ruhe durchgehen.«

»Ich fahre jetzt nach Sömmerda und schaue, wie es unserem Kollegen Spiegel geht.«

DRK-Krankenhaus

Sömmerda, 13:00 Uhr
Die Dame am Empfang erwartete ihn bereits. Eine Schwester begleitete ihn in die zweite Etage. Der Stationsarzt wurde gerufen. Vor Volker Spiegels Zimmer saß ein Beamter in Zivil. Er sprang auf.

»Guten Tag Kommissar Bauch. Ihr Kollege hat geschlafen. Die Schwester war gerade bei ihm. Er müsste jetzt wach sein.«

Bauch fragte, ob er in der Zwischenzeit verdächtige Dinge bemerkt habe, aber der Polizist verneinte. Der Stationsarzt kam und begrüßte Bauch mit leiser Stimme.

»Kommen Sie bitte einen Moment mit in mein Zimmer.«

Helmut Bauch folgte ihm.

»Nehmen Sie Platz. Ich muss Ihnen sagen, dass wir Ihren Kollegen gerade noch retten konnten. Man mag sich nicht vorstellen, was dieser Körper durchgemacht hat. Wenn der junge Mann nicht so eine robuste Konstitution hätte, wäre er jetzt schlicht und einfach tot. Und zwar dreimal.«

Bauch hörte dem Mann staunend zu, während der fortfuhr:

»Erstens: Tod durch Unterkühlung, was vermutlich bereits zu einem Herzstillstand geführt hatte.

Irgendjemand muss ihn zurückgeholt haben, was aber nicht ausschließt, dass Herr Spiegel bleibende Schäden an seinem Herz-Kreislaufsystem davontragen könnte. Danach wurde er der nächsten Lebensgefahr ausgesetzt. Tod durch Ersticken. In dieser Situation hat man ihn offenbar gerade noch rechtzeitig aufgefunden. Doch nun ist eine Sepsis dazu gekommen, die vermutlich auf seinen letzten Aufenthalt zurückzuführen ist. Ich hörte, dass er mit Leichengift in Berührung kam. Kurz gesagt: Ihr Kollege ist noch nicht über den Berg.«

»Wie hoch sind seine Chancen?« Helmut Bauch hatte Mühe beim Sprechen.

»Wir tun unser Möglichstes. Wenn Sie mit ihm reden wollen, denken Sie bitte daran und strengen Sie ihn nicht zu sehr an. Nur wenige Minuten.«

Der Kommissar bedankte sich und ging hinaus. Die Worte des Arztes hatten ihn tief getroffen. Was hatte sich da abgespielt? Plötzlich dachte er an den Rechtsanwaltsvater. Welchen Einfluss hatte der hier geltend gemacht und auf welche Weise? Und Einfluss war hier ohne Zweifel genommen worden. Er dachte wieder an den Satz: *Irgendjemand muss ihn zurückgeholt haben.* Das wird derjenige nicht aus purer Menschlichkeit getan haben.

Er ging hinein. Volker Spiegel lag flach ausgestreckt in seinem Bett. Sein Gesicht war vom Fieber gerötet. Eine Infusionsflasche hing über ihm. Er lächelte, als er seinen Chef sah.

»Kommissar Bauch, welche Überraschung!«, sagte er mit seiner verschmitzten Rennfahrermiene.

»Helmut, wenn ich dich daran erinnern darf,«

Bauch ergriff seine Hand und drückte sie vorsichtig.

»Tatsächlich? Dann habe ich das wohl vergessen. Kein Wunder bei der Tortur, die ich hinter mir habe. Also jetzt offiziell: Volker Andreas Spiegel und Du. Ist mir Recht.«

Er redet im Fieber oder ist durch die Medikamente beeinflusst.

»Kannst du dich daran erinnern, was passiert ist?«

»Ich habe schon paarmal versucht, den Film aufzurufen, fürchte aber, dass er nicht eindeutig ist. Ich bin im Moment wahrlich kein verlässlicher Zeuge meiner selbst. Maskierte Leute haben mich gestoppt. Einer ist zu mir ins Auto gestiegen und hat mich gezwungen, auf diesen Acker zu fahren. Ich glaube, das war bei Sondershausen. Dann haben sie mir eine Injektion verpasst.«

Er zeigte seinen linken Arm.

»Ich bin danach noch einmal in einem eiskalten Raum zwischen Bierfässern wachgeworden und dann irgendwann wieder weggesackt. Wie ich in den stinkenden Turm geraten bin, weiß ich nicht mehr. Dort habt ihr mich ja wohl gefunden.«

»Mach mal Pause.«

Die Rede hatte ihn offensichtlich sehr angestrengt. Er atmete schwer. Sie ließen eine Minute verstreichen. Er schaute an die Decke und Bauch befürchtete, dass er wieder das Bewusstsein verlieren könnte. Er wollte gerade nach dem Alarmknopf greifen, als Spiegel den Kopf drehte und fragte:

»Welchen Sinn sollte diese ganze Aktion haben? Kannst du mir das sagen, Helmut?«

Bauch schluckte.

»Man wollte uns erpressen, wollte, dass wir die Ermittlungen im Fall Mühlen-Pit stoppen.«

»Und? Habt ihr?«

»Natürlich nicht.«

Volker Spiegel lächelte erneut.

»Das ist gut. Also geht es dabei um wesentlich mehr, als um teure alte Autos, Weihnachtsbäume oder blödsinnige japanische Karpfen.«

»Das ist so gut wie sicher.«

Volker Spiegel überlegte. Dann sagte er leise:

»Ich frage mich nur, warum sie das Ding nicht durchgezogen haben. Ja, warum lebe ich noch? Es hätte sie doch nichts gekostet, mich über die Klinge springen zu lassen. Da hätten sie für die nächsten Jahre einen Ermittler weniger zu fürchten.«

Bauch fragte sich, woher sein junger Kollege trotz des Fiebers diese Kaltblütigkeit nahm. Hing das nur damit zusammen, dass er noch unter Schock stand?

»Aber ich lebe noch. Was für ein Luxus. Hat da jemand Einfluss genommen und wenn ja, von welcher Stelle? Ich tippe auf das BKA.«

Die eher nicht, dachte Helmut Bauch, aber er sagte es nicht.

Plötzlich stieß Spiegel einen leisen Schrei aus:

»Oh nein!«

Bauch drückte den Alarmknopf. Was passierte jetzt?

Spiegel presste die Augen zusammen und atmete schwer, dann fragte er:

»Helmut, sag mir die Wahrheit. Kam der Einfluss aus Kassel?«

Der Arzt betrat in Begleitung eines Pflegers das Zimmer.

»Ob aus Kassel, Kairo oder Karachi ist egal. Werde erst mal gesund.«

Der Arzt mischte sich ein:

»Ich glaube das genügt, Herr Kommissar.«

Bauch nickte.

»Warte. Ich will noch etwas sagen: Wenn ich das hier überstanden habe und mir der Job keinen Spaß mehr macht, melde ich mich an für die Marsmission. Natürlich *One-Way*. Sie werden kaum jemanden finden, der so viel aushält wie ich. Nicht wahr Herr Doktor?«

Die Stimme versagte und er schnappte nach Luft. Der Pfleger legte ihm die Sauerstoffmaske an.

Bauch ging hinaus.

Natürlich, Volker, dachte er. Das richtige Auto dafür hast du ja schon: *Erprobungsfahrzeug der NASA*.

Briefe

14:00 Uhr

Er war auf dem Weg nach Hause, fuhr aus Sömmerda heraus auf die Bundestraße 176 in Richtung Kölleda. Dort hielt er am Marktplatz mit dem rosafarbenen Rathaus noch einmal an. Er hatte einen Bratwurststand entdeckt und versorgte sich für den Abend. Eine aß er gleich, ging mit der Wurst in der Hand eine Runde über den Platz und lehnte sich im Sonnenschein an den Brunnen, in dessen Mitte eine Figur mit einer hohen spitzen Haube thronte. Angeblich der heilige Wippertus. An der Ecke des Rathauses stand ein Schandstein. Dort kettete man in alten Zeiten Verleumder und Betrüger an, um sie zur Schau zu stellen, zu beschimpfen und zu bespucken. Deren Schuld war nicht selten zweifelhaft. Heute ersetzt das Internet den Schandstein, dachte er. Darin bespuckt man sich mit Worten.

Wie auch immer.

So viele Heilige sind nach dem Zeitalter des Atheismus in Ostdeutschland widererstanden, dass man den Wahrheitsgehalt ihrer Legenden kaum überprüfen kann. Hier fehlen die Leute, die sich damit auskennen. So ähnlich verhält es sich auch mit dem Namen *Pfefferminzstadt Kölleda*. Natürlich wurde dieses Kraut hier angebaut und exportiert, schon zu Napoleons Zeiten. Hatten wir in unserem grünen Kräuterschnaps, dem Pfeffi, den es in der Disko gab.

Aber mit Kölleda war etwas Ähnliches passiert, wie mit Artern, über das ein Privatsender damals die lächerlich machende Reportage *Artern – Stadt der Träume* gedreht hatte.

Hier war die ARD am Werke gewesen.

Willkommen in Kölleda hieß der Film, den Bauch ebenfalls nicht ohne Ärger gesehen hatte, weil der gar nicht in Kölleda gedreht worden war. Es ging nicht um diese kleine Stadt und ihre Menschen, sondern um ein erfundenes Kaff, das gefühlt kaum größer war als ein Bauernhof. Das sparte vermutlich Kosten. Die große weite Welt zog irgendwo an dem Protagonisten und seinem Traktor vorüber. Globalisierung und Tschüss. Sie hatten sich nicht einmal die Mühe gemacht, das Kennzeichen des Unimog dem des Ortes anzupassen. Wahrscheinlich hatten die Starschauspieler Kölleda nie betreten.

Die Wurst war aufgegessen und er stieg wieder ein, folgte weiter der schnurgeraden Straße, die durch das Auf und Ab der hügeligen Landschaft in Richtung Osten führte. Auch hier leuchteten noch gelbe Rapsfelder links und rechts der Fahrbahn. Das Land ist überall gelb, dachte er wieder. Ob das in jedem Jahr so sein wird? Er kam durch Ostramondra, fuhr an der Eckkneipe *Die Perle* vorbei, in der jetzt vermutlich wieder Konrad Reill saß, wenn er nicht gerade zu Hause einem Hasen das Fell über die Ohren zog. Bald erreichte er die Abbiegung nach Wiehe, durchfuhr die Ortsumgehung und hatte endlich das weite Unstruttal vor sich.

Da hinten Roßleben und davor die zwei Wasseradern, der Flutkanal und die Unstrut. Er fuhr langsam, hoffte nach diesem Tag, seinen heimlichen Vertrauten, den Fischreiher anzutreffen, aber nirgends stand der schlanke Kerl auf den Wiesen. Dann kam die Brücke über den Fluss, der dem Tal seinen Namen gab.

Weil hinter ihm niemand fuhr, hielt Bauch auf der Brücke an. Stromaufwärts befanden sich auf der rechten Seite das Kloster und links die Gartenanlagen.

Weiter hinten überspannte seit 1989 eine eiserne Brücke den Fluss mit seiner interessanten Geschichte, die inzwischen blau gestrichen wurde. Deshalb nannten sie manche jetzt auch *Die Blaue Brücke*, wie das berühmte *Blaue Wunder* in Dresden. Die gehörte zu einem traditionsreichen Ruderclub.

Endlich hielt er vor seinem kleinen Haus. Das Auto fuhr er nicht mehr in die Garage. Morgen in der Frühe wollte er rechtzeitig zu einer Besprechung mit Kehrer sein. Wird wohl auf eine Auswertung hinauslaufen, sagte er sich und ging zum Briefkasten.

Nur Werbung. Da musste noch ein Aufkleber gegen die Papierverschwendung angebracht werden. Aber plötzlich fiel ein länglicher Briefumschlag aus den Prospekten heraus. Er trug einen Goldrand und war mit Elkes Namen auf dem Absender versehen. Die Anschrift war eine andere, als die er kannte. Er setzte sich auf eine Treppenstufe und öffnete das Kuvert. Es war eine Einladung und er erkannte die rundeckige Handschrift seiner Tochter.

So hatten auch ihre Schulaufsätze und Postkarten aus dem Ferienlager ausgesehen.

Lieber Papa Helmut!

Ich hatte es Dir ja schon angekündigt, aber nun ist die Sache amtlich. Konstantin und ich werden am 12. September unseren Bund der Ehe schließen.

Deine Tochter möchte, dass Du der erste Gast an unserer Tafel bist.

Welche Morde Du auch gerade aufklären musst; bitte nimm Dir die Zeit. Es ist ihr sehr wichtig...

Einen solchen Tonfall kannte Helmut Bauch von seiner Tochter bisher nicht. Auf der Einladungskarte standen der genaue Ort und ein Zeitplan, Telefonnummern, Übernachtungsmöglichkeiten und sogar das vorbereitete Menü.

Bis dahin ist ja noch eine Weile Zeit, sagte er sich, als er die Stufen zu seiner Wohnung hinaufging. Er wusste immer noch nicht, ob er sich über diese Nachricht freuen sollte. Der Gedanke an den alten Mann kam wieder hoch.

Als er die Wohnungstür öffnete, stieß sein Fuß an einen weiteren Umschlag, der unter dem Spalt durchgeschoben worden war. Eine neue und sichere Tür brauche ich auch, war sein nächster Gedanke, als er ihn aufhob. Es gab keine Anschrift und auch keinen Absender. Wie war der Überbringer hier heraufgekommen? Die Haustür war doch verschlossen gewesen, wenn auch mit einem alten Schlüssel aus DDR-Zeiten. Auch das Schloss musste er baldigst erneuern.

Beamter im Dienst der Sicherheit und selbst ungesichert leben. Das muss aufhören. Morgen nach der Besprechung würde er das Notwendige in die Wege leiten.

Er nahm den Brief und setzte sich in den Denkerstuhl. Als er ihn geöffnet hatte, durchfuhr ihn ein Schreck. Der Brief war am Computer geschrieben worden, nur die Anrede mit jener feinen geschwungenen Handschrift, die er von Robertas Unterschrift unter den Protokollen kannte:

Mein lieber Helmut,
ich weiß, dass mein Brief dich überraschen wird und möchte mich dafür entschuldigen. Aber es gibt ernsthafte Gründe, die ich nicht erklären darf. Ich verlasse in diesem Moment Jena. Auf mich warten neue Aufgaben. Man benötigt meine Fähigkeiten an einem anderen Ort. Mit großer Traurigkeit verabschiede ich mich aus dieser schönen Stadt und meiner kleinen Wohnung und auch von Dir. Lärm her oder hin. Da hängt Erinnerung dran. Du weißt, was ich meine. Immer noch denke ich an unsere viel zu kurze Nacht und werde sie nicht vergessen. Vergiss du sie auch nicht und höre auf mit dem Gerede vom Alter. Wir brauchen dich.
Lieber Helmut, eine besondere Bitte habe ich: Suche nicht nach mir. Unter meinem Namen wirst du mich sowieso nicht finden.

Vielleicht werden wir uns irgendwann noch einmal über den Weg laufen. Vielleicht führt uns sogar eine Leiche wieder zusammen.
Dann hat der liebe Gott das so gewollt und ich werde meine Arme weit für dich ausbreiten, du Bauch, selbst wenn wir uns erst im Himmel wiedersehen.
Aber bis dahin gibt es auf Erden noch so viel aufzuräumen, was widerlicher ist als nur eine verweste Leiche auf dem Seziertisch.
Vielleicht nutzt Dir der kleine Artikel von Europol als Erklärungsversuch. Forsche da aber nicht weiter nach. Das tun andere Leute.
Meine Erklärung muss leider genügen. Ich wünsche Dir weiterhin viel Erfolg in Deiner Arbeit. Drücke bitte auch mir die Daumen. Wir ziehen beide am selben Strang, wie das im Deutschen heißt.
Auf Italienisch sage ich es anders: Restremo insicme, qualungue casa accanda.

Roberta

Wie betäubt faltete Helmut Bauch unendlich langsam den Brief zusammen. Von dem letzten Satz verstand er kein Wort. Würde er jemals erfahren, was Roberta ihm damit sagen wollte?

Die Sonne schien um diese Zeit nicht mehr in den Erker, sondern strahlte auf die Halde im Osten.

Dort waberten Staubwolken an den Hängen in die Abendluft und Lkw fuhren auf den provisorisch angelegten Straßen in verschiedenen Ebenen hinauf. Es hieß, dass sie dort Bauschutt verklappten und dass die Halde anschließend renaturiert werden sollte. Plötzlich wünschte er sich da hinauf. Über die Ebene schauen bevor es dunkel wurde und den Brief noch einmal lesen. Natürlich blödsinnig. Das Gelände ist abgesperrt. Scheißromantiker. In was bin ich hineingeraten?

Im Umschlag befand sich noch ein Computerausdruck:

Geldwäsche mittels Windkraftanlagen

Europol berichtete vor kurzem von einem neu zu beobachtenden Trend innerhalb der Mafia, insbesondere der sizilianischen Ndrangheta, die Wind- und andere erneuerbare Energieindustrie für ihre Zwecke auszunutzen. Dabei befinden sich Europa, Nord- und Südamerika und Australien im Fokus. In Deutschland vor allem Bayern, aber bereits für andere Bundesländer wurden Aktivitäten verzeichnet. Die nachlässige Überwachung durch Behörden, oftmals im Glauben mit den Genehmigungen alles für das Wohl der Umwelt zu tun, bereitet dieser neuen Form der Kriminalität den Boden.

Die italienische Parlamentsabgeordnete Laura Garavini vom Mafia-Ausschuss hatte mehrfach vor allem auf Deutschland als Schwerpunkt hingewiesen. Der Markt grüner oder alternativer Energien, zum Beispiel Investitionen in Windenergieparks, verspricht dank großzügiger Garantien und Steuersubventionen fette Gewinne.

Zum Erreichen ihrer Ziele schrecken die neuen Akteure vor keiner Grausamkeit zurück...

Der Text war fast identisch mit dem, was Jantzen herausgefunden hatte. Wie kam Roberta an solche Informationen?

Zwei Briefe hatten ihn erreicht und sein Inneres durcheinandergewirbelt. Und die gehörten auf merkwürdige Weise zusammen.

Schlagartig wurde ihm klar, wie lächerlich es war, sich bei seiner Tochter über den Altersunterschied zu ihrem zukünftigen Ehemann aufzuregen. Ich muss fair sein. Je runder der Bauch, umso schwerer fällt es, über den eigenen Schatten zu springen.

Was sollte er mit dem Rest des Tages anfangen? Er entschied sich für einen Spaziergang durch den Park der Klosterschule. Damals wäre er dort beinahe zur EOS gegangen, zur Erweiterten Oberschule, die schon damals in diesem Kloster beheimatet war, aber sein Vater musste ja unbedingt nach Sömmerda ins Büromaschinenwerk, weil für ihn dort eine Arbeit und eine Wohnung im Plattenbau dranhingen. Also wurde es nichts mit Abitur in Roßleben.

Heute befand sich in der weitläufigen Anlage ein Elitegymnasium für Schüler mit finanzstarken Eltern. Sogar über eine eigene Kirche verfügten die heute. Auf dem Rückweg wollte er sich noch ein paar Bier mitbringen.

Die Besprechung

Nordhausen 8:00 Uhr
Heute war er rechtzeitig an seinem Platz. Bevor er in Kehrers Zimmer ging, setzte er sich hinter seinen Schreibtisch. Dort stand immer noch das Bild. Elke mit ihrem neuen Mann, auf der Rückseite eine Telefonnummer. Warum sollte er sie nicht einfach anrufen? Ihm wurde plötzlich klar, dass er das noch nie getan hatte. Warum eigentlich nicht? Stattdessen meldete sich das Telefon auf seinem Schreibtisch.

Kehrer rief ihn aus seinem Zimmer an. Was war in den gefahren? Schaffte er plötzlich die paar Schritte über den Korridor nicht mehr? Bisher hatte Balduin den Chef auf diese Weise noch nie raushängen lassen. Dessen Stimme klang eilig und gepresst.

»Helmut, komm bitte eine Viertelstunde später rüber. Du wirst gleich sehen warum.«

»Kein Problem.«

Weshalb plötzlich diese Geheimniskrämerei? Noch einmal überlegte er, ob er nicht doch im Emsland anrufen sollte. Es war fünf Minuten vor acht. Aber wer weiß, wann die jungen Leute im Emsland aufstehen? Plötzlich musste er laut lachen. Von wegen junge Leute. Vielleicht litt der Bräutigam längst unter der senilen Bettflucht?

Wie auch immer.

Er blätterte die Akten noch einmal durch.

An der Wand lehnte die weiße Tafel mit der Spinne und den drei Beinen, die ihr geblieben waren und die nun niemanden mehr interessierte.

Er blickte wieder aus dem Fenster zu Christoph. Es war ein sonniger Morgen und auch der alte Hubschrauber sah plötzlich nicht mehr aus wie ein Insekt mit hängenden Fühlern.

Alles eine Frage des Blickwinkels. Bauch sah auf die Uhr und ging zu Kehrer hinüber. Der war nicht allein. Neben ihm saß der BKA-Mann. Sofort war der Geruch dieses aufdringlichen Parfüms wieder da, das ihn schon bei der ersten Begegnung gestört hatte. Nicht nur deshalb hatte Helmut Bauch gehofft, diesem Mann nicht mehr zu begegnen. Nun saß sie wieder da, diese große Gestalt des Hartwig Koll. Er stand auf, als Bauch an den Tisch trat, reichte ihm die Hand und sagte:

»Nehmen Sie doch Platz, Kommissar Bauch.«

Schon der Tonfall und das Benehmen ärgerten Bauch. Wessen Dienstzimmer war das hier eigentlich? Kehrer blickte aus dem Fenster. Schließlich gab der BKA-Mann das Gespräch frei. Jedenfalls ließ er keinen Zweifel an dieser Wirkung. Balduin Kehrer fing schwerfällig an.

»Helmut, der Kollege Koll ist gekommen, um uns über die Ermittlungen im Fall Pit Hermann zu informieren. Anders gesagt, das BKA hat diese Ermittlungen übernommen und mehr sage ich nicht.«

Kehrer stand auf und ging zur Kaffeemaschine.

»Kollege Bauch, es ist so, wie Ihr Chef gerade sagte. Angesichts der komplizierten Struktur des Falls haben wir die Ermittlungen an uns gezogen und nach eingehender Prüfung vor 24 Stunden eingestellt.«

»Eingestellt?« Mehr brachte Bauch nicht heraus.

»Ich will Sie kurz informieren.«

Kehrer schaute auf seinen Schreibtisch und kritzelte auf den Notizblock Botschaften für Außerirdische.

»Der Mensch Peter Hans Hermann«, fuhr Koll fort, »bekannt auch als Mühlen-Pit, hatte sich seit dem Erwerb des Grundstücks auf dem Katzenberg auf verschiedene, teilweise zwielichtige Geschäfte eingelassen. Eines davon führte schließlich zu der besagten Entführung. Im Auftrag eines chinesischen Autohändlers aus Hongkong trat eine rumänische Bande in Aktion, die von italienischen Kleinkriminellen mit den notwendigen Informationen versorgt wurde.«

Helmut Bauch traute seinen Ohren nicht.

»Und was ist mit der Entführung unseres Kollegen, Einsatz des SEK in Erfurt und was nicht sonst noch alles? Sie wollen mir doch jetzt nicht erzählen, dass die Riesenaktionen nur wegen eines alten Autos gefahren wurden?«

Immer höher stieg in ihm die Wut.

»Lieber Herr Bauch, Sie können sich gar nicht vorstellen, wozu solche Leute in der Lage sind. Das Schicksal eines Polizisten in Deutschland interessiert diese Asiaten nicht, so Leid es mir um Ihren Kollegen Spiegel tut.«

Bauch besann sich endlich und atmete ruhiger:

»Da gibt es noch die Leiche Buchholz. Die wollen wir mal bei dem ganzen, glatten Aufrollen Ihres Falls nicht unterschlagen. Wie erklären Sie die im Zusammenhang Ihrer Darstellung?«

Der Mann ließ sich Zeit und schaute zu Kehrer. Offenbar hätte er dieses Thema gern vermieden. Kehrer reagierte nicht und malte weiter unbeeindruckt seine Zeichen.

»Also gut. Dr. Buchholz war ein V-Mann vom Verfassungsschutz, der von einer kriminellen Organisation enttarnt wurde. Anders gesagt, er hat versucht mit beiden Seiten Geschäfte zu machen, wie ein Doppelagent aus dem kalten Krieg, was ihm offensichtlich nicht bekommen ist. Mehr kann ich Ihnen darüber nicht sagen.«

»Können Sie nicht oder dürfen Sie nicht?«

»Dazwischen gibt es keinen Unterschied.«

»Hat Mühlen-Pit den Mann umgebracht?«

»Definitiv nicht.«

»Aber warum hat man dann mit dem armen Menschen dieses Massaker an seinem Körper veranstaltet? Wegen eines alten Autos, das sich heutzutage jeder Vermögende im Internet bestellen kann?«

»Wie gesagt, mehr kann ich Ihnen nicht sagen...«

»Und da ist noch dieser Herr Stockmann von der dubiosen Windgesellschaft. Es gibt eindeutige Querverbindungen.«

»Ich weiß nicht, was Sie meinen, aber die Folgen Ihrer voreiligen Festnahme des Geschäftsführers müssen Sie und Ihre Dienststelle selbst verantworten.

Gegen den Mann und seine Gesellschaft liegt jedenfalls nichts vor.«

»Ich glaube, Sie haben einen noch beschisseneren Job als ich.«

Kehrer hob den Blick und wollte gerade etwas sagen, da lenkte der BKA-Mann ein.

»Nur so viel: Herr Hermann war zum Zeitpunkt des Absägens der Hände bereits tot. Er erlag schon während der Entführung einem Herzinfarkt.«

»Woher wollen ausgerechnet Sie das wissen?«

»Dr. Berger von der Rechtsmedizin aus Jena hat uns das Ergebnis der Obduktion des Leichnams übermittelt, der in der Windkraftanlage gefunden wurde.«

»Dr. Berger?«, fragte Helmut Bauch fast hilflos nach. »Sind Sie sicher?«

»Ja natürlich, er ist der Leiter der rechtsmedizinischen Abteilung an der Universität in Jena.«

Helmut Bauch klammerte sich mit zwei Fingern an der Tischplatte fest. Er fühlte sich wie ein Negativ, dessen Oberfläche vor dem Entwickeln des eigentlichen Bildes von Säure weggeätzt wurde. Er fragte nicht nach Roberta Landi. Sie hatte ja geschrieben, dass es sie unter ihrem Namen nicht mehr gab. Der Typ würde sich ohnehin unbeeindruckt zeigen. Ein letzter Vorstoß noch:

»Und was ist mit dieser polnischen Frau, die ja wohl auch zu der ganzen Geschichte gehörte?«

»Ob sie wirklich dazu gehörte oder nicht, wissen wir nicht und werden wir wohl nie erfahren.

DNA-Spuren waren angeblich nicht feststellbar gewesen. Ein bedauerlicher Unfall, wie uns die Kollegen aus Weijherowo mitteilten.«

»Ja natürlich«, antworte Bauch fast tonlos. Hartwig Koll stand auf.

»Dann darf ich mich wohl verabschieden. Ich möchte Ihnen und den Mitarbeitern Ihrer Dienststelle meinen ausdrücklichen Dank für Ihre Arbeit aussprechen. Und richten Sie bitte Ihrem Kollegen Spiegel meine ganz persönlichen Genesungswünsche aus.«

Er nahm seine Aktentasche und ging.

Zurück blieb ein Schweigen, das erst Balduin Kehrer durchbrach.

»Sieh es mal so, Helmut. Du hast deinen Urlaub für diesen Fall unterbrochen. Weder ich noch du konnten wissen, wohin der sich entwickeln würde. Glaube bloß nicht, dass ich mit diesem Ausgang zufrieden bin. Der hat alles bisher Dagewesene übertroffen. Aber so ist die neue Zeit. Willst du noch einen Kaffee?«

Bauch winkte ab. Früher wurde in den Dienstzimmern noch geraucht, dachte er. Das hätte dieses perverse Parfüm des BKA-Mannes ein bisschen eingedämmt. Aber dessen Duftstoff glich einer Nebelbombe, die nicht verschleierte, sondern wehtat. Geruch, der weh tut. Das gibt es tatsächlich. Er dachte sofort wieder an den Brief.

»Balduin, du gehst im nächsten Jahr in Rente. Ich habe noch ein bisschen länger vor mir. Wie geht das jetzt weiter?«

»Du hast noch vier Tage Urlaub übrig. Nimm sie und packe deine restlichen Kisten aus. Bis dahin geht es dem Kollegen Spiegel hoffentlich wieder besser.«

Helmut Bauch stand auf und schaute seinem Chef ernst ins Gesicht. Balduin Kehrer erhob sich ebenfalls. Der glatzköpfige Choleriker soll einmal auf einer Betriebsfeier gesagt haben, dass er seinen Job nur bewältigen kann, wenn er seinen Namen zum Programm macht. Hatte die Selbstbehauptung von damals inzwischen ausgedient? Kehren nicht längst andere Besen und wen oder was kehren sie?

Sie schienen beide ähnliche Gedanken zu haben, kannten sich seit dreißig Jahren. Der unerwartete Abbruch des Falls bedeutete einen Einschnitt in ihrer gewohnten Berufserfahrung. Nachfolgende Beamte werden damit vermutlich weniger Probleme haben. Ob Spiegel zu denen gehörte, ließ sich noch nicht sagen.

»Ich muss mein altes Haus renovieren. Vor allem muss ich es sicherer machen. Da kommen mir die vier Tage gerade Recht.«

Kehrer war der Unterton bei den Worten *sicherer machen* nicht entgangen. Helmut Bauch kam zu ihm und umarmte ihn. Dann fiel hinter ihm die Tür ins Schloss.

Flugplatz

10:00 Uhr
Helmut Bauch stand vor dem Eingang des Hauptgebäudes neben den Plastiken, an die er sich wohl nie gewöhnen würde. Das war kein Fall mehr. Das war eine Krake, die sich über das Land gelegt hatte. Eine Spinne war zu wenig gewesen. Krake ist besser. Aber das sollen diese Leute aus Wiesbaden machen. Da hatte Koll wahrscheinlich Recht.

Ich bin nur der Handschellenklicker aus dem Unstruttal. Aber trotzdem wollte er sich an solche Verfahrensweisen nie gewöhnen. Jetzt direkt nach Hause fahren und herumhantieren, das ging gar nicht. Es gab noch etwas zu verteidigen und wenn es die Unschuld eines Landstrichs war, auch wenn der nie wirklich unschuldig gewesen ist.

Er stieg in sein Auto und rollte langsam vom Hof. Auf der Autobahn fuhr er langsam auf der rechten Spur und ließ sich sogar von Lastwagen überholen. Es ärgerte ihn, dass offenbar auch andere Fahrer gerade auf dem Langsamfahrtrip waren. Einer drängelte ihn beinahe, ein schwarzer Audi mit abgedunkelten Scheiben.

»Dann überhol doch, du Idiot.«

Er bog hinter Sondershausen in die A 71 ein, nahm aber nicht die Abfahrt in Richtung Roßleben sondern fuhr weiter. Der Audi war noch immer da.

Bauch hatte nicht wenig Lust, Verkehrspolizei zu spielen und den Drängler anzuhalten, was natürlich blödsinnig war. Er überlegte, ob er noch einmal zum DRK-Krankenhaus fahren sollte und hielt auf dem Rastplatz *Hohe Schrecke*. Der lästige Audi war damit endlich weg und er rief den Arzt an.

»Lieber Herr Kommissar Bauch. Ich will Sie nicht erschrecken, wenn ich sage, dass wir ihn in ein künstliches Koma versetzt haben. Das verschafft seinem Körper etwas Ruhe. Möglicherweise war die Injektion, die man ihm verabreicht hatte verunreinigt. Aber machen Sie sich nicht allzu viele Sorgen. Der junge Mann besitzt immense Kräfte. Ich sage mal: Wir tun unser Möglichstes, damit Sie ihn wiederbekommen.«

Bauch bat noch, sich seine Nummer aufzuschreiben und ihn anzurufen, sobald sich Veränderungen in Spiegels Zustand ergeben würden. An der Ausfahrt Sömmerda nahm er wieder die Straße nach Kölleda, aber diesmal bog er vorher ab. Der Fall ist abgeschlossen, abgehakt, abgebrochen.

Wie auch immer.

Er wollte noch einmal zum Katzenberg hinauffahren und seinen eigenen Schlussstrich unter die Sache ziehen. Unterwegs kam er an den Flugzeugen vorbei. Hinter dem Zaun neben der Straße standen sie noch immer, die Jagdflieger, der einstige Stolz der ehemaligen NVA. 3 MIG 21 und eine Suchoi, soviel wusste er noch. Sie heute dienten nur noch als Dekoration für den kleinen Sonderflugplatz Sömmerda-Dermsdorf.

Jedes Mal wenn er hier vorbeikam, war sein Blick zu diesen alten Maschinen hinübergewandert, die inzwischen unter den Einwirkungen von Regen und Schnee arg gelitten hatten. Heute hielt er sogar an. Er hatte eine Idee und fuhr auf das Gelände.

Flying Ranch stand in schmiedeeisernen Buchstaben auf einem Torbogen. Auch eine Pension mit dem Namen *Flying Inn* gab es. Träger der ganzen Anlage war eine *Flugservice GmbH Sömmerda*. Helmut Bauch hatte gehört, dass sie hier Rundflüge und Maschinen zum Chartern anboten.

Angeblich besaß Volker Spiegel einen Flugschein. Ob der diesen Flugplatz kannte? Bauch sah sich um. Überall herrschte ungewöhnliche Ruhe, die nur vom Lärm der nahen Straße unterbrochen wurde; keine Landungen, keine Starts, keine Flugschüler. Zwei einzelne weiße Maschinen warteten einsam an der Seite. Es gab einen Tower und darunter offenbar die Wirtschaftsräume. Die Tür zum Büro war verschlossen, doch daneben steckten Werbeprospekte und auch das, was Bauch suchte: eine Preisliste für Chartermaschinen. Wenn Spiegel wieder gesund ist, werde ich ihm einen Charterflug schenken, dachte er befriedigt und fuhr weiter zum Katzenberg.

Die Absperrbänder waren entfernt worden, aber an allen Türen befanden sich noch die Polizeisigel. Helmut Bauch trat an den Fischteich. Darin tummelten sich weiter die teuren Fische. Eine Schubkarre mit Futter stand daneben.

Irgendjemand kümmerte sich offenbar weiter um die Tiere. Er konnte allerdings niemanden entdecken. Ob Frau Hermann jemals hierher zurückkommen wird? Langsam stieg er zwischen den Weihnachtsbäumen nach oben.

Epilog auf der Bank

11:30 Uhr
Was für ein passabler Platz, dachte Helmut Bauch wie beim ersten Mal, als er hinaufgegangen war. Die Bank knarrte nicht, als er sich setzte. Der sie so wunderbar aus den Naturstangen gezimmert hatte, kann sie nicht mehr nutzen. Die Moose und Flechten werden sich weiter darauf ausbreiten.

Was seine Frau mit all den Hinterlassenschaften anfangen wird, die von der bunten Welt des Mühlen-Pit ansonsten übriggeblieben sind, steht auf einem ganz anderen Blatt. Das gehört nicht mehr zu meinem Fall, dachte er und lehnte sich zurück.

Er ging in Gedanken noch einmal alles durch. Die Gedanken sind frei und die werde ich wahrscheinlich mit ins Grab nehmen. Offiziell war die Angelegenheit kassiert worden.

Kehrer hatte von ihm keinen Abschlussbericht zu dem Fall erwartet. Es wird keinen Abschlussbericht geben, nur diesen willkürlichen Endpunkt, den andere Leute gesetzt haben. Was gehörte überhaupt noch zu unserem Fall? Hatte der sich nicht bereits vor dem Auftritt des BKA-Mannes längst verflüchtigt, wie ein Unwetter, wie ein Heuschreckenschwarm oder eine Epidemie, die weitergezogen ist, um andernorts ihr Unwesen zu treiben. Das ganze Modell von Täter-Opfer-Beziehung existierte nicht mehr.

Wir wissen nicht einmal, gegen wen wir ermittelt haben. War Mühlen-Pit Opfer oder auch Täter? Er wird dem angeblichen V-Mann Buchholz trotz aller technischen Spielereien wohl kaum einen Chip in die Schuhsohle gebastelt haben. Warum auch? Und warum hätte er den töten sollen? Es kann Streit gegeben haben wegen der Frau. Aber deshalb jemanden mit einem Keilriemen erwürgen? Das passt irgendwie nicht. Die Säure hatte er für seine Autobatterien auf Vorrat gelagert.

Ganz andere Kräfte werden Buchholz im Gewächshaus umgebracht und ihn dann für Pit dort liegengelassen haben. Der musste ihn verschwinden lassen, denn der Verdacht wäre sofort auf ihn gefallen. Also Säure und Mühleneinsturz. Das passte gerade noch zu ihm.

Dann ist er entführt worden und dabei gleich an einem Herzinfarkt gestorben. Demnach waren seine Entführer nur indirekt seine Mörder und das Absägen der Hände lediglich eine Leichenschändung gewesen. Bleibt noch die Tote Elzbieta in Polen. Die wird wohl kaum freiwillig in die Baugrube gefahren sein. Die polnischen Kollegen konnten angeblich kein Fremdverschulden feststellen. Dann der zweimalige Mordanschlag auf Frau Hermann. Was soll man davon halten, wenn selbst das BKA seine Macht nicht nutzt? Wir haben mehrere nicht aufgeklärte Verbrechen, die es auf einmal nicht gegeben hat und werden auch nicht erfahren, ob die Handlanger, diese angeblichen Rumänen noch erwischt wurden.

Sind wahrscheinlich längst außer Landes und kommen irgendwann mit einer anderen Identität zurück, wenn man ihre Drecksarbeit wieder benötigt. Kaum Spuren, keine Fingerabdrücke irgendwelcher Täter. Als hätte es nicht drei Leichen gegeben. Den Rest wird hoffentlich das BKA erledigen, vermutlich in Zusammenarbeit mit *Interpol*. Und uns bleibt nur, den Aktendeckel zu schließen.

So habe ich noch nie einen Fall beendet.
Sieht so die Zukunft unserer Arbeit aus? Die ganz dicken Fische bekommen wir nicht zu fassen. Tankstellenüberfälle und Wohnungseinbrüche werden uns wahrscheinlich erhalten bleiben; ab und zu Mord und Totschlag, Familiendramen im ländlichen Raum.

Bauch hatte immer wieder von einer angeblichen Zweiklassengesellschaft im Gesundheitswesen gehört. Haben wir inzwischen auch eine Zweiklassenkriminalität?

Werden alle bisherigen Berichte geschreddert oder nur brisante Passagen darin geschwärzt? So macht es angeblich der Verfassungsschutz mit seinen Berichten, wenn der sie einem Untersuchungsausschuss vorlegen muss. Warum ist keiner von denen aufgetaucht, wenn doch einer ihrer Mitarbeiter getötet und von uns gefunden wurde? Hatten sie Buchholz bereits abgeschrieben, weil sie davon ausgingen, dass er beim Tsunami umgekommen war? Galt er wegen seiner Liebschaft mit dieser Elsbieta als Risiko?

Wahrscheinlich war er auf die Windkraftmafia angesetzt worden und die haben es herausgekriegt.

Und dann funkte er ihnen dazwischen, als sie Pit den Katzenberg abgaunern wollte. Dumm nur, dass der mit Buchholzens Geliebten eine Geschichte angefangen hatte. Das verkomplizierte die Situation, bot aber gleichzeitig die Möglichkeit, Pit als Mörder erscheinen zu lassen. Buchholz muss vor seinem geplanten Flug nach Indonesien hierher gelockt worden sein. Wer hatte das getan? Pit? Auf den wird er große Wut gehabt haben. Oder haben Pit und Elsbieta gemeinsame Sache gemacht, um ihn aus dem Weg zu räumen? Hat sie hier oben auf Buchholz gewartet. Kam es hier zum Streit?

Ein Reiher näherte sich aus der Ebene und kreiste über dem Fischteich. Der kann etwas gesehen haben, so häufig, wie der hierher kommt. Aber ich kann ihn nicht fragen. Helmut Bauch schloss die Augen und ließ ein Bild entstehen. Vielleicht war es bei aller scheinbaren Kompliziertheit viel einfacher gewesen. Er überließ sich ganz seinem Instinkt, seinem Bauchgefühl. Beweise musste er ja keine mehr erbringen. Also jetzt die fantastische Szenerie wie in Freunds Traumprotokollen:

Die drei haben eine Aussprache verabredet. Etwas in der Art wie: *Er oder ich. Entscheide* dich.

Es ist kurz vor Weihnachten. Die letzten Bäume der Saison sind verkauft. Buchholz kommt auf den Katzenberg. Ein letzter Versuch, seine Geliebte zurück zu bekommen. Zwei Dinge hat er im Gepäck: den gebuchten Flug nach Asien und für Pit die Warnung vor der drohenden Mafia.

Das muss den Mann viel Überwindung gekostet haben und am Ende sogar sein Leben. Der Reiher sitzt auf dem Ast der alten Eiche. Elsbieta wartet auf der Bank und raucht. Plötzlich stürmt Pit herauf und redet hektisch. Elsbieta schlägt die Hände vor das Gesicht. Er hat Buchholz gerade tot im Gewächshaus gefunden, erwürgt mit einem Keilriemen. Der Reiher sieht noch, wie Mühlen-Pit Elsbieta zu seinem Auto begleitet und mit ihr davonfährt. So kann es gewesen sein oder ganz anders. Wer weiß, was man Frau Buchholz über den Tod ihres Mannes gesagt hat. Keinen Menschen sollte das fortan interessieren. Wahrheit, die im Keller verschwindet.

Bauch öffnete wieder die Augen. Der Reiher war nicht mehr zu sehen; hatte sich wahrscheinlich am Rand des Teiches niedergelassen. Vielleicht gelang es ihm heute, einen kleinen Fisch durch das Gitter zu erhaschen.

Von unten zog aus der Ebene ein warmer Lufthauch herauf und brachte den Geruch der kleinen Weihnachtsbäume mit, die an den Spitzen ihrer Zweige noch immer die hellgrünen Mai-Triebe trugen. Die Rapsfelder leuchteten in der Nachmittagssonne nicht mehr so kräftig wie noch vor einer Woche. Bald würden die Erntemaschinen anrücken und die schwarzen Körner zur Ölpresse bringen.

Plötzlich raschelte es im Gebüsch hinter der Bank. Bauch drehte sich nicht um. Mochte ein Tier sein. Es war ihm gleichgültig.

Er blickte wieder über die Felder zu den Windrädern. Auch das stillgelegte, vorderste der Firma NOTOS drehte sich wieder. Alles geht weiter, als sei nichts geschehen.

Werden die Betreiber am Ende doch noch ihr Ziel erreichen und die Reihe ihrer Mühlen hier oben auf dem Berg fortsetzen?

»Guten Tag, Commissario Bauch!«

Der Klang dieser Stimme wirkte wie ein Stromschlag. Bauch fuhr blitzschnell herum und griff instinktiv nach seiner Dienstwaffe.

»Lassen Sie das Ding stecken, Commissario. Das ist doch albern.«

Da stand der Mann aus dem *La Strada* in seinem langen Mantel und schaute ihn mit ruhigem Gesicht an. Er machte eine kleine Kopfbewegung zur anderen Seite der Bank. Dort stand ein weiterer Mann und hielt bereits eine Pistole in der Hand. Er richtete sie nicht auf Bauch, sondern hielt die Arme gekreuzt wie ein zum Kampf bereiter Gladiator. Der trug schwarze Motorradkleidung und eine Sonnenbrille.

»Ich komme nur für ein kurzes Gespräch vorbei. Ich hoffe, Sie wissen den Aufwand zu schätzen. Zuvor noch eine Formalität. Silvio, würdest du bitte das Handy unseres Commissario entgegennehmen! Nur eine Vorsichtsmaßnahme. Keine Angst, Sie bekommen es gleich zurück.«

Bauch brach der Schweiß aus. Er hatte keine Wahl und hielt dem Mann sein Telefon hin. Der nahm den Akku heraus und reichte es zurück.

»Ihre Dienststelle wird Ihnen den kleinen Schaden ersetzen.«

»Was wollen Sie von mir? Hat Ihnen die Pöbelei auf dem Klo in Erfurt nicht genügt? Wer sind Sie? Ich hasse graue Eminenzen ohne Namen und rede im Allgemeinen auch nicht mit ihnen.«

Bauch hatte alle Scheu verloren. Da war wieder der Ausspruch: *Vorsicht mit alten Männern. Sie haben nichts zu verlieren.* Ob der Andere den auch kannte, war ihm egal. Blöd schien der ja nicht zu sein.

»Sehr gut. Auch ich habe natürlich einen Namen. Sagen wir, ich heiße Carlo. Der Nachname tut nichts zur Sache. Ich komme, um Ihnen zum Abschluss der Ermittlungen zu gratulieren.«

Für einen Moment war Helmut Bauch sprachlos. Bestand dieser Mann nur aus Hohn und Spott? Brauchte sein italienisches Ego diese Demonstration? Aber warum mir gegenüber? Was will der noch?

»Und nur um diesen blödsinnigen Spruch loszuwerden kommen Sie extra hier herauf?«, erwiderte Bauch und wunderte sich selbst, wie kraftvoll seine Stimme klang.

»Sie haben nicht richtig zugehört, verehrter Commissario. Das wichtigste Wort in meinem Spruch lautete *Abschluss*. Darauf legen wir sehr viel Wert und wir können gar nicht leiden, wenn eine Sache unerledigt bleibt. Ich hoffe, das ist auch in Ihrem Interesse.«

Bauch überlegte. Wie es aussieht bin ich in der seltenen Situation mit einem Mafia-Boss persönlich ein Gespräch zu führen. Wie auch immer. Warum die Gelegenheit nicht nutzen?

»Wie auch immer«, sagte er laut. »Ich muss Ihnen sagen, solch ein Durcheinander bei einem Fall ist mir während meiner fast vierzigjährigen Dienstzeit nicht vorgekommen. Früher war ich ja von den Behörden gewohnt, dass die linke Hand nicht wusste, was die rechte tat, aber bei einer Organisation wie der Ihren, hat mich das doch sehr überrascht.«

Bewusst hatte er die Betonung auf Organisation gelegt, wie dieser Carlo zuvor auf das Wort Abschluss. Er wusste, er befand sich längst in einem Duell.

Seine Überraschung über die Antwort des Kommissars konnte der Angesprochene nur schlecht verbergen. Das hatte er nicht erwartet und für einen Moment fühlte er so etwas wie Respekt vor diesem deutschen, in seinen Augen alten Kriminalbeamten mit DDR-Vergangenheit. Diese Leute waren aus ihrer kommunistischen Vergangenheit in der Diktatur wahrscheinlich Ähnliches gewohnt gewesen.

»Ich gebe Ihnen durchaus Recht«, räumte er unerwartet ein. »Auch bei uns passieren Irrtümer. Die eliminieren wir und die Verantwortlichen werden bestraft. Ein Naturgesetz. Damit Sie ruhig schlafen können, gehen Sie davon aus, dass es lediglich eine Panne gegeben hat. Und damit ich ruhig schlafen kann, möchte ich davon ausgehen, dass für Sie der Fall erledigt ist. Ich meine: für Sie persönlich.

Sie haben doch Ihre hoffentlich wohlverdiente Pension bald erreicht und sollten es sich bis dahin nicht unnötig schwer machen. Außerdem haben Sie eine junge schöne Tochter, die gerade ihr Lebensglück gefunden hat. Darum sollten Sie sich kümmern und vor allem darum, dass ihr nichts zustößt. Komm Silvio, wir gehen. Leben Sie wohl Commissario und ich sage in Ihrem Sinne nicht: Auf Wiedersehen.«

Die Beiden verschwanden wieder hinter ihm im Wald so plötzlich, wie sie gekommen waren. Natürlich der befahrbare Waldweg, warum hatte er wieder nicht an den gedacht?

Der milde Wind zog noch immer den Berghang hinauf. Trotzdem wurde ihm plötzlich eiskalt. Noch nie in seinem ganzen Leben hatte er sich so ausgeliefert gefühlt. Eine fremde Macht hatte die Kontrolle über ihn und sein Leben gewonnen, konnte Elke Schaden zufügen und wenn die Leute wollten, ihrer beider Leben auslöschen. Panik befiel ihn.

Wir wussten damals, dass uns die Stasi im Visier hatte. Diese Art von latenter Beobachtung war ins Lebensgefühl übergegangen, bei manchen Leuten ironisch, bei anderen tragisch und war irgendwann verdrängt worden. Aber diese Bedrohung war von einem Staat ausgegangen, auf dessen Wohlwollen man angewiesen war. Was jetzt drohte war eine ganz andere, kaum vorstellbare Macht und er, der Polizist, der von Staats wegen zur Verbrechensbekämpfung angestellt war, fühlte sich plötzlich hilflos.

Diese Leute, die ihn bedrohten, wussten offenbar alles über ihn und sein Leben. Dass Elke mit ins Spiel kam, raubte ihm nahezu den Boden unter den Füßen.

Er wusste nicht, was er als Nächstes tun sollte. Die Möglichkeiten schossen vor ihm durcheinander. Sollte er Kehrer von dieser Bedrohung etwas sagen? Der würde ihm nicht helfen können. Telefonieren konnte er nicht.

Und er hätte es nach dieser Androhung selbst dann nicht getan, wenn sie ihm den Akku nicht herausgenommen hätten. Die Nachmittagssonne schien immer noch ruhig auf die Rapsfelder und die Windräder drehten sich weiter, als sei nichts geschehen. Sollte er für den Rest seines Lebens mit dem Menetekel dieser Bedrohung leben, sich von der Mafia in Haft nehmen lassen oder den Kampf allein gegen das Böse in der Welt aufnehmen? Beides schien ihm ausgeschlossen. Er fühlte nach seiner Dienstwaffe. Das Eisen hatte ihm in dieser brenzligen Situation nicht helfen können. Aber es könnte auf dieser Bank des Mühlen-Pit mit einem Schlag sämtliche Probleme beseitigen. Noch nie zuvor hatte Helmut Bauch ernstlich einen solchen Gedanken in Erwägung gezogen. Sein pragmatisches, pflichtbewusstes Gehirn verwarf den Gedanken auch sofort wieder.

Wozu reiße ich mir hier den Arsch auf? Kehrer geht nächstes Jahr in Rente und ich vier Jahre später. Für eine Entscheidung, wie es weitergehen sollte brauchte er Zeit.

Und er brauchte dafür einen Menschen, mit dem er über diese Dinge sprechen konnte. Volker Spiegel musste erst einmal gesund werden. Mit ihm wäre es möglich. Aber da gab es noch jemanden. Melegard Streicher. Zum ersten Mal könnte er ihre Hilfe in Anspruch nehmen. Sie hatte sie ihm immer wieder angeboten.

Allein schaffe ich das sowieso nicht, seufzte er. Er streckte den Rücken. Die Bank knarrte immer noch nicht. Die hatte Pit aus Birke gebaut. Knarrt Birke überhaupt? Plötzlich hatte er eine Idee. Wie lange habe ich schon keinen Stuhl mehr gebaut? Seit ich in Roßleben wohne überhaupt nicht. Es ist höchste Zeit.

Ich werde eine Sitzbank zimmern, beschloss er, keine aus Birkenstangen sondern eine grundsolide und ich werde sie vor das Haus stellen, so wie ich es in Norddeutschland einmal gesehen habe. Da können sich Leute draufsetzen, die müde Füße haben, alte Frauen, die vom Markt kommen mit ihren Tüten oder nachts knutschende junge Paare. Ich werde mich erst dann auf meine eigene Bank setzen, wenn es für mich nichts mehr zu tun gibt. Kann sein, dass ich dann sogar wieder mit dem Rauchen anfange. Er stand auf und stapfte zwischen den Weihnachtsbäumchen nach unten. Als er den Berg hinabfuhr, kam ihm ein Mann entgegen, der mühsam sein Fahrrad schob. Konrad Reill. Der ist es also, der sich wieder um die Fische kümmert. Es wird sein Schaden nicht sein.

Wie auch immer.

Danksagungen

Meiner Frau Ruth für die geduldige Korrektur des Manuskripts und ihre Mitarbeit an der Gestalt des Textes

Michael Hausburg, dem Freund und Liedermacher, ohne den ich die Heimat des Polizeihauptkommissars Helmut Bauch nie kennen gelernt hätte und der mir auch diesmal wieder in seinem Haus in der Hohen Schrecke für meine Arbeit Dach, Bett, Speise, ausreichend Trank und vor allem Ruhe gegeben hat.

Gesine Assmus für die Gestaltung des Covers und des Bucheinbands

Mein besonderer Dank gilt Polizeihauptkommissar Soszynski von der Landes-polizeiinspektion Nordhausen, der mir einen Blick in die Polizeiarbeit in Nordthüringen gestattete und meine von Tatortschauen geprägten Klischees auf sympathische Weise korrigierte. Außerdem gilt er als ein empfohlener Spezialist für die Zubereitung von Spanferkeln auf Festen jeglicher Art.

Der Wirtin Veronika Rother vom Gasthof *Wolfstal* in Langenroda, bei der ich ungestört schreiben durfte.

Frau Ulrike Schneider vom Mühlencafé Langenroda und ihrem Team.
Polizeihauptmeister Heinz Wach aus Stuttgart für die Beratung bei den Polizeidienstgrade.

Herrn Uwe Triebel von der Finneberg Imkerei Triebel in Burgwenden.

Herrn Dr. med. Bernd Georg Trümper vom Facharztzentrum Angerbrunnen in Erfurt.

Herrn André Katzinski von der TEAG Erfurt für die hilfreichen Auskünfte in Sachen Windkraftanlagen.

Dr. Willi Kremer-Schillings und Alois Wohlfahrt, die sich auf ihrer **Plattform Bauer Willi** für eine menschen- und tierwürdige Landwirtschaft einsetzen und meinem kleinen Eintrag mit den bayerischen Landfrauen zugestimmt haben.
www.bauerwilli.com

Herrn Karl Träger, dem ehemaligen Vorsitzenden des Ruderclubs Roßleben e.V. und erfolgreichen Leistungssportler.

Der Geschäftsführerin Frau Leuschner von der Firma

Koi-Aue in Herzberg für ihre hilfreichen Auskünfte über die kostbaren japanischen Zierfische.

Dem Team vom *Dudelsack* in Stuttgart. Alessandro Vassallo und Monica la Padula, die mich mit Informationen über die italienische Sprache und das Hintergrundmilieu der Mafia versorgten.

Frank Zähringer für seine Beratung bei Satz und Layout.

Herr Lu aus Hefei in der Provinz Anhui für seine sorgfältigen Recherchen über den Import-Export-Handel mit Oldtimern in China.

Großer Dank der sympathischen Frau vom Fahrkartenschalter im Bahnhof Sangerhausen, die ganz sicher keine Beziehung mit Pit Hermann hatte.

Ebenfalls vom Autor erschienen:

Agthe – Der Mozart vom Mansfelder Land ist das erste Buch des Romans und erzählt die Geschichte der Kindheit und Jugend des Komponisten Carl Christian Agthe in Hettstedt und Reval, seine ersten Begegnungen mit der Musik und seine ersten Erfolge als Organist und Komponist.
Herstellung und Verlag: BoD – Books on Demand, Norderstedt, 2016 ISBN: 978-3-8370-0323-9

Das zweite Buch des Romans *Agthe – Den Briefträger trifft keine Schuld* erzählt die Lebensgeschichte des Komponisten nach seiner Rückkehr aus dem Baltikum. Nach seinem Wirken in Reval wird er an den Hof des Fürsten Friedrich Albrecht zu Anhalt-Bernburg in Ballenstedt berufen. Hier versieht er bis zu seinem Tod den Dienst des Schlossorganisten und Hofcembalisten.
Herstellung und Verlag: BoD –   Books on Demand, Norderstedt, 2016
ISBN: 978-3-7412-0949-9

Frank Rebitschek erzählt in zwölf interessanten Anekdoten, wie das Leben spielt. Er lässt den Leser in schicksalhafte Momente eintauchen, die nicht selten auf eigenen Begegnungen und Erlebnissen beruhen.

Engelsdorfer Verlag Leipzig, 2013, ISBN: 978-3-95488-652-4

Weihnachtsmärchen trösten, handeln meist von Hoffnung und einem guten Ende. Davon wird auch in *Der Mauerläufer*, *Kapitänsbilder* und *Der Seehund* erzählt. Die dritte Weihnachtsgeschichte geht auf eine wahre Begebenheit zurück, als am Heiligabend 1962 die Ostsee zugefroren war. Engelsdorfer Verlag Leipzig, 2012, ISBN: 978-3-86268-997-2

Kommissar Helmut Bauch ermittelt in einer Kindesentführung in Donndorf. Plötzlich kommen Wolfsspuren und Blut am Zaun eines Grundstücks ins Spiel. Sind die Tiere bereits in der Hohen Schrecke angekommen? Ein schlimmer Verdacht greift um sich. Der Kyffhäuserkrimi von Frank Rebitschek erschien 2016 bei BoD Norderstedt

ISBN: 978-3-7412-49471, 388 Seiten, 12,99 €

Leseprobe

Die Kyffhäuserkrimis gehen weiter! Demnächst erscheint:

Haldenblut

Mit der Ruhe ist es für Polizeihauptkommissar Helmut Bauch endgültig vorbei. Seine schöne verschlafene Heimatstadt Roßleben kommt in Aufruhr. Die Welt scheint aus den Fugen zu geraten, seit ein Serienmörder sein Unwesen treibt. Dieser Fall ist nicht nur blutig, sondern auch plasmatisch. Dazu kommen nie gekannte Bürgerproteste in der Region.

Ohne sein technisches Genie Volker Spiegel kann Helmut Bauch den neuen Fall nicht lösen:

Ein Sonntag im August. Das Jahr hatte seinen Zenit überschritten. Fast überall hatten die Bauern die Felder schon abgeerntet und die Brombeeren waren überreif. Kommissar Helmut Bauch hatte es sich nach Jahren wieder angewöhnt zu frühstücken, jedenfalls am Wochenende. In diesem Monat gab es nicht viel zu tun. Verbrechensarme Zeit, dachte er und strich sich genüsslich die erste Brombeermarmelade des Jahres auf sein Brötchen.

Sommerloch auch bei der Polizei. Die schweren Verbrechen passierten in diesen Tagen woanders; vor allem in den Urlaubsgebieten. Diesen Status hatte sich der Kyffhäuserkreis bisher nur in Teilen erworben. Villen von reichen Leuten, die über den Sommer in der Karibik weilten, gab es hier kaum auszurauben. Stattdessen haben die an unserer Kultur interessierten Touristen, Rad- und Bootswanderer das Unstruttal für sich entdeckt. Beim Bauernkriegspanorama Frankenhausen und bei der Himmelsscheibe von Nebra werden vermutlich die Kassen klingeln. Dazwischen bleiben vielerorts die Einnahmen der Kommunen gering.

Er saß an seinem kleinen selbstgebauten Küchentisch und lauschte auf das Läuten der Kirchenglocken. Heute war in *St. Andreas* Gottesdienst. Den Stuhl auf dem er saß, hatte er ebenfalls selbst gebaut. Nach dem Einzug in das neue Haus hatte es mehrere Monate gedauert, bis er sein altes Hobby der Möbelschreinerei wieder aufnahm. Das lag auch an einem Fall aus dem Frühjahr, den er inzwischen beschlossen hatte zu vergessen.

Die Sonntagsruhe am kleinen Küchentisch währte nur kurz. Selbst um diese frühe Uhrzeit rief sein Chef Balduin Kehrer an:

»Helmut, einen schönen Sonntag zu wünschen verbietet sich von selbst. Aber wir haben nun mal Ausnahmejobs. Was du nie wolltest: Eine Leiche vor deiner Haustür. Na, nicht direkt.

Ein paar hundert Meter weiter. Irgendwo bei einem Park an einer blauen Brücke. Muss in der letzten Nacht dort angetrieben sein.«

»Ich kümmere mich darum; weiß, wo das ist.«

Das Auto kann ich stehen lassen, dachte er und eilte die Treppe hinunter.

Die Verbrecher nehmen inzwischen Rücksicht auf mein fortschreitendes Alter und verkürzen mir die Wege zum Tatort. Hoffentlich finde ich nicht eines Tages eine Leiche in meinem Keller. Spätestens dann werde ich mit dieser Arbeit aufhören. Er trat auf die Straße, wo eine Menschenmenge an ihm vorbei zog.

Die wollen garantiert nicht zu einem Gottesdienst, dachte er, als er die merkwürdig dekorierten Leute sah. Sie gehörten zu einer Protestbewegung, die seit Monaten die ganze Gegend in Aufregung versetzte. Eigentlich waren es zwei Gruppen von Protestierern, was die Lage im Unstruttal noch angespannter werden ließ. Es ging um die seit Jahren stillgelegte Halde, die er von seinem Erkerfenster aus sehen konnte. Eines Tages war in der Presse eine Meldung aufgetaucht, dass ein chinesischer Konzern den Abbau des Kalis reaktivieren wolle. Die Wellen schlugen sofort hoch und zwei Lager bildeten sich. Die einen wollten, dass alles so bliebe, wie es durch eine deutsche Recyclingfirma vorangetrieben wurde. Die Halde sollte wieder Natur werden, was Helmut Bauch mit gemischten Gefühlen beurteilte. Schließlich hätte es den Riesenhügel ohne den Eingriff des Menschen in die Natur gar nicht gegeben. Aber wenn sie etwas Ansehnliches draus machen?

Wie auch immer.

Die andere Gruppe erhoffte sich von der Wiederbelebung des Bergbaus Arbeitsplätze. Einige von denen sind noch vor Jahren in die Grube gefahren und hatten ihre alten Helme aus dem Schrank geholt.

Vor allem die Kopfbedeckungen waren es, wodurch sich die Parteien unterschieden. Helme trugen die Einen und seltsame Filzhüte mit Moos auf der Krempe die Anderen. Die hatten außerdem grüne Bändchen am Oberarm und kamen Helmut Bauch gerade entgegen, als er auf dem Weg in Richtung Klosterschule war. Lärmend zogen sie in ihrem seltsamen Aufzug an ihm vorbei. Wer hatte sich das ausgedacht? Ist wohl kaum auf unserem Mist gewachsen. Wahrscheinlich hatte jemand einen Kostümbildner beauftragt und vermutlich gut bezahlt. Waren das die Russen oder die Amerikaner gewesen? Roßlebener ganz sicher nicht. Nach wenigen Minuten hatte er den Park durchquert und die Blaue Brücke erreicht.

Das Bergungskommando war von der gegenüberliegenden Seite des Flusses herangefahren, wo sich die Gartenkolonie und der Ruderklub befanden. Die Kollegen von der Streife empfingen ihn auf der Brücke. Die war erst nach der Wende gebaut worden und hatte wegen des Anstrichs ihren Namen bekommen. Polizeimeister Wolf aus Artern zeigte nach unten.
Das Bild, das sich bot, hatte etwas Bizarres. Das Auffinden von Leichen ist nie eine schöne Angelegenheit.

Immerhin war dann ein Mensch zu Tode gekommen, meist auf gewaltsame und ziemlich unappetitliche Weise.

Was Bauch hier sah, erinnerte ihn an ein Gemälde, so schrecklich der Anblick auch war. Das lag vor allem an den Seerosen. Große dunkelgrüne Blätter und rosarote Blüten. In diesen hatte sich der Leichnam verfangen. Eine Frau in einem schwarzen lacklederenen Body und Netzstrumpfhosen, deren Kopf sich unter Wasser befand. Es war merkwürdig still am Fluss. Nur aus der Ferne drangen die Trillerpfeifen der Protestierer vom Marktplatz herüber. Die Unstrut gluckerte unschuldig unter der Brücke hindurch. Wolfs Kollege fotografierte. Manche Leute malen solche Bilder in Öl, dachte Bauch und ging zur Bergungsmannschaft.

»Ihr könnt sie vorsichtig rausholen, aber nicht in den Sarg legen, bevor die Spurensicherung da ist.«

Hoffentlich kommt Jantzen bald.

Die Sonne brannte vom Himmel. Er ging wieder auf die Brücke. Wo hatte man die Frau ins Wasser gestoßen? Der Bekleidung nach eine Prostituierte. Wir sollten ein Etablissement flussaufwärts suchen. Gibt es das in Artern? Mit dem Rotlichtmilieu hatte er bis jetzt wenig zu tun gehabt. Wäre der erste Mord aus dieser Szene in seinem Revier.

Endlich traf auf dem anderen Ufer der Wagen der Spurensicherung ein. Er ging hinüber und staunte nicht wenig als nicht Jantzen, sondern Friderike Bäumer, die blonde Friderike ausstieg.

»Ralf ist nach Greifswald zur Beerdigung seiner Mutter gefahren. Das hier schaffen wir auch allein.«

Sie hatte zwei junge Kollegen dabei, die gerade in ihre weißen Overalls schlüpften. Gemeinsam gingen sie zu der Leiche, die inzwischen am Ufer lag.

»Wie es aussieht, eine Prostituierte«, erklärte Bauch. Friderike bückte sich und drehte den Kopf der Frau zu sich.

Plötzlich prallte sie zurück, richtete sich auf und stand zitternd davor. Helmut Bauch schaute sie besorgt an. War die junge Frau diesem Job allein doch nicht gewachsen?

»Gibt es ein Problem?«, fragte er.

»Das ist keine Prostituierte. Ich kenne die Frau...«